Inhalt

Das Winslow und seine Gäste

Wenn Sie mittags zwischen eins und drei die Madison Avenue entlangschlendern, versäumen Sie nicht, dort, wo die 55. Straße kreuzt, zu den schmutzigen Fenstern des Hotels Winslow hinaufzusehen. Da oben, im sechzehnten Stock, können Sie mich auf einem der drei Balkone stehen sehen, meist halbnackt, manchmal auch ganz nackt. Ich esse um diese Zeit meine Kohlsuppe und genieße dabei die Sonne. Borschtsch ist meine Hauptnahrung. Wenn ein Topf leer ist, kommt der nächste dran. Ich esse praktisch nichts anderes. Der Holzlöffel, den ich dazu benutze, stammt noch aus Rußland. Er ist mit goldenen und schwarzen Blumen bemalt.

Hinter den Rauchglasscheiben der Büros ringsherum weiß ich die Blicke von vielen tausend Buchhaltern, Sekretärinnen und Managern auf mich gerichtet. Sie beobachten einen splitternackten jungen Mann, der unaufhörlich Kohlsuppe ißt. Das heißt, die Leute haben natürlich keine Ahnung, was ich esse und was Borschtsch ist. Sie sehen nur einen Halbwilden, der sich auf seinem Balkon zweimal am Tag über einen dampfenden Topf beugt. Früher habe ich auch Chicken gegessen, aber damit ist nun Schluß. Kohlsuppe hat nämlich fünf Vorteile: Erstens ist sie sehr billig, denn ein Topf voll kostet nicht mehr als zwei bis drei Dollar, und ich komme mindestens zwei Tage damit aus; zweitens bleibt sie, selbst wenn es draußen sehr warm ist und wenn man keinen Kühlschrank hat, ziemlich lange frisch; drittens dauert die Zubereitung nur eine halbe Stunde; viertens kann man sie auch kalt essen, dann schmeckt sie sogar noch besser; und fünftens gibt es im Sommer wegen ihres säuerlichen Geschmacks kein angenehmeres Essen als so eine Kohlsuppe.

Es stört mich nicht im geringsten, daß man mich von den Büros aus beobachtet. Manchmal hänge ich das grüne Transistorradio, das mir Aljoschka Slawkow – ein Dichter, der ursprünglich Jesuit werden sollte – geschenkt hat, an einen Nagel im Türrahmen. Bei Musik schmeckt die Suppe nämlich noch viel besser. Spanische Rhythmen habe ich am liebsten. Zwischendurch spaziere ich mit nacktem Arsch in meinem kleinen Zimmer herum und gäbe was drum, wenn ich wüßte, ob diese Buchhalter, Sekretärinnen und Manager erkennen können, wie sich mein blasser Schwanz von meinem braungebrannten Körper abhebt. Mit der Zeit müßten sie sich eigentlich an mich gewöhnt haben. Vielleicht langweilen sie sich gar an jenen Tagen, an denen ich nicht auf dem Balkon bin. Ich wette, sie nennen mich den »Verrückten von vis-à-vis«.

Mein Zimmer ist vier Schritte lang und drei breit. An den Wänden hängen, um die von früheren Bewohnern hinterlassenen Flecken zu verdecken, ein paar Bilder: ein großes Porträt von Mao Tse-tung (das Schreckgespenst aller Leute, die zu mir kommen); ein Foto von Patricia Hearst; eines von mir, vor Ikonen posierend, mit einem dicken Buch in der Hand (war es eine Bibel oder ein Wörterbuch?) und einer Jacke aus hundertvierzehn Stoffteilen, der Création eines genialen Monstrums namens Limonow; ein Bild von André Breton, dem Begründer des Surrealismus, das ich seit Jahren mit mir herumschleppe (von den Leuten, die mich besuchen, kennt niemand Breton); ein Aufruf zur Verteidigung der Bürgerrechte der Homosexuellen; ein Wahlplakat der *social workers;* ein paar Gemälde von meinem Freund, dem Maler Katschaturian; und haufenweise kleine Zettel. Über meinem Bett hängt ein Spruchband, das ich nach einer Demonstration vor der *New York Times* gefunden habe: »Für eure Freiheit, aber auch für unsere«. Zwei Regale mit Büchern vervollständigen die Dekoration des Zimmers. Es sind meist Gedichtbände.

Ich denke, ihr habt bereits gemerkt, was für eine Sorte Mensch ich bin – obwohl ich vergessen habe, mich vorzustellen. Ich habe einfach angefangen, zu euch zu reden, überglücklich darüber, daß meine Stimme bis in eure Ohren dringt, und vor lauter Freude vergessen, euch zu sagen, von wem sie kommt. Verzeiht mir um Himmels willen. Ich werde mich beeilen, das Versäumte nachzuholen.

Damit ihr gleich Bescheid wißt: Ich bekomme *welfare*, eine Art Wohlfahrtsunterstützung. Ich liege euch also auf der Tasche. Ihr arbeitet und zahlt Steuern, und ich mache keinen Finger krumm. Ich gehe nur zweimal im Monat in ein Bürohaus am Broadway, um meinen Scheck in Empfang zu nehmen. Ich gebe zu, ich bin ein Tagedieb, ein Drop-out, wie ihr es nennt; ich habe keine Selbstachtung und kein Gewissen, ergo auch keine Gewissensbisse. Ich habe nicht die Absicht, mir Arbeit zu suchen, sondern bis ans Ende meiner Tage von eurem Geld zu leben. Und ich finde, ihr kommt dabei noch ziemlich billig davon. Ihr steigt jeden Morgen früh aus eurem warmen Bett, dann fahrt ihr mit dem Auto, mit der U-Bahn oder dem Bus zur Arbeit. Währenddessen haue ich meine erste Portion Kohlsuppe in mich rein, dann saufe ich ein bißchen was, manchmal sogar bis zum Umfallen, oder ich treibe mich auf der Suche nach irgend etwas Aufregendem in zweifelhaften Vierteln herum, ich besitze einen tollen weißen Anzug, ein empfindliches Nervenkostüm, und wenn ich im Kino euer dreckiges Lachen höre, zucke ich zusammen und schneide eine Grimasse. Übrigens – ich heiße Editschka oder Edward, wenn ihr das lieber mögt.

Ihr mögt mich nicht? Ihr wollt nicht für mich zahlen? Zweihundertachtundsiebzig Dollar im Monat, das ist doch rein gar nichts. Wenn ihr nicht zahlen wollt, warum, zum Teufel, habt ihr mich dann mit einem ganzen Haufen Juden aus Rußland rüberkommen lassen? Beschwert euch über eure Propaganda, die ist einfach unwiderstehlich. Sie ist es, die euch das Geld aus der Tasche zieht, nicht ich!

Was ich dort drüben gemacht habe? Was spielt das für eine Rolle? Es ändert überhaupt nichts. Ich habe die Vergangenheit schon immer um der Gegenwart willen gehaßt. Aber meinetwegen, ich war Dichter, wenn ihr es unbedingt wissen wollt, kein offiziell anerkannter natürlich, sondern ein Untergrundpoet. Aber das ist vorbei. Jetzt gehöre ich zu euch, und wenn ihr mich auch mit Kohlsuppe ernährt, mit scheußlichem California-Wein zu 3,59 Dollar für die Anderthalbliterflasche tränkt, so verachte ich euch trotzdem. Das heißt, nicht alle von euch, aber doch die meisten. Weil ihr ein ödes Leben führt, weil ihr euch als Sklaven verkauft, weil ihr geschmacklose karierte Hosen tragt und weil ihr einen Haufen Geld verdient, ohne daß euch jemals ein Licht aufgeht. Eine Schande ist das!

Ich habe mich hinreißen lassen, ich fürchte, ich bin ein wenig zu deutlich geworden, verzeiht mir noch einmal. Objektivität ist mir nun mal nicht angeboren, und außerdem ist heute ein Scheißwetter: Es nieselt, und der Himmel ist voller Trübsal. Ich weiß nicht, was ich an solchen Tagen anfangen soll, deshalb falle ich von einem Extrem ins andere und habe euch in der Rage wohl ein bißchen zu hart zugesetzt. Ich bitte euch also um Vergebung. Ich wünsche euch ein langes Leben, und betet zu Gott, daß ich vorderhand noch nicht beschließe, Englisch zu lernen und so zu werden wie ihr.

Das Winslow ist ein Gebäude mit sechzehn Stockwerken und bedrückend schwarz, vielleicht das schwärzeste in der ganzen Madison Avenue. Der Schriftzug WINSL W zieht sich fast über die ganze Fassade. Das O ist irgendwann heruntergefallen. Es muß mindestens fünfzig Jahre her sein. Ich bin aufs Geratewohl dort eingezogen, im März, nach dem tragischen Weggang meiner Frau Helena. Erschöpft, mit wunden Füßen in New York herumirrend, jede Nacht woanders schlafend, häufig auf der Straße, wurde ich schließlich von einem Landsmann aufgelesen, von Aljoscha Shneiderson, einst Stallknecht des Moskauer Hippodroms. Er ist fett, schmuddelig und sabbert beim Sprechen, war aber seinerzeit der erste von unseren Leuten, der *welfare* bekam, und darauf ist er mächtig stolz. Er hat mich am Arm ins Welfare Center in der 31. Straße gezerrt, und eines schönen Tages bekam ich dann die Unterstützung, die aus mir zwar ein verachtenswertes Wesen ohne bürgerliche Rechte machte – aber ich scheiße auf eure Rechte –, mir jedoch erlaubte, ein Zimmer zu nehmen und was zu essen zu kaufen, um in Ruhe meine Gedichte zu schreiben, die absolut nichts mit Amerika oder Rußland zu tun haben.

Ein Freund von Shneiderson, Edik Brutt, wohnte im Winslow, und ich habe mich ebenfalls dort eingemietet, ein paar Zimmer von seinem entfernt. Der ganze sechzehnte Stock besteht aus winzigen Zellen. Wenn ich sage, daß ich in der Madison Avenue wohne, betrachten mich die Leute respektvoll. Kaum jemand weiß nämlich, daß es in dieser vornehmen Gegend ein schäbiges Hotel gibt, das nur von armen alten Leuten und einsamen russischen Juden bewohnt wird und wo mehr als die Hälfte der Zimmer weder Dusche noch Toilette hat.

Auf unserem Hotel lastet der Fluch von Unglück und Leid. Seitdem ich dort wohne, haben sich zwei alte Frauen aus dem Fenster gestürzt. Eine von ihnen, eine Französin, die fortwährend den Korridor auf und ab lief, hatte, wie man mir erzählte, noch immer ein attraktives Gesicht, als sie aus dem vierzehnten Stock sprang. Außer diesen beiden Verzweifelten hat Gott neulich die Chefin zu sich gerufen, genauer gesagt die Mutter des Besitzers, eines hünenhaften Juden, den ich auf einer Party meiner amerikanischen Freundin Rosanne kennenlernte. Seiner Mutter machte es wie vielen alten Frauen Spaß, ein Hotel zu führen, und obgleich ihr Sohn außer unserem schmutzigen Haus noch fünfundvierzig andere in New York besaß, mußte es gerade dieses sein. Was hatte sie davon, den ganzen Tag hier herumzulungern und das Personal zu schikanieren? Ich habe keine Ahnung. Vielleicht war sie sadistisch veranlagt. Vor gar nicht langer Zeit verschwand sie spurlos. Als man sie ein paar Tage später im Fahrstuhlschacht fand, war sie nur noch ein schauerlich entstellter Leichnam. Ja, der Teufel findet uns überall.

Von meinem Hotel aus kann man das St.-Regis-Sheraton sehen, und ich klammere mich an die absurde Hoffnung, eines Tages, wenn ich Geld haben werde, dort abzusteigen. Im Winslow genießen wir Russen das gleiche Ansehen wie die Schwarzen einst vor der Abschaffung der Sklaverei. Bei uns wechselt man die Bettwäsche viel seltener als bei den Amerikanern. Der Teppich im Flur ist, seitdem ich hier wohne, kein einziges Mal gesaugt worden; er ist grauenvoll schmutzig und staubig. Manchmal kommt der alte Amerikaner, der gegenüber von mir wohnt und dauernd auf seiner Schreibmaschine klappert, in der Unterhose, mit einem Besen in der Hand aus dem Zimmer und fängt an, energisch den Teppich zu kehren, um sich fit zu halten. Ich möchte ihm jedesmal sagen, er solle es bleiben lassen, weil er nur den Staub aufwirbele, aber die Vorstellung, ihn um sein Trimmprogramm zu bringen, stimmt mich mitleidig. Dann und wann, wenn ich zuviel getrunken habe, hege ich allerdings den Verdacht, daß dieser Typ ein FBI-Agent ist und den Auftrag hat, mich zu überwachen.

Man gibt uns die zerschlissensten Laken und Handtücher, und ich muß mein Klo selbst saubermachen. Wir sind, kurz gesagt, der Abschaum der Menschheit. Das Hotelpersonal hält uns für nichtsnutzige Faulpelze, die es darauf abgesehen haben, Amerika, dieses Land der wacker schaffenden Arbeitshelden mit Bürstenschnitt, in den Bankrott zu treiben. Auch in der UdSSR wird dummes Zeug über menschliche Parasiten gefaselt: Man müsse ein nützliches Mitglied der Gesellschaft sein und so. In Rußland machen die, die am wenigsten tun, den größten Blödsinn. Ich bin seit zehn Jahren Schriftsteller – und wo ist der Lohn für meine Leistung?

Die so tragisch verblichene Geschäftsführerin des Hotels war eine argwöhnische bebrillte Dame mit dem russisch-polnischen Namen Rogoff, die mich, seit sie mich auf Empfehlung Edik Brutts in den Kreis ihrer Gäste aufgenommen hatte, tief verabscheute. (Wozu bedurfte es einer Empfehlung, wo das Hotel doch eine Menge Zimmer frei hat, weil niemand in diesen Zellen wohnen möchte?) Es war nicht so einfach für die Gnädige, in mein Zimmer einzudringen, aber sie ließ sich keine Gelegenheit dazu entgehen. Manchmal fand sie einen Vorwand. In der ersten Zeit bezahlte ich zweimal im Monat, aber plötzlich verlangte sie, ich solle von nun an einen Monat im voraus bezahlen. Sie hatte natürlich ihre Gründe, doch mir paßte es besser, in zwei Raten zu zahlen, nämlich an den Tagen, wenn ich Wohlfahrt bekam. Ich sagte es ihr. »Aber für weiße Anzüge und Champagner treiben Sie immer genug Geld auf, nicht wahr?« antwortete sie.

Ich frage mich, auf welchen Champagner sie anspielte. Es kam dann und wann vor, daß ich kalifornischen Sekt trank, meist mit meinem Freund Cyril, einem Jungen aus Leningrad, aber wie hatte sie das herausbekommen? Im allgemeinen tranken wir unseren Schaumwein in Hyde Park, einer idyllischen kleinen Anlage am Hudson. Aber einmal hatte ich zum Geburtstag meines alten Freundes Katschaturian, des Schöpfers jener Bilder, die an den Wänden meiner Zelle hängen, eine Flasche Krimsekt zu zehn

Dollar gekauft und in den Kühlschrank gelegt, um sie dem Künstler am Abend eisgekühlt überreichen zu können. Mrs. Rogoff sah offenbar jeden Tag nach, was in meinem Kühlschrank war, oder sie beauftragte damit das Zimmermädchen, das noch nie mein Bett gemacht hat. »*Sie* bekommen Welfare? Armes Amerika!« hatte die Polin empört ausgerufen. »Der Arme bin ich, nicht Amerika«, hatte ich erwidert.

Später fand ich die Ursache für ihre Abneigung gegen mich heraus. Als sie mich ins Hotel aufnahm, hatte sie mich für einen Juden gehalten. Dann sah sie das kleine blaue Emailkreuz, das ich am Hals trage, den einzigen Wertgegenstand, den ich besitze, und begriff, daß ich kein Jude war. Ein gewisser Marat Bagrow, der beim Moskauer Fernsehen gearbeitet hatte und eine Zeitlang im Winslow wohnte, sagte mir, Mrs. Rogoff habe sich bei ihm darüber beklagt, daß Edik Brutt sie hintergangen habe, indem er ihr einen Russen brachte. Auf diese Weise, verehrter Leser, bekam ich am eigenen Leib zu spüren, wie weit die Rassendiskriminierung gehen kann.

Keine Angst, ich scherze nur. Juden werden im Winslow keinen Deut besser behandelt als ich. Ich glaube, außer der Tatsache, daß ich kein Jude bin, nimmt Mrs. Rogoff mir übel, daß ich keinen unglücklichen Eindruck mache. Man verlangt von unsereinem, daß er unglücklich aussieht, daß er am liebsten dort geblieben wäre, wo er hingehört, und daß er dem erstaunten Publikum nicht eine Vielfalt von Anzügen vorführt. Ich glaube, es hätte sie befriedigt, wenn ich schmuddelig, schlampig und alt gewesen wäre. Das hätte sie für normal gehalten, normaler als einen Wohlfahrtsempfänger mit Spitzenhemd und weißer Jacke. Im Sommer trug ich eine weiße Hose, Holzsandalen und ein tailliertes Hemd, weniger geht wirklich kaum. Das ärgerte Mrs. Rogoff. Als wir eines Tages zusammen im Fahrstuhl fuhren, sagte sie mit einem indignierten Blick auf meine Sandalen und meine braungebrannten Füße: »*You are like a hippy. A Russian hippy.*«

»*No*«, antwortete ich.

»Doch, doch«, beharrte sie.

Bald darauf stürzte die Unglückliche in den Fahrstuhlschacht.

Einige Juden – oder auch nur Halbjuden, die sich so gern für Juden ausgeben – sind bereits aus dem Hotel ausgezogen, aber andere sind an ihrer Stelle eingezogen. Sie leben in einer geschlossenen Gemeinschaft wie die Schwarzen in Harlem; abends gehen sie auf die Straße hinunter und setzen sich vor das Hotel, irgend jemand holt etwas zu trinken, und sie reden . . . Wenn es kalt ist, versammeln sie sich im Foyer des Gebäudes, nehmen alle Sitze in Beschlag, und ihr Stimmengewirr erfüllt die ganze Halle. Die Hotelverwaltung hat gegen diesen Geselligkeitstrieb der Ost-Emigranten angekämpft, aber vergeblich. Man kann sie nicht daran hindern, sich zusammenzutun und miteinander zu palavern. Und obwohl dieser provinzielle Brauch möglicherweise andere Gäste abschreckt, hier abzusteigen, hat man sie schließlich gewähren lassen.

Ich verkehre nicht viel mit diesen Leuten. Ich bleibe nie stehen und begnüge mich damit, »Guten Abend« oder »Sauft ihr schon wieder?« zu rufen, was nicht heißen soll, daß ich irgendwelche Feindseligkeit gegen sie hege. Ich habe in meinem unsteten Wanderleben einfach so viele Russen und russische Juden kennengelernt, daß sie sich in meinen Augen alle ähneln und kein Interesse mehr in mir wecken. Oft ist das »Russische« bei den Juden übrigens viel ausgeprägter als bei den Russen. Zum Beispiel bei Simon.

Jetzt oder nie sollte ich von Simon erzählen. Er war ein Jude mit graumelierten Haaren, den meine Frau und ich in Wien kennengelernt hatten. Er hatte Helena eine Stelle angeboten. Sie sollte nachts in der »Troika«, einer Bar, die er in der Nähe vom Stefansdom und von einem Bordell besaß, betuchten Nachtschwärmern Wodka und Kaviar servieren. Das Gehalt war so gut, daß ich sofort wußte: Der engagiert Helena nicht als Kellnerin; der hat andere Ambitionen; es liegt auf der Hand, daß er mit ihr schlafen will. Ich war übrigens nicht besonders schockiert, ich hatte Vertrauen zu meiner Frau, sie liebte mich noch, und ich behielt die Fassung.

Selbstverständlich erlaubte ich Helena nicht, nachts arbeiten zu gehen, ich wollte nicht mal, daß sie überhaupt arbeitete, doch als wir Simon näher kennenlernten, fanden wir ihn ganz sympathisch. Er kam aus Moskau und war zunächst nach Israel gegangen. Er wußte, wie man zu Geld kommt, er hatte es sogar geschafft, aus Rußland welches mitzubringen. Erst am letzten Abend vor unserer Abreise, als er zuviel getrunken hatte, zeigte er sein wahres Gesicht.

»Ich hab hier schon viele Frauen gehabt, aber mir hat keine gefallen, sie sind alle kalt, sie sind schrecklich, ich habe Angst vor ihnen, alles an ihnen stößt mich ab. Mein Gott, was für Angst mir diese Österreicherinnen manchmal machen!«

Dann sprach Simon von russischen Frauen, Moskauer Frauen. Ich hatte beim Zuhören ein merkwürdiges, undefinierbares Gefühl. Später kam es oft vor, daß ich nostalgische Monologe über Rußland zu hören bekam, in Amerika ebenso wie in Italien, aber die Leute, die sie hielten, waren unglückliche Emigranten ohne Arbeit, die nicht wußten, was sie machen und wohin sie sich wenden sollten. Simon jedoch wußte es. Das Luxusrestaurant, in dem wir speisten, war der greifbare Beweis dafür. Er schenkte Helena Rosen, gekauft von einer Frau, die in ihrem bescheidenen Kleid rührend verlegen an unseren Tisch trat. Das war das kleine, harmlose und sentimentale Europa und nicht das metallische Amerika – es gab Frauen, die in Lokale kamen und Rosen anboten! Wir tranken Wodka; Simon bat das Orchester, *Steppe, Steppe, ringsumher* zu spielen, und ich sah, daß ihm die Tränen kamen. »Wir machen Witze darüber, was das Wort ›Heimat‹ bedeutet«, seufzte Simon, »und da sitze ich, höre diese Musik, und mir blutet das Herz. Zum Teufel mit den Juden, ich bin vor allem Russe!«

Dann fuhr er mit uns in seinem großen blauen Wagen zu einem Ort oberhalb von Wien, wo es einen schicken Nachtclub gab. Auf einem Aussichtsplateau hielten wir an, um die Stadt im Lichterglanz zu bewundern. Er fuhr sehr schnell und trank eine Menge. In Amerika habe ich erfahren, daß er einen schrecklichen Unfall hatte. Tödlich.

Das, verehrte Leser, ist natürlich ein Einzelschicksal, und ich habe es einzig und allein deshalb geschildert, um Ihnen zu zeigen, daß ich keinen Unterschied mache zwischen jüdischen Emigranten und russischen. Wir sind alle Russen. Die Sitten, die anstrengenden Bräuche meines Volkes haben uns von jeher hart zugesetzt und viele von uns zweifellos zerstört. Ich weiß aus eigener Erfahrung nur zu gut, daß die russischen Traditionen kein *Glücks*empfinden hervorrufen; fast alle Russen sind vom *Unglück* gezeichnet.

Die Verdrießlichkeit, die von den Russen ausgeht, macht sie überall kenntlich, sogar von hinten. Obgleich ich so gut wie keinen Kontakt zu ihnen habe, erkenne ich sie im Fahrstuhl sofort. Die Sorge um ihr persönliches Schicksal ist ihre Hauptbeschäftigung. Zwischen Erdgeschoß und sechzehntem Stock haben sie genug Zeit, um einen zu fragen, ob es wohl stimme, daß man den kürzlich Eingewanderten zur Zweihundertjahrfeier der Vereinigten Staaten samt und sonders die amerikanische Staatsbürgerschaft verleihen wolle, vielleicht bitten sie einen sogar, beim Präsidenten der USA ein gutes Wort für sie einzulegen. Warum sie diese blöde Staatsbürgerschaft überhaupt haben wollen, wissen sie selbst nicht.

Oder das Gespräch geht in eine ganz andere Richtung.

»Weißt du schon das Neueste? Es heißt, man würde uns im Oktober zurückkehren lassen.«

»Wohin zurückkehren?« frage ich.

»Na, hör mal, nach Rußland natürlich, wohin denn sonst? Ein Intelligenzler hat sich abgesetzt, und man läßt uns zurück, um den Verlust auszugleichen, verstehst du? Einer hat sich abgesetzt, und dafür läßt man zweitausend zurückkommen! In dem Bericht steht, die Leute verlangten selbst, daß man sie ins Lager steckt, sobald ihre Maschine gelandet ist, sie bestünden darauf, für ihren Verrat am Vaterland bestraft zu werden. Möchtest du nicht auch zurück? Sie würden dich lieber heute als morgen nehmen. Stimmt es, daß man von dir etwas in der *Prawda* und in der *Iswestija* gedruckt hat?«

»Das ist lange her«, antworte ich. »Sie haben einen Artikel über mich aus der Londoner *Times* geklaut und ihn in der Übersetzung völlig entstellt. Nein, ich habe nicht die Absicht, zurückzugehen, ich habe dort nichts mehr zu suchen. Außerdem wäre es blamabel, man würde sich über uns lustig machen. Ich gehe nicht zurück, und ich werde nie gehen.«

»Du bist noch jung«, sagt der andere. »Na, versuch es, vielleicht schaffst du es hier. Ich werde jedenfalls heimkehren, wenn ich aufgerufen werde«, fährt er leise fort. »Weißt du, ich hatte zuviel Ehrgeiz, ich hatte eine zu hohe Meinung von mir, und als ich hier angekommen bin, habe ich gesehen, daß ich zu nichts nutze bin. Ich will meine Ruhe haben. Ein kleines Haus bei Tula, ein bißchen fischen und jagen, Lehrer an einer Schule auf dem Land sein, mehr will ich nicht. Das hier ist die Hölle. New York ist eine Stadt von Verrückten. Ich habe es satt, am Hungertuch zu nagen. Diese Freiheit hier ist doch Scheiße. Versuch nur mal, an deiner Arbeitsstelle zu sagen, was du denkst. Ehe du dich versiehst, bist du gefeuert.«

Er spült in einigen Lokalen Geschirr, ist aber als arbeitslos gemeldet und bekommt aufgrund dessen siebenundvierzig Dollar die Woche. Er wohnt im Westen der Stadt und ist nur gekommen, um einen Freund zu besuchen, der im Hotel wohnt.

»Kannst du Schach spielen?« fragt er mich zum Abschied.

»Ich hab es verlernt«, sage ich, und das ist die Wahrheit.

»Trinkst du Wodka?«

»Manchmal, aber nicht sehr oft.«

»Man kann hier nicht vernünftig trinken«, beschwert er sich. »Zu Hause gossen wir uns schnell mal eine halbe Flasche hinter die Binde und gingen dann durch Leningrad, ohne den Boden zu berühren. Man war wunschlos glücklich. Wenn man hier trinkt, kommen sie einem gleich blöd, und alles ist schlimmer als vorher. Besuch mich doch mal, ich koch dir 'ne richtige Borschtsch.«

Er machte sie anders als ich, mit roten Beeten. Sie klagen alle darüber, daß sie hier nicht anständig trinken können. Das heißt, man kann wohl trinken, aber der Alkohol macht einen fertig. Ich werde demnächst damit aufhören.

Als ich in der New Yorker Redaktion der Zeitung *The Russian Cause* arbeitete, interessierte ich mich noch für die Probleme der Emigranten. Ich flog hinaus wegen eines Artikels mit der Überschrift »Enttäuschung«. Seitdem habe ich andere Sorgen. Mein Eheleben und meine Liebe, die ich als *die große* betrachtete, hauchten unter furchtbaren Qualen ihr Dasein aus. Der Exitus erfolgte an einem 22. Februar, einem denkwürdigen Tag, an dem ich mir vor der Tür der Modellagentur, für die Helena damals arbeitete, die Pulsadern aufschnitt; es folgte eine Woche, in der ich mich in *downtown* Manhattan herumtrieb. Als ich mich dann im Winslow etabliert hatte, oder vielmehr, als ich hier aufwachte, konnte ich feststellen, daß mein guter Ruf sich nicht ganz verflüchtigt hatte: Die Leute fuhren fort, mich aufzusuchen und mich anzurufen, nach einem alten russischen Aberglauben felsenfest davon überzeugt, ein Journalist könne für seine Bekannten sehr viel tun. Jetzt reicht's mir, meine Lieben! Was für ein Journalist bin ich denn: ohne Zeitung, ohne Freunde, ohne Beziehungen? Ich sagte ihnen immer wieder, daß ich mir nicht mal selbst helfen könne, aber es gab welche, die sich einfach nicht abwimmeln ließen. So war ich zum Beispiel gezwungen, mit »Onkel Sascha« zu sprechen; meine Freunde hatten darauf bestanden: »Du mußt ihm helfen, er ist ein alter Mann, rede wenigstens ein paar Worte mit ihm, das wird ihn aufmuntern.«

Ich besuchte ihn in seinem Zimmer. Aha, dachte ich beim Eintreten, er hat immerhin einen Hund. Ich suchte den Hund, aber es war keiner da.

»Haben Sie vielleicht einen Hund *gehabt?*« fragte ich ihn.

»Nein, nie«, erwiderte er irritiert. »Sie müssen mich mit jemandem verwechseln.«

O nein, keineswegs. Wenn das nicht auf einen Hund schließen ließ: Am Boden lagen Knochen und Abfälle herum wie Kieselsteine und Treibgut an einem Strand. Eine Schicht getrockneter Speisereste bedeckte den Tisch, den Schrank, das Fensterbrett, überhaupt alle waagerechten Flächen, sogar auf den Stühlen lag etwas herum. Onkel Sascha war ein wabbeliger, gewöhnlicher und bemitleidenswerter alter Mann mit einem Gesicht voller Kummerfalten. Ich wußte, daß er früher in der Zeitschrift *Rund um die Welt* und anderen Seefahrtszeitschriften Artikel veröffentlicht hatte.

»Ich wollte Sie sprechen«, sagte er seufzend, »weil ich in einer verzweifelten Lage bin. Ich weiß nicht mehr, was ich tun soll. Ich würde so gern meine Frau wiedersehen, sie ist noch in Rußland.« Er zeigte mir ein gerahmtes Foto, aus dem mir eine müde Frau entgegenblickte. »Warum bin ich bloß hierher gekommen?« fuhr er fort. »Ich bin nicht fähig, diese Sprache zu lernen. Ich vegetiere so dahin; ich bekomme Wohlfahrt, zuerst waren es zweihundertachtzig Dollar im Monat, und jetzt, wo ich im Rentenalter bin, gibt man mir nur noch zweihunderachtzehn Dollar. Ich habe zwei Schecks bekommen und bin damit ins Welfare Center am Broadway gegangen und habe zu denen gesagt: ›Ich will kein Almosen, ich will Welfare. Mein Zimmer kostet hundertdreißig Dollar im Monat, mir bleiben nur noch achtundachtzig Dollar zum Leben, das reicht nicht hin und nicht her, ich werde verhungern, ich habe einen empfindlichen Magen. Ich bin gekommen, um Ihnen die Schecks zurückzugeben.‹ Sie haben mir geantwortet: ›Wir können leider nichts für Sie tun. Nach dem Gesetz bekommen Sie jetzt nur noch die Mindestrente.‹«

»Warum sind Sie überhaupt hierhergekommen?« fragte ich ihn ärgerlich.

»Verstehen Sie, ich habe immer über das Meer geschrieben. Sobald ein Schiff anlegte, ging ich an Bord. Die Matrosen mochten mich. Ich habe über fast alle Länder geschrieben. Da wollte ich sie so gern mal mit eigenen Augen sehen . . . Was soll ich nun bloß tun?« fragte er mit todtraurigem Blick. »Ich will meine Frau wiedersehen, sie ist immer so verständnisvoll gewesen!«

Und er fing an zu weinen.

»Fahren Sie einfach nach Washington und gehen Sie zur sowjetischen Botschaft«, schlug ich ihm vor, »vielleicht wird man Sie zurückkehren lassen. Bitten Sie, weinen Sie! Sie haben doch nichts gegen die geschrieben, seit Sie hier sind?«

»Nein, ich habe nur eine Abhandlung über das Meer geschrieben, die bald auf englisch erscheinen wird, aber es steht nichts Antisowjetisches darin. Was meinen Sie? Werden die mich nicht ins Gefängnis stecken?« fragte er, mich am Ärmel festhaltend.

»Warum sollten die Sie denn ins Gefängnis stecken?«

Ich wollte hinzufügen, daß ihn auch da drüben kein Mensch für voll nehmen würde, aber ich hielt mich zurück. Ich saß ihm gegenüber auf einem schmutzigen Stuhl, von dem er zuvor wenigstens mit der Hand die dicksten Krümel abgewischt hatte. Er saß auf dem Bett, ich sah seine alten Füße, die aus seinen blauen Pantoffeln gerutscht waren, und ich fand ihn entsetzlich unappetitlich – ein heruntergekommener törichter Greis, nichts weiter. Natürlich hatte auch ich schon so manches Mal in meinem Zimmer vor mich hin geschluchzt. Nur: Ich habe eine andere Erziehung genossen und flenne nicht vor Fremden los. Wie gesagt, abgesehen von Helena war mir die ganze Emigrantenbagage scheißegal. Der Verfall der Liebe, diese Welt ohne Liebe, das war für mich das einzige Schreckliche. Deshalb saß ich dem alten Sascha gelangweilt gegenüber, hungrig, schlechtgelaunt, braungebrannt, ein Bündel Wut in Jeans, mein Arsch tat schon vom Sitzen weh. Ich hätte ihm anbieten können, so zu werden wie ich und seine Ängste gegen meine Wut einzutauschen, aber ich wußte, daß er dazu nicht mehr fähig war.

»Denken Sie, die lassen mich zurückkehren?« fragte er noch einmal.

Ich war sicher, daß man ihn nie zurückkehren lassen würde, aber ich mußte ihn trösten. Ich wußte über ihn nur das, was er mir selbst erzählt hatte. Doch vielleicht war er gar nicht so harmlos, wie er scheinen wollte.

»Ich möchte Sie noch um etwas bitten«, sagte er, als er sah, daß ich aufstand, um zu gehen. »Erzählen Sie niemandem etwas über dieses Gespräch. Bitte!«

»Ich werde schweigen«, antwortete ich. »Entschuldigen Sie mich jetzt, ich habe noch eine Verabredung.«

Die blauen Pantoffeln begleiteten mich bis zur Tür. Als ich im Fahrstuhl stand, stieß ich einen Seufzer der Erleichterung aus. Er kann mich mal, der Schwachkopf.

Aus Wut über die Zeitverschwendung erzählte ich Levin, worüber wir gesprochen hatten. David Levin ähnelte einem Spion oder einem Provokateur aus einem schlechten sowjetischen Film. Er ist die größte Klatschtante, die es gibt. Jedenfalls behauptet das Lionja Kossogor, von dem im zweiten Band des *Archipel Gulag* die Rede ist. Diese russischen Emigranten! Die von 1918, die von heute und die von morgen: Ich kann über sie nur lachen. Als ich in das Hotel zog, trat Lionja mir eines schönen Tages in den Weg und warf mir vor, ich sei arrogant. Nur weil ich nicht mit ihm plaudern wollte!

Für einen Russen, der ein bißchen Grips im Kopf hat, ist ein anderer Russe nie ein Buch mit sieben Siegeln. Unzählige Kleinigkeiten zeigen ihm sofort, wer er ist und wie er ist. Bei Levin muß man einkalkulieren, daß er immer kurz vor einem hysterischen Anfall steht und gleich laut losbrüllen wird. Ich weiß auch schon im voraus, was er brüllen wird. Es wird ein Satz sein, der etwa so lautet: »Mach 'ne Fliege, oder ich zerquetsch dich, du ungetaufter Hurensohn!« Ich will damit sagen, daß er von einem Augenblick zum anderen in den rüdesten Häftlingsjargon verfallen kann. Über sein früheres Leben weiß ich nicht viel, aber ich habe den Verdacht, daß er in Rußland wegen irgendeines ganz ordinären Delikts im Knast gesessen hat. Na ja, warum eigentlich nicht?

Er gibt sich als freier Journalist aus. Aber in seinen Artikeln, die immer nur in einer Zeitung erscheinen, in *The Russian Cause*, steht nur solcher Blödsinn wie: »In der UdSSR wohnen nur die KGB-Agenten in schönen neuen Häusern.«

Neuerdings erzählt er, er habe in Moskau als Journalist gearbeitet, während ihm, als ich ihn in Rom kennenlernte, noch Archangelsk gut genug gewesen war. Alles, was er über sein Leben erzählt, ist widersprüchlich. Einerseits sagt er, er habe in der UdSSR sehr gut gelebt und sei beruflich mit Sondermaschinen des Zentralkomitees geflogen; andererseits sagt er, er habe dort unter dem Antisemitismus gelitten.

Zur Zeit lebt er ausschließlich von dem Geld, das er von jüdischen Organisationen oder von der Synagoge direkt bekommt. Ich glaube mich zu erinnern, daß er eine Bauchfelloperation dazu benutzte, um bei den amerikanischen Juden Geld locker zu machen. Jedenfalls zahlt man ihm das Geld eher für seine schlechte Gesundheit als für das Schauspiel mit dem Titel *Adam und Eva*, das er verfaßt hat. Er hat es mir schüchtern vorgelesen, und ebenso schüchtern, denn ich kann niemanden verletzen, nicht einmal Levin, sagte ich ihm, es sei ein literarisches Genre, mit dem ich nicht sehr vertraut sei, und deshalb könne ich mir kein Urteil über sein Werk erlauben. Ich konnte ihm doch nicht sagen, daß sein *Adam und Eva* kein Werk der Literatur sei, sondern ein Werk der Unkultur, die ihn nach seiner Ankunft im Westen – wie uns alle hier – infiziert hat. Er widersteht ihr übrigens noch einigermaßen, andere sind ihr längst erlegen.

Schon bei unserer ersten Begegnung bewarf Levin das Winslow als solches und alle seine Bewohner mit Schmutz. Trotzdem kommt er immer wieder her. Er langweilt sich eben, wenn er allein ist. Er nahm mich einmal mit in die Synagoge. Es war das erstemal, daß ich an einem Gottesdienst in einer Synagoge teilnahm, und ich folgte der Zeremonie voll Andacht, Interesse und Respekt, während Levin in einem fort mit der kleinen alten Frau neben ihm schwatzte. Vielleicht hätte ich in diesem Milieu ein Zuhause finden können, doch es ödete mich bald an; besonders die Mittagessen im Kreis jüdischer Familien, zu denen ich eingeladen wurde. Ich mag geistreiche Tischgespräche und gefüllten Fisch, aber gefüllte Bomben, Parteiversammlungen und Kampfparolen übten bald einen größeren Reiz auf mich aus, wie ihr noch feststellen werdet. Ein geregeltes Leben ist für mich viel zu langweilig: Ich sträubte mich dagegen, als ich in Rußland lebte, und ihr werdet mich auch hier nicht zu geregeltem Schlaf und geregelter Arbeit überreden können. Basta.

Levin besuchte mich noch ein paarmal, und es kostete mich einige Mühe, Liebe für meinen Nächsten zu empfinden. Ihr müßt wissen: Im Grunde bin ich der Meinung, daß man mit allen Unglücklichen Mitleid haben soll, und trotz all seiner Bosheit entspricht Levin genau dem, was ich unter »unglücklich« verstehe. Nichtsdestoweniger mußte ich aufhören, mit ihm zu verkehren.

Man konnte von vornherein sicher sein, daß er alles, was er bei mir sah, und alles, was ich sagte, weitertragen und dabei verzerrt wiedergeben würde. Es war gewissermaßen sein Hobby, geringfügige Angelegenheiten idiotisch aufzubauschen und zu entstellen. Aus dem Bild Mao Tse-tungs an der Wand meines Zimmers hatte er meine Verbindung zu der hiesigen chinesischen Partei herausgelesen. Zu welcher Partei denn? Ich hatte keine Ahnung. Fest stand nur, daß ich unbedingt meine russischen Bekanntschaften reduzieren mußte und der arme, böse Levin zu den Opfern gehören würde. Heute sage ich ihm nur noch guten Tag und lüge ihm ein paar Augenblicke lang etwas vor . . .

Wenn sie aus ihrer Umgebung, ihrem Familienkreis herausgerissen sind, keine Arbeit haben und Schritt für Schritt in die Niederungen des Lebens hinabsteigen, machen die Menschen eine ziemlich jämmerliche Figur. Einmal badete ich in Long Beach mit einem zornigen Juden, dem Journalisten Marat Bagrow. Der Kerl fand es richtig, am 2. Mai an der Demonstration teilzunehmen, die in der Fifth Avenue gegen die Kundgebung für den ungehinderten Abzug der Juden aus der UdSSR veranstaltet wurde. Er war mit Spruchbändern herummarschiert, auf denen stand: »Schluß mit der Demagogie!« und »Helft uns hier und jetzt!«.

Wir fuhren also nach Long Beach, Marat Bagrow steuerte einen Wagen, der ihm einen Tag später gestohlen wurde, aber das tut nichts zur Sache, und ich saß mit Naum, einem Ex-Radrennmeister aus der UdSSR, auf dem Rücksitz. Wir wollten zwei Geschirrspüler besuchen, die in einem Ferienhaus an der Küste arbeiteten. Kaum hatte ich die Souterrainzimmer betreten, in denen die Geschirrspüler wohnten – einer von ihnen war früher Musiker, der andere Spezialist für Räucherfische gewesen –, machte ich die Tür auch schon wieder von draußen zu und ging, über eine Absperrung springend, um die zwei Dollar zu sparen, an den Strand.

Möwen, das Meer, salziger Nebel, ein Brummschädel. Ich blieb lange dort liegen, ganz allein, ohne einen Schimmer, auf welchem Planeten ich mich befand. Später kamen Naum und Bagrow mir nach.

»Scheiß-Emigration!« sagte der Exchampion in einem fort. »Als ich in New York ankam, kaufte ich *The Russian Cause*, und da stand ein Artikel von dir drin. Deine Abrechnung mit der Scheiß-Emigration. Es war wie ein Schlag mit dem Hammer auf den Kopf. Was hast du denn anderes erwartet, dachte ich, und was zum Teufel habe ich hier bloß zu suchen, in der Scheiß-Emigration!« schimpfte Naum und bohrte beim Reden ein Loch in den Sand.

»Scheiß-Emigration«, das war sein Refrain. Er hatte schon verschiedene Jobs gehabt: Zuletzt hatte er Fahrräder repariert und zusammen mit zwei anderen Arbeitern, einem Puertorikaner und einem Schwarzen, gestreikt, um gleichen Lohn für gleiche Arbeit durchzusetzen. Einer von ihnen bekam 2,50 Dollar die Stunde, der zweite 3 Dollar und der dritte 3,50 Dollar.

»Der Chef hat den Schwarzen kommen lassen, und als er das Büro betrat, schrie er: ›Warum arbeitest du nicht? Es ist noch nicht Feierabend!‹« erzählte Naum und versuchte weiter, Löcher in den Sand zu bohren. »Der Schwarze stotterte, er müsse zum Arzt und habe deshalb eher Schluß gemacht als sonst. Dann fragte der Boß den Puertorikaner, warum er zu früh aufgehört habe zu arbeiten. Der hatte ebenfalls Schiß und gab vor, er sei zur *Social Security* bestellt. Ich dagegen sagte dem Chef: ›Wir wollen wissen, warum Sie uns nicht den gleichen Lohn geben, wo wir doch die gleiche Arbeit machen.‹« Naum ereiferte sich: »Wißt ihr, was er geantwortet hat? ›Ich hab dem Schwarzen schon gekündigt, und jetzt ist alles okay.‹ Da habe ich auch gekündigt, und nun bin ich Schweißer. Ich löte Bettrahmen zusammen, es sind sehr schöne Betten, ausgesprochene Luxusbetten. Zuerst löte ich, dann poliere ich; wenn keine Unebenheiten mehr da sind, ist es gut, sonst fange ich noch mal von vorn an. Es ist eine verantwortungsvollere Arbeit, als Fahrräder reparieren. Das könnt ihr euch vorstellen.«

Naum wohnt am Broadway in einem Hotel wie dem Winslow, wohin man die Juden schickt. Ich weiß nicht, wie die Zimmer sind, aber die Lage ist nicht so gut, es gibt dort mehr Strolche.

»Schläfst du immer noch mit der Schwarzen?« fragte Bagrow ihn mit besorgter Miene.

»Nein, mit der nicht mehr«, antwortete Naum. »Sie ist zu unverschämt. Früher hat sie fünf Dollar genommen, jetzt verlangt sie sieben fünfzig. Aber das ist noch nicht alles, einmal hat sie um zwei Uhr morgens an meine Tür gehämmert. Ich hab sie hereingelassen: ›Willst du bumsen?‹ fragte sie.

›Na gut‹, sagte ich, ›aber nur, wenn du es umsonst machst.‹ – ›Umsonst ist der Tod.‹ Ich sagte: ›Ich hab nur noch einen Zehndollarschein.‹ – ›Gib mir den‹, sagte sie, ›ich bring dir morgen das Wechselgeld, und dann darfst du auch umsonst.‹ Wir haben gevögelt, und dann hat sie sich eine Woche lang nicht mehr blicken lassen. Ich saß ohne einen Cent in der Tasche da. Nach einer Woche kommt sie wieder und verlangt das Geld im voraus, ohne ein Wort über die zwei Dollar fünfzig zu verlieren, die sie mir schuldet. ›Scher dich zum Teufel‹ hab ich zu ihr gesagt. Da fing sie an zu kreischen: ›Gib mir wenigstens zwei Dollar, der Portier hat mich reingelassen und den Lift aufgesperrt. Ich mußte ihm zwei Dollar versprechen, damit er mich durchließ.‹«

»Und du hast sie ihr gegeben?« fragte Bagrow interessiert.

»Ja«, antwortete Naum, »aber sie soll sich zum Teufel scheren. Man kann nicht mehr mit ihr verkehren, sie hat jetzt einen Louis. Scheiß-Emigration!«

»Man muß stehlen, plündern und killen, um es zu etwas zu bringen«, sagte ich. »Wir sollten eine russische Mafia bilden.«

»Wenn wir es den anderen daheim schreiben«, sagte Bagrow, der mir nicht zugehört hatte, »würden sie es nicht begreifen. Ich hab einen Freund, einen großen Sportfan, der davon träumte, zu den Olympischen Spielen nach Montreal zu fahren. Wenn ich ihm schreibe, daß ich mit meinem eigenen Auto hingefahren bin, wird er vor Neid sterben. Ohne Job, nur mit Arbeitslosengeld bin ich nach Montreal gefahren!«

»Ja, wie soll man ihnen erklären, daß man hier ein Auto haben, nach Montreal fahren und trotzdem in der größten Scheiße sitzen kann?« sinnierte Naum, der unaufhörlich Sand durch die Finger rinnen ließ.

»Ich weiß, es geht nicht. Und wenn er gekommen wäre, hätte er andere Sorgen im Kopf gehabt als Montreal, er hätte genauso in der Scheiße gesessen wie die anderen. Ich habe dieses Auto für fünfzig Dollar gekauft. Da stimmt doch was nicht!«

Wir sind ins Wasser gegangen; die beiden anderen hüpften in den Wellen herum wie die Kinder, aber ich fand es bald albern. Wir verließen den Strand als letzte, erst als es dämmerte, und sprachen dabei über die Tatsache, daß in Amerika wenig Leute im Meer schwimmen, daß die meisten nur am Strand sitzen oder laufen und höchstens bis zu den Knien ins Wasser gehen, während in der Sowjetunion alle Leute möglichst weit hinausschwimmen, und die allzu leichtsinnigen Schwimmer von Rettungsbooten zurückgeholt oder gezwungen werden, wieder zum Strand zu schwimmen, worauf sie dann sehr stolz sind. »Das ist der grundlegende Unterschied zwischen dem Charakter der Russen und dem der Amerikaner: unser Leistungstrieb«, sagte ich lachend.

Wir gingen wieder zu den Geschirrspülern und bereiteten in dem Zimmer der beiden ein Festessen – ein Festessen, an dem zwei Geschirrspüler, ein Wollkämmer, ein Arbeitsloser und ein Wohlfahrtsempfänger teilnahmen. Wenn wir uns, noch vor wenigen Jahren, in Rußland getroffen hätten, wären es ein Dichter, ein Musiker, ein Meistersportler, ein Millionär (einer der Geschirrspüler hatte in der Sowjetunion angeblich fast eine Million besessen) und ein bekannter Journalist gewesen.

»Der Geschäftsführer hat uns den ganzen Tag beobachtet. Er wußte, daß wir Gäste erwarten, und wir konnten deshalb nicht so viel Essen wie sonst organisieren«, entschuldigten sich die Geschirrspüler.

Wir aßen Chicken, tranken Whisky, diskutierten angeregt, aber ohne zu Ende zu kommen, denn es wurde Nacht, und wir mußten wieder nach Manhattan zurück.

Der Musiker arbeitete in dem Strandhotel, weil er das nötige Geld verdienen wollte, um nach Deutschland zu gehen und zu sehen, wie es dort ist; vielleicht würde er dort besser zurechtkommen. Seine Geige stand in einer Ecke, sorgfältig in ein Tuch gewickelt. Ich glaube nicht, daß das Spülen von Geschirr seine Geigentechnik verbessern wird. Außerdem ist der Virtuose nicht mehr sicher, ob er wirklich nach Deutschland gehen will. Er hat zugleich den Wunsch, als Matrose auf einem liberianischen Dampfer anzuheuern, und er möchte auch nach Kalifornien.

Ein anschauliches Beispiel dafür, was die Zukunft für uns bereithält, trat uns leibhaftig in der Person eines Kollegen der Geschirrspüler, eines alten Ukrainers, entgegen. Er bekommt für die gleiche Arbeit wie die anderen nur sechsundsechzig Dollar netto die Woche. »Er ist von Natur aus sanft und geduldig, der Chef macht mit ihm, was er will, und da er alt ist, kann er nicht so schnell arbeiten wie wir«, sagten die Geschirrspüler, ohne sich um die Anwesenheit des Alten zu kümmern, der verlegen lächelte.

Wir verabschiedeten uns bald und fuhren auf einer dieser phantastischen Straßen nach New York zurück. Wir stellten das Radio an. Aber es nützte nichts. Wir zankten uns weiter über unsere Probleme, und als wir uns schließlich trennten, nahm jeder das seine frisch und ungelöst wieder mit.

In unserem Hotel wohnen auch ein paar Intellektuelle, zum Beispiel Edik Brutt, der Vegetarier ist und fortwährend liest, um sein Wissen zu vermehren. Er liest Klassiker, Omar Khayam, Shakespeares Werke und die chinesischen Philosophen, alles selbstverständlich auf russisch. Dieser Edik, ein netter und stiller Junge mit einem kleinen Schnurrbart, hat einen amerikanischen Freund, einen kräftigen Burschen, gut vierzig, der mehrere Sprachen spricht und abgesehen davon viel mit Edik gemeinsam hat: Er macht sich nichts aus Frauen und wohnt mit seiner Mama zusammen. Oft nimmt er Edik zu Orgelkonzerten mit. Das ist zwar ein sehr kultivierter Zeitvertreib, aber ich würde es keine fünf Minuten aushalten. Edik mag es, Respekt! In Moskau war Edik Filmvorführer oder Filmvorführerassistent, jetzt ist er Wohlfahrtsempfänger, führt ein zurückgezogenes Leben und gibt allen zu essen, die ihn besuchen; er borgt einem auch ohne weiteres Geld, selbst seinen letzten Dollar.

Es gibt noch einen anderen Intellektuellen in unserem Hotel, das ist der Dichter Eugen Knikitsch, genannt Genia, der große Blonde. Er stammt aus einer angesehenen Leningrader Familie, hat russische Literaturwissenschaft studiert und eine Dissertation über Dostojewski geschrieben: *Das Merkwürdige an der Landschaft von Stepantschikowo und ihren Bewohnern.* Er macht sich in seiner Kammer praktisch nur Würstchen heiß, und die meiste Zeit hockt ein ziemlich häßliches amerikanisches Mädchen, das ihm Englisch beibringt, auf seinem Bett. An den Wänden hängen ermutigende amerikanische Tageslosungen wie *»Let us work today«*. Aber er richtet sich nicht danach, hat absolut keine Lust zu arbeiten, und im Augenblick bemüht er sich darum, *welfare* zu bekommen. »Ich bin schließlich ein seriöser Wissenschaftler«, erklärte er mir. Ich bin überzeugt, daß er das ist, warum auch nicht? Nur sind wir beide die einzigen, die einen seriösen Wissenschaftler – er nennt sich Spezialist für Gogol und Dostojewski, Professor der Ästhetik – zu würdigen wissen. Sonst interessiert sich hierzulande kein Mensch dafür. Hier braucht man seriöse

Geschirrspüler, Leute, die gewissenhaft Schmutzarbeit verrichten und keine literarischen Flausen im Kopf haben. Für die Literatur gibt es eine Extramafia. Es gibt hier überhaupt für alle Berufe eine Mafia.

Auch die russische Emigrantenzunft hat ihre Mafiosi. Der blonde Genia und ich sind aber nicht bereit, mit ihnen zu kollaborieren. Die Mafiosi haben bekanntlich nichts übrig für Leute, die ihnen nicht aus der Hand fressen. Sollen die doch verrecken, denken sie. Es geht ihnen nur um ihr eigenes gutes Leben, weiter nichts. Wir kennen das von Rußland her. Versuchen Sie doch mal, in den Sowjetischen Schriftstellerverband aufgenommen zu werden! Die kontrollieren einfach alles. Wobei es nicht um den Geist, sondern um Brot, Fleisch und Sex geht. Es ist kein Kampf ums Leben, sondern ein Kampf bis zum Tod. Es geht um die Mösen der russischen Helenas. Das ist kein Witz.

Manchmal werde ich von kalter Wut gepackt. Von meinem Zimmer aus betrachte ich die Mauern der Nachbarhäuser und diese ganze gewaltige und erschreckende Stadt, und ich verstehe, daß all das wirklich ernst gemeint ist. Es heißt entweder ich oder sie; ich meine die Stadt. Entweder ich werde wie diese bemitleidenswerten und erniedrigten Geschöpfe, oder aber . . . oder aber ich gehe aus diesem Kampf als Sieger hervor. Fragt sich nur, wie ich das am besten anstelle. Ich würde alles tun, und wenn es diese Stadt ruinieren sollte. Warum Mitleid mit ihr haben, da sie doch kein Mitleid mit mir hat?! Und ich bin nicht der einzige, der so denkt. Aber was auch passieren mag, nie werden sie meinen Kadaver in einer armseligen Bretterkiste aus dem Winslow tragen!

Wenn ich morgens aufwache, werde ich mir mit furchtbarer Klarheit meiner Lage bewußt. Ich springe aus dem Bett, trinke meinen Kaffee, und ich wasche alle Nachklänge kleiner Gedichte und heimatlicher Lieder von mir ab, auch alle Überreste typisch russischer Wahnvorstellungen. Dann setze ich mich an meinen Arbeitstisch und pauke Englisch. Oder ich versuche, etwas zu schreiben. Meistens aber schaue ich die ganze Zeit nur aus dem Fenster. All diese Häuser fangen an, mir auf die Nerven zu gehen. Scheiß-Steinwüste! Ich habe mir übrigens erst hier das Fluchen angewöhnt. Es sollte mich wundern, wenn es mir gelänge, mich in das hiesige System zu integrieren, denke ich angewidert und habe dabei den langen, mühsamen Weg vor Augen, den ich zurücklegen müßte. Aber ich muß es versuchen.

Das billigste Essen, und selbst das nicht immer ausreichend, kleine schmutzige Zimmer, miese Kleidung aus schlechten Stoffen, die Kälte, der Wodka, die Nerven . . . Meine zweite Frau drehte zuletzt durch. Zehn Jahre lang so in Rußland zu leben, und dann genauso wieder ganz von vorn anzufangen! »O Welt, wo ist deine Hure Gerechtigkeit?« möchte ich schreien. Damals arbeitete ich Tag für Tag. Ich schrieb Gedichtzyklen, Erzählungen; mir gelang eine ganze Menge, zum Beispiel, in meinen Büchern einen bestimmten Typ des russischen Menschen lebendig werden zu lassen. Und die Leute lasen meine Werke, sie kauften alle meine nicht publizierten Publikationen, insgesamt achttausend Exemplare, die ich selbst auf der Maschine vervielfältigt hatte. Sie kannten meine Gedichte auswendig, rezitierten sie im Freundeskreis.

Eines Tages begriff ich, daß ich nicht weiterkommen würde. Man las mich in Moskau, in Leningrad und noch in zehn anderen Großstädten. Das Publikum dort hatte mich akzeptiert, doch der Sowjetstaat wollte nichts von mir wissen, und welche Verbreitungsmethoden ich mir auch ausdachte, meine Dichtungen erreichten nicht das Volk, die Masse. Meine Seele litt darunter, daß ein dahergelaufener Roschdestwenski in Millionenauflagen erschien, während von meinen Gedichten nicht ein einziges regulär veröffentlicht wurde. Steckt euch euer System doch in den Arsch, sagte ich mir. Ich werde mit meiner Angebeteten woanders hingehen, in jene Welt, wo die Schriftsteller, wie es heißt, freier atmen können.

Und ich kam hierher.

Inzwischen habe ich erkannt, daß es sich überall gleich schwer atmet. Außerdem stehe ich hier von vornherein auf der Seite der Verlierer, weil ich als russischer Schriftsteller russisch schreibe. Und ich mußte feststellen, daß ich mich an meinen verborgenen, verbotenen Ruhm gewöhnt hatte, an den Beifall des anderen Moskau, des schöpferischen Rußlands, wo ein Dichter, anders als in Amerika, noch so etwas wie eine geistige Leitfigur ist, und wo es als ein großes Privileg gilt, einen Dichter kennenlernen zu dürfen. Hier ist ein Dichter ein Dreck, und Jossif Brodski, der in diesem Land schmachtet, sagte mir eines Tages, als er mich in meinem Zimmer besuchte, wodkatrinkend: »In diesem Land braucht man eine Elefantenhaut. Ich habe eine, du aber nicht.« Trotzdem war Brodski unglücklich, weil er sich den herrschenden Gesetzen unterworfen hatte – was er daheim nie getan hatte. Ich verstand seinen Kummer. In Leningrad wurde er, wenn wir einmal von den politischen Schikanen absehen, die er erdulden mußte, von Tausenden von Menschen bewundert, man hatte ihn in jedem Haus, bei jedem Fest begeistert begrüßt, und wunderschöne russische Mädchen hatten ihn geliebt, weil er, dieser junge rothaarige Jude, ein Dichter war, ein russischer Dichter. Sogar die Behörden hatten Respekt vor ihm.

Und wie erging es meinen Freunden, die nach Israel gegangen sind? Selbst die, die zuerst die größten Nationalisten waren, die ihre Intelligenz, ihre Talente, ihre Ideen dort einsetzen wollten, weil es doch ihre neue Heimat war, fanden sich nicht zurecht. Es ist eben nicht ihr Land. Israel braucht weder ihre Ideen noch ihre Talente noch ihre Fähigkeit zu denken. Israel braucht Soldaten, genau wie die UDSSR: drei, vier, vorwärts marsch! Du bist Jude, deine Pflicht besteht darin, deine Heimat zu verteidigen. Aber wir haben es satt, eure ausgeblichenen Fahnen zu verteidigen und eure Werte, die schon lange keine mehr sind, wir haben es satt, euren Besitz zu verteidigen, ihr verkalkten Greise!

Wir! Obwohl ich als Individuum denke, verfalle ich immer wieder in den Plural. Der Grund? Wir sind hier bereits sehr zahlreich, und man muß für andere mitdenken. Schließlich gibt es unter uns viele Bekloppte. Das ist ganz normal.

Ich kenne einen gewissen Lionja Chaplin, der dauernd mit anderen Emigranten zusammenhockt. In Wahrheit heißt er gar nicht Chaplin. Er hat einen komplizierten russischen Nachnamen, aber als er noch in Moskau war, verliebte er sich in Charlie Chaplins jüngere Tochter und nahm ihr zu Ehren dieses Pseudonym an. Als sie heiratete, trug Lionja Trauer und versuchte sich zu vergiften. Ich hatte ihn schon in Moskau gekannt und besuchte ihn hier einmal an seinem Geburtstag. Es war noch ein zweiter Gast da: der hirnverbrannte Philosoph Bondarenko, der Ideologe des russischen Faschismus. Jetzt arbeitete er bei einem Weinhändler. Ich war sehr überrascht, als ich Lionjas Zimmer sah, es war schmal wie ein Eisenbahnwagen und tapeziert mit teilweise übereinandergeklebten Fotos großer, berühmter und berüchtigter Persönlichkeiten: Oswald und Kennedy, Mao und Nixon, Che Guevara und Hitler . . . Ich habe noch nie eine so irre Dekoration gesehen. Nur die Decke war ausgespart. Die Köpfe waren mit Leim an die Wände geklebt, und die Papierschicht war an manchen Stellen fingerdick.

Nach Aufenthalten in verschiedenen amerikanischen Bundesstaaten und in verschiedenen psychiatrischen Kliniken ging Lionja nach New York und bekommt nun *welfare*. Er teilt das Geld sehr merkwürdig ein. Er legt fast alles, etwa zweihundertfünfzig Dollar monatlich, auf die hohe Kante. Er will reisen und vielleicht in die amerikanische Armee eintreten. Er schläft bei Freunden und ernährt sich von dem, was er in Mülleimern findet. Diesen Broterwerb rechtfertigt er mit dem lapidaren Satz: »Das Huhn pickt hier ein Körnchen, da ein Körnchen.«

Mit Lionja, diesem Verrückten, der nichtsdestoweniger einst ein kultivierter junger Mann war (er hat Nietzsche gelesen und buddhistische Gleichnisse verfaßt, die von drei Elefanten handeln), sind wir in gewisser Hinsicht verwandt: Die Nichte meiner zweiten Frau, einer geborenen Anna Rubinstein, war angeblich das erste Mädchen gewesen, mit dem er sexuelle Beziehungen gehabt hatte. Besagte Nichte, die geile Stella, die »in jedem Loch einen Schwanz« haben mußte, hatte den schizoiden, hoch aufgeschossenen Lionja entjungfert.

»Alter Schmutzfink«, sage ich zu ihm, »mußt du schon wieder Klatsch verbreiten! Hast du nichts Besseres zu tun, du Schwachkopf? Wenn du noch für zwei Kopeken Verstand hättest, würdest du dich hinsetzen und arbeiten, endlich etwas schreiben.«

»Wie vulgär du doch geworden bist, Limonow«, antwortet Lionja.

Er hat ein bißchen Angst vor mir. Seine Kopfform und seine lange gebeugte Gestalt erwecken den Eindruck, er sei von Geburt an nicht recht bei Trost. Ich sehe nicht, inwiefern das eine Sünde oder ein Unglück sein soll, ich konstatiere nur eine Tatsache.

Mein Landsmann Sascha Zelenski leidet unter einer ganz anderen Verrücktheit. Dieser stille Mann mit Schnurrbart ist bei uns hochangesehen wegen seiner für einen Emigranten gewaltigen Schulden. Er arbeitet nirgends, bekommt von niemandem eine Unterstützung und lebt ausschließlich von dem, was er sich borgt. An einer Wand des Apartments, das er gemietet hat, aber nicht irgendwo, sondern in der 58. Straße, und für dreihundert Dollar im Monat, prangt stolz der Satz: »Welt, ich schulde dir Geld.«

Zelenski hatte in Moskau das Institut für Auswärtige Beziehungen absolviert. Sein Vater bekleidete einen wichtigen Posten bei dem satirischen Blatt *Krokodil.* In Amerika angekommen, arbeitete Sascha zunächst als Schiffsmakler, das war sein eigentlicher Beruf, und da er englisch sprach, konnte er ihn auch hier ausüben. Er bekam ein anständiges Gehalt, aber bald suchten ihn Wahnvorstellungen heim, und der Tölpel ging seiner inneren Stimme auf den Leim, die ihm einredete, ein großer Fotograf zu sein, obgleich er noch nie Fotos gemacht hatte. Ich glaube, Sascha traf diese groteske, nach einer Mischung aus Gogol und Belinski schmekkende Berufswahl, weil er sich einbildete, daß es leicht sei, in diesem Modeberuf Geld zu verdienen. Wenn er nach dem Entschluß, ein Fotograf zu sein, tatsächlich angefangen hätte zu fotografieren oder gar zu versuchen, diesen Beruf richtig zu erlernen, wäre es nur schlichter Fanatismus seinerseits gewesen. Aber sein Fall ist ernster: Er macht kein einziges Foto und hat von dem ganzen Metier keinen blassen Schimmer. Dafür entfaltet er eine hektische Aktivität, um sich mehr und mehr Geld zu borgen. Seine alten Schulden trägt er mit neuen ab. Das ist das einzige, worauf er sich versteht. Wie er das schafft? Ich habe keine Ahnung. Vielleicht setzt er einen Schabbesdeckel auf und geht in die Synagoge sammeln. Es gibt viele, die das machen.

Wie hoch seine Schulden sind? Ich weiß es nicht. Vielleicht zwanzigtausend Dollar. Er ruft Leute an, die er nie gesehen hat, bittet sie um Geld und ist beleidigt, wenn sie nein sagen. Seine Miete hat er schon eine Ewigkeit nicht bezahlt, und mir ist es schleierhaft, wie er es anstellt, daß er nicht hinausgeklagt wird. Er hat einmal als Kellner im Beefburger in der 43. Straße gearbeitet; man hat ihm aber ziemlich schnell gekündigt. Früher hatte er die Angewohnheit, mit Jigulin, einem Jungen, ebenfalls Fotograf, der eine Etage unter ihm wohnt, in der Öffentlichkeit lautstark über berühmte Fotografen herzuziehen. »Chiro? – Der macht doch nur Scheiße. Avedon? – Ein Dilettant . . .« Alle großen Namen passierten Revue, Zelenski und Jigulin waren für Zelenski und Jigulin die einzigen, die Meisterwerke zu schaffen vermochten, aber sie fingen nicht einmal an zu knipsen.

Im Augenblick wartet Sascha auf seine geliebte Mama, die aus Moskau kommen soll. Er war eine Zeitlang in schrecklicher Verfassung gewesen und hatte mir gesagt: »Erinnere dich an meine Worte: Zuletzt werd ich mich aufhängen.« Wochenlang ließ er keinen Menschen in sein stockfinsteres Apartment; diese Dunkelkammer war das einzige, was an seinen Beruf als Fotograf gemahnte. Aber es ging vorüber. Bald wird seine Mama kommen, und Saschenka mit seinem komischen Schnurrbärtchen und seinem schiefen Blick, der dem eines mißtrauischen Pferdes ähnelt (Zelenski ist immer irgendwie mißtrauisch), wird sie vermutlich zum Arbeiten schicken, während er vielleicht Schmuckdesigner geworden ist und mit seinen imaginären Entwürfen die Juweliere abklappert.

Dann und wann wendet er sich an mich, weil ich in meinem Leben viel genäht habe. Er möchte schon lange ein Hemd geschneidert haben, nach einem Modell, das er selbst entworfen hat und eifersüchtig hütet. Ich sage ihm jedesmal, wenn er mir das Schnittmuster und den Stoff brächte, würde ich es sofort machen. Das geht nun schon zwei Jahre so, und nie hat er mir das Schnittmuster oder den Stoff gebracht, denn seine fieberhafte Aktivität hat nur einen einzigen Namen: Wahnsinn. Nicht der, bei dem einem der Schaum vor den Mund tritt. Nein, sondern der, bei dem man, sich mit leiser Stimme entschuldigend, ernsthaft versucht, ohne Kamera Farbfotos zu machen, bei dem man in der Luft Schmuck entwirft, bei dem man Sonnenenergiebatterien erfindet oder plötzlich beschließt, sich ab sofort für klassische Musik zu interessieren. Und das alles nur deswegen, weil ein menschliches Wesen auf dieser Welt ohne Erfolg keinen Frieden finden kann. Alle Welt verlangt von ihm, er solle Geld verdienen. Wozu eigentlich? Um einen zerlumpten, verrückten Zelenski in einen gepflegten, cleveren Zelenski neben einer schönen, unentwegt strahlenden Lady in einem Rolls-Royce zu verwandeln. Das ist doch der höhere Lebenssinn! Alle armen Streber träumen von schönen Frauen.

Und ich *hatte* sogar schon mal eine . . .

In der Hilton-Welt

In den ersten Märztagen wurde ich Bus Boy im Old Burgundy, einem der Restaurants des Hilton-Hotels. Um von der Winslow-Welt in die Hilton-Welt zu gelangen, brauchte ich nur zwei Häuserblocks entlang- und dann eine Straße hinunterzugehen.

Ich kam ins Hilton dank der Fürsprache eines Krimtataren namens Gaidar, der dort schon zehn volle Jahre als Hausbursche war und offenbar gut angeschrieben, sonst hätte man mich niemals eingestellt. Als ich noch sehr jung war, hatte ich einmal an irgend so einem Kursus einer Hotelfachschule teilgenommen, aber nur ganz kurz und ohne viel davon zu profitieren. Später war ich dann vorübergehend auch einmal Aushilfskellner gewesen. Nie hätte ich mir träumen lassen, daß die Umstände und die Not mich abermals zwingen könnten, im Dienstleistungsgewerbe zu arbeiten, und zwar auf der niedrigsten Stufe: als Bus Boy, wie man jenen unterprivilegierten Kellner nennt, der nur Tische decken und wieder abräumen darf. Die junge Armenierin in der Personalabteilung erklärte mir, mit besseren Sprachkenntnissen wäre ich als richtiger Ober und nicht nur als Bus Boy engagiert worden. Meine Unwissenheit kostete mich also bares Geld.

Unser Hilton hatte zweitausend Angestellte, und es ging in diesem gigantischen Hotel wie in einer Fabrik rund um die Uhr. Mein Arbeitsplatz, das Old Burgundy, war ein großer, mit rotem Samt ausgeschlagener Saal, der zwei Loggien, aber keine Fenster hatte. Um sieben Uhr morgens kamen die ersten Gäste, meistens graumelierte, wie aus dem Ei gepellte Herren aus der Provinz, die an einem Fachkongreß teilnahmen. Hastig schlangen sie ihr Frühstück runter, um nur ja nicht zu spät zu kommen. An manchen Tagen mußten wir uns kleine Pappschilder an den Aufschlag unserer Livreejacken stecken, die ungefähr folgendes verkündeten: »Willkommen! Das Personal des Hilton-Hotels wünscht den Teilnehmern des Zellstoffkongresses einen angenehmen Aufenthalt und überreicht Ihnen den traditionellen Apfelschnitz. Ich heiße Edward.«

Ich war damals total mit den Nerven am Ende, nur noch ein Schatten meiner selbst. Unaufhörlich dachte ich an das, was mir in den letzten Wochen zugestoßen war, vor allem daran, daß Helena mich betrogen hatte und fortgegangen war.

Ich fühlte mich also nicht sehr gut, wenn ich morgens um halb sechs aufstand. Ich zog meinen Pullover an, meinen grauen Anzug, band meinen Schal um, legte den Weg zum Hotel in genau sechs Minuten zurück, las die ewig gleiche, nicht für mich bestimmte Aufforderung »Verbringen Sie einen schönen Tag im Hilton!« über dem Portal und wurde im nächsten Augenblick vom Gestank der Mülltonnen überfallen. Anschließend nahm ich den Fahrstuhl bis zu meinem Restaurant und begrüßte die Köche, alles Griechen und Kubaner.

Ich mochte sie alle, das gesamte Küchenpersonal: die Bus Boys, die Kellner, die Tellerwäscher, die Putzfrauen – lauter Einwanderer, keine Amerikaner, sondern Fremde mit Arbeitsgenehmigung. Sie hatten kein so geregeltes Leben, dafür aber auch keine so unbewegten Gesichter wie unsere Gäste, die Amerika vor allem als Zellstoffmarkt betrachteten. Wenn die ersten Gäste Platz nahmen, ehe der zuständige Kellner da war, eilte ich herbei, wünschte ihnen einen guten Morgen, servierte ihnen Gläser mit Eiswasser und stellte die Butter auf den Tisch. Dann holte ich heißes Brot aus dem Ofen in der Pantry zwischen dem Restaurant und der Küche, schnitt es auf, wickelte die Scheiben in eine Serviette, damit sie nicht kalt wurden, und brachte sie zu den Tischen. Stellen Sie sich vor, Sie wären für fünfzehn Tische verantwortlich, müßten sie blitzschnell abräumen, die Tischtücher wechseln, das Gedeck erneuern und ständig darauf achten, daß die Gäste jederzeit Kaffee, Butter und Eiswasser haben. Ich war unentwegt in Trab, und die Trinkgelder, die man mir gab, waren wirklich sauer verdient.

In der ersten Zeit schaffte ich diesen Wettlauf gegen die Uhr noch ganz gut. Er hinderte mich wenigstens daran, dauernd an Helena zu denken. Ja, ganz am Anfang, als ich kaum etwas begriff und alles erst lernen mußte, schien mir unser Restaurant gar nicht uninteressant zu sein. Nur manchmal, wenn ich mit meinem widerspenstigen Geschirrwagen kämpfte, erinnerte ich mich daran, daß meine Frau mich verlassen hatte, um ein angenehmeres Leben zu führen als ich, daß sie im gleichen Augenblick genüßlich rauchte oder vögelte, daß sie Geld hatte und schick angezogen war, daß sie jeden Abend ausging, daß die Männer, die mit ihr schliefen, unsere Gäste waren – ja, daß sie es waren, die mir Helena geraubt hatten. Sicher, so einfach ist es nicht, aber im Grunde sind sie es doch, unsere smarten Gäste, diese amerikanischen Gentlemen, die mir, Amerika möge mir meine Sentimentalität verzeihen, das Liebste auf der Welt, mein kleines russisches Mädchen, weggenommen haben.

Wenn mich diese Gedanken in dem Moment überfielen, in dem ich mit meinem schmutzigen Geschirr, das Tablett voller abgegessener Teller mit hochgerecktem Arm über meinem Kopf balancierend, zwischen den Tischen hin und her eilte, brach mir der kalte Schweiß aus, und ich warf den Gästen haßerfüllte Blicke zu. Ich war kein Koch, ich konnte ihnen nicht heimlich was ins Essen tun, ich war ein Dichter, und ich hätte ihnen gern in den Arsch getreten, aber ihnen über ihre Schulter in die Suppe spucken, das bekam ich nicht fertig.

Während ich die Überreste eurer Mahlzeiten entferne, treibt ihr es mit meiner Frau, und das nur wegen dieser Ungleichheit, die es so eingerichtet hat, daß sie euch eine Möse verkaufen kann und ich nicht, dachte ich. Ich werde eure Welt und euch Nullen zerstören. Ich kreuzte den Blick mit dem einen oder anderen meiner Kameraden, mit dem Chinesen Wong oder dem Killergesicht Patrizios oder dem Argentinier Carlos, und wußte, daß sie genauso dachten.

Was konnte ich für diese Gesellschaft, diese Parasiten anderes empfinden? Ich bin kein Dummkopf, und kein Vergleich mit dem Leben in der Sowjetunion vermochte mich zu besänftigen. Ich konnte nicht in einer Welt leben, in der nur Zahlen, Lebensstandard und Kaufkraft zählten. Mein Schmerz ließ mich die Gäste hassen und das Küchenpersonal, meine Leidensgenossen, lieben. Ihr müßt zugeben, daß das in meiner Situation normal war. Es war für mich die einzig mögliche Einstellung, sie beruhte nicht auf Objektivität, aber sie war normal. Man kann sogar sagen, daß mein Denken folgerichtig war, was für mich spricht. In der UdSSR haßte ich genauso die dortigen Lebenszuteiler, den Parteiapparat mit seinen Bonzen. All dieser Haß auf die Mächtigen schloß mir die Augen, machte mich blind für die verschiedenen Vernunftgründe, die für Amerika und gegen mich sprachen, zum Beispiel: *»Sie sind gerade erst nach Amerika gekommen. Verseschreiben ist hier nun mal kein richtiger Beruf.«*

Ich mache sie kaputt, eure Welt, in der es keinen Platz für mich gibt, dachte ich verzweifelt. Und wenn ich es nicht schaffe, sie zu zerstören, werde ich wenigstens einen schönen Tod sterben, weil ich es immerhin versucht habe, zusammen mit denen, die so denken wie ich. Ich hatte keinen blassen Dunst, wie ich es anstellen würde. Aus persönlicher Erfahrung wußte ich jedoch, daß das Schicksal dem Suchenden immer einen Weg zeigt und daß ich irgendeine Chance haben würde.

Der kleine Chinese Wong, ebenfalls ein Bus Boy, der aus Hongkong stammte, war mir besonders sympathisch. Er strahlte mich dauernd an, und trotz gewisser Sprachschwierigkeiten meinerseits gelang es uns, einander zu verstehen. Er war mein erster Lehrmeister in dem neuen Beruf, und er kümmerte sich geduldig um mich. In den kurzen Pausen, die wir hatten, fuhren wir in den Keller zur Cafeteria für das Personal, wo wir zusammen aßen, und ich fragte ihn nach seinem Leben. Als typischer Chinese wohnte er selbstverständlich in Chinatown, machte Karate und ging zweimal die Woche zu seinem Trainer.

Einmal, als wir nach dem Essen noch ein wenig Zeit hatten, fuhren wir zum Spindraum, und er zeigte mir ein Pornomagazin mit nackten Chinesinnen, aber er versicherte, es seien Japanerinnen; chinesische Frauen würden sich niemals für so etwas hergeben. Ich machte ordinäre Witze über die chinesischen Japanerinnen, und Wong lachte unbändig. Das Magazin gefiel mir viel besser als die entsprechenden Zeitschriften mit westlichen Frauen. Beim

Betrachten der Bilder empfand ich nicht jenen Schmerz, der mich jedesmal überkommen hatte, wenn ich in Heften mit Fotos von verblühten Blondinen blätterte. Die Blondinen waren in meiner Phantasie mit Helena identisch, und beim Anblick der klaffenden Schamlippen zitterte ich vor Wut. Das chinesische Magazin beruhigte mich dagegen. Es bot keinerlei Anlaß zur Aufregung.

Die Kellner waren anders angezogen als wir, die Bus Boys, und ich beneidete sie um ihre schicke Livree. Ihre kurze rote Jacke mit Schulterstücken und ihre schwarze, von einem breiten Gürtel gehaltene Hose ließen sie wie Toreros aussehen. Der schöne Grieche Nicolas, dessen Schultern fast ein Meter breit waren, der lustige und redselige Johnny mit den Bardot-Lippen, der Italiener Luciano, der mit seiner niedrigen Stirn und seiner geschmeidigen, mageren Gestalt wie ein Louis aussah . . . von ihnen bekam ich nach jedem Frühstück und jedem Lunch ungefähr fünfzehn Prozent Trinkgeld ab. Natürlich waren die Kellner von unterschiedlicher Großzügigkeit: Manche, zum Beispiel Al, der immer zu spät kam, immer gut aufgelegt war und dem ich oft beim Tischdecken half, gab mir einen größeren Anteil von seinem Trinkgeld, andere einen kleineren. Im Schnitt brachte ich pro Tag zehn bis zwanzig Dollar nach Hause.

Am liebsten arbeitete ich mit Al und Nicolas, sie redeten mehr mit mir als die anderen. Nicolas lobte mich oft mit Zurufen wie »*Good boy, good boy*«; ich schwärmte richtig für ihn. Er hatte ein stürmisches Temperament, und es kam vor, daß er in der Hektik des dauernden Hinundherlaufens zwischen Küche und Restaurant wütend etwas hinter mir her schrie, aber ich war deswegen nie böse auf ihn. Einmal sah ich, wie Nicolas eine Handvoll Cents, die man ihm als Trinkgeld gegeben hatte, in die Ecke schleuderte. Er hatte wirklich ein tolles Temperament. Wegen meiner Unkenntnis der englischen Sprache verstand ich nicht alles, was er zu mir sagte, aber eines Tages, als ich mit ihm und Johnny in der Cafeteria war, verstand ich ihn sehr gut. Er sagte: »Die Gäste meinen, wir seien Kellner geworden, weil wir auf die leichte Art Geld verdienen wollen. Deshalb sind sie uns gegenüber so knickerig . . .« Den Rest habe ich nicht mitbekommen, aber nun wußte ich, daß Nicolas genauso verletzbar war wie ich.

Ich habe kein Sklaventemperament und kann sehr schlecht dienen. Das zeigte sich dann und wann: Unser Manager Fred und die Chefkellner, Bob und Ricardo, aßen gern in einer der Loggien. Wenn ich dann gerade für dieses Revier eingeteilt war, hatte ich eine fürchterliche Laune, weil sie mich dauernd losschickten, um etwas zu holen, selbst wenn ich für das Gewünschte gar nicht zuständig war. Reichte ich Bob ein Glas Milch, mußte ich die Zähne zusammenbeißen, um nicht zu sagen: »Verschluck dich dran!« Ich mochte die Kollegen noch viel weniger bedienen als die Hotelgäste. Manchmal speiste eine Frau oder ein junges Mädchen am Managertisch. Natürlich schenkte mir kein Mensch Beachtung, ein Knecht bleibt eben ein Knecht. Ich hatte immer den Eindruck, daß gerade die Frauen auf mich herabsahen. Ich konnte ihnen nicht sagen, daß ich noch vor wenigen Jahren mit mehreren Botschaftern befreundet gewesen war, daß ich mich mit ihren Gattinnen auf privaten Festen amüsiert hatte. Ich erinnere mich an eines, bei dem zwölf Botschafter anwesend waren, darunter der schwedische, der mexikanische, der iranische, der laotische, und unser Gastgeber war der Botschafter von Venezuela: Burelli, ein Dichter und ein bemerkenswerter Mann dazu. Wir, ich meine Helena und ich, waren in seiner Botschaft in der Ermolowa-Straße wie zu Hause. Ich konnte den Frauen am Managertisch auch nicht begreiflich machen, daß ich in meiner Heimat einer der besten Dichter war. Sie hätten laut losgelacht. Für die Personalabteilung hatte ich einen fingierten törichten Lebenslauf verfaßt, demzufolge ich jahrelang als Kellner gearbeitet hatte, in Nobelrestaurants in Charkow und Moskau. Es sollte mir schlecht bekommen.

Ich führte gewissermaßen ein Doppelleben. Der Manager war mit mir zufrieden, die Kellner ebenfalls. Manchmal wollte mir der Chefkellner Bob etwas beibringen, dann nahm ich mein ganzes Schauspielertalent zu Hilfe, kniff, Konzentration mimend, die Augen zusammen und hörte aufmerksam zu, wie er mir riet, die Wassergläser schon vorher zu füllen, um dann schneller bedienen zu können. Ich wandte keinen Blick von Bob und sagte alle paar Sekunden *»yes, sir«*. Er wußte nicht, was auf meinem Herzen lastete und was mir im Kopf rumging. *»Yes, sir! Thank you, sir!«*, und Bob war zufrieden.

Ich lernte so manches, nur nicht, unsere Gäste zu lieben. Im Gegenteil, ich haßte sie immer mehr. Es war nicht allein wegen Helena, aber doch in erster Linie ihretwegen. Und sobald ich mir eine kleine Ruhepause gönnte und derweil einen Stoß Servietten faltete, erinnerte ich mich wider Willen an all die schrecklichen Ereignisse der vergangenen Monate.

Am Abend des 19. Dezember hatte sie mir in unserer von einer einzigen matten Glühbirne beleuchteten Wohnung an der Lexington Avenue mitgeteilt, daß sie einen Lover habe. Draußen fror es Stein und Bein. So gedemütigt, sagte ich zu ihr: »Du kannst die Nacht verbringen, mit wem du willst, ich liebe dich zum Verrücktwerden, und es genügt mir, mit dir zusammen zu leben und für dich zu sorgen.«

Sie aber sah in meinem Bekenntnis nicht ein Zeichen der Liebe, sondern einen Beweis meiner Schwäche. Nach jenem 19. Dezember bemühte sie sich noch eine Zeitlang, mich nicht abzuweisen und weiterhin mit mir zu schlafen. Mein Organismus war inzwischen auf die Idee gekommen, dauernd geil zu sein, und ich hatte in einem fort Erektionen. Beim Wiederlesen meines intimen Tagebuchs stelle ich fest, daß ich ihm anvertraute, ich hätte an einem Tag viermal mit ihr geschlafen. Später bestenfalls noch zweimal, dann noch einmal. Schließlich zog sie sich zurück, und unsere »Kopulationen« – es gibt wirklich kein schöneres Wort –, die für mich etwas Wunderbares waren, fanden nur noch in meinen Träumen statt.

Helena schlief nicht mehr mit mir, sie wiederholte jeden Tag, sie wolle, daß wir uns trennen, und ich irrte im Halbdunkel meines Unbewußten umher. Ich onanierte nachts im Badezimmer, nachdem ich ihre Strumpfhosen und ihren noch warmen Slip angezogen hatte. Ich fand Spermaflecken von einem anderen Mann darin, und ich wollte doch nur Spuren meiner Frau wiederfinden. Eine irre Idee ergriff von mir Besitz: Helena mit Gewalt zu nehmen.

Eines schönen Wintertages ging ich in ein Geschäft am Broadway, um Handschellen zu kaufen. Außer mir kannte wohl jeder diese Art von Handschellen zu sieben Dollar, die da verkauft werden. Wie in Trance lief ich nach Haus. Als ich dort die Handschellen jedoch näher untersuchte, stellte ich entsetzt fest, daß man sie ohne Schlüssel öffnen konnte; man brauchte nur auf einen Knopf zu drücken: Sie waren zwar aus Stahl, aber es war nichts weiter als ein Kinderspielzeug. Es klebte sogar ein Etikett daran, auf dem ausdrücklich erklärt wurde, daß es ein für Kinder über drei Jahre bestimmtes Spielzeug sei.

Mein Vergewaltigungsversuch war also vorzeitig gescheitert. Ich verzehrte mich vor Mitleid mit meinem eigenen Körper, der gezwungen war, zu so erbärmlichen Mitteln zu greifen, um sich ein wenig Zärtlichkeit zu verschaffen. Dann fand ich schluckend und schluchzend doch noch eine Lösung: Ich entfernte den Knopf mit einem Messer, und die Handschellen wurden richtige Handschellen, die nur noch mit einem Schlüssel zu öffnen waren. Ich beobachtete mich dabei im Spiegel, und der Schriftsteller in mir kam zu dem Ergebnis, diese Szene sei reif für Hollywood: Limonow vergießt Tränen der Verzweiflung über einem für seine geliebte Frau bestimmten Paar Handschellen und entfernt den Sicherheitsmechanismus mit einem Kartoffelschälmesser.

Letzten Endes benutzte ich dann weder die Handschellen noch die bereitgelegte Schnur. Mein Verlangen, Helena zu vergewaltigen, ging mit dem Wunsch einher, sie umzubringen. Zwei Wochen vor dem Handschellenkauf hatte ich, bereits vollkommen außer mir, unter dem elenden rosa Teppich unseres Schlafzimmers eine Paketschnur versteckt. Ein Ende war an ein Rohr in einer Zimmerecke gebunden und das andere zu einer Schlinge gedreht, um meiner Frau ohne weitere Vorbereitungen und geräuschlos die Luft abschnüren zu können, wenn die Situation unerträglich für mich geworden sein würde.

Dann erwog ich als Alternative Selbstmord . . . Die Methoden, die ich mir überlegte, wechselten ständig. Die Schnur blieb recht lange an ihrem Platz liegen, und manchmal habe ich den Eindruck, daß sie uns beide, Helena und mich, vor dem Tod bewahrt hat. Wenn ich nachts neben Helena im Bett lag, wenn wir so wie zwei Fremde dalagen, jeder unter seiner eigenen Decke, wenn ich den Geruch von Alkohol und Marihuana einatmete, den sie im Schlaf leise verschnarchte, total erschöpft von ihren Orgasmen mit

Amerikanern (und wegen dieser Männer werde ich dich niemals lieben, Amerika!), dann beruhigte mich der Gedanke, daß ich nur die Hand nach jener Schnur auszustrecken brauchte. Ich wußte, es würde genügen, unter das Kopfkissen zu greifen, um die Schlinge zu nehmen und sie meinem neben mir schlafenden Henker um den Hals zu legen. Es wäre buchstäblich im Handumdrehen erledigt gewesen. Die Mühelosigkeit der Exekution und die bloße Möglichkeit, mit unser beider Leben Schluß zu machen, schenkten mir schließlich Frieden. Zweifellos konnte ich meine mörderischen Triebe nur dank der Gewißheit, Helena jeden Augenblick töten zu können, unter Kontrolle halten.

All diese scheußlichen Erinnerungen überfielen mich wieder, als ich Servietten faltete. Nicolas holte mich in die Wirklichkeit zurück, indem er mir eine leere Kaffeekanne in die Hand drückte, und ich lief in die Küche. Im Vorbeilaufen bemerkte ich, daß die Gäste des Managers, eine junge Frau und ein fetter Kerl, der aussah wie ein Gangster, ihr Mahl beendet hatten und gegangen waren, und daß Fred persönlich den Tisch abräumte und ein sauberes Tischtuch auflegte, was eigentlich meine Aufgabe gewesen wäre. Meine Versäumnisse machten mich hellwach, und ich raste so schnell in die Küche, daß ich mich in den Kurven an der Wand festhalten mußte, um nicht hinzufallen. Es wäre interessant zu wissen, in welcher Beziehung sie zu ihm steht, dachte ich im Laufen. Sie ist bestimmt nicht seine Tochter: entweder ist sie seine Frau oder seine Geliebte. Der Gangster sieht nicht aus wie ein Teilnehmer des Zellstoffkongresses, aber warum ist er dann heute morgen so früh aufgestanden? Wenn ich solch eine Frau im Bett hätte, würde ich kaum vor dem Mittagessen aufstehen.

Ich begegnete den Frauen, die in meinem Restaurant auftauchten, mit Schüchternheit, wie im Bewußtsein einer Gefahr, und, man möge mir verzeihen, mit großer innerer Bewegung, auf eine sonderbare Art: Ich verachtete sie, ich haßte sie, weil ich wußte, daß ich niemals das tun könnte, was sie tun. Sie hatten mir gegenüber einen deutlichen Vorteil, einen angeborenen Vorteil. Ich habe mein Leben damit zugebracht, ihnen zu dienen, sie einzuladen, sie auszuziehen, sie zu besteigen, und sie blieben stumm, oder sie schrien, oder sie logen, oder sie taten so, als ob es ihnen Spaß machte.

Schon früher hatte ich feindselige Anwandlungen gegen Frauen. Dann kam Helena, und meine Feindseligkeit schwand, verbarg sich. Jetzt verzehrt mich die Eifersucht. Helenas Treulosigkeit ist nur der äußere Anlaß. Da sie in meinen Augen das ganze weibliche Geschlecht verkörpert, ist es eine generelle Eifersucht. Die biologische Ungerechtigkeit springt in die Augen. Ich glaube, mein Haß ist die Folge meines Neides, keine Fotze zu haben. Ich weiß nicht, warum, aber mir scheint, sie ist mehr wert als ein Schwanz.

Löcher, dachte ich, einfach nur Löcher, wenn ich die jungen Mädchen und die gepflegten Damen ins Restaurant kommen sah. Patrizio, der Bus Boy mit dem Killergesicht, zeigte mal auf eine, die ich gerade angeschaut hatte, und fragte spöttisch: »Stehst du denn überhaupt auf Frauen?« Ich antwortete ihm, ich sei dreimal verheiratet gewesen. Patrizio und Carlos sahen mich mißtrauisch an. »Du magst nicht lieber Männer?« fragte Patrizio interessiert und blies mir seine Alkoholfahne ins Gesicht. Er trank alles aus, was die Gäste in ihren Gläsern gelassen hatten. (Ich gewöhnte es mir später auch an. Ich aß außerdem die Reste von ihren Tellern. Wie alle Leute aus dem Osten liebe ich zum Beispiel fettes Fleisch. Wenn die Gäste etwas davon übrigließen, langte ich auf dem Weg zur Pantry ungeniert zu.)

Ich beendete die Diskussion mit einer Antwort, die Carlos und Patrizio begeisterte: Ich sagte, im allgemeinen stünde ich auf Frauen, aber ich könnte das sehr gut abstellen und mich künftig Männern zuwenden. Dann trieb uns das Herannahen des Chefkellners Ricardo auseinander, und wir schossen los, um Butter zu holen oder um den Gästen die schmutzigen Teller unter der Nase wegzuziehen.

Als ich eingestellt worden war, hatte ich mir gesagt: Du wirst sicherlich interessante Leute kennenlernen. Was für ein Narr ich doch war! Zwischen mir und einem Kellner und auch zwischen einem Kellner und dem Chefkellner und dem Gast besteht eine unüberwindliche Schranke. In den ersten Tagen sprach ich voller Kühnheit und Naivität die hübschen Frauen an und auch die

Herren, die mir sympathisch waren. Ich dachte, sie müssen mir einfach Beachtung schenken. Später begriff ich, daß sie allesamt nichts mit mir zu schaffen haben wollten. Der Gedanke an eine Annäherung, an die Möglichkeit, Bekanntschaften zu schließen, war absoluter Blödsinn, und er war mir einzig und allein deshalb gekommen, weil ich mich noch nicht an das Alleinsein gewöhnt hatte.

Meine Arbeitskollegen mochten mich trotzdem ganz gern. Die Latinos nannten mich »Russia«, also einfach mit dem Namen des Landes, aus dem ich vertrieben worden war! Warum? Ich weiß es nicht. Vielleicht schien ihnen dieser Name origineller als mein richtiger, der für Amerikaner zu banal war: Edward. Mein chinesischer Freund Wong war mir sehr zugetan. Vor allem seitdem ich ihm bei der Tischwäsche geholfen hatte. Jeder Bus Boy mußte dreimal täglich die Wäsche aus dem Keller hochbringen, eine riesige Kiste mit sauberen Tischtüchern, um sie dann in die Pantry zu tragen, wo alle möglichen Dinge aufbewahrt wurden: Kerzen, Zucker, Pfeffer . . . Ich mochte die Pantry, in der sich der Geruch der sauberen Wäsche mit anderen Düften vermischte. Ich ging während der Arbeit oft kurz hinein, um einen sauberen Waschlappen zu holen oder um mir ein Stück Fleisch in den Mund zu schieben, das ein vollgestopfter Gast nicht mehr geschafft hatte. Nun, ich half Wong also eines Tages dabei, die Wäsche in die Pantry zu bringen und auf den Regalen zu verteilen: Zu zweit geht es viel schneller, aber aus einem mir unbekannten Grund lassen sie es einen immer allein machen. Wong dankte mir für diese kleine Gefälligkeit so überschwenglich, daß es mir schon ein bißchen peinlich war.

Am anderen Tag nahm er mein Wörterbuch, suchte das russische Wort für *good*, zeigte mit einem strahlenden Lächeln darauf und sagte: »*You choroscho.*« Ich bin auf Wongs Kompliment viel stolzer als auf alle Schmeicheleien, die man mir über meine Gedichte gesagt hat. Ich wäre gern Wongs Freund geworden, aber es kam nicht mehr dazu, denn ich mußte das Old Burgundy verlassen, geschätzter Leser.

Nach Feierabend besuchte ich manchmal die anderen Russen,

die im Hilton beschäftigt waren. Wenn ich das Hotel nach Eintragung der Uhrzeit auf meiner Arbeitskarte verließ, wechselte ich zuerst ein paar Worte mit dem Parkwächter Adrianow. Der frühere Hauptmann der Roten Armee, ein muskulöser Schrank, hatte nichts anderes zu tun, als die Nummern der ankommenden und abfahrenden Wagen zu notieren und darauf zu achten, daß keiner die Zufahrt blockierte. In jeder freien Minute stellte er sich gravitätisch mitten vor das Hauptportal, und seine wirklich imposante Erscheinung mit den dicken grauen Locken, die unter seiner Dienstmütze hervorquollen, veranlaßte dann und wann einen prominenten Hotelgast, ihn einer kurzen Unterhaltung zu würdigen. Man konnte in der Tat gut mit ihm plaudern, und er hatte immer etwas Interessantes zu erzählen. Da war ihm zum Beispiel vor einiger Zeit folgende höchst seltsame Geschichte passiert: Er wohnte irgendwo am Stadtrand, in einem Viertel, wo sonst nur betuchte Leute leben. Eines Tages bekam er einen Brief von seinem zuständigen Polizeirevier: »Da uns bekannt ist, daß Sie über umfassende Erfahrungen im Sicherheitsdienst verfügen, möchten wir Sie bitten, sich an dem freiwilligen Sicherheitsprogramm unseres Viertels zu beteiligen.« Sie machten also keinen Unterschied zwischen der »Sicherheit« in der Sowjetunion und in den USA, diese Burschen von der Vorstadtpolizei. Das ist der vernünftigste Standpunkt, den ich kenne. Für sie ist ein KGB-Mitarbeiter, der nach Amerika kommt, ungleich brauchbarer als ich. Jemand, der Erfahrungen hat, egal, welcher Art, wird viel eher akzeptiert als jemand, der nicht nur keine Erfahrungen vorzuweisen hat, sondern auch keine machen möchte. Adrianow lehnte es jedoch ab, sich an dem Programm zu beteiligen, und das war nicht richtig von ihm, finde ich.

In den Niederungen des Hotels ist eine ganze Reihe anderer Russen damit beschäftigt, sich um die Wäsche, das Essen, den Müll, die Möbel, die Elektrizität, das Wasser und wohl noch manches andere zu kümmern; zum Beispiel jener Lionja Kossogor, den Solschenizyn im *Archipel Gulag* erwähnt, ein großer, gebeugter Mann von gut fünfzig, arbeitet dort unten als Elektriker und darf eine hellgrüne Uniform tragen.

Alles in allem hat mir meine Bildungsreise ins westliche Ausland nicht viel gebracht. Während ich in der Sowjetunion mit Dichtern, Malern, Akademiemitgliedern, Botschaftern und faszinierenden russischen Frauen verkehrte, sind meine hiesigen Bekanntschaften, wie Sie bereits feststellen konnten, Gepäckträger, Bus Boys, Elektriker, Parkwächter und Geschirrspüler. Aber meine ferne Vergangenheit ficht mich nicht mehr an, ich versuche sie zu vergessen. Ich hoffe, daß es mir eines Tages wirklich gelingt, von ihr unabhängig zu werden.

Manchmal nahm ich etwas vom Hotel mit nach Hause. Irgendeine Kleinigkeit. Ich klaute. Meine Zelle im Winslow wurde für mich lustiger, wenn ich ein weiß-rot-kariertes Hilton-Tischtuch auf den Tisch legte und die passenden Servietten dazu. Damit hörten meine Dekorationsbemühungen aber schon auf. Ich klaute höchstens noch ein paar Messer, Teelöffel und was man sonst noch so gebrauchen kann. Finden Sie nicht auch, daß das eine ganz normale Einstellung ist? Auf diese Weise teilte das Hilton ein bißchen von seinem Überfluß mit dem Winslow.

Wenn ich von der Arbeit heimkam, lernte ich Englisch, das heißt, bis März gehörte es zu meinem Programm, nach der Arbeit Englisch zu lernen. Oder ich ging ins Kino, meist ins »Playboy« in der 57. Straße, wo man zwei Filme für einen Dollar sehen kann. Aber erst mal haute ich mich hin, wenn ich nach Hause kam, und ich gestehe, daß ich mich, immer noch Helena im Herzen, sogleich mitleidvoll meinem armen Körper widmete, für den sich kein Mensch mehr zu interessieren schien, obwohl er doch noch jung und attraktiv war. Trotz des kalten Windes hatte ich schon angefangen, auf dem herrlichen Dach des nicht minder herrlichen Winslow-Hotels sonnenzubaden. Wenn ich auch unsagbar darunter litt, daß Helena mich nicht mehr brauchte, versuchte ich doch, das beste daraus zu machen. Das heißt, ich floh meine Traumbilder und Erinnerungen nicht etwa, sondern bemühte mich, ein bißchen Lustgewinn aus ihnen zu ziehen. Ich lockte also alle erreichbaren Traumbilder vor mein inneres Auge und massierte mir dabei den Schwanz; ich tat es nicht einmal absichtlich, es war vielmehr ein automatischer Reflex. Ich reagierte einfach auf Helena, genauso wie in all den Jahren, in denen sie neben mir gelegen hatte. Warum war sie jetzt nicht da? Ich malte mir aus, daß sie es vor meinem Angesicht mit einem anderen trieb, und dann nahm *ich* sie. Ich stellte mir dabei sehr komplizierte, anstrengende Positionen vor, um das Heulen hinauszuzögern, aber dann heulte ich doch jedesmal, wenn es mir kam und mein Samen an meinem braungebrannten Bauch herunterlief. Ach, wenn die Welt doch meinen netten kleinen Bauch sehen könnte! Ein Meisterstück der Schöpfung, sage ich euch . . . Ja, so dachte ich. So weit hatte mich dieses verdammte russische Aas gebracht. Meine süße Kleine, mein angebeteter verrückter Liebling.

Sie hatte mich schon seit langem gezwungen, mich selbst zu befriedigen; seit jenem Herbst, als ich spürte, daß sie einen Liebhaber hatte, weil sie es nur noch selten mit mir trieb. Ich sagte es ihr auf den Kopf zu. »Helena, sei ehrlich, du hast einen Freund!« Sie stritt es nicht ab, aber sie sagte weder ja noch nein, sie begnügte sich damit, mir beruhigende und zugleich aufgeilende Worte ins Ohr zu flüstern, und sofort war mein Verlangen nach ihr nicht mehr zu bremsen. Wenn ich mich daran erinnere, was sie zu mir sagte, bekomme ich, verdammt noch mal, schon wieder eine Erektion.

Da hatte ich nun eine fünfundzwanzigjährige Frau, hübsch, mit einer ganz zarten Muschi, und war doch gezwungen, mich wie ein Dieb zu verstecken, um ihre Sachen anzuziehen, was mich aus einem mir unerfindlichen Grund besonders erregte, und meinen Samen auf ihren geilen Slip zu spritzen. Damals rieb sie sich die Möse immer mit einer parfümierten roten Creme ein, und alle ihre Slips waren mit diesem Duft getränkt.

Freunde, wenn ihr mich fragt, warum ich mir kein anderes Mädchen gesucht habe, kann ich euch nur sagen, daß Helena außergewöhnlich war und daß mir, verglichen mit ihrer klassisch geformten Möse, alle anderen abscheulich deformiert vorkamen. Lieber wollte ich einen Schatten vögeln als vulgäre Weiber. Außerdem standen mir damals einfach keine Frauen zur Verfügung. Als sich das dann änderte (ich komme noch darauf zurück), gab ich mir zwar Mühe, sie anständig zu bumsen, aber zuletzt zog ich mich doch wieder in die Welt meiner Traumbilder zurück. Diese Ersatzfrauen waren total uninteressant, und ich brauchte sie im Grunde nicht. Meine intellektuellen und einsamen Spiele mit Helenas Schatten hatten etwas Unheimliches und waren schon deshalb reizvoller. Helenas Stimme klingt noch in meinen Ohren. Den folgenden Satz, dem ich weit über fünfzig Orgasmen verdanke, sprach sie mit ganz leiser Stimme: »Ich stecke einen Finger hinein, ich drücke und streichle meine Musch und betrachte mich dabei im Spiegel, und ich sehe, wie sich langsam ein kleiner weißer Tropfen bildet; ein kleiner weißer Tropfen kommt aus meiner Musch.« Mit diesem Bericht begleitete sie eine unserer letzten Kopulationen, denn ihr müßt wissen, daß sie es außer mit mir, mit Jean, Susanne und Konsorten auch noch gern mit sich allein machte. Drei genügten ihr nicht, der Hure.

Ich erinnere mich noch an den Skandal, den es gegeben hatte, als sie Susanne, ein Lesbierin, kennenlernte. Sie hatten den ganzen Abend miteinander herumgeknutscht. Ich hatte sie mit Gewalt nach Hause bringen müssen; sie schrie und wehrte sich. Zu Hause wurde es noch schlimmer. Sie hatte sich bereits ausgezogen, um schlafen zu gehen. Sinnlos betrunken, warf sie mir lallend idiotische Beschimpfungen an den Kopf. Ich geriet in eine masochistische Ekstase. Ich liebte sie, diese bleiche, ungeschickte, busenlose Kreatur mit ihrem Nuttenslip und mit meinen Socken; sie pflegte sie als Bettschuhe zu benutzen. Ich war bereit, mir den Kopf abhacken zu lassen, meinen armen liebestollen Kopf, um ihn ihr zu Füßen zu legen. Ja, sie war ein Flittchen, ein Biest, eine Egoistin, eine Herumtreiberin, ein Tier, aber ich liebte sie bis zum Wahnsinn. Sie hatte mich gedemütigt, sie hatte meinen Geist zerstört, meine Nerven, alles, was mir zu leben erlaubte, und dennoch liebte ich sie, mit ihrem lächerlichen Slip über den Pobacken, wie sie so dalag, mit ihren langen Froschschenkeln auf unserem armseligen Bett. Ich liebe sie immer noch. Es ist furchtbar, ich liebe sie sogar immer mehr.

Wie oft bin ich mit solchen Erinnerungen im Kopf und den Bauch voller Samen eingeschlafen! Morgens um halb sechs erwachte ich aus meinen Alpträumen, machte mir Kaffee (auf meiner Mongolenhaut gibt es nichts zu rasieren), schlang mir einen schwarzen Schal um den Hals und brach auf zum Hilton. Es war noch kein Mensch draußen, und vor Kälte schlotternd ging ich die saublöde 55. Straße hinunter. Hatte ich jemals gedacht, daß ich eines Tages ein solches Leben führen würde? Nein, ich hatte nicht damit gerechnet. Ich, ein Russe, in einem Bohememilieu aufgewachsen! »Poesie und Kunst, das sind die beiden erhabensten Dinge, mit denen man sich auf dieser Erde beschäftigen kann. Der Dichter ist das wichtigste Individuum, das es auf der Welt gibt.« Diese Wahrheiten waren mir von Kindheit an eingeimpft worden. Und nun war ich, obwohl immer noch ein russischer Dichter, das elendste Individuum geworden. Das Leben hatte mir eins in die Fresse geschlagen . . .

Das Restaurant begann mich anzuöden. Der einzige Vorteil, den es bot, war, ein bißchen Geld zu haben, das mir ein paar leichtsinnige Einkäufe erlaubte. In einer Herrenboutique am Broadway erstand ich zum Beispiel ein schwarzes, spitzenbesetztes Hemd und machte bei dieser Gelegenheit die Bekanntschaft des Besitzers. Zur Erinnerung an das Hilton und das Old Burgundy hängt in meinem Schrank auch noch der weiße Anzug, den ich in der Lexington Avenue in einem Geschäft mit dem Namen Cromwell gekauft habe. Aber das Restaurant machte mich kaputt, ich konnte Helena nicht vergessen, und als mich eines Tages, mitten bei der Arbeit, ganz unvermittelt die altbekannten, gefürchteten Erinnerungen überfielen und mir am ganzen Körper der kalte Schweiß ausbrach, hätte nicht viel gefehlt, und ich wäre in Ohnmacht gefallen. Schlimmer war noch, daß ich ständig meine Feinde vor mir sah, die Leute, die mir Helena geraubt hatten; die Hilton-Gäste, die Herren der Oberklasse. Ich gebe zu, daß ich nicht objektiv bin, aber ich kann nichts dafür – und ist die Welt etwa mir gegenüber gerecht?

Was ich in erster Linie hasse, ist dieses System, begriff ich, als ich versuchte, mich selbst klarer zu sehen, dieses System, daß die Menschen von Geburt an pervertiert. Ich machte keinen Unterschied zwischen der UdSSR und Amerika. Und ich empfand keine Scham wegen dieses Hasses, der aus einem so durchsichtigen und privaten Grund wie der Untreue meiner Frau in mir ausgebrochen war. Ich haßte diese Welt, die rührende kleine russische Mädchen, Verfasserinnen von schönen Gedichten, in alkohol- und drogensüchtige Kreaturen verwandelt, in Matratzen für reiche Leute, die sich mit ihnen vergnügen, ohne die dummen russischen Kinder, die sich doch nur ein bißchen Geld verdienen wollen, jemals zu heiraten. Die Herren aus der Provinz hatten schon immer eine Schwäche für Französinnen und ließen sie in ihre Spielhöllen und Absteigen kommen, betrachteten sie jedoch als Dirnen und heirateten brave Farmerstöchter. Kurz: Ich konnte unsere Gäste nicht mehr ertragen.

Etwa in jener Zeit fuhr ich nach Bennington, um das dortige Mädchencollege und Professor Gorowitsch kennenzulernen. Ich hatte ihnen einen Brief geschrieben, und sie hatten allem Anschein nach die Absicht, mich einzustellen. Ich weiß nicht mehr genau, wie sie die Funktion bezeichneten, aber es war ein ziemlich unwichtiger Posten, der etwas mit der russischen Sprache zu tun hatte. Den blöden Brief hatte ich geschrieben, als ich nicht mehr wußte, was ich machen sollte, doch als es Professor Gorowitsch nach einigen vergeblichen Versuchen gelang, mich im Winslow ans Telefon zu bekommen, begriff ich, daß mich kein Gelehrter und keine kleine Studentin aus guter Familie mehr retten könnten und daß ich nach einer Woche aus Bennington türmen würde, um nach New York zurückzukehren. Das stand von vornherein fest. Ich wollte ihr Spiel nicht mitmachen. Ich wollte, genau wie in Rußland, wenn möglich sogar lieber gegen sie spielen. »Wenn möglich« war nur eine Zeitfrage, das heißt, ich kannte noch zu wenig Leute. Ich wußte noch nicht, wie ich mich rächen konnte, aber daß ich mich dereinst rächen würde, daran war nicht zu rütteln.

Eines Tages erläuterte ich Wong in der Cafeteria, warum ich die Reichen nicht mochte. Da Wong sie auch nicht mochte, mußte ich ihn nicht erst davon überzeugen, daß alle Armen Revolutionäre oder potentielle Kriminelle sind, nur haben sich noch nicht alle für die eine oder andere Möglichkeit entscheiden können. Ich sagte bereits, daß ich diese geheimen Produzenten des Bösen verabscheute: die Reichen. Ich räumte ein, daß es auch unter ihnen

Opfer des Systems geben mochte, aber ich haßte ihre ganze Gesellschaftsordnung, die manche vor Langeweile fast krepieren ließ, während andere schufteten und trotzdem kaum genug zu essen hatten. Ich wollte zu den Leuten gehören, »die alle gleich sind«.

Morgens, wenn es noch dunkel war, machte ich in den sechs Minuten, die mein Weg zur Arbeit dauerte, einen Spaziergang beinahe durch die gesamte Weltliteratur, so zahlreich waren die Zitate, die mir einfielen. Nicht übel für einen Hilfskellner! Immer wieder kam mir *Die Fabrik* in den Sinn, ein Gedicht unseres Lyrikers Alexander Blok. »Am Nachbarhaus die gelben Fenster . . .«, dann übersprang ich die Verse, die ich nicht brauchte, und sagte mir die ganze letzte Strophe auf:

> Da gehn sie, es wie stets zu machen,
> und schleppen Säcke, die Halbtoten.
> Doch hinter gelben Fenstern lachen
> sie herzhaft über die Idioten.

Wenn ich zur Arbeit ging und von der Arbeit zurückkam, fühlte ich mich genauso unglücklich wie die Menschen, von denen in dem Gedicht die Rede ist. Die russische Literatur hatte mir nicht die Kraft gegeben, ein gewöhnliches Individuum ohne Probleme zu sein und unangefochten zu leben. Warum, zum Teufel, aber zerrte sie so hartnäckig am Aufschlag meiner roten Bus-Boy-Jacke und führte mir so grausam meine Lage vor Augen? »Du solltest dich schämen, Editschka! Du bist ein russischer Dichter, das ist ein ehrbarer Beruf, mein Lieber, und den hast du besudelt, du hast den ganzen Stand entehrt. Du mußt endlich aufhören, erniedrigende Arbeiten zu verrichten. Lieber unglücklich, lieber so leben, wie du im Februar gelebt hast, wie ein Penner.«

Ich verließ mich nicht uneingeschränkt auf unsere russische Literatur, aber ich lauschte ihrer Stimme.

Die »gelben Fenster« waren für mich die Park Avenue, die Fifth Avenue und ihre Bewohner. All das zwang mich eines Tages, zu Fred, dem Manager, zu gehen und ihm zu sagen: »Es tut mir leid, Sir, aber ich habe am eigenen Leib feststellen müssen, daß diese Arbeit nichts für mich ist. Sie ermüdet mich sehr, und ich muß Englisch lernen. Wie Sie feststellen konnten, habe ich etwas geleistet, und ich bin gern bereit, noch einen oder zwei Tage zu arbeiten, wenn es sein muß, aber mehr nicht.« Ich hätte ihm gern gesagt, daß es mir physisch nicht möglich war, andere zu bedienen, und daß ich die Gäste nicht mochte, aber ich ließ es bleiben.

In den letzten Tagen im Hilton unternahm ich noch eine ganze Menge, ich schrieb einer *very attractive lady* und schickte elf meiner Gedichte nach Moskau, an die Zeitung *Nowij Mir*.

Die *very attractive lady* hatte in der *Village Voice* eine Anzeige aufgegeben: »Neununddreißig, suche Reisebegleiter für Paris, Amsterdam, Santa Fé usw.« Ich warte noch heute auf ihre Antwort.

An die Redaktion von *Nowij Mir* schrieb ich zum Scherz und aus Freude am Skandal. Ich war überzeugt, daß man meine Gedichte nicht veröffentlichen würde, aber ich wollte nicht auf das Vergnügen verzichten, mich ein wenig zu quälen. Ich hatte ein gutes Gewissen: Warum sollte ich meine Gedichte nicht, während ich hier lebte, in der Sowjetunion veröffentlichen? Die verschiedenen Behörden hatten sich meiner so oft bedient, daß ich diese Beziehungen nun ruhig ein bißchen ausnutzen konnte. Vielleicht hatte ich doch eine gewisse Chance, dort publiziert zu werden: Immerhin hatte die Moskauer Zeitschrift *Die Woche* mir in der letzten Februarausgabe eine ganze Seite gewidmet, und zwar aufgrund meines Artikels »Enttäuschung«, der dazu geführt hatte, daß ich von der Emigrantenzeitung *The Russian Cause* entlassen wurde.

Es war ein merkwürdiges Zusammentreffen, daß ich in eben jenen Tagen in New York umherirrte, völlig auf dem Hund, vor Fieber zitternd, in einen Mantel gehüllt, den ich auf einem Haufen Sperrmüll gefunden hatte, Abfälle aus Mülleimern essend und Wein- und Schnapsreste aus weggeworfenen Flaschen trinkend. Ich streunte viel in Chinatown herum und schlief bei den Pennern. Ich ertrug dieses Leben sechs Tage lang; am siebenten kehrte ich freiwillig in meine Winslow-Zelle zurück, und dort erblickte ich wieder die monströse Ausstellung, die ich mit Helenas Kleidungsstücken und mit Girlanden aus Zetteln veranstaltet hatte, auf denen Verse standen, die zum Beispiel so lauteten:

Helenas einer Strumpf ist weiß;
niemand weiß, wo der andere ist.
Sie kaufte die weißen Strümpfe,
als sie schon einen Liebhaber hatte,
und erstand auch zwei schöne Gürtel.
Sie band sie um,
wenn sie mit ihrem Liebhaber bumsen wollte.
Limonow Editschka fühlt sich sterbenselend.

oder:

Das Tampax
von Helena Sergejewna
ist nicht gebraucht worden.
Mein kleines Mädchen hätte es
in ihre Musch stecken sollen: Dann hätte,
was sehr komisch gewesen wäre,
eine weiße Fahne aus ihrer Möse herausgehangen.

Die Zettel mit den Gedichten waren an die Wände genagelt oder hingen an Gürteln herab oder waren mit Klebestreifen befestigt. Eigentlich war die Ausstellung ganz lustig. Hätten Sie eine Einladung zu einer solchen *Exhibition* angenommen, verehrter Leser? Nun, ich hatte ungefähr zehn Leute gebeten, sie sich am 21. Februar anzusehen, und Sascha Jigulin machte Aufnahmen, so daß ich nun drei Filme davon habe.

Ich gebe zu, ich war verrückt. Ich hatte meine Ausstellung »Mahnmal der heiligen Helena« genannt. Als ich nach meinen sechs Pennertagen wieder nach Haus kam, riß ich alles von den Wänden, um ein neues Leben anzufangen – dieses, das mich dann ins Hilton führte. Ich Idiot, wieviel ist seitdem passiert! Trotzdem: Ich habe den Eindruck, daß ich täglich stärker werde, ich spüre es.

Als ich das Hilton wieder verließ, als ich meine Arbeit hinschmiß, lachte ich wie ein Kind, denn ich hatte eine ziemlich schwere Bürde abgeschüttelt. Ich bedauerte nur, daß ich nun nicht mehr mit meinem Kameraden Wong zusammen sein würde, aber ich hoffte, ihn wiederzufinden, wenn ich seinen Rat brauchte. Und ich hätte mich auch so gern revanchiert und ihm irgend etwas Nützliches beigebracht.

Der Versuch mit Raymond

Man kann trotz allem sagen, daß ich Helenas Verrat einigermaßen schnell überwand. Ganz habe ich ihn natürlich immer noch nicht verkraftet, aber was ich geschafft habe, verdient auf jeden Fall Respekt. Ich kenne andere tragische Fälle dieser Art, wo die Betroffenen sich nur sehr langsam wieder aufgerappelt haben – wenn überhaupt. Ich hatte schon im März einige Versuche unternommen, Männerbekanntschaften zu machen, und im April hatte ich dann meinen ersten Liebhaber. Cyril, ein junger Aristokrat aus Leningrad, kannte einen gut fünfzigjährigen Herrn und versprach mir, mich ihm vorzustellen.

Ich hatte Cyril klarzumachen versucht, daß Frauen mich allmählich anwiderten. »Seit Helena weg ist, kann ich keine normalen Beziehungen mehr zu anderen Frauen haben, ich kann nichts mehr mit ihnen anfangen. Ich habe sie satt, verstehst du. Man muß sie immer bedienen, ausziehen, bespringen, sie verschwinden auf Nimmerwiedersehen, oder sie machen sich über alles lustig, von den intimen Angelegenheiten bis zum gemeinsamen Haushalt. Ich kann nicht mehr mit ihnen zusammenleben, und ich kann vor allem nicht immer die Initiative ergreifen, immer dieselbe Show abziehen. Ich habe jetzt selber auch das Bedürfnis, bedient, gestreichelt, geküßt zu werden, ich möchte auch mal begehrt werden, statt immer nur selbst zu begehren. Ich fürchte allerdings, daß ich all das nur bei Männern finden werde. Ich bin noch keine dreißig, ich bin sehr schlank, habe noch einen knabenhaften Körper . . . Stell mir diesen Typ vor, Cyril, ja? Ich werde dir ewig dankbar sein.«

»Ist das dein Ernst, Limonow?« fragte Cyril.

»Glaubst du vielleicht, mir ist nach Witzemachen zumute?« antwortete ich. »Begreif doch mal: Ich bin allein, ich bin inzwischen auf die unterste Stufe der Gesellschaft abgerutscht. Ich bin sexuell völlig durcheinander, Frauen erregen mich nicht mehr, mein Schwanz weiß nicht mehr aus noch ein, und sein Besitzer ist ebenfalls am Ende. Wenn das so weitergeht, werde ich noch impotent. Ich brauche einen Freund, und ich weiß, daß ich Männern schon immer gefallen habe; ich habe ihnen gefallen, seit ich dreizehn war. Ich brauche einen fürsorglichen Freund, jemanden, der mich umsorgt, mich liebt, etwas für mich tut. Du brauchst mich nur vorzustellen, das weitere kannst du mir überlassen. Ich bin sicher, ich werde ihm gefallen.«

Ich log Cyril nichts vor, es war wirklich so. Von einem gewissen Alter an hatte ich Verehrer gehabt und meinen Spott mit ihnen getrieben, aber ihre Aufmerksamkeiten hatten mir sehr geschmeichelt. Dann und wann gestattete ich ihnen, mit mir in ein Restaurant zu gehen, und um etwas zu lachen zu haben, aber auch um einen gewissen Kitzel zu empfinden, erlaubte ich ihnen sogar, mich zu küssen, doch nie habe ich mit einem von ihnen geschlafen.

Für spießige Gemüter haben erotische Beziehungen zwischen Männern etwas Schmutziges und Abstoßendes. In meiner Heimat sind Homosexuelle wirklich schlimm dran, man kann ihnen jeden Augenblick den Kopf kahl scheren, und nach dem Gesetz können sie wegen widernatürlicher Unzucht ins Lager kommen. Ich kenne einen Pianisten, der deswegen zwei Jahre sitzen mußte, und ich war für die Machthaber, die Hüter des Gesetzes, noch etwas viel Schlimmeres, nämlich ein Dichter, der sich an den *Alexandrinischen Gesängen* und den anderen Gedichten Michail Kusmins berauschte, die den männlichen Körper preisen und die Liebe zwischen Männern.

Mein hartnäckigster Verehrer war ein rothaariger junger Mann gewesen, Awdjejew, der im Theaterrestaurant sang und den Blick nicht von mir wandte, wenn wir uns begegneten. Das Restaurant war genau gegenüber von unserer Wohnung. An den Abenden, an denen ich zu Hause blieb, hörte ich seine leise Stimme *Mamas armer Liebling* und andere sentimentale Schlager singen. Im

Sommer vernahm ich die Stimme meines Sängers deutlich, im Winter drang sie gedämpft zu mir, weil wir die Fenster geschlossen ließen. Ich war damals gerade zu Anna gezogen, einer schönen Jüdin mit grauen Haaren, und wir lebten schon wie Mann und Frau zusammen. Es war eine glückliche Zeit; ich schrieb meine Gedichte mit leichter Hand, war unbeschwert, trank viel und besaß einen schönen kaffeebraunenAnzug aus England, zu dem ich auf einem nicht ganz regulären Weg gekommen war. Ich ging viel spazieren, vor allem in der Hauptstraße, mit meinem Freund Genja, einem sehr gut aussehenden Jungen, dem Sohn vom Direktor des größten Restaurants unserer Stadt.

Genja war ein echter Lebenskünstler. Er tat absolut nichts Vernünftiges. Seine ganze Zeit verbrachte er damit, sich zu amüsieren und zu feiern. Dabei hatte er für Frauen, so seltsam das klingen mag, nicht besonders viel übrig. Selbst wenn er mit Nona verabredet war, die er doch zu lieben schien, zog er es vor, mit mir in ein kleines Lokal zu gehen, das wir Monte Carlo getauft hatten, weil man dort so viel Geld loswerden konnte. Meine Freundschaft mit Genja währte einige Jahre, bis ich von Charkow abhaute. Wir waren Taugenichtse, die fellinischen Helden unserer Provinzstadt. Um Genja zu treffen, stahl ich mich von meiner Frau Anna fort und sprang vom ersten Stock auf die Straße.

Vor Genja und meinem ewigen Verfolger Awdjejew hatte ich, als ich noch zur Schule ging, einen Freund, der Metzger war, ein Riesenkerl deutscher Herkunft, mit einem roten Gesicht. Sanja war sechs oder gar acht Jahre älter als ich. Ich besuchte ihn schon frühmorgens in seiner Metzgerei, ich ging überall mit ihm hin, ich begleitete ihn sogar zu seinen Rendezvous, und außerdem verband uns noch etwas Spezielles: Wir arbeiteten zusammen, das heißt, wir stahlen. Das geschah oft bei Tanzveranstaltungen oder in den Parks. Ich spielte die Rolle des dichtenden Amors, las meine Gedichte jungen Mädchen vor, die vor Staunen perplex waren, während Sanja ihnen mit seinen dicken und nur scheinbar so tapsigen Fingern vorsichtig (in dieser Hinsicht war er wirklich auch ein Künstler) die Uhr abband und die Handtasche leerte. Alles war toll organisiert, wir haben uns nie erwischen lassen. Anschließend gingen wir dann in guten Lokalen essen, oder wir kauften zwei oder drei Flaschen Wein, die wir im Park austranken, ohne Glas.

Ich zeigte mich, wie ich heute weiß, deswegen so gern mit ihm auf der Straße und überall dort, wo viele Leute waren, weil er sich herrlich auffällig kleidete. Er trug goldene Ringe, auf einem davon war sogar ein Totenkopf, und ich erinnere mich, daß mir das schon damals verdächtig vorkam. Offenbar hatte er den gleichen Geschmack wie die Gangster, die man in den Filmen über Amerika sah. An Sommerabenden zum Beispiel zog er gerne eine weiße Hose an, mit weißen Hosenträgern, und darunter ein schwarzes Hemd. Eines Tages wurde er wegen versuchter Vergewaltigung einer Frau festgenommen, mit der er vorher schon mehrmals geschlafen hatte. Im Gefängnis arbeitete er in der Küche – und in seiner Zelle schrieb er Gedichte, er, ein Metzger und Ganove! Nachdem er entlassen worden war, bekam er von einem Rivalen mehrere Messerstiche ab. »Selbst meine dicke Speckschicht hat mir nichts genützt!« stöhnte er, als ich ihn im Krankenhaus besuchte.

Sanja ermunterte mich, es ebenfalls mit dem Dichten zu versuchen, und er war glücklich, als ich ihm meine ersten Gedichte rezitierte. Auf seine Bitte las ich mehrere Sommer hintereinander einer verblüfften Menge in der Badeanstalt Verse vor, zum Beispiel diese:

Männer zerrten meine Freundin
an den Armen aus dem Auto.
Ich schaute zu, wie sie dir, Geliebte,
Gewalt antaten.
Männer mit Stiernacken,
die nach billigem Tabak rochen,
gierten wie junge Hunde
nach deinen verlockenden Pobacken . . .

Es ist lustig und traurig zugleich, diese von einem sechzehnjährigen Jungen geschriebenen Verse wiederzulesen, und ich muß gestehen, daß sie etwas Prophetisches enthielten: Die feisten Kerle, die meine Freundin besprangen, ähnelten verdammt den stiernackigen Männern, diesen Managern und Kapitalisten, die eben jetzt meine Helena bumsen . . .

Ich war Sanja mit Leib und Seele ergeben. Wenn er gewollt hätte, wäre ich bestimmt mit ihm ins Bett gegangen. Aber er wußte sicher nicht, daß ich mitgemacht hätte, oder er war nicht aufgeweckt genug, denn die russische Massenkultur hatte ihm diese Möglichkeit gewiß nicht auf einem Tablett präsentiert, so wie es bei den Amerikanern der Fall ist.

Ich habe eine Neigung zu kräftigen Männern. Ich gebe es zu. Sanja war so stark, daß er den Balken des Geländers um die Tanzfläche mit einem Schlag zertrümmern konnte, und der Balken war dick wie das Handgelenk eines Möbelträgers. Er tat es freilich nur, weil wir nicht die fünfzig Kopeken für den Eintritt hatten. Genja wiederum war groß, schlank und sah mit seinen blauen Augen aus wie ein junger Nazi. Ich habe niemals einen schöneren Mann als ihn kennengelernt.

Jetzt erst, nach fast zwei Jahrzehnten, erkannte ich die geheimnisvolle Anziehungskraft, die mir jene Freundschaften so wunderbar tief erscheinen ließ. Die Tragödie mit Helena hatte mir die Augen geöffnet, ich glaubte, mein Leben plötzlich unter einem ganz neuen Blickwinkel zu sehen, ihm eine neue Wendung geben zu müssen. Ich erklärte Cyril den Grund meines seltsamen Verlangens, und er hörte mir sehr aufmerksam zu. Es war zwar nur eine aufgesetzte Miene, denn dieser junge Edelmann pflegte immer nur so zu tun als ob. Doch zum Glück wußte ich, daß er in diesem besonderen Fall sich nicht nur wichtig zu machen versuchte. Er hatte tatsächlich eine Zeitlang bei einem Homosexuellen gewohnt. Ich hatte ihn damals besucht und Zeitschriften gesehen, die nur für solche Männer bestimmt waren. Cyril konnte mir also durchaus jemanden vorstellen, und ich wollte mich an den Erstbesten klammern, denn diese Welt war für mich ja ohnehin nur mit Fremden bevölkert. Meine schlechten Kenntnisse des Englischen, vor allem der Umgangssprache, meine Depression nach dem Desaster mit Helena, all das machte mich ungeheuer einsam. Ich tat nichts anderes, als in New York umherzustreifen, und legte manchmal zweihundertfünfzig Häuserblocks am Tag zurück; ich ging durch gefährliche Viertel, ich hockte herum, ich lag herum, ich trank Schnaps, ich schlief auf der Straße ein. Und ich redete manchmal tagelang mit niemandem.

Ich rief Cyril ein- oder zweimal an, um ihn zu fragen, wie es stehe und wann er sein Versprechen, mir einen Herrn vorzustellen, einzulösen gedenke. Er suchte nach Ausflüchten, und ich hatte schon aufgehört, auf ihn zu zählen, als er mich eines Tages anrief und mir mit theatralischer Stimme verkündete: »Hör zu, erinnerst du dich an unser Gespräch? Ich bin gerade bei einem Freund, er heißt Raymond und würde dich gern kennenlernen. Komm her, wenn du willst, es ist ganz in der Nähe von deinem Hotel.«

Ich fragte: »Ist das der Schwule?«

»Ja, aber nicht der, den ich damals meinte.«

»Gut, ich bin in einer Stunde da.«

»Mach schnell.«

Es wäre gelogen, wenn ich euch glauben machen würde, daß ich Hals über Kopf und voller Gier hinstürzte. Nein, ich zauderte und hatte auf einmal ein bißchen Angst. Im Grunde hatte ich sogar vor, nicht hinzugehen. Ich überlegte lange, was ich anziehen sollte, und entschied mich schließlich für einen sehr extravaganten Aufzug: zerschlissene französische Jeans mit einer schönen italienischen Cordsamtjacke, mein gelbes Hemd, eine blaue Weste, zweifarbige italienische Stiefel und ein schwarzes Tuch um den Hals. So ging ich hin. Natürlich mit feuchten Händen. Versuchen Sie mal, einem Mann den Hof zu machen, nachdem Sie jahrelang mit Frauen zusammengelebt haben! Sie würden ebenfalls vor Nervosität sterben.

Die Wohnung war voll von »Altertümern«, wie man bei uns in Rußland sagt. An der Wand hingen ein Chagall mit Widmung des Künstlers, Nippes, Gemälde, die den Hausherrn in einer klassischen Tanzpose darstellten, Fotos von Balletttänzern und -tänzerinnen, Nurejew und Baryschnikow inbegriffen. Es war eine sehr elegante Junggesellenwohnung; drei oder vier Zimmer, erfüllt von jenem unaufdringlich feinen Duft des guten Lebens, der die Wohnungen kultivierter Menschen von den engen Behausungen gemeiner Leute unterscheidet. Dort stinkt es unweigerlich nach

Essen oder Tabak. Ich bin sehr geruchsempfindlich. Der Geruch in dieser Wohnung sagte mir zu.

Der Hausherr erhob sich und kam mir entgegen. Er hatte rotes, nicht gerade kurz geschnittenes Haar, war nicht sehr groß und trug eine schicke Hausjacke, um den Hals eine Perlenkette und an seinen Fingern Brillantringe. Wie alt er war? Ich mochte nicht darüber nachdenken, aber er war auf jeden Fall weit über fünfzig, vielleicht schon sechzig. Wir begannen, über dieses und jenes zu reden. Es schien alles ganz normal: Drei Künstler, ein ehemaliger Tänzer, ein Dichter und ein junger Aristokrat, unterhielten sich höflich miteinander. Das Gespräch wurde durch den Vorschlag unterbrochen, geeisten Wodka zu trinken und dazu Kaviar und Gurken zu essen. Der Hausherr ging in die Küche und nahm Cyril mit: »Er kann die Gurken schneiden.« Mir erlaubte er nicht, ihm zu helfen: »Sie sind mein Gast.«

Mein Gott, was für eine Köstlichkeit! Das letztemal hatte ich in Wien Kaviar gegessen, die letzte der Dosen, die wir aus Rußland mitgebracht hatten. Helena war noch bei mir.

Zum Glück hat er sich nicht gleich auf mich geworfen, ging mir beim Essen dummerweise unaufhörlich durch den Kopf. Wenn ich Wodka getrunken habe, werde ich mich etwas besser fühlen, und wenn es dann soweit ist, werde ich mich genau beobachten. Nach diesem herrlichen Mahl mit Wodka und Kaviar wirst du zu allem fähig sein. Für mich, der ich vergessen habe, was ein sorgloses Leben ist, glich die Szene einem wunderbaren Traum. Wir tranken aus kleinen, mit Silberornamenten geschmückten Kristallgläsern, nicht aus irgendwelchen Plastikbechern. Wir nahmen kein üppiges Menü zu uns, und doch stand vor jedem von uns ein voller Teller zum Sattwerden. Auf dem Brot war richtige Butter und darauf echter Kaviar, der Wodka war aus Rußland importiert und geeist. Ich wurde nicht müde, den Tisch und die Speisen darauf zu betrachten. Das Zimmer kam mir, dem Insassen des Winslow-Gefängnisses, riesig vor: Man konnte aufstehen, herumlaufen, spazierengehen.

Im Augenblick ließ mich Raymond noch in Frieden; er stellte mir freundlich Fragen über meine Frau, ohne an meine Wunden zu rühren, ganz konventionell und beiläufig. Er sagte, er sei ebenfalls verheiratet gewesen, als er noch nicht gewußt habe, daß die Frauen allesamt Ungeheuer seien, und seine Frau sei schon vor langer Zeit mit einem Polizisten oder einem Feuerwehrmann, ich verstand das nicht so genau, nach Mexiko durchgebrannt.

Als wir die Flasche ausgetrunken hatten, was ziemlich schnell ging, weil wir alle drei gute Trinker waren, stand er auf und ging ins Badezimmer, um sich stadtfein zu machen.

Er hatte eine Jacke von Yves Saint-Laurent angezogen, aus feinem schwarzem Samt mit einem frechen Einstecktuch, und wollte wissen, ob er uns darin gefalle. Ich bejahte, Cyril sagte: »Raymond, du bist ein Schatz«, und Raymond war selig.

Es läutete an der Wohnungstür, und ein gewisser Louis, der Raymond abholen wollte, kam herein. »Louis ist sein Freund«, flüsterte Cyril mir zu, »aber Raymond nennt ihn Sebastian, nach dem berühmten Heiligen. Sebastian ist Mexikaner.« Ich fand ihn nicht sehr interessant. Er war konservativ gekleidet, Ende Dreißig, etwa so groß wie Raymond und hatte ein ganz nettes, aber nichtssagendes Gesicht.

Sie gingen wider Erwarten ohne uns. Vorher bat Raymond noch Cyril und mich, auf seine Rückkehr zu warten. Kaum waren sie weg, fragte mich Cyril gönnerhaft: »Na, Editschka, wie findest du unseren kleinen Raymond?«

Ich sagte, er sei meiner Meinung nach gar nicht übel.

»Er hat noch eine Affäre mit Sebastian, aber als wir in der Küche waren, hat er gesagt, daß er dich sehr sexy findet.«

Es hätte noch gefehlt, daß er mich *nicht* sexy fand! Dann rühmte Cyril Raymonds Qualitäten, als sei er eine Ware, die er mir verkaufen wollte. Wie intelligent Raymond sei, wie gut erzogen, wie distinguiert er sich kleide. Dabei führte er mich in das Schlafzimmer und deutete auf den Wandschrank, der Raymonds Garderobe enthielt. »Da«, sagte er stolz und öffnete ihn. »Sieh dir das mal an!«

»Im Augenblick«, fuhr Cyril im Ton einer Mutter fort, die zärtlich über ihren geliebten Sohn spricht, »lassen sie sich gerade Anzüge für das Theater machen, im Partnerlook. Du mußt wissen, Limonow, daß Raymond viele berühmte Leute kennt, von Nijinski bis . . .«

Sicher rühmte Cyril genauso meine Qualitäten Raymond gegenüber. Welch ein Dichter, was für ein gescheiter Mensch! Der Ärmste, er leidet so sehr unter dem, was seine Frau ihm angetan hat . . .

Mein Einwand, daß Nijinski seit fast dreißig Jahren tot sei, stimmte Cyril wie jeden guten Russen melancholisch. Um die plötzlich entstandene innere Leere irgendwie auszufüllen, ging er nach nebenan und griff zum Telefonhörer. Er rief seine Geliebte, eine gewisse Jeanne, an und geriet sofort mit ihr in Streit. Dann kam er traurig ins Wohnzimmer zurück, nahm eine neue Flasche Wodka aus dem Barschrank, und wir tranken sie aus, übrigens fast ohne es zu merken. Er ging wieder zum Telefon, machte ein paar Anrufe auf englisch und mit leiser Stimme, bekam aber wohl nichts als Absagen. Da ich das einzige greifbare Opfer war, versuchte er es nun bei mir.

»He, Limonow, erinnerst du dich, du hast mir mal eine junge russische Emigrantin vorgestellt. Ruf sie an und sag ihr, sie soll kommen. Hier sei jemand, der sie phantastisch bedienen werde.«

»Cyril, laß den Quatsch! Ich kenne sie kaum genug, um ihr guten Tag zu sagen. Außerdem ist es Mitternacht, für uns ist das früh, aber um diese Zeit normale Leute wie sie anzurufen, das wäre unverschämt. Sie schläft bestimmt schon lange.«

»Was, nicht mal das willst du für mich tun, nicht mal dieses Mädchen anrufen? Ich hab mich mit Jeanne gestritten, ich muß jetzt bumsen. Ich habe dir Raymond vorgestellt, und du willst für mich nichts tun? Was für ein Egoist du bist!« sagte er aufgebracht.

»Wenn ich ein Egoist wäre«, antwortete ich gelassen, »würde es mir nichts ausmachen, zuzusehen, wie Helena vor die Hunde geht. Eben weil ich kein Egoist bin, wäre ich auf meinem Bett in der Lexington Avenue um ein Haar vor Kummer krepiert. Ich bin gar nicht fähig, nur für mich zu leben.«

»Also dann denk an mich und denk auch an dich. Wir bumsen sie einfach zusammen, ja? Bitte ruf sie an, Editschka!«

Vielleicht wollte er seine Abfuhr bei Jeanne kompensieren, sich in der Möse einer anderen an ihr rächen. Das gibt es. Aber ich hätte die Gegenwart einer Frau am Schauplatz der ersten meiner künftigen Erfahrungen mit Männern nicht ertragen können.

»Ich will nicht irgendein Weib bumsen«, sagte ich, »ich will mit Raymond schlafen, noch heute, wenn es geht. Hör endlich auf, mich zu schütteln, sonst muß ich kotzen. Laß uns etwas essen. Ich hab Hunger.«

Wie jeder gute Russe ließ sich Cyril durch die Aufforderung zum Essen vom Bumsen ablenken, und wir gingen in die Küche. »Wir werden nicht viel finden«, prophezeite er, »Raymond ißt fast nie zu Hause.« Und der Kühlschrank enthielt tatsächlich kaum etwas Eßbares. Wir aßen jeder zwei Äpfel, was unseren Hunger nicht stillte. In der Tiefkühltruhe fanden wir Hacksteaks, die hundert Jahre alt sein mußten. Wir tauten sie auf und grillten sie, weil wir keine Butter fanden, mit Majonäse aus der Tube. Raymond hatte die Butter wohl für die Kaviarbrote verbraucht. Wir fanden auch noch Kaviar, wagten aber nicht, ihn anzurühren.

Unsere Kochkünste verursachten einen solchen Qualm, daß wir alle Fenster aufmachen mußten, und ausgerechnet in diesem Augenblick kamen Raymond und Sebastian zurück.

»Puh! Ihr habt was anbrennen lassen. Was für ein bestialischer Geruch!« sagte Raymond angewidert.

»Wir hatten Hunger und haben uns Hacksteaks gebraten«, erklärte Cyril mit rotem Kopf.

»Warum seid ihr nicht ins Restaurant gegangen, es ist doch gleich unten?«

»Wir haben kein Geld.« Auch diese Erklärung war Cyril peinlich.

»Ich gebe euch was, und dann geht ihr nach unten. Junge Menschen müssen richtig essen«, sagte Raymond. Er gab Cyril einen Schein und begleitete uns zur Tür.

»Entschuldige bitte«, flüsterte unser Gastgeber mir zu, als wir im Treppenhaus waren, »ich bin scharf auf dich, aber Sebastian will bei mir über Nacht bleiben. Er ist schrecklich in mich verknallt.«

Dann küßte er mich plötzlich heftig, das heißt, er nahm meine kleinen Lippen zwischen seine dicken. Was ich dabei gefühlt habe? Eine sonderbare Emotion und eine gewisse Macht. Es dauerte aber nur ein paar Sekunden lang, weil sein Sebastian nach ihm sah. Anschließend ging ich mit Cyril.

»Ruf mich morgen mittag im Büro an, wir essen dann zusammen«, raunte Raymond, ehe er die Tür zumachte.

Am nächsten Tag rief ich ihn an, und wir trafen uns in seinem Maklerbüro. Nachdem ich eine Kompanie emsiger und gepflegter Sekretärinnen passiert hatte, trat ich in einen kühlen, hellen riesigen Raum, größer als das Foyer vom Winslow. Raymond sah mit seinem grauen Maßanzug und seiner silbernen Krawatte wie ein soignierter Banker aus. Wir gingen ins nächste französische Restaurant, das in der Madison Avenue war, unweit meines Hotels. Wir setzten uns nebeneinander hin, und Raymond bestellte für mich Avocados mit Krabben.

»Ich kann das nicht essen«, sagte er, »es macht dick, aber du kannst es dir leisten, du bist ja schlank und beinahe noch ein Knabe.«

Beinahe, gewiß! Und wenn man meinen Schädel anbohrte, um den Teil des Gehirns herauszuholen, der das Gedächtnis enthält, wenn man diese Windungen gut auswüsche, wäre ich alsbald sogar noch ein richtiger Knabe.

»Was trinken wir?« fragte Raymond.

»Wodka, wenn's geht«, antwortete ich höflich und zupfte das schwarze Halstuch zurecht, das ich umgebunden hatte.

Er bestellte Wodka, aber sie servierten ihn, statt geeist, mit Eisstücken drin, wie eine Coca-Cola. Was hätte ich anderes erwarten können!

Wir aßen und machten Konversation. Meine Avocados mit Krabben schmeckten köstlich, es war ein Gericht für Gourmets, und ich aß sie mit Messer und Gabel. Raymond konstatierte, ich hätte sehr gute Tischmanieren, fast wie ein Europäer. Und ich war auch noch stolz darauf, daß er das sagte.

Natürlich sahen wir aus wie zwei Schwule, obgleich er, abgesehen davon, daß er einmal meine Hand streichelte, sich sehr korrekt benahm. Offensichtlich schockierte er mit dieser harmlosen Geste einige der zahlreichen blaumelierten Damen ringsherum, und plötzlich hatte ich das Gefühl, mit unserer kleinen gepolsterten Bank auf einer Bühne zu sitzen und von den Blicken eines kritischen Premierenpublikums durchbohrt zu werden. Als

Dichter und professioneller Bürgerschreck war es mir ganz recht, diese ausgebufften Ladies zu schockieren, von denen jede so aussah, als hätte sie wenigstens schon zwei Ehemänner unter die Erde gebracht. Ich genoß es, daß man uns interessant fand, egal warum. Und ich bemühte mich, meine Rolle gut zu spielen.

Raymond begann einen längeren Monolog: »Du gefällst mir, aber ich habe seit einem Monat eine Affäre mit Sebastian. Ich habe ihn in einem Restaurant kennengelernt, in einem unserer speziellen Restaurants, in die keine Frauen gehen, jedenfalls keine echten, wo nur Leute wie wir verkehren. Ich war mit Freunden da, und er auch. Er fiel mir sofort auf: Er saß in einer Ecke und wirkte irgendwie geheimnisvoll. Zuerst dachte ich, er habe es auf meinen Begleiter abgesehen, einen hübschen jungen Italiener. Aber dann zeigte es sich, daß ich der Auserwählte war, ich, der ältere! Er kam an unseren Tisch und stellte sich vor. Wir schlossen nähere Bekanntschaft, und er mag mich sehr. Zugegeben, er hat auch einen schönen Schwanz . . . Pardon, findest du mich vulgär? Warum? Ich spreche nur von Liebe, und der Schwanz ist nun mal sehr wichtig bei der Liebe. Aber trotzdem: Sebastian erregt mich nicht, während ich gestern bei dir, als ich dich an der Wohnungstür küßte, sofort einen Ständer bekam.«

Vor Schreck über diese freimütigen Worte begann ich, meine letzte Avocado mit übertriebener Aufmerksamkeit zu entmarken, dann legte ich Messer und Gabel hin, nahm mein Glas und trank so hastig, daß die Eiswürfel klirrten.

Raymond bemerkte meine Nervosität nicht. Er fuhr fort.

»Weißt du, Sebastian hatte vorher eine schreckliche Sache erlebt. Es fehlte nicht viel, und er hätte sich umgebracht. Er hat sechs Jahre mit jemandem gelebt, dessen Namen ich lieber nicht nennen möchte, denn er ist berühmt und sehr reich. Sebastian liebte ihn und war in diesen sechs Jahren ständig mit ihm zusammen. Sie sind gemeinsam durch Europa gereist und mit einer Jacht um die ganze Welt gesegelt. Dann hat sich dieser Mann urplötzlich in einen anderen verliebt. Sebastian brauchte ein Jahr, um damit fertig zu werden. Er hat mir gesagt, wenn ich ihn verließe, würde er es nicht überleben. Und er ist sehr nett zu mir, er macht mir viele kostspielige Geschenke. Dieser Ring ist von ihm und auch die große Vase, die im Wohnzimmer steht. Gestern war er nicht in Stimmung, das hast du sicher gemerkt. Ihm ist ein lukratives Geschäft durch die Lappen gegangen. Er wollte einen Pokal verkaufen, der König Georg gehört hat, ich weiß nicht mehr, dem wievielten, aber es hat nicht geklappt. Er macht sich dauernd Sorgen um die Zukunft. Er kommt zu mir, um zu bumsen, aber dann schläft er oft dabei ein, so erschöpft ist der Arme. Er muß viel rumreisen, und sein Arbeitsplatz ist weit weg von meiner Wohnung. Wir wollten zusammen wohnen, aber es geht nicht. Ich meine, Leute wie wir werden hier zwar nicht mehr offen diskriminiert, aber es würde sich trotzdem negativ auswirken, wenn seine Kunden und vor allem seine Kundinnen erführen, daß er schwul ist. Er verkauft Bijouterien und Kitschsachen. Ob Sebastian mich wirklich so liebt, wie er sagt? Was meinst du? Ich sage ihm oft: ›Du bist jung, ich bin schon alt, warum liebst du mich?‹ Er antwortet darauf, ich sei für ihn die große Liebe. Ich weiß nicht, was ich machen soll, ich mag ihn, aber bei dir hab ich sofort einen Ständer bekommen, und bei ihm brauche ich länger. Er behauptet, das mache ihm nichts aus. Er bleibt dabei, daß er mich liebt. Soll ich das glauben? Was meinst du dazu?«

»Ich weiß nicht«, antwortete ich. Was sollte ich anderes sagen?

»Ich habe Angst davor, mich noch mal zu verlieben«, sagte Raymond. »Ich bin zu alt dazu. Ich habe richtig Angst davor, verstehst du? Wenn man mich dann sitzenläßt, gibt es ein Drama. Und ich mag nicht mehr leiden, das ist so strapaziös.«

Er sah mich aufmerksam an und streichelte meine Hand mit sehr weichen Fingern, an denen zwischen den Ringen rote Haare hervorstanden. Ich betrachtete diese fleischige Hand gebannt, wie in Trance. Mir war klar, was er wissen wollte: ob ich ihn mochte, ob es sich lohnen würde, mich gegen Sebastian einzutauschen. Er wollte eine Garantie. Aber was für eine Garantie konnte ich ihm geben? Ich hatte keine Ahnung. Er war sehr nett, aber ich wußte einfach nicht, ob ich mich sexuell je zu ihm hingezogen fühlen würde. Noch viel weniger war mir klar, ob ich ihn, einen Mann, einen Herrn von sechzig Jahren, würde *lieben* können. Ich würde es frühestens wissen, wenn ich mit ihm geschlafen hatte.

»Hilf mir«, sagte er.

»Er liebt dich bestimmt«, antwortete ich ohne Überzeugung, nur um etwas zu sagen.

Ich wollte ehrlich zu ihm sein, ich konnte ihm einfach nicht sagen: »Trenn dich von diesem Sebastian, und ich werde dich fortan zärtlich und hingebungsvoll lieben.« Ich wußte nicht, ob ich dazu fähig sein würde. Außerdem kam ich von einem Gedanken nicht los: Er sucht Geborgenheit, Liebe und Zärtlichkeit, und ich suche genau dasselbe, das ist doch der einzige Grund, weshalb ich jetzt mit ihm hier bin. Ich bin gekommen, um Geborgenheit zu finden, und nicht, um dem alten Knacker gute Ratschläge zu erteilen.

Dann ließen wir dieses gefährliche Thema fallen. Das heißt, wir haben es nicht abrupt fallengelassen, wir haben uns vielmehr mühsam davon befreit. Er fragte mich nach meinem Leben in Moskau, und ich berichtete geduldig, was ich seit meiner Ankunft in Amerika wohl schon hundertmal berichtet hatte, immer den gleichen höflichen und indifferenten Leuten. Er war jedoch ganz und gar nicht indifferent. Er hatte mich fast schon erwählt.

»Meine Arbeiten wurden weder in den Zeitungen noch in Buchform veröffentlicht«, begann ich zu erzählen. »Ich schrieb meine Gedichtsammlungen selbst mit der Maschine ab, ich band sie mit einem Pappumschlag und einer Metallklammer zusammen und verkaufte sie für fünf Rubel pro Exemplar. Normalerweise kostet Samisdat nichts; ich war der einzige, der seine Bücher verkaufte und davon lebte. Nach meiner Schätzung sind meine Werke insgesamt in fast achttausend Exemplaren verbreitet worden.«

Ich erzählte es ihm mit monotoner Stimme, fast so, wie wenn man einen langweiligen, nicht mehr aktuellen Text vorliest.

»Ich kann auch nähen, ich machte Hosen nach Maß. Zwanzig Rubel nahm ich für eine. Außerdem nähte ich Einkaufsbeutel, die Anna, meine Frau, für drei Rubel das Stück im GUM, dem großen Warenhaus am Roten Platz, verkaufte. Alle diese Arten des privaten Geldverdienens sind in der Sowjetunion streng verboten. Ich riskierte jeden Tag, geschnappt zu werden . . .«

Raymonds Aufmerksamkeit hatte nachgelassen. Meine russische Arithmetik interessierte ihn kaum. Drei Rubel, zwanzig

Rubel, achttausend . . . Er war mit seinen eigenen Problemen beschäftigt. Ich war gekommen, um Zuneigung zu finden, und er taxierte mich, um festzustellen, ob ich ihm genug Befriedigung verschaffen konnte. Das gefiel mir nicht sehr. Ich hatte in der Rolle desjenigen, der allzusehr liebt, gerade eine totale Niederlage hinter mir. Ich wollte ebenfalls Garantien.

Wir verlangten die Rechnung, und er bezahlte; denn erstens hatte ich kein Geld, und zweitens wollte ich mich an meine Funktion als Geliebte gewöhnen. Dann beschlossen wir, den Lift zu nehmen und in den dritten Stock zu fahren. Raymond wollte sich ein neues Speiseservice kaufen, und oben im Haus war eine Galerie für altes Porzellan.

Wir wurden von einem häßlichen Mädchen empfangen, das, wie ich merkte, sofort Bescheid wußte. Sie hielt uns für ein Pärchen. Raymond nahm die Platten in die Hand, untersuchte die Teller und Gläser, ließ mich Chinavasen und Meißner Figuren bewundern. Ich liebe alles Schöne; ich teilte seine Begeisterung für die Reliquien einer längst vergangenen, behaglichen Zeit, in der es noch intakte Familien gab, in der es kein Kokain und keine Helena gab, die sich nach Highlife sehnte und nach dieser papierenen Fotowelt mit ihren obszönen Kulissen. Mahlzeiten im Familienkreis, ein geregeltes Leben, das alles verkörperte jenes alte Porzellan für mich. Leider hat das Schicksal etwas anderes mit dir vorgehabt, dachte ich.

Nach dem Besuch nahmen wir den Fahrstuhl, und er küßte mich vor den Augen des verdutzten Liftboys. Es war ein Frühlingstag im letzten Viertel des zwanzigsten Jahrhunderts, in der großen Stadt New York, zur Lunchzeit.

»Ich würde gern mit dir schlafen, aber zur Zeit ist Sebastian fast jede Nacht bei mir. Außerdem hat er, was dich betrifft, gleich Verdacht geschöpft. Hast du bemerkt, wie er dich betrachtet hat?«

Ich wußte nur noch, daß Sebastian mich verdrossen gemustert hatte und die Unterhaltung verlegen und stockend gewesen war.

»Vielleicht kannst du morgen nachmittag um fünf zu mir kommen, wir reden ein bißchen und trinken etwas«, fuhr Raymond fort.

»Ich komme sehr gern«, antwortete ich. Ich freute mich

wirklich, und ich fühlte, wie in mir wieder der Wunsch wach wurde, mit ihm zu schlafen. Ich war sogar entschlossen, »offiziell« schwul zu werden. Ich wollte Klarheit haben. Vielleicht wollen junge Mädchen auf diese Weise ihre Keuschheit verlieren. Mein Verlangen hatte aber auch etwas Anormales, und das spürte ich sehr deutlich.

Wir verabschiedeten uns in der Madison Avenue. Ich ging jedoch nicht gleich ins Hotel zurück, sondern lief noch lange in den Straßen herum und dachte darüber nach, was er mir gesagt hatte: »Auch bei den Homosexuellen gibt es übertriebene Liebe und Mangel an Liebe, Tränen und Dramen. Das Schicksal ist bei ihnen genauso blind, und wahre Liebe ist genauso selten.«

Ich duschte und war um fünf Uhr bei ihm. Cyril war ebenfalls da. Raymond saß im Schlafzimmer in einem Sessel, mit gelöster Krawatte und trank etwas aus einem großen Glas.

»Mach ihm was zu trinken!« befahl er Cyril.

Der junge Kuppler zwinkerte mir vielsagend zu und forderte mich auf: »Komm, Editschka, nimm dir was!«

»Kannst du ihm nicht selbst was kredenzen?« fragte Raymond mit gespieltem Ärger.

»Aber ich weiß doch nicht, was er möchte, ich will ihm nur zeigen, was alles da ist, dann kann er sich was aussuchen.«

Ich folgte Cyril in die Küche. Zum Glück klingelte in diesem Augenblick das Telefon, und Raymond mußte den Hörer abnehmen.

»Hör zu«, flüsterte Cyril, während er mir einen Wodka mit Orangensaft mixte. »Bevor du gekommen bist, hat er gesagt, daß er oft mit dir essen gehen und dir einen Anzug kaufen wird, wenn du in der nächsten Zeit mit keinem anderen zusammenziehst. Raymond wird sich entscheiden, ob er bei Sebastian bleibt oder lieber dich nimmt. Er hat gesagt: ›Sebastian liebt mich sehr, aber er reizt mich nicht. Dieser Eddy Limonow liebt mich nicht, aber vielleicht wird er mich später lieben, wir kennen uns ja noch kaum.‹ Dann hat er gesagt«, fuhr Cyril mit zischelnder Stimme fort, »er glaube dir nicht, daß du noch nie mit einem Mann geschlafen hast.«

»Ich bin eben ein guter Schauspieler«, sagte ich. »Ich hätte ihm im Restaurant vormachen können, daß ich ihn liebe und daß er dem anderen den Laufpaß geben solle, um mit mir zusammenzuleben, ich hätte ihm, wer weiß was erzählen, mich an seine Schulter lehnen, seinen Nacken streicheln, ihn aufs Ohr küssen, den dankbaren Strichjungen, die kokette Tunte mimen können, ich hätte ihm tief in die Augen blicken und alle möglichen Fisimatenten machen können, die bestimmt nicht ihre Wirkung verfehlt hätten. Dazu wäre ich fähig gewesen. Ich habe aber wirklich keine Ahnung, was man mit einem Mann im Bett macht. Ich hoffe nur, es schnell zu lernen.«

Auf dieses Geständnis wußte Cyril, der große Psychologe und wahre Meister in der Kunst, im richtigen Augenblick das Thema zu wechseln, nichts anderes zu erwidern als: »Übrigens habe ich heute in der Fifth Avenue deine Exfrau getroffen.«

Ich bemerkte, wie er mich fixierte, um zu sehen, wie diese Neuigkeit auf mich wirken würde. Aber ich nahm nur einen großen Schluck von meinem Orange Wodka und fragte, mit dem Blick ins Glas: »Und?«

»Sie hatte eine rote Jacke an, und ihre Pupillen waren erweitert – sie muß an der Spritze hängen oder koksen, sie war jedenfalls nicht voll da. Sie hat mir gesagt, sie gehe für einen Monat nach Italien, um einen Film zu machen. Dann hat sie gefragt: ›Wie geht es Limonow? Siehst du ihn noch?‹ Als ich ihr sagte, ich hätte dir einen Freund verschafft, machte sie einen sehr zufriedenen Eindruck und sagte: ›Ich verabscheue Männer. Besorg mir eine reiche Lesbierin, die mich mit einem Gummischwanz durchfickt!‹«

Cyril wiederholte das letzte Wort mehrmals, wobei er die übertriebene Betonung imitierte, mit der Helena es angeblich gesagt hatte. Ich erinnerte mich an jene langen, beinahe unmenschlichen Orgasmen, die sie mit dem künstlichen Glied gehabt hatte, das ich ihr auf ihren Wunsch hineinsteckte, und alles drehte sich mir im Kopf, mein ganzer Körper begann zu brennen. Nach solchen Höhepunkten hatte ich sie immer mit besonderer Gier genommen.

Ich trank einen großen Schluck Wodka, unterdrückte meine

Empfindungen, weil ich merkte, daß mein Schwanz dicker wurde, und gab mir Mühe, mich auf Cyrils Geschwätz zu konzentrieren.

Inzwischen stellte er Betrachtungen darüber an, daß Helena noch nie sein Fall gewesen sei und daß er nie verstehen würde, was ich an ihr finde. Ich lächelte ihm ironisch oder auch nur mechanisch zu und war froh, daß Raymond wieder zu uns trat. Er gehörte zu einer anderen, realeren Welt, und meine Qual ließ nach. Wir tranken, und nachdem wir eine halbe Stunde getrunken und geredet hatten, fing Raymond an, durch den Stoff der Hose meinen Schwanz zu streicheln, wobei ihn Cyrils Gegenwart nicht im mindesten zu stören schien. Ich lächelte und tat so, als sei das für mich nichts Besonderes. Dabei hatten seine Berührungen keinerlei Wirkung auf mich, ich spürte überhaupt nichts. Cyril war da, und ich bin kein stupider Rancherjunge aus Arizona, mit normalen Instinkten und einem Schwanz, der automatisch hochgeht, wenn fremde Leute ihn betatschen. Ich war ein Europäer, der mit den vielen kunstvollen Schaltstellen in seinem Organismus nur mühsam zurechtkam; ich war ein guter Schauspieler, doch das schaffte ich nicht. Wenn es sein mußte, konnte ich ohne weiteres Tränen vergießen, aber einen Ständer bekommen in einer solchen Situation? Außerdem wußte ich gar nicht, ob es nun besser wäre, einen Ständer zu bekommen oder nicht. Ich dachte einen Moment lang hoffnungsvoll und zugleich ängstlich, die Tatsache, daß ich keinen Ständer bekam, könnte ihn abschrecken.

Sie schreckte ihn mitnichten ab, im Gegenteil.

Nach einigen Augenblicken durchquerte ich lässigen Schritts Raymonds Schlafzimmer, um mich in ein großes, künstlerisch dekoriertes Badezimmer zu begeben, ich pinkelte und wollte, nachdem ich mich mit einem Kleenex abgetupft hatte, wieder zurückgehen. Ich kam nicht weit. Raymond wartete im Schlafzimmer auf mich. Er hatte einen glasigen Blick, seine Lippen waren wie überreife Erdbeeren, und er stammelte irgend etwas mir Unverständliches. Er hörte auch nicht auf zu stammeln, als er sich an mich preßte. Erst jetzt fiel mir auf, wie viel größer ich war als er. Ich legte meine Arme um seine Schultern, er drückte seinen Kopf an meine Brust, und voll, wie wir waren, gerieten wir prompt ins Stolpern. Nichteingeweihte hätten uns für zwei japanische

Ringkämpfer halten müssen. Als ich merkte, daß er mich zum Bett zu schieben versuchte, ließ ich ihn gewähren, obgleich ich spürte, daß seine Tolpatschigkeit mich schon jetzt zu ärgern begann.

Er drehte mich auf den Rücken, legte sich auf mich und führte dann Bewegungen aus, wie man sie bei einer Frau macht, wenn man sie bumst. Er imitierte diese Tätigkeit einige Minuten lang, pustete mir dabei seinen heißen Atem ins Ohr und fuhr mir mit der nassen Zungenspitze den Hals entlang. Ich warf den Kopf zurück und drehte ihn von einer Seite zur anderen, genau wie es Helena zum Schluß bei mir gemacht hatte. Ich ertappte mich dabei, wie ich sie kopierte; sicher hatte ich in diesem Augenblick auch den gleichen Gesichtsausdruck wie sie. So etwas überträgt sich.

Raymond lastete schwer auf mir. Trotz meiner Gereiztheit hatte ich Mitleid mit ihm, denn ich wußte, daß ich mich wie eine törichte Jungfrau anstellte. Er hat es nicht leicht mit mir, dachte ich. Meine Wut darüber, daß er, der schwule Profi, sich ebenso ungeschickt anstellte, legte sich dadurch nicht.

Nebenan telefonierte Cyril, und die Tür stand offen. Jetzt begriff ich, warum Raymond nur unverständliches Zeug gestammelt hatte, statt normal zu reden. Alles in allem ging mir viel zuviel durch den Kopf. Du wirst jetzt überhaupt nichts mehr denken, beschloß ich, und dich uneingeschränkt auf das konzentrieren, was hier vorgeht. Ein rothaariger, dicker Kerl wälzt sich auf dir herum. Nicht schlecht als dramatische Situation, Editschka, es scheint, daß du jetzt dran glauben mußt. Aber du hast es selbst gewollt. Das heißt, nein: nicht *das!* Ich war nicht aufs Bumsen aus, sondern auf ein bißchen Zärtlichkeit, auf Liebe. Ich hatte es satt, ohne Zärtlichkeit zu leben. Aber was ich jetzt mitmachte, war zumindest eine bedauerliche Dummheit. Ist es möglich, fragte ich mich, daß er nicht mal so viel Einfühlungsvermögen besitzt, um zu verstehen, daß dies nicht die richtige Art ist, es mir beizubringen? Oder ist es ihm etwa egal, ob er mich abstößt oder nicht, weil ich eine Null für ihn bin?

Er rutschte nach unten, öffnete den Reißverschluß meiner Hose, schaffte es aber nicht, meine Gürtelschnalle aufzumachen.

Meine erste Frau war ebenso vom Gürtel aufgehalten worden; damals war es der alte Uniformgürtel meines Vaters gewesen. Jetzt war es ein italienischer Gürtel, extra für meinen ersten Mann umgebunden. Nein, du wirst es nicht schaffen, du kennst den Trick nicht. Hör auf, ich werde es für dich machen. Ohne meinen gequält träumerischen Gesichtsausdruck zu ändern, zog ich den Arm unter meinem Kopf hervor und löste den Gürtel.

Fieberhaft küßte er meinen roten Slip und holte ihn sich heraus, meinen Schwanz. Mein Gott, er war so klein und schrumpelig wie bei einem Kind. Ich war neugierig: Was würde Raymond jetzt machen? Am liebsten hätte ich ihm gesagt: »Hast du etwa gedacht, es sei kein Problem, es mit mir, einem Traumatisierten, zu treiben?« Er fing an, meinen Schwanz zu kneten. Zu grob, zu schnell.

Nebenan warf Cyril seiner Jeanne ich weiß nicht welche Missetat vor. Ich spitzte wider Willen die Ohren, um seine Stimme zu hören, doch bloß zusammenhanglose Worte drangen bis zu mir. Raymond fuhr fort, mich zu bearbeiten. Meine Stellung war unbequem, eines seiner Knie zerquetschte fast mein rechtes Bein, und ich wußte plötzlich, daß er nichts ausrichten würde, daß ich gleich aufstehen und fortlaufen würde. Und nur um mir nichts zu vergeben, ihn aber auch nicht zu verletzen, flüsterte ich ihm sanft zu: »Cyril wird uns hören!«

Er begriff, erhob sich – das bedeutete, er gab jede Hoffnung auf, meinen Schwanz zum Leben zu erwecken – und schritt wie ein Schlafwandler ins Bad.

Als er zurückkam, ging ich mit großen Schritten im Zimmer auf und ab. Meinen Schwanz hatte ich längst wieder verstaut und meine Hose zugemacht. Wir gingen zu Cyril und schlugen ihm vor, noch ein Glas zu trinken, dann zog ich die Verse, die ich mitgebracht hatte, aus meiner Westentasche. Ich las sie vor, und Cyril gab mit wichtiger Miene zu jeder Strophe seinen Kommentar ab.

Die Gedichte schenkten mir langsam mein Selbstvertrauen wieder. In der Poesie bin ich am besten. Gedichte vorlesend, beruhigte ich mich auch diesmal, obgleich Raymond und Cyril nicht das beste Publikum waren. Der arme Raymond, der kein

Wort verstand, war so höflich, zu respektieren, daß es sich um Kunst handelte und daß es angebracht war, Interesse zu zeigen, aber er vermochte natürlich nicht zu begreifen, mit wem er sich gerade auf dem Bett gewälzt hatte und was dieses Wesen ihm vorlas. Er war zwar mehr Europäer als Amerikaner, aber er hatte genug Jahre in diesem Land verbracht, um die Kunst unbewußt zu einer Dienerin der Vergnügungsindustrie herabzuwürdigen. Er fand es sicher romantisch, einen Dichter zum Freund zu haben, aber das war auch alles. Meine Gedichte waren kleine Nippes für ihn, und er, Raymond, war ein bedeutender Mann, während in Wahrheit Editschkas Werke nicht nur bedeutender waren als Raymond, sondern größer als die ganze Stadt New York. So brüstete ich mich vor mir selbst, und noch heute bin ich überzeugt, daß mein Gefühl mich in diesem Moment nicht trog.

Ich verwöhnte die beiden nicht zu sehr, las ihnen nur fünf oder sieben Gedichte vor, dann steckte ich mein Manuskript wieder in die Tasche. Es reichte. Außerdem kam dauernd Besuch. Seine Freunde, Homosexuelle aller Nationalitäten, passierten Revue. Sie blieben nur ein paar Minuten und verabschiedeten sich, sobald andere eintrafen. Der Italiener Mario, Raymonds ehemaliger Liebhaber, blieb als einziger, zog sich aber nach einer Weile ins Gästezimmer zurück, das für ihn hergerichtet worden war.

Dann und wann griff Raymond noch nach meinem Schwanz, doch man merkte, daß er es langsam satt bekam, und um sich abzureagieren, gab er schweinische und peinliche Witze zum besten, die er besser für sich behalten hätte. Schließlich teilte er uns mit, es tue ihm leid, aber er müsse nun schlafen gehen. »Geh du zu Mario«, schlug er mir vor, um dann, in scherzendem Ton, hinzuzufügen: »Er wird deinen Launen allerdings nicht so schnell nachgeben wie ich. Noch heute habe ich richtig Angst vor ihm, obgleich wir nach so vielen Jahren nicht mehr sexy aufeinander wirken.« Dann führte er mich torkelnd in Marios Zimmer.

Mario saß mit aufgeknöpftem Hemd da und sortierte irgendwelche Papiere. Er war ein energischer, gut aussehender Junge. Ich wäre zweifellos bei ihm geblieben, um das Verlangen, meine Unschuld zu verlieren, endlich zu befriedigen, aber mir war klar, daß Raymond es nicht wirklich wünschte, daß er es, wenn die

Schlappheit meines Schwanzes ihn nicht ein für allemal enttäuscht hatte, einfach nicht wollen konnte. Also blieb ich nicht, obgleich Marios anzügliche Bemerkungen und die Blicke, die er mir zuwarf, mich überzeugten, daß Raymond nicht übertrieben hatte.

Cyril und ich wollten gehen, da entspann sich eine idiotische Diskussion: Raymond mußte am nächsten Tag eine Dinnerparty geben. Es war eine wichtige Sache für ihn, weil auch sein Boß, der nicht schwul war, kommen würde, und er hatte vor, ein hübsches Mädchen einzuladen. Er wußte nur nicht, wo er sie hernehmen sollte. »Außerdem sind meine sämtlichen Speiseservice unvollständig«, jammerte Raymond im Ton einer verzweifelten Hausfrau, die mehr Wirtschaftsgeld haben will.

Wir saßen dicht nebeneinander, er streichelte mechanisch meine Schulter, aber was hätte er in jenem Augenblick wohl in meinem Gesicht lesen können, verehrte Herrschaften? Haß, nichts als Haß auf diesen von Feigheit und Pseudoproblemen gezeichneten Menschen. Und plötzlich merkte ich, daß ich ihm am liebsten mit einem Küchenmesser die Kehle durchschnitten hätte, obwohl er mir keine Gewalt antun wollte, obwohl ich selbst eher derjenige war, der mir Gewalt antat. Ich hätte ihn gern umgebracht, danach ihm die Ringe von den Fingern gerissen, die Brieftasche abgenommen, und dann wäre ich mit dem Chagall in meine Behausung zurückgekehrt; ich hätte mir eine kleine Prostituierte gegönnt, eine für die ganze Nacht, die zierliche Malaiin, die immer an der Ecke Eighth Avenue und 45. Straße steht und noch ein halbes Kind ist. Ich hätte sie die ganze Nacht geliebt, ich hätte sie glücklich gemacht, ich hätte ihre exotische Möse und ihre niedlichen Füße geküßt.

Mit dem Geld, das mir noch übriggeblieben wäre, hätte ich diesem grünen Jungen Cyril einen Anzug von Ted Lapidus gekauft, den teuersten, den sie haben, weil es niemand anderen gibt, der ihn ihm gekauft hätte, und weil ich der ältere und erfahrenere bin. Ich sah diese rührende Szene so deutlich vor mir, daß ich unwillkürlich zitterte, wodurch der Schleier vor meinen Augen zerriß. Ich sah Cyril und Mario und, noch immer dicht neben mir, den üppigen Mund Raymonds.

»Es ist höchste Zeit«, sagte ich, »du bist müde, Raymond.« Cyril und ich brachen endgültig auf.

Ich hakte Raymond ab, obgleich wir verabredet hatten, zu telefonieren. Als ich dann eines Tages mit Cyril aus dem Winslow trat, erblickte ich Raymond und, an seiner Seite, Sebastian, mit schwarzem Anzug und einem lächerlichen weißen Strohhut. Sie hatten einen jungen Burschen bei sich. Man hätte meinen können, Verwandte aus dem Kaukasus besuchten ihren alten Onkel in Moskau. Sie waren auf der Suche nach einem Lokal zum Lunch.

»Hätten wir doch die gleichen Probleme wie sie!« sagte Cyril neidisch. Als sie auf der anderen Straßenseite ein mexikanisches Restaurant entdeckten, eilten Raymond und die Seinen hinüber. Raymond drehte sich auf halbem Weg um und sah mich groß an. Ich lächelte ihm zu und hob lässig die Hand.

Zu diesem Zeitpunkt hatte ich es schon mit Chris getrieben.

Chris und das Spiel im Sand

Ich sagte bereits, daß ich mich, um aus meiner Misere herauszukommen, an jeden Strohhalm klammerte. Um irgend etwas Sinnvolles zu tun, wandte ich mich wieder dem Journalismus zu, oder, um genauer zu sein, ich versuchte, etwas zu veröffentlichen, was ich gerade geschrieben hatte, und zwar zusammen mit Alka, meinem besten Freund, der ebenfalls durch den Fortgang seiner Frau zerstört worden war und um seine Nullexistenz in dieser Welt wußte. Er bewohnte ein Apartment in der 45. Straße, zwischen der Eighth und der Ninth Avenue, in einem von Stundenhotels umgebenen Gebäude. Als typischer intellektueller Jude mit Brille und Prinzipien hatte er sich in diesem Viertel zunächst gefürchtet, dann aber doch ganz gut eingelebt.

Wir diskutierten über Mittel und Wege, unsere Artikel, die mit dem politischen Kurs der US-Regierung ins Gericht gingen, in amerikanischen Zeitungen zu veröffentlichen, wußten jedoch bald nicht mehr, an welche wir uns noch wenden sollten. Die *New York Times* wollte nichts von uns wissen; wir hatten es schon im Herbst probiert, als Alka und ich bei *The Russian Cause* arbeiteten. Wir saßen uns dort gegenüber und fanden schnell eine gemeinsame Sprache. Das Ergebnis war unser »Offener Brief an Sacharow«, den wir guten Mutes zur *New York Times* brachten. Die Redaktion würdigte uns nicht einmal einer Stellungnahme, obwohl der Brief alles andere als töricht war; er war sogar die erste logische russische Stimme, die sich im Westen erhob. Immerhin veröffentlichte man später ein Interview mit uns, das eine Zusammenfassung des Briefes enthielt, aber nicht etwa in Amerika, sondern in London, in der dortigen *Times*. In dem Brief war davon die Rede, daß die russischen Dissidenten die westliche Welt unverdientermaßen idealisierten, denn sie sei in Wahrheit eine Welt voller Widersprüche und Probleme, nicht weniger schwerwiegend als die Widersprüche und Probleme der Sowjetunion. Der Brief war als ein Appell an die russische Intelligentsia gedacht, ihre Mitbürger, die keine Ahnung vom Leben in der westlichen Welt haben, nicht länger zur Emigration und damit zu ihrer Selbstzerstörung zu animieren. Die Redakteure der *New York Times* hielten uns offenbar für inkompetent, was dieses Thema betraf, und reagierten nicht auf Namen, die sie noch nie gehört hatten. Damit bewiesen sie uns, daß es in den Vereinigten Staaten ebenso unmöglich war wie in der Sowjetunion, die Politik der Herrschenden zu kritisieren und einen konträren Standpunkt öffentlich zu vertreten.

Wieder einmal trafen wir, Alka und ich, uns in der 45. Straße Nummer 330, um gemeinsam zu beschließen, wie wir uns weiter verhalten sollten. Es war ein trüber Apriltag. Ich hatte ein paarmal die Woche, und immer öfter, Angstzustände. Ich trank, und ich erinnere mich daher nicht mehr, wie jener Tag anfing, das heißt doch, ich sollte es nicht verschweigen: Ich hatte gerade eine Hörspielszene, »Die Bestrafung Helenas«, geschrieben, und die neuerliche Heraufbeschwörung dieses wohl ewig unabgeschlossenen schmerzlichen Themas, Helenas Verrat, hatte mich völlig ausgelaugt.

Im Flur, vor meiner Tür, waren Leute versammelt: Man machte Aufnahmen von Marat Bagrow, Aufnahmen für das israelische Fernsehen, die besagen sollten: »Seht nur, wie mies es den Leuten geht, die Israel, ihre angestammte Heimat, verlassen haben!« Ein ehemaliger Journalist des Moskauer Fernsehens, eben Marat Bagrow, war im Begriff, sich vor einem überzeugten Israeli, dem ehemaligen sowjetischen Schriftsteller Ephraim Veciely, zu prostituieren. Stative, Kameras und Scheinwerfer versperrten mir den Weg. Ich war traurig und angewidert zugleich. Plötzlich spürte ich, daß ich dabei war, den Verstand zu verlieren. Ich mußte unbedingt etwas dagegen unternehmen. Also klopfte ich bei Edik Brutt an und lieh mir fünf Dollar von ihm. Edik, die gute Seele, erklärte sich sogar einverstanden, mit mir Wein kaufen zu gehen, denn ich fürchtete, unterwegs vor Angst die Nerven zu verlieren.

Wir gingen los. Er ungekämmt und noch nicht richtig wach, und ich einfach nur verzweifelt. Nach ein paar Metern überholte uns ein Mann, der ziemlich russisch aussah. Er blickte sich nach mir um, lächelte, sagte völlig unvermittelt »Schwuler« und verschwand in der Park Avenue. »Was meinte der wohl?« fragte ich Edik irritiert. Der wußte es auch nicht.

Als wir ins Hotel zurückkehrten, waren sie mit ihrem Quatsch immer noch nicht fertig. Nun war ein anderer Gast des Hotels an der Reihe, ein Mr. Levine, der über den notorischen Antisemitismus in der Sowjetunion giftete. Wir schlossen uns in meinem Zimmer ein, und ich bat Edik, mit mir zu trinken, und wenn es nur ein kleines symbolisches Glas sei. Was mich betrifft, so nahm ich mir vor, die ganze Flasche zu leeren. Ich wurde langsam betrunken und entspannte mich.

Normalerweise genügt eine Anderthalbliterflasche California-Burgunder, um mich zu beruhigen. Als sie fast leer war, fiel mir ein, daß ich eine Verabredung mit Alka hatte, und es traf sich gut, daß Bagrow, der seinen großen Auftritt im Fernsehen ausgiebig begossen hatte, ebenfalls in die Richtung 45. Straße mußte. Er bot mir an, mich in seinem Wagen mitzunehmen.

Wir fuhren an Mauern von Spaziergängern vorbei, den goldfarbenen und nach Urin stinkenden Broadway entlang. Mein Blick labte sich an jungen Männern in exzentrischem Lederdreß und schlanken, farbenfroh gekleideten schwarzen Mädchen. Ich habe eine Schwäche für ausgefallene Kleidung, und obgleich ich mir aus finanziellen Gründen nichts Besonderes erlauben kann, sind alle meine Hemden mit Spitzen besetzt. Ich besitze eine lila Samtjacke, einen sehr schönen weißen Anzug, der mein ganzer Stolz ist, alle meine Schuhe haben hohe Absätze, ein Paar ist sogar rosa, und ich habe sie dort gekauft, wo alle modebewußten jungen Leute sich einkleiden: in zwei kleinen Läden an der 45. und der 46. Straße. An diesem Tag hatte ich eine Jeansjacke mit dazu passender Hose an, oben sehr eng und unten weit genug umgeschlagen, um meine hochhackigen mehrfarbigen Lederstiefel sehen zu lassen. Zum Spaß hatte ich in einen Stiefel ein schönes Klappmesser gesteckt. Ich liebe Waffen über alles, solange ich zurückdenken kann, und habe bereits als ganz kleiner Junge vor Freude fast die Besinnung verloren, wenn ich den NKWD-Revolver meines Vaters anfassen durfte. Schon in dem dunklen Metall sah ich etwas Geheiligtes. Ich bin übrigens noch heute der Ansicht, daß Waffen ein geheimnisvolles und sakrales Symbol sind, denn ein Gegenstand, der in der Regel dazu dient, das Dasein anderer menschlicher Wesen zu beenden, muß einfach geheimnisvoll und heilig sein. Ich finde, die Form von Revolvern hat etwas Wagnerianisches. Meine silbern blinkende Waffe im Stiefelschaft mit ihrer ganz anderen Form erschien mir, mit einem guten Liter Rotwein im Bauch, ebenfalls als Kultgegenstand. Im Augenblick sah das Messer aus, als schlafe es. Offensichtlich wußte es, daß es in allernächster Zukunft nichts Interessantes erleben würde, keine ernsthafte Arbeit tun müsse, und es langweilte sich. Ich zog es heraus und fing an, damit zu spielen.

»Steck das Ding weg«, sagte Bagrow, »wir sind da, und du solltest die Leute in dieser Gegend nicht provozieren, indem du wie ein Saloncowboy herumläufst.«

»Okay, okay«, murmelte ich, steckte das Messer an seinen Platz und stieg aus.

Alka hatte mich zum Essen eingeladen, er erwartete mich also. Aber das änderte nichts an seiner Gewohnheit, denjenigen, der unten an der Haustür geläutet hat, minutenlang warten zu lassen, bevor er oben auf den Knopf des Türöffners drückte. Und nie kam er, wie es bei uns daheim Sitte ist, dem Gast auf der Treppe entgegen. Unser schönes altes Ritual des Besuchempfangs, er hatte es schon vergessen. Und bei ihm zum Essen eingeladen sein, bedeutete für mich: Ich machte etwas zurecht, was ich in seinem Schrank fand, und er spülte hinterher das Geschirr.

Diesmal fand ich eine Büchse Nudeln mit Würstchen und stellte sie auf den Herd. Zum Essen leerten wir gemütlich eine weitere Anderthalbliterflasche. Im allgemeinen unterhielten wir uns dabei über die neuesten Nachrichten aus Rußland, und Alka tischte mir brühwarm den jüngsten Klatsch aus der Emigrantenszene auf. Manchmal fing ich an, von Helena zu sprechen, aber erst nach mindestens einer halben Flasche, und wenn ich merkte, welches Stadium ich erreicht hatte, wechselte ich schnell das Thema.

»Du hättest sie töten sollen«, hatte Alka eines Tages zu mir gesagt, mit einer Schlichtheit und Direktheit, die eines Königs Salomo oder eines stalinistischen Tribunals würdig gewesen wäre. »Ich hatte ein Kind, und wenn ich meine Frau umgebracht hätte, hätte meine Tochter allein auf der Welt gestanden, aber du, du hättest Helena einfach umbringen sollen.«

Jetzt berichtete Alka, die Redaktion von *The Russian Cause* habe einen Brief von irgendeinem prominenten Dissidenten bekommen, von Krasnow Lewitin oder von Maximow, wieder eine neue Variation seiner ewigen Kritik, aber nicht etwa an der Sowjetmacht, sondern an der linken Intelligenz des Westens, »die das Wohlleben taub gemacht hat«; oder von dem bärtigen Solschenizyn, der die Welt im Lichte einer neuen profunden Wahrheit sah. Ja, die Namen unserer Nationalhelden waren immerfort auf unseren Lippen.

In unserem Bemühen, die scheußliche Anderthalbliterflasche auszutrinken, ähnelten wir Spitzensportlern, die sich für einen neuen Rekord abstrampeln. Überdies hatte ich die üble Angewohnheit, verschiedene Sachen durcheinanderzutrinken. Um besser in Form zu kommen – das war wenigstens der Grund, den ich vorschob –, trank ich zwischen den Wassergläsern mit Rotwein mehrere kleine Gläser Wodka. Deshalb war es nicht weiter überraschend, daß ich die nächsten Stunden wie einen pechschwarzen Tunnel durchlief und Alka und ich erst in einer kleinen Kirche wieder zur Besinnung kamen, in der gerade ein Gottesdienst stattfand. Ich bekam nicht heraus, ob es eine Synagoge oder ein christliches Gotteshaus war. Ich neigte eher zu Synagoge. Wir saßen auf einer Bank; Alka lächelte glückselig vor sich hin. Vielleicht hatte man ihm irgend etwas gegeben, etwas Geld zum Beispiel.

Ich beschäftigte mich mit mir selbst, indem ich mein Klappmesser aus dem Stiefel zog und es in den Boden stieß, genauer gesagt, in eines der Bretter, die als Fußbank dienten. Neben mir wechselte eine ganze Familie von Andächtigen entsetzte Blicke. Ich dachte: Mein Gott, ich hab ja nicht die Absicht, jemanden zu massakrieren, egal ob ihr Juden, Katholiken oder Protestanten seid, ich liebe nun mal Waffen bis zum Wahnsinn, und ich habe keine eigene Kirche, wo ich das Große Heilige Messer und den Großen Heiligen Revolver anbeten kann. Deshalb bete ich mein Messer *hier* an. Dann begann ich auszuflippen. Ich riß das Messer wieder aus dem Brett raus, in das ich es gebohrt hatte, und küßte es; ich steckte es in seine Scheide zurück, holte es von neuem heraus. Einmal ließ ich das Allmächtige Messer fallen, und das Geräusch, das es dabei machte, hallte von den Wänden wider, denn mein Fetisch hatte ein ziemlich schweres Metallheft. Deshalb gab der Geistliche am Ende des Rituals jedem die Hand, sogar meinem Freund Alka, der immer noch idiotisch lächelte, nur mir nicht. Ich hätte beleidigt sein sollen, doch ich verzieh ihm, weil ich der Ansicht bin, daß man dem Geistlichen einer unbekannten Religion nichts übelnehmen darf.

Erneut pechschwarze Finsternis, ein neues Erwachen, diesmal vor den lächelnden Gesichtern einiger Priesterinnen der Liebe, die sich, obgleich wir stockbetrunken waren – was aber, denke ich, durch die sympathische Ausstrahlung unserer Brillen und unserer starken Persönlichkeit aufgewogen wurde –, bereit erklärten, für fünf Dollar mit uns zu schlafen. Sie waren hinreißend, diese noch sehr jungen Mädchen, sonst hätte Alka sie nicht angehalten; sie hatten eine Hautfarbe wie Milchschokolade, sie waren zu zweit und weit hübscher als arrivierte Damen.

Die Mädchen zirpten nette unverständliche Dinge, dann hakten sie sich bei uns ein und zogen uns mit sich. Selbstverständlich interessierte sie in erster Linie unser Geld, doch menschliche Empfindungen schienen ihnen nicht gänzlich fremd zu sein. Sie rochen gut, sie hatten lange Beine, und sie waren eindeutig besser als jede beliebige gescheite Sekretärin oder Studentin. Ich hatte also absolut nichts gegen sie, aber aus ich weiß nicht welchem Grund mochte ich nicht mitgehen und sagte Alka, er könne sich allein mit ihnen amüsieren. Er willigte erst ein, nachdem ich ihm versprochen hatte, auf ihn zu warten, wo auch immer. Ich glaubte einer inneren Stimme zu folgen, die mir eindringlich zugeflüstert hatte: »Frauen sind samt und sonders abstoßend. Die Nutten sind immerhin besser als die anderen, sie lügen fast nie, sie sind unkomplizierte Geschöpfe, und wenn es regnet und kein Freier kommt, nehmen sie auch mal zwei für fünf Dollar, obgleich das kein gutes Geschäft für sie ist. Aber gehe du trotzdem nicht mit!«

Kurz und gut, ich wußte, daß ich am Ende nicht mit ihnen gehen würde, also verabschiedete ich mich gleich. Warum? Aus Angst? Nein, sie waren so offen, so herzlich, daß ich meinte, sie seit dem Kindergarten zu kennen. Außerdem fehlte mir damals, im April, jeder Selbsterhaltungstrieb, ich fürchtete mich vor nichts und niemandem und war jeden Augenblick bereit zu sterben. Ich glaube, unbewußt suchte ich sogar den Tod. Warum also hätte ich mich vor diesen beiden entzückenden Wesen fürchten sollen? Wegen ihrer Zuhälter? Nein, das war es nicht. Es war so etwas wie Bestimmung, und ich handelte instinktiv, als ich vor dem näheren Kontakt mit den Mädchen zurückschreckte. Genauso war das, was mir im weiteren Verlauf jener Nacht widerfuhr, alles andere als ein Zufall, mein Organismus forderte es vielmehr.

Ich ließ Alka mit den Mädchen ziehen und ging durch die Straßen der West Side, zwischen der Tenth und Eleventh Avenue. Als wäre ich zweigeteilt, sah ein Teil von mir, wie der andere vor ihm davonlief. Plötzlich befand ich mich vor einer Gartenanlage, vielleicht war es auch ein Kinderspielplatz. Dunkle Winkel zogen mich schon immer an. Ich erinnere mich, daß ich in Moskau gern in leerstehende Häuser ging, die niemand betreten mochte, weil man sie für Verbrechernester hielt. Wenn ich genug getrunken hatte, fielen mir diese Häuser ein, wie eine Zuflucht, und ich suchte sie auf. Ich betrat sie durch die Tür, oder ich kletterte durch ein kaputtes Fenster, ich sprang fluchend und alte russische Lieder singend über getrocknete Scheiße oder Urinlachen. Manchmal traf ich dort traurige Gestalten, Saufbrüder oder Penner, mit denen ich Bekanntschaft schloß und lange Gespräche führte. Einmal schlug man mich in einem solchen Haus mit einer Flasche nieder und stahl mir zwei Rubel. Das änderte freilich nichts an meiner Vorliebe für unbewohnte Häuser und unbehauste Menschen.

Ich kletterte also in diesen Garten, in dem Wippen und andere Spielgeräte standen; in der Mitte flackerte eine altmodische Straßenlaterne, die soviel Licht gab wie eine Fahrradlampe; ringsum war alles in Dunkel getaucht. Ich tastete mich zwischen

Metallstangen hindurch, die eine Art Brücke trugen, deren Zweck ich nicht erkannte, und blieb mit meinen hohen Absätzen im Sand stecken. Wahrscheinlich war ich in einen Sandkasten getreten. Aber was sollten die Metallstützen? War es die Zufahrt zu einem Parkplatz, und ich befand mich unter der Rampe, über die die Autos hinauffahren? Ich weiß es nicht, und es wird vielleicht immer ein Geheimnis für mich bleiben. Neulich habe ich versucht, den Ort wiederzufinden. Ich habe mir vorgenommen, es noch einmal zu versuchen, und wenn ich die Stelle finde, sage ich euch, was es war.

Ich stieg eine Metalleiter zu einem Gerüst hoch, setzte mich auf den Rand und ließ die Beine nach unten baumeln. Ich hatte nichts Besonderes vor, ich wartete auf irgendein Abenteuer und schaute mich um. Alles war ruhig, nur in der Ferne waren hastige Schritte zu hören, dann Schreie; irgend jemand mußte irgend jemand zu fassen bekommen haben. Ich saß da und wippte mit den Beinen. Ein freier Mensch in einer freien Welt. Hier kann man tun, was man will. Jemanden umbringen, zum Beispiel. Alles war einfach, alles machbar. Der Alkohol benebelte mich. Der freie Mensch hatte indes keine Lust, ewig auf seinem Gerüst hocken zu bleiben. Also sprang ich wieder herunter.

In diesem Augenblick sah ich Chris . . . Natürlich erfuhr ich erst später, daß er Chris hieß. Zuerst sah ich nur dort, wo der Sandkasten war, eine Gestalt sitzen, den Rücken an eine niedrige Mauer gelehnt. Ein breitkrempiger schwarzer Hut lag neben ihr im Sand. Später, als ich Zeit hatte, den Hut genauer zu betrachten, sah ich, daß er mit einem grünen, golddurchwirkten Band geschmückt war und daß auch die übrige Kleidung seines Besitzers in diesen drei Farben gehalten war: Schwarz, Dunkelgrün und Gold – Weste, Hose, Schuhe und Hemd. In dem Moment, in dem ich von dem Gerüst herabsprang, sah ich jedoch nur einen jungen Schwarzen, der mich mit geheimnisvoll glänzenden Augen anblickte. Oder bildete ich mir das nur ein?

»Hi!« sagte ich.

»Hi!« antwortete er gleichgültig.

»Ich heiße Edward«, sagte ich, zwei Schritte auf ihn zugehend. Er gab ein Wort von sich, das ich nicht verstand.

»Hast du was zu trinken?« fragte ich ihn.

»*Fuck off*!« sagte er, was, milde ausgedrückt, »hau ab!« bedeutet.

Ich überlegte: Warum sitzt er hier? Er sieht weder wie ein Wermutbruder noch wie ein Fixer aus; offenbar will er die Nacht hier verbringen, und trotzdem sieht er nicht so aus wie ein Penner. Vielleicht versteckt er sich vor der Polizei? Ich bin kein Spitzel. Ich hätte ihm sogar helfen können, sich zu verstecken. Ohne den Blick von ihm zu wenden, trat ich noch näher und setzte mich neben ihn. Er würdigte mich keines Blickes und rührte sich auch nicht. Ich musterte ihn. Er wirkt schrecklich gereizt, fand ich. Im trüben Licht der Laterne konnte ich erkennen, daß er die breite Nase der Bantus hatte, große Nasenlöcher, aber Lippen, wie man sie bei einem Schwarzen nicht oft sieht, voll, doch nicht wulstig, und er hatte eine muskulöse Brust. Ein kräftiger Bursche, der mich im Stehen um Kopfeslänge überragen würde. Jung, fünfundzwanzig, höchstens dreißig Jahre alt. Die breiten Aufschläge seiner Hose schürften im Sand.

»Wie heißt du?« fragte ich.

Ich hatte ihn mit meinen Blicken und Fragen zweifellos zu sehr genervt; denn er warf sich mit einer ruckartigen Drehung auf mich und hatte mich sofort unter sich, er schien mich erwürgen zu wollen, nicht mehr und nicht weniger.

Ich wollte nicht mit ihm kämpfen, meine Lage war viel zu unvorteilhaft. In dem Moment, als er sich auf mich warf, hatte ich gerade noch genug Zeit gehabt, den rechten Arm und das rechte Bein anzuwinkeln. Als er über mir war, rollte ich auf die rechte Seite. Das war kein schlechtes Manöver, nun konnte ich leicht an meinen Stiefel langen und das Heft meines Messers greifen. Wenn er dich wirklich erwürgen will, schneidest du ihm die Kehle durch, dachte ich. Alles ist hier so einfach, alles machbar. Er drückte mich fest gegen den Boden, aber ich konnte mühelos die rechte Hand bewegen. Und das wußte er nicht.

Ich hatte wirklich keine Angst, wie ich bereits sagte, sondern unbewußt das Verlangen zu sterben. Daß die Welt ohne Liebe war, war nur eine Kurzfassung meiner Geschichte; dahinter waren die Tränen, meine gedemütigte Selbstachtung, ein erbärmliches Zimmer, ein bis zum Erlöschen unbefriedigtes Geschlechtsleben, der bohrende Schmerz wegen Helena, die mir in eben diesem Augenblick – ich meinte ihr helles Lachen zu hören – von neuem zu verstehen gab, daß sie mich nicht mehr brauchte.

Dieser junge Mann war im Begriff, mich zu erwürgen, aber das war nur gerecht. Erst vor zwei Monaten hatte ich versucht, Helena zu erwürgen, und nichts bleibt ungestraft. Ich verzichtete darauf, mein Messer zu gebrauchen; sollte er mich ruhig umbringen. Vielleicht holte ich das Messer nicht einmal heraus, ich weiß es nicht mehr. Jedenfalls lockerte mein Mörder plötzlich seinen Griff, als habe sich seine Wut gelegt. Wir waren außer Atem, er genauso wie ich. Es ist nicht so leicht, jemanden zu erwürgen, ich weiß es aus eigener Erfahrung.

Es roch nach feuchtem Sand, von der anderen Seite des Platzes klangen Schritte, einsame Passanten gingen die Straße entlang. Unvermittelt machte ich meine Hände frei, schüttelte den Sand ab und zog den Schwarzen sanft an mich.

»Ich bin scharf auf dich«, sagte ich zu ihm. »Wollen wir es miteinander treiben?«

Es geschah ganz von selbst, ohne jede Überlegung. Es war auch nicht meine Schuld, daß ich bei all dieser Aufregung und unter der Last seines Körpers eine Erektion bekommen hatte. Es war nicht die Kadaverlast Raymonds, bei diesem jungen Burschen war es ganz anders. Eigentlich hätte ich gar nichts zu sagen brauchen. Er mußte schon vorher gemerkt haben, daß ich scharf auf ihn war; mein harter Schwanz preßte sich an seinen Bauch.

Er mußte es spüren. Er lächelte.

»*Baby*«, sagte er.

»*Darling*«, sagte ich.

Ich setzte mich auf, und wir fingen an, uns zu küssen. Ich glaubte, wir seien gleichaltrig. Vielleicht war er aber auch jünger und männlicher als ich? Unsere Rollen ergaben sich von selbst. Seine Küsse ähnelten in nichts den senilen Sabbereien Raymonds, ich begriff sofort den ganzen Unterschied. Es waren die Küsse eines rauhen Burschen, der irgendein Verbrechen auf dem Gewissen hatte. Er hatte eine Narbe auf der Oberlippe, ich streichelte die Narbe behutsam mit den Fingern. Er küßte meine Hand, einen

Finger nach dem anderen, genau wie ich es bei Helena getan hatte. Ich knöpfte sein Hemd auf und küßte seine Brust und seinen Hals. Ich liebe kindliche Umarmungen über alles, ich meine jene Umarmungen, bei denen man die Arme um den Hals, nicht um die Schultern des anderen legt. Ich zog ihn an mich, und er verströmte einen intensiven Geruch von Eau de toilette, in den sich so etwas wie Alkoholdunst mischte. Oder war das der Schweiß seines jungen Körpers? Ich liebe alles, was gesund und schön ist. Er war schön, groß, kräftig, schlank und ohne Zweifel kriminell. Das war für mich ein zusätzlicher Reiz. Ohne daß ich aufhörte, ihn auf die Brust zu küssen, langte ich zu der Stelle, wo sein offenes Hemd in seiner Hose verschwand. Ich öffnete ihren Reißverschluß, zog den Slip etwas herunter und holte seinen Schwanz heraus.

In Rußland war viel davon die Rede, daß die Schwarzen gegenüber den Weißen, was das Geschlechtsleben betrifft, im Vorteil seien. Man kolportierte vor allem unerhörte Dinge über die Größe des Gliedes. Und jetzt hatte ich eines jener legendären Werkzeuge vor mir. Trotz meines Verlangens, es sofort mit ihm zu treiben, machte sich eine gewissermaßen ästhetische Neugier bemerkbar, die noch stärker war: Ist es pechschwarz oder gibt es Abstufungen? Ich konnte es nicht feststellen, obgleich ich im allgemeinen keine Schwierigkeiten habe, im Dunkeln zu sehen. Jedenfalls hatte er einen starken Schwanz, nicht viel länger als meiner, aber dicker. Meine Wißbegier war halbwegs befriedigt.

Psychologisch betrachtet, konnte mir gar nichts Besseres widerfahren. Zum erstenmal seit Monaten war ich in einer Situation, die mich wirklich reizte und die ich richtig genießen wollte. Ich wollte seinen Schwanz in den Mund stecken. Ich ahnte, daß es angenehm sein würde, und ich hatte vor allem Lust, den Geschmack seines Samens zu kosten, zu fühlen, wie seine Muskeln sich spannten und vibrierten, während ich seinen Körper umschlang. Also nahm ich seinen Schwanz und fuhr zum erstenmal im Leben mit der Zunge über eine pralle Eichel. Chris erbebte.

Ich glaube, ich machte das sehr gut, denn ich bin von Natur aus sensibel und aktiv, und außerdem gehöre ich nicht zu den Leuten, die nur das eigene Vergnügen suchen und koste es, was es wolle, zum Orgasmus kommen wollen. Ich bin ein ziemlich guter

Partner, denn ich freue mich über das Stöhnen, die Schreie und die Lust des anderen. Deshalb liebkoste ich seinen Schwanz, ohne an mich zu denken; mit der linken Hand streichelte ich seine Hoden. Er stöhnte, auf die Ellbogen gestützt, er stöhnte und schluchzte. Ich meine, er stammelte auch: *»O my God!«*

Allmählich begann er heftiger zu zucken und sein Becken vor und zurück zu bewegen. Er lag nun seitlich im Sand, stützte sich mit dem rechten Ellbogen auf und fuhr mir mit der linken Hand zart über die Haare und den Hals. Ich reizte seinen Schwanz mit den Lippen und der Zunge und nahm ihn zwischendurch auch bis zur Wurzel in den Mund. Einmal mußte ich dabei würgen, aber es machte mich glücklich.

Was geschah inzwischen mit meinem Schwanz? Ich lag auf dem Bauch, und bei jeder Bewegung, die ich machte, rieb ich ihn durch den dünnen Stoff meiner Jeans im Sand. All das weckte in meinen Lenden ein angenehmes Kribbeln. Ich war wirklich vollkommen glücklich. Ich hatte eine Beziehung! Ein menschliches Wesen hatte sich zu mir herabgelassen, endlich war es geschehen. Ich war diesem Schwarzen zutiefst dankbar, ich wollte, daß auch er sich glücklich fühlte, und ich glaube, er tat es. Nicht nur, daß ich seinen Schwanz in den Mund nahm – die liebevollen Gesten, die wir ausführten, symbolisierten für mich den Sieg des Lebens, meine Rückkehr zu mir selbst. Ich kommunizierte mit dem Schwanz eines kräftigen jungen, wenn auch kriminellen Mannes aus der Eighth Avenue, und dieser Schwanz war für mich das Symbol des Lebens. Und als ich ihn den Orgasmus erreichen ließ, als sein Quell in mir, in meinem Mund überfloß, war ich selig. Wissen Sie, wie Sperma schmeckt? Es schmeckt nach Leben. Ich kenne keinen lebendigeren Geschmack als den von Sperma.

Trunken leckte ich den Samen, der an seinem Schwanz und an seinem Sack heruntergelaufen war. Chris war sicherlich erstaunt. Wie sollte er denn verstehen, was er für mich verkörperte, und die Hingabe, mit der ich diesen Akt vollzog, mußte ihm seltsam erscheinen. Aber er war mir nicht böse, sondern dankbar, er streichelte mich mit aller Zärtlichkeit, zu der er imstande war, und flüsterte mir zu: *»My baby, my baby.«*

Ich lag neben Chris, in feuchtem, schmutzigem Sand an

irgendeinem unbekannten Ort der gewaltigen großen Stadt Babylon, und er streichelte meine Haare. Zwei Kinder, von der Welt aufgegeben, liebten sich seit ein paar Minuten.

Seit über zwei Monaten hatte mich niemand mehr angefaßt, und jetzt berührte mich jemand und sagte: »Mein Kleiner, mein Kleiner!« Tränen stiegen in mir auf, immer höher . . . Ein eigenartiger Moschusgeruch ging von ihm aus, und ich weinte mit dem Gesicht zwischen seinen Schenkeln, an seinen warmen Hoden, seinen Haaren und seinem Schwanz. Ich glaube nicht, daß er gerührt war, aber er merkte, daß ich weinte, und fragte mich, warum. Er hob meinen Kopf mit einem Ruck hoch und begann mir die Tränen abzuwischen. Er hatte kraftvolle Hände.

Wenn ich innerlich bewegt bin, richten sich alle meine Körperhaare auf wie winzige Nadeln, Hunderttausende von winzigen Nadeln. Auch diesmal. Und wie immer durchfuhr mich ein Frösteln, und ich fing an zu zittern. Da legte ich ihm die Arme um den Hals, er drückte mich an sich, und ich sagte zu ihm: *»I am Eddy.* Ich habe hier niemanden. Wenn du möchtest, könnten wir zusammen bleiben.«

Er erwiderte: »Okay, Eddy, beruhige dich.«

Ich riß mich brüsk aus seiner Umarmung und holte mit der rechten Hand das Messer aus dem Stiefelschaft. »Wenn du mich betrügst«, sagte ich, die Augen noch voller Tränen, »bringe ich dich um!« Wegen meiner beschränkten Kenntnisse der englischen Sprache klang dieser Satz bestimmt komisch, aber er verstand, was ich sagen wollte, und antwortete, er würde mich nicht betrügen.

»Wir werden immer zusammen sein und uns nie trennen, ja?«

»Ja, *baby*, wir werden immer zusammen sein«, wiederholte er.

Ich glaube nicht, daß er es nur so dahinsagte. Er hatte selbst Probleme, und er brauchte mich in diesem Augenblick genauso wie ich ihn. Wir unterhielten uns ein bißchen. Ich erfuhr, daß er Chris hieß. Er sagte mir, am Morgen könnten wir zu ihm gehen, aber die Nacht müßten wir hier verbringen. Ich fragte ihn nicht, warum; der Vorschlag, bei ihm zu wohnen, genügte mir. Ich war wie ein streunender Hund, der einen Herrn gefunden hat, und ich hätte für ihn jedem Bullen oder jedem anderen Menschen die Kehle durchgeschnitten.

Wir redeten halblaut, in einem sonderbaren Kauderwelsch; gelegentlich verfiel ich ins Russische. Er lachte leise über die nie zuvor gehörten Laute, und ich brachte ihm ein paar Worte bei, solche, die sich für anständige Leute nicht ziemten: Schwanz, bumsen und so weiter.

Mitten im Gespräch bekam ich wieder Lust auf ihn, ich verlor jede Scham und zog meine Hose aus. Chris sollte mich bumsen. Mir war danach, daß er mir die Unterhose vom Leib riß, und ohne, daß ich was gesagt hätte, tat er es und schleuderte den Slip fort.

In diesem Moment war ich wirklich wie eine Frau, kapriziös, anspruchsvoll und fraglos verführerisch, denn ich weiß noch, wie ich, die Hände im Sand, neckisch mit meinem Hintern hin und her ruckte. Ich habe einen sehr muskulösen Hintern; selbst Helena beneidete mich um seine Muskulatur. Dann machte ich das, was sie sonst so gern tat: Ich legte mich auf den Bauch. Die Nacktheit und Weiße ihres Körpers, die Verwundbarkeit dieser Position hatten mir jedesmal eine ungeheure Lust geschenkt. Ich glaube, ich hatte auf einmal tatsächlich rein weibliche Empfindungen. Ich flüsterte: *»Fuck me, fuck me!«*

Chris atmete schwer. Es schien, als hätte es ihn aufs höchste erregt. Ich weiß nicht, was er machte, vielleicht befeuchtete er sich den Schwanz mit Speichel, jedenfalls drang sein Glied langsam in mich ein. Ich werde jenes Gefühl des Ausgefülltseins niemals vergessen. War es schmerzhaft? Nein. Seit meiner frühesten Kindheit liebte ich starke Reize. Ehe ich Frauen hatte, als onanierender Jüngling, wandte ich bereits selbstentwickelte raffinierte Praktiken zu größerem Lustgewinn an: Ich steckte mir alle möglichen Gegenstände, vom Bleistift bis zur Kerze, in den Arsch. Manchmal waren es Gegenstände von beachtlicher Größe, und das doppelte Masturbieren, vorn und hinten, empfand ich als etwas wunderbar Animalisches. Deshalb hatte ich keine Angst, als Chris mir seinen Schwanz hineinbohrte. Ich spürte keinen echten Schmerz, nicht einmal am Anfang. Aber die unglaubliche Empfindung, von etwas Lebendigem durchdrungen und ausgefüllt zu sein, war neu. Während Chris mit einer Hand meinen Schwanz massierte, bohrte er sich immer tiefer in mich hinein, und ich stöhnte, bäumte mich auf und stöhnte immer lauter, immer wollüstiger. Zuletzt sagte er: »Nicht so laut, *baby*, sonst wird man uns hören!« Ich antwortete, ich hätte vor nichts Angst, doch ihm zuliebe, begann ich trotzdem, etwas leiser zu stöhnen.

Ich benahm mich in diesem Augenblick genauso wie Helena, wenn ich sie bumste. Ich wurde mir dessen bewußt und dachte: So ist sie! So machen sie es alle! und ein Schauer der Wonne durchlief mich. Auf dem Höhepunkt wälzten wir uns im Sand, wie in dem weichsten Bett, ich preßte meinen Samen in den Boden und spürte gleichzeitig ein heftiges Brennen in meinem Inneren. Er war in mir gekommen. Die Erde hatte uns wieder.

Wir zogen uns an und machten es uns zum Schlafen so bequem wie möglich. Er nahm wieder seinen Platz an der Mauer ein, ich setzte mich neben ihn, legte den Kopf an seine Brust und die Arme um seinen Hals, eine Stellung, die ich sehr mag. Sein Kopf sank auf meine Schulter, und wir schliefen ein.

Ich weiß nicht, wie lange ich geschlafen habe. Vielleicht eine Stunde, vielleicht nur ein paar Minuten. Es war noch Nacht. Chris atmete gleichmäßig. Ich aber konnte nicht wieder einschlafen. Du bist wirklich unverbesserlich, dachte ich. Die erste Frau, die du in deinem Leben gehabt hast, war eine betrunkene Prostituierte, und dein erster Mann muß natürlich ein krimineller Herumtreiber sein, den du an einem obskuren Ort aufgegabelt hast. Ich erinnerte mich sehr gut an jenes erste Mädchen. Sie hatte mich in einer Sommernacht auf dem Bahnhof von Jalta angesprochen. Der Junge, der neben seinem Kumpel auf einer Bank vor sich hin döste, hatte ihr gefallen. Sie war zu mir gekommen, hatte mich geweckt und einfach in den kleinen Park hinter dem Bahnhof gezogen. Dort legte sie sich auf eine Bank und schlug ihren Rock hoch; sie hatte nichts drunter. Ich erinnere mich an den salzigen Geschmack ihrer Haut und ihrer Haare, die noch naß vom Meerwasser waren, denn sie hatte kurz zuvor gebadet; ich erinnere mich an ihre fleischige Möse mit den üppigen, safttriefenden Lippen. Sie war geil auf den kleinen Jungen, und sie bumste nicht für Geld mit mir, sondern weil sie mich brauchte. Ich weiß nicht mehr, wie lange es dauerte, aber am Morgen verließen mein Freund und ich Jalta . . . Das Schicksal macht sich über dich lustig. Jetzt liegst du mit einem

Jungen von der Straße da, und nicht einmal auf einer Bank. Die Jahre haben offenbar keine tiefgreifende Veränderung in dir bewirkt. Ein Taugenichts bleibt eben immer ein Taugenichts, dachte ich voll Befriedigung. Chris bewegte sich, als hätte er meinen liebevollen Blick gespürt, schlummerte dann aber weiter so fest wie vorher.

Ich war ruhig und zufrieden, und zu diesen Empfindungen kam das Gefühl, ein Ziel erreicht zu haben. Ja, nun bist du ein richtiger Schwuler, dachte ich leise lachend. Ich hatte eine Schranke in mir überwunden. Du hast es geschafft, und du hast es gutgemacht, Editschka! Und obwohl ich wußte, daß ich in diesem Leben niemals uneingeschränkt frei sein würde und daß ich sogar noch ziemlich weit von jeder Freiheit entfernt war, hatte ich doch einen Riesenschritt auf diesem Weg getan.

Ich verließ Chris um zwanzig nach fünf. Diese Zeit zeigte die Uhr, die ich sah, als ich auf der Straße war. Ich habe ihn betrogen, ich ging leise wie ein Dieb. Ohne ihn zu wecken, stieg ich über seinen schlafenden Körper hinweg. Warum ich das tat? Vielleicht hatte ich doch Angst vor einem gemeinsamen Leben mit ihm, nicht wegen der sexuellen Beziehung, nein, das nicht, eher fürchtete ich mich vor dem Willen eines anderen, vor dem Einfluß, den er auf mich ausgeübt und dem ich mich unterworfen hätte. Eine unbewußte, aber unwiderstehliche Regung trieb mich dazu, mich aus seiner Umarmung zu lösen, und, ohne den Blick von ihm zu wenden, den Boden nach meiner Brille und meinem Zimmerschlüssel abzutasten. Zweimal hatte ich den Eindruck, er beobachte mich, aber er schlief. Wie durch ein Wunder fand ich endlich meine Brille im Sand. Ich putzte sie ab, schlich zur Straße und entfernte mich mit einem sonderbaren Schauder der Unsicherheit. War es richtig, Chris und eine eventuelle Beziehung mit ihm auf diese Weise aufzugeben? War ich im Begriff, eine Chance auszuschlagen, die das Schicksal mir geboten hatte?

Ich schüttelte mich im Gehen. Ich hatte überall Sand, in den Haaren, in den Ohren und in den Stiefeln. Eine Nutte kehrte von ihrer nächtlichen Patrouille zurück. Ich lachte sie an. Am liebsten hätte ich dem Leben zugerufen: »Der nächste bitte!« Ich war frei, aber ich wußte nicht, wozu mir diese Freiheit dienen sollte, eigentlich brauchte ich Chris wirklich. War es ein »gesunder Impuls«, der mich bewog, ihn zu verlassen? Als ich den Broadway erreichte, zögerte ich kurz, um dann mit entschlossenen Schritten zur East Side zu gehen.

Zwei Wochen später verfluchte ich mich deswegen. Die Stille und die Einsamkeit lasteten wieder auf mir, Tag und Nacht verfolgte mich wieder Helenas Bild, und Ende April meinte ich die grauenvolle Verlassenheit nicht mehr ertragen zu können. Doch jedesmal, wenn ich nach einem inneren Amoklauf das Hotel wieder betrat und zu meinem Zimmer hinauffuhr, um mich todmüde aufs Bett zu werfen, war ich einen Augenblick lang glücklich und mit mir zufrieden, in dem Bewußtsein, der einzige russische Dichter zu sein, dem es vergönnt war, an einem finsteren Ort in New York einen jungen Neger zu lieben. Die Vorstellung, daß Chris bei mir sei und mich, meinen Hintern knetend, mit vielen »*Take it easy, baby, take it easy*« zu trösten versuchte, ließ mich fröhlich auflachen.

Meetings mit Carol

Ich lernte Carol eines Abends in Queens kennen. Wir hatten vieles gemeinsam: Mein Vater ist Kommunist, und ihre Eltern sind protestantische Farmer. Sie gilt als das schwarze Schaf der Familie, und ich bin für die meinen der verlorene Sohn.

Sie war die Schülerin eines Freundes von mir; er gab ihr Russischstunden. Eines Tages sagte er zu mir: »Ich habe eine neue, sie ist links, Trotzkistin.« Ich wollte schon lange jemanden kennenlernen, der links war: Ich wußte, früher oder später würde ich die Linken brauchen. Es gelang mir offenbar nicht, mich in diese Welt zu integrieren. Wohin hätte ich da tendieren sollen, wenn nicht nach links?

Mein Freund war vorsichtig und ließ sich nicht gern drängen. Er hatte seine Vorsicht aus Rußland mitgebracht. Eines Abends im Mai besuchte ich ihn unangemeldet und traf eine Blondine bei ihm an. Sie war furchtbar mager und hatte selbstverständlich eine Zigarette zwischen den Fingern. Sie rauchte in einem fort, aber jede Zigarette nur halb. Die angerauchten Hälften ließ sie im Aschenbecher verglimmen, von wo aus die Stummel das ganze Zimmer vollqualmten. Sie sprach ganz passabel russisch, nannte ihre Zigaretten schlicht *papirossy* und überfiel mich, nachdem wir einander vorgestellt worden waren, ohne Umschweife mit dem Problem der ukrainischen Unabhängigkeit. Oh, wie sehr mich in jenem Augenblick ein ganz anderes Problem interessierte! Ich brauchte Bekannte, Freunde, Beziehungen, Menschen und nochmals Menschen. Von diesen Beziehungen zu anderen menschlichen Wesen träumte ich nächtelang. Ich verkehrte kaum mehr mit Russen, ich kannte die Bagage zu gut, und ihre Unfähigkeit, mit dem Leben hier fertig zu werden, hatte mich von ihnen entfernt. Ich wollte mich in diese Welt hineinbohren. Andererseits wollte ich mich dem ungerechten System dieser Welt ebensowenig resignierend unterwerfen, wie ich mich dem sowjetischen System unterworfen hatte. Ich wollte stark bleiben trotz meiner Schwäche.

Carol war nicht übel, man könnte sogar sagen, sie war attraktiv. Irgend etwas an ihrem Profil stimmte zwar nicht, irgend etwas zwischen der Nase und den Lippen, aber ich mäkle nur an ihr herum, weil ich einmal eine vollkommene Schönheit zur Frau gehabt habe. An jenem Abend hatte ich einen neuen Artikel bei mir, den wir, Alka und ich, gemeinsam geschrieben hatten, und ich suchte nach einem Übersetzer. Bisher hatte sich niemand damit abgeben wollen. Um ehrlich zu sein: Diejenigen, die so nett gewesen waren, uns einmal zu helfen, weigerten sich, da sie kein Geld dafür bekommen hatten, es ein zweites Mal zu tun.

Carol erbot sich spontan, den Artikel zu übersetzen. Das gefiel mir, und deshalb sprach ich mich, was die Unabhängigkeit der Ukraine betraf, natürlich dafür aus. Ich sagte ihr nicht, daß es absurd sei, daß Fell des Bären zu verkaufen, solange er noch im Wald ist, aber ich dachte es. Der Russischlehrer und seine Frau beteiligten sich am Gespräch. Sie waren in Amerika von Tag zu Tag mehr zu leidenschaftlichen Bewunderern der Sowjetunion und glühenden Patrioten geworden, obgleich sie aus dem roten Paradies geflohen waren. Sie meinten, das ukrainische und das russische Volk seien durch Kultur und Sprache so nahe miteinander verwandt, daß keinerlei Notwendigkeit bestehe, sie künstlich zu trennen.

Die beiden dachten zweifellos realistischer als Carol, das militante Mitglied der Workers Party, denn sie stützten sich auf eine konkrete Situation, Carol dagegen auf das Programm ihrer Partei, demzufolge sämtliche Völker und sämtliche nationalen Gruppen frei und unabhängig sein sollen, selbst wenn sie nur aus einer einzigen Person bestehen.

Ich verschwieg meine persönliche Meinung. Sie lautet, daß man die Nationen nicht voneinander trennen, sondern im Gegenteil miteinander vereinen sollte, daß ihre Einheit sich jedoch nicht auf Regierungsebene vollziehen dürfte, weil sich dabei erneut eine provinzielle Intelligentsia zur herrschenden Klasse aufschwingen würde und damit die Voraussetzung zu einem neuen ökonomischen Rückschlag und einer neuen Barbarei gegeben wäre. Nein. Alle Nationen müßten sich völlig vermischen, im Namen einer geeinten Welt ihre nationalen Vorurteile wie »unser Blut«, »unsere Rasse« und ähnliche Dummheiten ablegen, und sei es nur, damit die nationalen Kriege aufhören. Sie sollten sich im vollen Bewußtsein der Gefahr, die jede Nation für sich darstellt, biologisch vermischen. Die Juden und die Araber, die Armenier und die Türken . . .

Ich glaube, weder Carol noch das Lehrerehepaar war reif für diese Idee. Die Lösung wäre ihnen zu brutal erschienen. Also schwieg ich. Ich fragte statt dessen, was denn in meinem Fall zu tun sei: Was sollte ich, mit einem ukrainischen Vater und einer russischen Mutter ausgestattet, tun? Wessen Partei sollte ich ergreifen, auf welche Seite mich stellen?

Sie wußten nicht, was sie antworten sollten. Carol wiederholte nur: »Ohne Unabhängigkeit geht es nun mal nicht.«

Okay, nehmen wir an, die Unabhängigkeit sei verwirklicht. Die Sowjetunion und die Sowjetrepublik Ukraine sind zwei voneinander unabhängige Staaten. Wird das Leben des auf ukrainischem Staatsgebiet lebenden Ukrainers Limonow deshalb künftig viel einfacher sein? Ich hatte als russischer Dichter in Rußland gelebt, und was hatte ich erreicht? In zehn Jahren war keine einzige Arbeit von mir veröffentlicht worden. Nein, ich sah die große Aufgabe der Linken nicht darin, allen Landsmannschaften den Status von unabhängigen Nationalstaaten zu verschaffen, sondern darin, die Welt von den Kriegen, den sozialen Ungleichheiten, dem allgemeinen Mord des Lebens durch den Zwang der Arbeit zu befreien.

Ich sagte ihnen das alles nicht. Sie hätten mich für verrückt gehalten. Wie stellst du dir das vor: Die Welt von der Arbeit befreien? Selbst für einen Linken war ich verrückt. Es war besser zu schweigen, sonst hätte mir die linke Carol schon bei diesem ersten Zusammentreffen die kalte Schulter gezeigt und nie wieder das Wort an mich gerichtet. Und ich hatte das Bedürfnis, mit jemandem zu reden.

Wir aßen ein Omelette und *bitki*, unsere russischen Fleischbällchen, dazu tranken wir California-Wein und ein paar Gläschen Wodka. Die Unterhaltung wechselte von der Unabhängigkeit der Ukraine zu meinem blöden Artikel »Enttäuschung«. Ich hatte einen Haufen Artikel geschrieben und veröffentlicht, doch nur dieser eine wurde beachtet, weil ich darin zum erstenmal gesagt hatte, die westliche Welt rechtfertige keineswegs die Hoffnungen jener Juden und Nichtjuden, die aus der Sowjetunion auswandern möchten. In verschiedener Hinsicht sei das Leben im Westen viel schwieriger als im Osten. Nach dieser Erklärung stand der Verfasser des Pamphlets, Editschka Limonow, in dem Ruf, ein KGB-Agent zu sein, was es ihm immerhin leichter machte, mit der versumpften Mehrheit der russischen Emigranten zu brechen.

Die Veröffentlichung des Artikels war vom Chefredakteur des *Russian Cause* persönlich abgesegnet worden. Er hatte es freilich nicht mir zuliebe getan, sondern darauf spekuliert, daß ein solcher provozierender Artikel das Interesse der Öffentlichkeit für sein Blatt steigern würde – ein rein kommerzieller, typisch amerikanischer Gesichtspunkt also. Am 29. Februar brachte die Moskauer *Woche*, die Sonntagsausgabe der Tageszeitung *Nachrichten*, aus Anlaß meines Artikels eine ganze verdammte Seite unter dem Motto »Dieses bittere Wort: Enttäuschung«, dazu eine Fotomontage, die den bebrillten Kopf des jungen Dichters Editschka Limonow vor einem Wolkenkratzer zeigte. Natürlich benutzten sie meine ehrliche Arbeit für ihre Zwecke, aber was sollte ich machen? Alle Menschen werden doch von irgendwelchen Regierungen benutzt!

Die linke Carol teilte meine Kritik an Amerika und der ganzen westlichen Welt, überschätzte jedoch die Dissidentenbewegung in der UdSSR, die sie für viel einflußreicher hielt, als sie in Wahrheit ist. Es nervte mich, über das Unglück des russischen Volkes zu reden, aber ich war dazu gezwungen. Geduldig gab ich Carol zu bedenken, daß das Dissidententum bei uns ein spezifisches Phänomen der Intelligentsia sei, daß es keinerlei Wurzeln im Volk habe, daß die Manifeste und Petitionen immer dieselben Unterschriften aufwiesen und der betreffende Kreis nur aus zwanzig bis fünfzig Leuten bestehe. Im Augenblick befänden sich die wichtigsten

Vertreter dieser Bewegung überhaupt im Ausland. Außerdem sei die Dissidentenbewegung absolut rechts, und wenn das einzige Ziel ihres Kampfes darin bestehe, die jetzigen Regierenden der Sowjetunion durch lauter Sacharows und Solschenyzins zu ersetzen, lohne das nicht die Mühe: die Ansichten der meisten ihrer Mitstreiter seien verworren, zumindest nicht sehr realistisch, trotz ihrer nimmermüden Energie und Phantasie, und wenn diese Leute an der Regierung wären, würden sie eine reale Gefahr darstellen. Die politischen und sozialen Experimente, die sie durchführen würden, könnten schon aus eben diesem Grund – weil sie allzuviel Energie und Phantasie besäßen – für das sowjetische Volk gefährlich werden. Die gegenwärtigen Machthaber der Sowjetunion seien Gott sei Dank zu mittelmäßig, um neue Ideen zu produzieren, hätten jedoch gleichzeitig langjährige Erfahrung in der Verwaltung, und sie verstünden ihren Beruf gut genug, um ein Chaos zu verhindern. Das aber sei für die Sowjetunion viel wichtiger als alle diese utopischen Pläne, zu den Ideen der Februarrevolution, zum Kapitalismus und zu anderen Herrschaftsformen zurückzukehren . . .

»Du bist der erste Russe mit linken Ideen, den ich kennnengelernt habe«, sagte Carol, als wir nachts um zwei zusammen aufbrachen. »Wenn dich die Linke interessiert, kann ich dich mal zu den Versammlungen der Workers Party mitnehmen.«

»Leider habe ich schreckliche Sprachprobleme, ich werde nicht viel verstehen, aber ich komme gern, ich habe sogar das Bedürfnis mitzukommen, denn ich habe der Revolution mein Leben geweiht«, antwortete ich.

Dann nahmen wir die Subway, und schreiend, um den Lärm zu übertönen, erzählte sie mir von ihrer Partei. Sie wühlte in zwei großen Taschen mit Zeitschriften, Zeitungen, Fotokopien und anderen Papieren, wahre Aktivisten- und Propagandistentaschen, und holte eine Zeitung heraus, das Informationsblatt der Workers, sowie ein aufwendiges illustriertes Werbemagazin der Partei und gab mir beides. Als wir die Grand Central Station erreicht hatten, stieg ich aus, nachdem wir verabredet hatten, daß sie mich am nächsten Tag anrufen würde, um mir zu sagen, wie weit sie mit der Übersetzung meines Artikels sei.

Schon am übernächsten Tag hatte sie die Übersetzung fertig, und ich holte Carol vom Büro ab. Sie arbeitete bei einem Staranwalt, der eine Kanzlei in der Fifth Avenue hatte. Carol saß in einem kleinen, von einer Barriere umgebenen Gehege an einem Schreibtisch mit einer IBM-Schreibmaschine und mehreren Telefonen. Sie gab mir die Übersetzung, ich bot ihr Geld an, aber sie lehnte ab. Ich dankte ihr erleichtert.

»Hast du Lust, zu einem Meeting über die Verteidigung der Rechte des palästinensischen Volkes zu kommen?« fragte mich Carol. »Es ist allerdings eine sehr gefährliche Versammlung. Sie findet im Brooklyn College statt.«

So etwas wie ein gefährliches Meeting war genau das, was ich brauchte. Wenn sie gesagt hätte: »Komm morgen vorbei und hol dir eine Maschinenpistole und Munition ab, du kannst mithelfen, ein Flugzeug zu entführen«, wäre ich noch froher gewesen, aber so ein Meeting war auch nicht schlecht.

»Ich würde gern einen Freund mitbringen«, sagte ich, an Alka denkend, »geht das?«

»Natürlich«, antwortete Carol. »Das heißt, wenn er keine Angst hat. Im allgemeinen werden wir überwacht und alle registriert. Du hast sicher in der Zeitung gelesen, daß unsere Partei Schritte gegen das FBI unternommen hat, weil es uns seit vielen Jahren nachspioniert, in unsere Büros einbricht, unsere Papiere kontrolliert und uns Provokateure auf den Hals hetzt . . .«

»Ja, ich habe es gelesen«, unterbrach ich sie beflissen.

»Als ich in die Workers Party eintrat, hat das FBI meinen Eltern in Illinois geschrieben und ihnen mitgeteilt, ich sei Kommunistin geworden. So teuflisch gehen sie vor, um Zwietracht in den Familien der Parteimitglieder zu säen. Meine Eltern sind Protestanten, einfache Leute, sie mögen keine Schwarzen, sie mögen keine Ausländer, sie sind Rassisten, mein Bruder ist rechts, und die Nachricht war für sie ein schrecklicher Schlag. Wir haben dann lange Zeit keinen Kontakt mehr gehabt.«

»Der KGB geht bei uns genauso vor«, sagte ich.

Die Sowjetunion und ihre Probleme lagen zwar hinter mir, ich würde bis ans Ende meiner Tage in den USA leben, in einem anderen Land, aber wie in Rußland auf der Seite derer, die protestieren, die rebellieren, auf der Seite der Ausgestoßenen, der Schwulen, der Araber und der Kommunisten, der Schwarzen und der Puertorikaner.

Am nächsten Tag trafen wir uns, Carol, Alka und ich, und fuhren nach Brooklyn. Da wir bis zum Beginn der Veranstaltung noch Zeit hatten, gingen wir in ein Blimpy und aßen etwas. Sie nahm einen Sandwich, und während sie aß, sah ich, daß ihre Fingerspitzen deformiert waren, aber ihre Hände stießen mich trotzdem nicht ab, es waren einfach die Hände einer ausgemergelten Schreibmaschinenschreiberin. Man betrachtet die abgewetzten Finger eines Zimmermanns ja auch ohne Widerwillen, weil man weiß, sie sind von seiner Arbeit so und müssen so sein.

In der Nähe des Gebäudes, in dem die Versammlung stattfinden sollte, sahen wir viele Polizisten mit ihren Einsatzwagen und kleine Gruppen lebhaft diskutierender Jugendlicher. Ich sog wollüstig die Luft ein. Es roch nach Gefahr. Es roch gut.

»Unsere Genossen sind gewarnt worden, daß die jüdische Verteidigungsliga Störaktionen plant und das Meeting verhindern will«, sagte Carol und paßte genau auf, wie wir reagierten.

Na und? Ich, ein neutraler ukrainischer Russe mit tatarischem und ossetischem Blut, hatte doch nichts zu befürchten, aber Alka war Jude, und man konnte seine Teilnahme an einem Treffen zur Verteidigung des palästinensischen Volks als einen widernatürlichen Akt werten. Das war wenigstens die Befürchtung, die ich hatte, ehe ich den Saal betrat. Dann sah ich, daß viele Juden da waren, und ich hörte auf, mir Sorgen um Alka zu machen.

Nachdem wir eine Spende von einem Dollar entrichtet hatten, suchten wir uns einen Platz und nahmen Carol in die Mitte, damit sie notfalls übersetzen konnte, was wir nicht verstanden hatten. Da ich zum erstenmal einem Treffen dieser Art beiwohnte, sah ich mich neugierig um. Ein paar junge Araber verteilten Propagandaschriften. Außerdem wurden der *Militant* und andere linke Zeitungen angeboten. Auf dem Podium saßen sechs Leute, darunter zwei Schwarze. Allmählich kam das Meeting in Gang, und ich spitzte die Ohren.

Ein junger Libanese ergriff als erster das Wort und redete über den Bürgerkrieg in seinem Land. Ich bekam mit, daß er betonte, das Ziel der libanesischen Linken sei weder die Machtübernahme im Libanon noch der Kampf gegen Israel, sondern die Weltrevolution! Dieser Satz gefiel mir sehr, und ich klatschte lange Beifall. Ich hatte gerade einen Artikel beendet, in dem ich die verschiedenen Etappen der künftigen Weltrevolution beschrieb. Kurz, ich hatte eine ganz persönliche Beziehung zur Revolution. Ich versteckte mich nicht hinter bombastischen Phrasen, sondern erklärte meinen Glauben an die Weltrevolution mit meinem persönlichen Drama, in das beide Länder, die Sowjetunion und die Vereinigten Staaten, verwickelt seien und an dem die Zivilisation Schuld trage. Diese Zivilisation lehne es ab, meine Leistung als Dichter anzuerkennen, sie verweigere mir den Platz, der mir von Rechts wegen zusteht, und sie hat meine Liebe zerstört. Gern hätte sie auch mich getötet, ich hatte ihr indessen aus ich weiß nicht welchem Grund bisher noch widerstanden. Meine revolutionäre Überzeugung hatte damit ein Motiv, das natürlicher und stärker war als alle anderen revolutionären Motive.

Nach dem Libanesen ergriff ein zweiter Redner, klein und von undefinierbarer Nationalität, das Wort. Er sah am ehesten noch mexikanisch aus und war auf jeden Fall ein geschulter Redner. Sein Vortrag war ausgefeilt, intelligent und überzeugend.

»Das ist Peter, der Obmann unserer Zelle«, flüsterte Carol mir zu.

»Er redet gut, er ist ein Profi«, sagte ich neidisch, weil ich daran dachte, was alles dazu gehören würde, bis ich mich so artikulieren könnte wie er. Nichtsdestoweniger hatte ich große Lust, das Wort zu ergreifen und im Namen der sowjetischen Jugend zu sagen, daß wir nicht alle gekaufte Überläufer seien und eine verlogene Großmacht unterstützten.

Peter war nicht Lateinamerikaner, sondern Jude, genau wie der junge, sympathische und sehr nervöse Fragesteller, der ihn unterbrach. Peter antwortete ihm zunächst geduldig mit klugen Argumenten und gab ihm schließlich den Rest, indem er barsch sagte, man dürfe nicht Zionismus und Judentum verwechseln, wofür ihn ein Beifallssturm belohnte.

Dann sprachen die beiden Schwarzen, und obwohl ihre Ausführungen nicht so subtil waren wie die von Peter, wirkten sie auf mich nicht minder überzeugend. Herrliche Kämpfernaturen! Unter ihrem Kommando hätte ich an jedem Unternehmen teilgenommen.

Merkwürdige Typen kamen ohne Unterlaß durch die Türen der Glaswände, die den Versammlungssaal vom Nebenraum trennten, und alle fünf Minuten machten die Polizisten und die Sicherheitsmänner ihre Runde. Es lag Alarm in der Luft.

Ich hatte mein Messer wie üblich in einen Stiefel gesteckt und brannte auf Rabatz. Zu meinem Bedauern passierte jedoch nichts. Der kriminelle Editschka hatte keine Chance, sich zu verwirklichen. Im Hinausgehen stellte Carol mich ihren Genossen vor, unter denen einige ziemlich häßliche Jüdinnen in Pluderhosen und ein Junge mit nettem, offenem Gesicht in einer Art Khakiuniform waren. Sie sprachen alle mehr oder weniger gut russisch. Der junge Mann war Übersetzer beim *Militant*. Die Druckerei war im Begriff, Trotzkis *Geschichte der russischen Revolution* in der Originalfassung herauszubringen. Einen Monat später bekam ich dann ein Exemplar und war, wenn man von denen absieht, die Trotzkis Manuskript kannten, der erste Russe auf der ganzen Welt, der dieses Werk auf russisch las.

Dieses Buch hinterließ bei mir einen sehr zwiespältigen Eindruck. Bei manchen Seiten, auf denen die bewaffneten Volkserhebungen beschrieben werden, hätte ich am liebsten geheult. Allein in meinem Hotelzimmer sagte ich verzweifelt vor mich hin: »Wie furchtbar zu wissen, daß ich so etwas niemals erleben werde!« Andere Abschnitte erregten meinen Zorn, besonders die, in denen Trotzki entrüstet schreibt, nach der *Februarrevolution* habe die provisorische Regierung die Arbeiter in ihre Fabriken zurückgeschickt und aufgefordert, sie sollten ihre Arbeit wiederaufnehmen. Die Arbeiter waren natürlich unzufrieden: »Wozu haben wir die Revolution gemacht, wenn man uns jetzt an die Arbeit zurückschickt!?«

Dieser scheinheilige Trotzki! dachte ich, und was habt ihr nach der *Oktoberrevolution* mit den Arbeitern gemacht? Genau dasselbe! Ihr habt sie ebenfalls wieder in die Fabriken kommandiert.

Für euch, ihr Provinzjournalisten und Studenten ohne Examen, die ihr dank der Revolution an die Spitze eines riesigen Staates gelangtet, für euch war die Revolution eine schöne Realität. Aber für die Arbeiter? Für die gab es keine Revolution. Die Arbeiter müssen unter allen Regimen weiterschuften. Auch ihr habt ihnen nichts anderes anzubieten vermocht. Bis zum heutigen Tag weiß niemand, wie man das »Prinzip der Arbeit« ändern soll. Ich meine, man muß an der Basis beginnen, und erst dann, wenn die herkömmliche Bedeutung des Wortes »Arbeit«, also Arbeit, um Geld zum Leben zu verdienen, nicht mehr gültig ist, wird es eine wahrhafte Revolution geben.

Nach dem Meeting hatte Carol uns zu sich eingeladen. Sie wohnte in Brooklyn mit noch sechs bis acht anderen Parteimitgliedern im selben Haus. Alka, das ambivalente Individuum, das sich für Freud interessiert, flüsterte mir zu: »Sag mal, warum haben die bloß alle solche Gesichter? Findest du das nicht eigenartig? Sieh dir die Mädchen an: Irgend etwas stimmt bei denen nicht. Carol sieht zwar ganz normal aus, aber ich glaube, sie hat sexuelle Probleme.«

»Was willst du machen, Alka? Nach meinen Beobachtungen sind Revolutionäre schon immer so gewesen. Lenin und jeder beliebige andere hatten seine Macken, aber spielt das wirklich eine Rolle? Wir brauchen eine Gruppe, einen Kreis, du weißt genau, daß man auf dieser Welt unbedingt zu einer Clique gehören muß. Wer sonst würde dich akzeptieren, wer würde sich für dich interessieren, wenn nicht deine Gruppe? Sie akzeptieren uns, sie brauchen uns vielleicht sogar. Glaubst du etwa, wir beide seien vollkommen? Selbst wenn wir es bis zu einem gewissen Grad tatsächlich sind, was ich behaupten möchte, so heißt das noch lange nicht, daß die anderen der gleichen Ansicht sind.«

Carol machte Sandwiches, und wir tranken das Bier, das wir mitgebracht hatten. Peter stellte uns viele Fragen bezüglich unserer *revolutionären Interessen*. Der Abend zog sich bis drei Uhr morgens hin, und je später es wurde, desto mehr hegte ich vor allem *sexuelle Interessen*, und zwar für Carol und noch ein paar andere. Ich hatte richtig Lust, mit Carol zu schlafen, aber dauernd kamen und gingen Leute, ihre Nachbarn schauten herein, und ich konnte nicht allein mit ihr reden. Sie hockte neben mir auf dem Sofa, doch darauf beschränkte sich unsere Intimität. Sie war unbeschwert und komisch, und die Leute lachten, wenn sie redete, nur ich verstand ihre Späße leider nicht.

Als alle anderen gegangen waren, ließ sich Carol es nicht nehmen, Alka und mich zur Subway zu bringen. Es war unvermittelt sehr kalt geworden. Am U-Bahn-Eingang sagte sie uns auf Wiedersehen, aber ich unterbrach sie: »Ach, Carol, kann ich mal kurz mit dir reden? Entschuldige, Alka, ich bin gleich wieder da.«

Wir entfernten uns ein Stückchen. Ich nahm ihre Hand und sagte: »Carol, möchtest du vielleicht, daß ich bleibe?«

Sie drängte sich an mich und sagte: »Du bist sehr nett, aber dein Freund hat nach dieser Diskussion bestimmt das Bedürfnis, mit dir zu reden.«

Ich wußte nicht so recht, wie sie das meinte. Wir standen in der Kälte da und zitterten, wir küßten uns einmal und blieben weiter in der Kälte stehen. Sie war so zart, und doch hatte sie schon eine dreizehnjährige Tochter, die bei ihren Großeltern in Illinois lebte.

»Du bist sehr nett, und morgen ist Sonntag. Aber ich muß ins Büro, ich habe dort einen Hut liegen gelassen, den ich gestern gekauft habe. Ich fahre für drei Tage zu meinen Eltern, und ich würde ihnen gern den schicken Hut vorführen.« So eitel war sie, die linke Carol. Wenigstens fügte sie zum Trost für mich hinzu: »Ich ruf dich wieder an, und dann sehen wir uns mal, ja?«

Ich insistierte nicht weiter. Vielleicht hätte ich das tun sollen. »Geh jetzt«, sagte ich, »sonst erkältest du dich noch . . .«

Sie rief in den folgenden Tagen nicht an, was mich sehr betrübte. Ich sah sie bereits als meine Geliebte an, das ist ein Tick von mir, und ich hatte mit ihr so viel gemeinsam, viel mehr als mit all den anderen. Abgesehen davon, daß sie eine Revolutionärin war, war sie auch Journalistin, und kürzlich hatte der *Worker*, das Organ der Kommunistischen Partei Amerikas, sie wegen eines Artikels angegriffen, den sie geschrieben hatte.

Endlich ließ sie dann von sich hören, und wir verabredeten uns zum Mittagessen. Wir nahmen einander gegenüber Platz und sprachen von unseren Zielen im Leben. Alka und ich hatten gründlich über das Palästinenserproblem nachgedacht, und ich teilte ihr unsere Überlegungen mit. Doch sie war nicht bei der Sache. »Weißt du, ich muß dir was sagen«, fiel sie mir ins Wort, »ich habe einen Freund, ich bin irgendwie verkrampft, wenn ich mit dir zusammen bin. Ich mag dich, du bist nett, aber ich bin seit einigen Jahren mit ihm zusammen. Er ist nicht Parteigenosse, aber er arbeitet in einem linken Verlag.«

Ich ließ mir meine Bestürzung nicht anmerken. Ich bin so sehr an Schläge gewöhnt, daß dieser hier nicht einmal ein sehr harter war. Es ist nicht so schlimm, es wird vorübergehen, dachte ich, obgleich es deprimierend ist, seine Träume wie Seifenblasen zerplatzen zu sehen. In meinem Geist lebten wir schon zusammen und kämpften gemeinsam für die Weltrevolution.

»Na gut«, sagte ich einfach.

So endete meine Affäre mit Carol, aber unsere politischen Beziehungen setzten wir fort, obgleich mich die Untätigkeit ihrer »Aktivisten« enttäuschte.

An jenem Tag gingen wir nach dem Essen die Fifth Avenue hinunter. Sie mußte fürs Büro Kaffee kaufen. Als wir vor der St. Patrick's Cathedral waren, blieb ich stehen. »Carol, glaubst du, daß wir noch eine Revolution in Amerika erleben werden?«

»Ganz bestimmt«, antwortete sie, ohne zu überlegen. »Wofür würde ich sonst leben?«

Ihr haltet uns sicher für zwei blutdürstige Strolche, die nur davon träumten, Amerika und die ganze Welt in Blut und Tränen erstickt zu sehen – zumal, wenn ihr erfahrt, was ich als nächstes sagte. Nämlich: »Ich hätte gern ein Gewehr, Carol.« Das war nicht gelogen.

»Und du würdest tatsächlich damit schießen, Ed?« fragte sie lachend. Ich glaube, sie machte sich über mich lustig. Ich war eben der Sohn eines bolschewistischen Offiziers, mein Vater hatte sein Leben lang im NKWD gedient, ja, ja, genau da, und sie war die Tochter eines protestantischen puritanischen Farmers aus Illinois.

»Du bist ein Extremist«, sagte Carol. »Wenn ich jemals Extremisten kennenlernen sollte, werde ich sie zu dir schicken. Mit denen wirst du dich besser verstehen.«

Ihre Freunde von der Arbeiterpartei betrachteten uns ohnehin mit Mißtrauen. Alka, der zweifellos ein suspektes Individuum war, sagte mir: »Sie halten uns für KGB-Agenten. Es sind bestimmt die Genossen Dissidenten, die sie darauf gebracht haben. Carol jedenfalls war es nicht, sie hält sehr viel von dir. Aber irgend jemand muß die leitenden Funktionäre beschwatzt haben. Warum haben sie sonst unseren Artikel nicht veröffentlicht?«

Dieses eine Mal hatte Alka recht. Das Parteiorgan hatte unseren »Offenen Brief an Sacharow«, der seine fortwährende Verherrlichung des Westens kritisiert, abgelehnt. Selbst die Londoner *Times* hatte doch wenigstens eine Zusammenfassung gebracht. Die amerikanische Linke schien weiter rechts zu stehen oder mißtrauischer zu sein als eine ausgesprochen rechte Zeitung.

Ich glaube nicht an die Zukunft dieser Linken. Sie sind zu isoliert, sie haben Angst vor der Straße, sie haben Angst vor den Vororten, sie haben keinerlei Kontakt zu denen, in deren Namen sie zu sprechen vorgeben. Ein bezeichnendes Beispiel: Ich holte Carol vom Büro ab, und wir gingen durch die 42. Straße zur Eighth Avenue. Meine Revolutionärin fürchtete sich vor dieser verrufenen Straße und drückte sich ängstlich an mich.

»Unsere Genossen meiden diese Straße. Es gibt hier viele Fixer und Ausgeflippte«, sagte sie nervös.

Ich lachte. Ich hatte keine Angst vor der 42. Straße, ich fühlte mich dort uneingeschränkt wohl, am Tag und bei Nacht. Ich sagte nichts, dachte jedoch: Diese Arbeiterpartei ist ein Sammelbecken von Kleinbürgern, und wenn ich die Revolution machen müßte, würde ich mich in erster Linie um die Erniedrigten und Beleidigten, die von der Gesellschaft Ausgestoßenen bemühen. Ich würde mein Hauptquartier in der verrufensten Gegend einrichten, und ich würde mich nur um Menschen wie sie kümmern, um Menschen, die leiden.

Carol sagte: »Es ist komisch, daß ein Moskauer mich durch New York führt und daß er den Weg besser weiß als ich.«

Zugegeben, auch ich mußte befürchten, hier unverhofft gewissen Leuten zu begegnen, die mir unangenehme Fragen stellen konnten, Chris beispielsweise, aber ich nahm dieses Risiko eben auf mich, und Gott sei Dank sah mich niemand.

Carol fragte mich, ob ich nicht Lust hätte, in ihre Partei

einzutreten. Nein, ich hatte keine Lust. Intellektuellenclubs stoßen mich ab. Ich halte nichts von diesen Versammlungen, die man sitzend absolviert, um sich anschließend zu trennen und am nächsten Morgen wieder zur Arbeit zu eilen. Ich halte überhaupt nichts davon, sich zu trennen. Was mich reizt, sind Kommunen, bewaffnete Großfamilien und Partisanengruppen, kommunistische oder religiöse Sekten. Ich würde mit Chris zusammenleben, und Carol und andere könnten auch dabei sein. Ich will gleichberechtigte und freie Menschen um mich haben, die sich um mich kümmern, damit ich nicht mehr so scheußlich allein bin. Ob ich das jemals erleben werde?

Carol ist immerhin eine Seite, die ich noch nicht umgeblättert habe. Wir brüten dauernd neue Ideen aus, sie wartet oft vor ihrem Büro auf mich, bleich und lächelnd, mit oder ohne ihre dicke schwarze Brille, aber immer mit linkem Schrifttum beladen.

»Carol, dir fehlen nur noch die schwarze Lederjacke und das rote Halstuch zum Volkskommissar«, sagte ich im Scherz; und sie nahm es als ein Kompliment.

Ab und zu ruft sie mich noch an.

»Hallo, Eddy«, sagte sie. »Ich bin's, Carol.«

»Hi, Carol! Schön, dich zu hören.«

»Wir haben heute ein Meeting. Möchtest du nicht auch kommen?«

»Sicher, Carol. Wenn ich Zeit habe. Du weißt ja, daß mich all das interessiert.«

»Dann bis sechs an der Lexington-Linie, Haltestelle Einundfünfzigste Straße.«

»Gut, Carol, bis sechs. Wenn ich kann . . .«

Na, ich geh dann meist hin, und ich nehme ihr eine ihrer großen Taschen mit Einkäufen oder Propagandamaterial ab. Sie gestattet mir aber immer nur, eine zu tragen, wegen der Gleichberechtigung. Manchmal sehen wir uns auch in ihrer Mittagspause. So zwischen eins und zwei könnt ihr uns dann in der 51. Straße, nicht weit von der Fifth Avenue, an einem Brunnen sitzen sehen.

Das Mädchen aus der Provinz

Eines Tages ging ich zu einer Party bei dem einzigen Menschen, der mich noch in seiner Wohnung empfängt, ein Fotograf oder, richtiger gesagt, ein Verrückter, ich habe schon von ihm gesprochen; ein Arschloch ersten Ranges, ein kleiner Phantast, dessen Träume sich, wie die seiner Kumpane, um ein einziges Ziel drehen: ohne Arbeit Geld zu verdienen. Mit einem Wort, ich war bei Sascha Jigulin eingeladen. Sein Problem ist zweifellos vielschichtiger, aber was ich eben gesagt habe, kennzeichnet ihn ganz gut.

Er wohnt in einem großen düsteren Apartment in der 58. Straße, und er strampelt sich unglaublich ab, um bis zum nächsten Monatsersten die dreihundert Dollar Miete aufzutreiben, weil man ihn sonst rausschmeißt.

Meiner – für einen Russen übrigens recht sonderbaren – Gewohnheit entsprechend, traf ich pünktlich um acht Uhr ein. Mit meinem Spitzenhemd, meiner weißen Hose, meiner lila Jacke und meiner wunderschönen weißen Weste stolzierte ich wie ein Idiot zwischen den Leuten auf und ab, die Sascha hatte früher kommen lassen, damit sie für ihn Möbel verrückten, Konservendosen und Flaschen öffneten. Da ich mich langweilte, ging ich Zigaretten holen, genoß die Abenddämmerung, atmete tief die herrlich nach frischem Grün duftende Luft ein.

Es war Mai und der nahegelegene Central Park lockte, aber ich kehrte doch zu Jigulin zurück. Die Helfer waren inzwischen gegangen, um sich umzuziehen, und es waren nur noch Sascha da, der sich gerade ins Badezimmer begab, und ein Mächen von ich weiß nicht wo, klein, mit typisch jüdischen Locken und einer merkwürdigen Art zu reden. Manchmal dehnte sie die Sätze unendlich, um sie dann wieder viel zu schnell herunterzuhaspeln – fast wie eine Schauspielerin, die ihren Text schlecht einstudiert hat. Wie ich später erfuhr, hatte sie daheim tatsächlich bei einer Theatergruppe mitgewirkt, in Odessa, und dort als sehr begabt gegolten. Ich werde magisch von allem angezogen, was aus der Rolle fällt. So trat Sonja in mein Leben.

Ich blieb den ganzen Abend an ihrer Seite und stellte ihr alle meine Freunde vor, die kamen. Zu denen, die als letzte erschienen, gehörten Jean-Pierre, der Kerl, wegen dem mich meine Frau verlassen hatte, sowie Susanne, seine jetzige Geliebte. Die flatterhafte Helena war ein paar Tage zuvor nach Mailand geflogen, wir brachten sie alle drei zum Flughafen; sie hatte einen exzentrischen Fummel mit Rüschen an und war sicher, daß sie alle Italiener liebestoll machen werde.

Doch zurück zu Sonja. Obwohl ich noch immer unter der Schockwirkung von Helenas Wandlung stand und Frauen eigentlich für mich erledigt waren, interessierte mich Sonja sofort. Sie war die erste Frau, falls man diese Bezeichnung für sie verwenden kann, sagen wir also, sie war – nach Helena – das erste Wesen weiblichen Geschlechts, mit dem ich aus einem mir unbekannten Grund vom ersten Augenblick an gern zusammen gewesen wäre.

Vorher hatte ich nur gewissermaßen schlafwandlerische Begegnungen im Alkoholnebel gehabt, auf überflüssigen Parties, bei denen Frauen aus Australien und Europa herumwirbelten, plötzlich vor mir standen, von Känguruhs und moderner Malerei redeten, dann auf ihren Kleiderwogen wieder davonschwammen, um sich in das allgemeine Chaos zu stürzen, in das Magma der anonymen Partygesellschaft einzutauchen, das sie immer nur für eine Stippvisite verließen. Ich war fast ständig betrunken, unverfroren, aggressiv, was Frauen betraf, und außerdem zu kokett, um nicht schwul zu wirken. Mein Körper und meine Seele hatten sich, dieses eine Mal in völliger Übereinstimmung, nach Helenas Dolchstoß von den Frauen abgewandt. Ich bezweifle, daß ich damals imstande gewesen wäre, eine von ihnen zu bumsen und intime Beziehungen zu haben. Falls ich das überhaupt gewollt hätte. Und nun sah ich

Sonja. Sie machte mir keine Angst. Sie hatte selbst Angst, vor allem und jedem.

Dieses Mädchen aus Odessa, das sich seiner Herkunft schämte, war schockiert über die rückhaltlose und zugleich doch zeremonielle Art des Sichbekanntmachens in diesem Kreis. »Das ist Jean-Pierre, der Exgeliebte meiner Frau«, stellte ich vor. »Und das ist Susanne, seine derzeitige Geliebte.« Die betrunkene, aber angenehm duftende Susanne küßte mich zum Dank, als gehörten wir durch diese Überkreuzbeziehung zur selben Familie. Ich hatte Mitleid mit Susanne, aber ich verachtete Jean-Pierre, was mir die Kraft gab, gelassen mit ihm zu reden. Außerdem verstand ich mich von jeher darauf, kleine Stiche zu versetzen, Öl ins Feuer zu gießen. Während ich diese kleine provinzielle Jüdin meiner »Verwandtschaft« vorstellte, wurde mir klar, daß sie sich tatsächlich kaum voneinander unterschieden. Und dann ritt mich der Teufel, und ich erteilte der kleinen Sonja aus Odessa eine Lektion in Moskauer Lebensart und in der für eine jede Metropole typischen Überspanntheit. »Du siehst, es hat sich nichts geändert. Wir sind in New York noch genauso pervers, wie wir es in Moskau waren.«

Zugegeben, es war ein billiges Spiel, aber weil sie mich interessierte, die schüchterne provinzielle Jüdin, wollte ich ihr zu verstehen geben, daß ich meine besonderen Fähigkeiten schon in Moskau erworben hatte. Es schmeichelte mir, daß sie mich für grundverdorben hielt, weil ich mit solchen Leuten wie Jean-Pierre und Susanne befreundet war. Und dann erzählte ich ihr ohne Übergang von meinen Beziehungen zu Männern, was natürlich ein noch größerer Schock für sie war, aber es ging vorüber. Tatsache ist, daß ich noch nie einen Menschen kennengelernt habe, der vor etwas Interessantem die Ohren verschließt, selbst dann nicht, wenn es etwas sehr »Verdorbenes« ist. Da sie an jenem Abend eine ganze Menge davon zu hören bekam, ging sie früh, gegen elf. Wenn sie das Bedürfnis hatte nachzudenken, sollte sie ruhig nachdenken. Ich brachte sie zum Bus und sagte ihr, daß sie mir gefalle, bemerkte aber unmittelbar darauf, daß sie eine häßliche Oberlippe hatte.

Als wir einige Tage später miteinander telefonierten, lud ich sie zum Geburtstag meines Freundes Katschaturian ein, jenes modernistischen Malers, dessen Bilder mein Winslow-Verlies aufwerteten. Darüber hinaus besaß er einen nimmermüden Forschungsgeist und bastelte unter der Aufsicht seiner tyrannischen Frau fortwährend an irgendwelchen Erfindungen. Sie, ebenso intelligent wie böse, sprach beneidenswert gut Englisch und arbeitete nichtsdestotrotz nur in einer Scherenfabrik. Die beiden hatten ihre Hochzeitsnacht in unserer Wohnung an der Lexington Avenue verbracht, auf dem Fußboden. So etwas verbindet; seitdem waren wir Freunde.

Ich nahm eine Flasche Krimsekt zu zehn Dollar mit – es handelte sich übrigens um die Flasche, die den Zorn Mrs. Rogoffs, der Hotelmanagerin, erregt hatte –, und wir gingen hin. Es waren etwa zehn Gäste anwesend, die hier aufzuzählen nicht lohnt, obgleich sie alle auf diese oder jene Weise zu meinem Leben gehörten, *sogar mein Leben sind*! Sonja gab an jenem Abend einen Haufen Mist von sich, provinzielle Dummheiten, aber ich hörte nicht hin. Ich fühlte mich wohl, man machte mir Komplimente, es gab viel zu trinken, und in angenehmer Gesellschaft bin ich immer gutgelaunt. Ich liebe den »öffentlichen Menschen« in mir, um einen Ausdruck Puschkins zu gebrauchen. »Puschkin? Puschkin, ach ja, das war der, der vor mir gedichtet hat«, schrieb Alexander Wedenski, ein Poet der dreißiger Jahre, ein Alltagsgenie aus Charkow, wie ich, der unter die Räder eines Zuges gestoßen wurde. Nun denn: Ich bin gern ein »öffentlicher Mensch«.

Später, als das Fest vorbei war, schlug ich Sonja vor – oder sie mir, ich erinnere mich nicht mehr, jedenfalls faßten wir den Entschluß –, noch ein paar Bars aufzusuchen. Ich hatte etwas Geld bei mir. Wir tranken Wodka in einer Kneipe an der East Side, wo sie sich bemühte, mit einem Polen Englisch zu sprechen, was nicht unbedingt nötig gewesen wäre. Sie hätte sehen müssen, daß er ein alter Penner war, der um drei Uhr morgens noch nicht wußte, wo er schlafen sollte. Aus Langeweile sagte ich ihm ein paar Wahrheiten über Großpolen, worauf er sofort in Wut geriet. Das amüsierte mich.

»Warum hast du das getan?« fragte Sonja.

»Ich verletze die Leute gern in ihrem Nationalgefühl«, erklärte ich ihr.

Nach einer Weile schwenkten wir zur West Side, Richtung Eighth Avenue, die ich wie meine Westentasche kenne. Ich zeigte Sonja die Nutten, die auf Freier warteten, und dann zog ich sie plötzlich mitten auf der Straße an mich, griff in ihre Jeans und fing an, ihre Möse zu streicheln. Sie war feucht und weich wie alle Mösen.

Ich wollte mich eigentlich nur vergewissern, daß es überhaupt noch Mösen gab. Alles war noch an seinem Platz, stellte ich beruhigt fest, und als ich die Augen schloß, war es genauso wie bei Helena. Sie wand sich geniert hin und her, und wie ich ihr den Slip herunterstreifte und mit einem Finger in sie eindrang, tat sie furchtbar erschrocken. Es mußte ihr wie ein widernatürlicher Akt erscheinen. In Kasachstan hat eine ukrainische Frau ihren lettischen Mann nur deswegen umgebracht, weil er sie gezwungen hatte, ihm, nach zwei Jahren Ehe, einen zu blasen. Sie hat ihn mit dem Beil erschlagen. Und Marina, die Lebensgefährtin des avantgardistischen Moskauer Malers Tschitscherin, erlaubte ihm nach vielen Jahren des Zusammenlebens immer noch nicht, sie auch mal von hinten zu nehmen. Dabei ist sie eine Frau, die Teilhard de Chardin gelesen hat!

Ich wünschte mir brennend, daß es Sonja in dieser unbequemen Stellung dennoch kam: an eine Hausmauer gelehnt, Hose und Slip bis zu den Knöcheln heruntergezogen, vor Scham und Verständnislosigkeit am ganzen Leib zitternd. Und wißt ihr, was geschah? Sie schaffte es, alles zu verderben, indem sie mir aufgeregt ins Ohr flüsterte: »O Edik, was tust du da? O Edik, was soll das?«

Erstens ertrage ich es nicht mehr, Edik genannt zu werden; zweitens wußte sie sehr genau, was ich tat. »Du merkst doch, daß ich dir etwas Gutes tue, ich verschaffe dir Lust!« sagte ich mit mühsam zurückgehaltener Wut.

Sie blieb wie angeschmiedet reglos an der Mauer stehen, Hose und Slip immer noch am Boden. Da langte es mir plötzlich. Ich zog ihr die Fetzen wieder hoch und zerrte sie weiter.

Es wurde schon Tag, und ich hatte Hunger. Weil es inzwischen vier Uhr war, hatten die Restaurants und Bars in der Eighth

Avenue zwar gerade geschlossen, aber ihr kennt mich, ich gebe nicht so schnell auf. Also klopfte ich an die Tür eines kleinen Lokals, in dem ich noch Licht sah, und zwinkerte dem schwarzen Kellner zu. Wo ich gelernt habe, auf diese Art zu zwinkern, weiß ich nicht mehr; jedenfalls öffnete der Schwarze sofort und ließ uns eintreten. Ich bestellte zweimal kalten Braten mit Chips. Es machte zusammen zehn Dollar.

»Hast du denn genug Geld, Edik?« fragte Sonja.

»Ja, natürlich. Aber sag bitte nicht Edik zu mir, ich kann das nicht leiden.«

Ich wurde allmählich nüchtern, nein, das ist nicht das richtige Wort, denn ich war in dieser Nacht keinen Augenblick richtig betrunken gewesen. Die Dämmerung, die mich umgab, löste sich einfach langsam auf. Ich sah dieses fünfundzwanzigjährige häßliche Mädchen mit dem müden, für ihre Jahre zu alten Gesicht, diese Provinzschnepfe, die jetzt noch provinzieller wirkte als zuvor. Eine angeborene sexuelle Frustriertheit und eine Menge anderer Gebrechen spiegelten sich in ihrem gelben und schlaffen Gesicht. All das ging mir langsam auf den Wecker. Wenn ich diese Frau trotzdem unbedingt brauchte, warum verlor ich dann Zeit? Ich mußte die Komödie hinter mich bringen.

»Gehen wir zu mir?« sagte ich.

»Ich kann nicht«, sagte sie, »ich liebe Andrej.«

Andrej war einer der jungen Männer, die Sascha beim Vorbereiten seiner Party geholfen hatten. Ich glaube, er lernte Buchhaltung. Würde zu ihm passen.

»Was tut es zur Sache, wen du liebst, ob Andrej oder einen anderen? Ich habe dir doch gesagt, daß ich nicht vorhabe, dich in deiner Freiheit einzuschränken. Du kannst Andrej lieben, so viel zu willst, aber jetzt gehen wir zu mir.«

Sie sagte nichts, sondern schlang ihren Braten und ihre Chips hinunter, obgleich sie vorher behauptet hatte, sie habe keinen Hunger. Sie log und aß und zitterte vor Angst. Alles zur gleichen Zeit. Meine Geduld war ziemlich erschöpft.

Der schwarze Kellner brachte uns Getränke. Er war sehr sympathisch und lächelte mir zu. Offensichtlich gefiel ich ihm in diesem Zustand: halb betrunken, braungebrannt, mit meinem schwarzen Spitzenhemd, meiner schönen weißen Weste, den Schuhen mit hohen Absätzen. Das ist so ihr Stil. Marat Bagrow, der an allen herumnörgelnde Jude, hatte mir eines Tages mit seiner notorischen Taktlosigkeit gesagt: »Die Schwarzen finden dich natürlich gut. Du bist wie sie, du kleidest dich wie sie und machst dieselben Gesten.«

Der Kellner stellte die Gläser hin, und ohne den Blick von der armen blockierten Närrin neben mir zu wenden, streichelte ich über seine Hand. Er lächelte und entfernte sich.

»Gehen wir«, sagte Sonja. Sie hatte wohl Angst, ich würde sie gleich hier bumsen. Vielleicht hinter der Theke, vielleicht in der Küche, was weiß ich?

Ich zahlte, und der Kellner begleitete mich mit einem verständnisvollen – und bedauernden – Lächeln bis zur Tür.

Wir gingen die Eighth Avenue entlang. Die Zeitungen kamen bereits, und die Leute eilten zur Arbeit; bestimmte Coffee Shops machten auf. Ich sah mich nach Straßenmädchen um; es waren keine zu sehen. Diejenigen, die Nachtschicht hatten, waren schlafen gegangen, und die anderen waren noch nicht eingetroffen.

»Beeil dich«, sagte Sonja auf einmal. »Ich muß dringend aufs Klo.«

Vermeiden Sie es möglichst, eine Frau, die Sie nicht lieben, in so einem Augenblick zu sehen! Es gibt nichts Abstoßenderes und Erbärmlicheres, und all das im brutalen Licht des Morgens. Es war wie eine Verfolgungjagd, wie ein Amoklauf, schlimmer als ein Mord auf menschenleerer Straße. Man könnte es sich als eine Filmszene vorstellen: Anfangs liefen wir noch einigermaßen normal die 42. Straße zwischen Eighth Avenue und Broadway hinunter. Dann wurde Sonja schneller und hatte Mühe, Balance zu halten, wenn wir um eine Ecke bogen. Ihr zarter Körper spiegelte unerträgliche Pein wider. Sie kann noch nicht mal zur richtigen Zeit pissen und scheißen, dachte ich wütend. Vielleicht hatte sie nur deshalb nicht gleich mit mir gewollt, weil sie mal mußte. Aber glaubt ihr, sie hätte was gesagt?

Ich schlug ihr vor, sich in den dunklen und verlassenen U-Bahn-Eingang zu setzen, doch sie war wie besessen, wie ein gehetztes

Tier. Sie knirschte mit den Zähnen, und als ich sie an der Hand zu dem Subwaytor ziehen wollte, hätte nicht viel gefehlt und sie hätte mich gebissen.

Gutmütig, wie ich bin, bot ich ihr noch eine zweite Gelegenheit, dort, wo meine geliebte Helena am Anfang gearbeitet hatte: Broadway Nr. 1457. Meint ihr, ich könnte diese Adresse vergessen? Alle ihre Adressen bleiben für alle Zeit in mein Gedächtnis eingeprägt. Nebenan, nur zwei oder drei Meter weiter, sah ich eine offene Haustür, und obwohl sie sich wehrte, zerrte ich Sonja hinein. Der Flur war schmutzig wie ein Müllabladeplatz. Offenbar wurde umgebaut.

»So, mach es hier«, sagte ich. »Ich warte draußen.«

Und ich ging hinaus.

Puh! Das wäre geschafft. Wieder draußen, erschien mir der Frühlingsmorgen reiner: einer jener Morgen, an denen man an die Zukunft denkt, an denen man sich, wenn man jung und gesund ist, seine Erfolgschancen aufzählt, an denen man seine schlafende Frau und seine schlafenden Kinder betrachtet. In der Nähe war ein Brunnen, und ich machte mir Hände und Gesicht naß.

Ich hatte schon eine ganze Zeit auf sie gewartet, und sie kam nicht. Allmählich glaubte ich, es müsse ihr etwas zugestoßen sein. Menschen wie sie werden doch immer vom Pech verfolgt. Ich war schon einige Male zwischen der Tür, hinter der sie sich ausscheißen sollte, und dem Brunnen hin und her gegangen, aber sie ließ sich immer noch nicht blicken. Das Schlimmste vermutend – ein solches Mädchen ist zu allem fähig –, öffnete ich die Tür. Sonja stand, das Gesicht mit den Händen bedeckend, in dem stinkenden Flur. Ich näherte mich ihr und sagte freundlich: »Gehen wir, worauf wartest du noch?«

»Ich schäme mich so!« sagte sie, ohne die Hände vom Gesicht zu nehmen.

»Dummes Ding, gehen wir!« sagte ich. »Herrje, wie kann man sich wegen einer so natürlichen Sache schämen!« Aber sie rührte sich nicht. Ich zog sie an der Hand. Sie wehrte sich. Ich fing an, sie zu beschimpfen. Der Krach lockte von ich weiß nicht woher einen Mann an, einen typischen, gut fünfzigjährigen Amerikaner. Er trug selbstverständlich eine karierte Hose.

»Kennen Sie ihn?« fragte er Sonja, natürlich auf englisch.

»Es ist alles okay«, antwortete ich statt ihrer. »Entschuldigen Sie.«

Zu ihr sagte ich auf russisch: »Blöde Gans, hör endlich auf mit dem Quatsch und komm, sonst haben wir gleich den ganzen Broadway auf dem Hals!«

Widerwillig kam sie mit. Wir trabten auf der 42. Straße zur East Side. Man hätte uns gut für einen Zuhälter und seine puertorikanische Nutte halten können, die sich nach einem Streit halbwegs wieder versöhnt haben. Dann und wann faßte ich sie um die Taille, und ich dachte, in dieser Welt sind wir fehl am Platz und deshalb unglücklich. Viel zu viele Dinge sind einfach überflüssig, zum Beispiel die Angst. Ich dachte, du darfst jetzt nicht in Wut geraten, du mußt zu allen Leuten nett sein, was du leider dauernd vergißt. Du solltest Sonja nicht für eine häßliche Jüdin halten, die ein bißchen zurückgeblieben ist, es steht dir nicht zu, sie zu verachten . . . Du widerlicher Ästhet! Das hielt ich mir vor, ja, ich ging noch weiter, ich bezeichnete mich selbst als armen Irren und als Schwein. Ich hielt Sonja an und küßte sie so zärtlich wie möglich auf die Stirn, registrierte dabei jedoch ihre Runzeln. Für die konnte ich nun wirklich nichts. Mittlerweile hatten wir die Madison Avenue erreicht und näherten uns dem Winslow-Hotel.

Dort passierte nichts Besonderes, das heißt, ich bumste sie natürlich. Es war keine sexuelle Heldentat, es war ein schäbiger Sieg über ein schwächeres Wesen als ich, nichts, worauf ich mir etwas einbilden konnte. Außerdem war ich trotz meiner Abneigung gegen Frauen unzufrieden mit mir. Mein Schwanz wollte nicht so richtig. Im Grunde aber lag das an ihr. Es ärgerte mich, daß sie sich so lange wusch und auch noch ihre Sachen. Wie es aussah, hatte sie ihre Kacke doch nicht halten können, denn sie spülte ihre Jeans und ihren Slip. Alles, was geschah, hatte so etwas schrecklich Erbärmliches, und das kann ich auf den Tod nicht ertragen. Sie spielte Waschfrau, während ich, Wut im Bauch, auf dem Bett lag und wartete. Kleinbürgerliche Leute! dachte ich, bei denen geht immer alles schief. Helena hätte einfach irgendwohin geschissen, hätte danach laut gelacht und mich mit ihrer feuchten Möse und ihrem kleinen Hintern noch mehr erregt. Vielleicht hätte ich zum Spaß sogar die Hand unter ihren kleinen Bach gehalten. Dann erinnerte ich mich vergnügt daran, wie ich meiner Jugendfreundin Anna in den Büschen mein Glied zeigte, wenn wir als Kinder auf dem Friedhof herumtobten, und wie wir es das erstemal miteinander trieben: auf einer von der Sonne erwärmten Grabsteinplatte.

Und die hier . . .? Aber dann fiel mir wieder ein, daß man seinen Nächsten lieben und aller Welt verzeihen muß. Ich verzieh ihr also, daß sie stundenlang ihre Klamotten wusch, doch als sie sich dann neben mich legte, mochte ich nicht mehr. Sie hatte für meinen Geschmack zuviel Haar, und am falschen Platz. Auf dem Kopf waren sie angebracht, diese widerstandsfähigen jüdischen Haare. Aber sie hatte auch unter den Armen einen Wald und einen kitzelnden Flaum auf der Stirn, ja, sie hatte selbst auf ihren fetten Brüsten, dicht bei den Warzen, ein Gebüsch aus drahtigen Borsten. Sieh nicht hin, sagte ich mir, während ich versuchte, für den bevorstehenden Akt etwas Hitze in mich und in sie zu bringen. Denk nicht dran, sonst wirst du noch zum Antisemiten!

Ich schaffte es schließlich doch, in sei einzudringen, fühlte mich in ihr allerdings nicht so wohl, wie ich gehofft hatte. Als ich die übliche Stellung zwischen ihren Schenkeln eingenommen hatte, klammerte sie sofort die Beine um meinen Rücken, was mir jede Bewegung erschwerte. Außerdem führte sie sich auf, wie sich eine leidenschaftliche Frau ihrer Meinung nach aufzuführen hatte: Sie zog mich mit ihren Armen so heftig an sich, daß mir die Luft wegblieb. An vernünftiges Bumsen war gar nicht zu denken. So eine ungeschickte Person hatte ich noch nie kennengelernt.

»Sonja, verkrampf dich nicht so, öffne dich, oder ich hau dir eine runter«, röchelte ich.

Sie roch nicht nach Parfüm, nicht einmal nach Seife; ihr Körpergeruch war zwar nicht ausgesprochen unangenehm, aber ich liebe Parfüms über alles, und ihre Ausdünstung erinnerte mich, ich weiß nicht warum, an den Geruch der mit Teppichen austapezierten jüdischen Wohnzimmer in Charkow. Es fehlten nur noch ein staubschwerer Sonnenstrahl schräg durch den Raum und die Fliegen. Endlich gelang es mir, mich so weit von ihr zu befreien, daß ich sie mit meinen Stößen beglücken konnte, wie es sich gehört. Doch nun verzerrte sie plötzlich vor Schmerz das Gesicht. Dabei bin ich gewiß kein Superman. Nicht die Größe meines Gliedes – es ist normal groß – bereitete ihr Pein, sondern ihre eigene Verkrampfung, ihr innerer Widerstand, diese kleine dumme Gans.

»O, jetzt bist du gekommen, und ich hab vergessen, dir zu sagen, daß ich nichts nehme. Alle sagen, wenn man die Pille nimmt, kann man keine Kinder mehr kriegen«, jammerte sie los.

»Wie kommst du auf die Idee, ich sei gekommen? Ich wäre froh, wenn es so wäre!« sagte ich ihr.

»Dann bist du also nicht gekommen?« sagte sie und fing an, mich dankbar abzuküssen.

Ihr Götter! Ich registrierte wieder ihre Oberlippe. Sie war genauso verformt wie die von Tolik, einem Klassenkameraden, der neben mir gesessen hatte. Der Ärmste hatte auch noch einen Buckel. Kein Wunder, sein Vater war Alkoholiker. »Hör auf, du Schwein!« unterbrach mich meine innere Stimme. »Schämst du dich denn nicht! Du bist ein Dreckskerl, während sie sanft und gütig ist.«

Sie war in der Tat lieb und gut. Später kaufte sie mir oft Wein und Wodka, sie lud mich ins Kino und ins Theater ein, und ich glaube, wenn ich sie darum gebeten hätte, hätte sie mir alles Geld gegeben, das sie besaß. Aber im Bett war sie eine Katastrophe.

Ja, wirklich. Wie sehr ich mich auch bemühte, es war alles umsonst. Zum Schluß schaffte ich es unter allen möglichen Verrenkungen, mich rechtzeitig ihrer ängstlichen Umklammerung zu entziehen. Ich nahm mit dem Laken vorlieb. Welch klägliche Lust, dachte ich entnervt. Danach wollte sie unbedingt schlafen, aber ich ließ ihr keine Ruhe, ich wollte sie kommen sehen. Sie würde bestimmt eine tolle Grimasse schneiden. Es war mir eine Ehrensache, sie zu befriedigen, und ich quälte mich ab bis zu dem Augenblick, als ich sie erschöpft fragte: »Bist du überhaupt schon mal in deinem Leben gekommen?«

»Ja, einmal«, antwortete sie aufrichtig.

»Ich werde dir einen Gummischwanz kaufen und dich solange damit bumsen, bis du aus dem Bett fällst, bis du einen Orgasmus nach dem anderen hast. Genau das werde ich tun. Und ich hoffe, du siehst ein, daß das notwendig ist. Du mußt viel gebumst werden, sonst wirst du nie eine richtige Frau.«

Ich hielt mein Versprechen nicht, obgleich ich überzeugt war, daß ich auf diese Weise eine glückliche Frau aus ihr gemacht hätte. Ich kaufte ihr keinen künstlichen Schwanz, denn ich hörte sehr schnell auf, mich für sie zu interessieren. Die Gründe haben etwas mit Klassenbewußtsein zu tun, das mag verwunderlich erscheinen, aber es stimmt. Sie war nun mal eine unverbesserliche Kleinbürgerin, und das konnte ich ihr nicht verzeihen. Es genügte ihr, ein bescheidenes Leben zu führen, sie hatte keinerlei Ehrgeiz. Sie haßte die erhabensten Bedürfnisse des menschlichen Geistes, sich weiterzuentwickeln, ihr Haß war sogar abgrundtief. Vielleicht war das ein Verteidigungsmechanismus gegen mich, und ich hätte ihn ausschalten können, aber wozu die Anstrengung?!

Einmal war mir so wenig danach, sie zu besteigen, daß ich über Schmerzen im Schwanz klagte und ihr sagte, ich hätte mir einen Tripper geholt. Das war zwei Tage nach der Nacht, die ich mit Johnny, einem Jungen aus der Eighth Avenue, verbracht hatte. Noch heute erinnere ich mich an seinen kleinen runden Hintern unter den Pennersachen, die er trug. Das Dumme war, daß ich wirklich Schmerzen im Schwanz hatte. Ich glaube, Johnny hatte es beim Blasen zu gut gemeint und mich mit den Zähnen ein bißchen verletzt. Ich sagte Sonja jedenfalls, ich könne es nicht verantworten, mit ihr zu schlafen, ehe ich einen Arzt konsultiert habe. Gott sei Dank ging sie an jenem Abend zu sich nach Hause. Ich konnte mich in aller Ruhe in das Traumland meiner Wünsche versetzen und mir dabei einen runterholen.

Wenn ich mit ihr schlief, durfte ich nie richtig zustoßen, und stellt euch vor, sie bettelte immer, daß ich sie auf den Hals küsse, das errege sie so. Andererseits immer dieses Gejammere. Zuletzt hatte ich wirklich die Nase voll, und als wir einmal in Saschas Wohnung miteinander schliefen, zeigte ich ihr, was die wahre Wollust ist, indem ich ihr ohne Vorwarnung vier Finger gleichzeitig reinsteckte. Das wunderbare Ergebnis: Ihre Scheide erweiterte sich zu unglaublichen Dimensionen, ich konnte beinahe die ganze Faust hineinstecken. Es kam ihr, und wie es ihr kam!

Danach hätte ich ein willfähriges Werkzeug aus ihr machen

können, aber, wie ich schon sagte, ihr kleinbürgerliches Gehabe ging mir auf die Nerven. Ich beendete unsere Beziehung an ihrem Geburtstag, nachdem sich obendrein herausgestellt hatte, daß sie von Andrej schwanger war. Sie trieb es mit ihm, bis sie mich kennenlernte. Wie sie reagierte? Sie schien sehr glücklich über ihre Schwangerschaft, obgleich sie an Abtreibung dachte. »Das bedeutet, daß ich Kinder kriegen *kann*!« sagte sie stolz. Ich warnte sie: »Nach der Abtreibung kannst du es vielleicht nicht mehr.«

Manchmal hat sie mir trotzdem wirklich Freude gemacht, ich meine, als menschliches Wesen: zum Beispiel, als ich zuviel gehascht und dann den ganzen Tag im Central Park in einem Bach gelegen hatte, bis zum Gürtel im Wasser. Ein paarmal waren Polizisten vorbeigekommen, um sich zu vergewissern, daß ich noch lebe. Erst gegen Abend fand ich die Kraft, mich zu erheben und zum Hotel zurückzugehen. Am nächsten Morgen, als ich, in meinem Zimmer eingeschlossen, davon träumte, etwas zu essen, rief sie mich an, um mich zu ihren Eltern einzuladen. Ich war gerettet.

Wenn sie bei mir gewesen war, kehrte sie noch in der Nacht zur Wohnung ihrer Familie zurück, durchquerte im Dunkeln die ganze Stadt. Das machte sie so lange, bis sie überfallen wurde: Ein Schwarzer entriß ihr die Handtasche. Von da an verabscheute sie alle Schwarzen.

Ich erinnere mich, wie wir einmal in einem Bus durch Harlem fuhren. Mehrere Hydranten waren aufgedreht, das Wasser rauschte über das Trottoir und halbnackte Kinder planschten fröhlich darin herum.

»Schau dir an, was deine geliebten Schwarzen machen«, sagte sie. »Diese Wilden! Das Wasser ist teuer, aber das ist ihnen völlig egal, sie tun nichts anderes, als das zu verschwenden, was die Weißen ihnen geben. Arbeiten wollen sie nicht.«

»Du bist eine Rassistin«, sagte ich.

»Und du, du bist ein Linker. Was hättest du wohl gesagt, wenn man dich überfallen hätte! Mein Knie tut immer noch weh.«

»Du bist selber schuld. Warum hast du deine Handtasche festgehalten? Du hättest sie ihm einfach geben sollen, und die Sache wäre erledigt gewesen. Im übrigen hätte es ebensogut ein

Weißer sein können. Wenn fünfzig Prozent der Straßenräuber Schwarze sind, sind fünfzig Prozent der Überfallenen ebenfalls Schwarze. Weißt du, Sonja, ich treibe mich nachts ich weiß nicht wo herum, ich habe nichts bei mir, nicht einen Dollar, nicht mal eine Marke für die U-Bahn. Wenn ich von einem Schwarzen überfallen worden wäre, hätte ich nicht gestöhnt und seiner ganzen Rasse die Schuld an dem Überfall gegeben.«

»Das ist bloße Theorie. Laß du dir mal das Geld stehlen, das du sauer verdient hast, dann wirst du anders reden«, sagte sie. »Und selbst wenn sie arbeiten, machen sie, was sie wollen. Wenn ein Weißer dreimal zu spät gekommen ist, wird er gefeuert. Aber ein Schwarzer kann machen, was er will. Man vermeidet es, sich mit ihm anzulegen. Er könnte einen ja wegen Rassendiskriminierung anzeigen. Nur ihretwegen kann man hier nicht mehr in Frieden leben . . .«

»Du warst doch so angeekelt vom Antisemitismus in Rußland, wie kannst du da so etwas Mieses sagen?« erwiderte ich. »Und du bist nicht die einzige, das ist das schlimmste. Die Urgroßväter, die Großväter und Väter dieser Schwarzen waren es, die Amerika mit ihren eigenen Händen erbaut haben, und für all das haben sie nichts bekommen. Glaubst du vielleicht, sie seien in ihrem Harlem glücklich? Viele von ihnen würden lieber an der East Side wohnen, nur haben sie nicht genug Geld dafür. Hör also endlich auf zu stänkern. Du solltest dich lieber schämen . . .«

Das ist ein Beispiel für ihre Engstirnigkeit, aber eigentlich wollte ich erzählen, auf welche Weise sie mir Freude gemacht hat. Ich war also viel zu spät zu ihrer Einladung gekommen, weil ich mich in dem ruhigen, grünen Viertel, wo ihre Eltern lebten, nicht auskannte. Sie führte mich in eine Wohnung, die keinerlei Ähnlichkeit mit amerikanischen Wohnungen hatte. Die Tür schloß sich hinter mir, und ich war in Odessa. Sonja bot mir Brathähnchen an, Salat von Gurken und Tomaten, dazu eine Bouillon – kurz, eine typische Mahlzeit der südlichen Ukraine. Auch in Charkow hatten wir so gegessen.

Ihr Mutter sah aus wie die Mütter aller meiner Freunde aus der russischen Provinz. Ihr Vater lief im Pyjama rum, ließ sich aber nur ab und zu blicken, er installierte gerade eine Klimaanlage.

Auch die Väter aller meiner jüdischen Freunde sahen aus wie er. Sicher trug er sonst nur eine lange Unterhose, wenn er in der Wohnung herumsaß, und seine Frau hatte ihm befohlen, wegen des Gastes ihrer Tochter einen Pyjama anzuziehen. Vielleicht war er Buchhalter, wie Andrej. Die Mutter bot Obst an, Pfirsiche und Melonen. Artig lehnte ich es ab, Wodka und Wein zu trinken.

Anschließend gingen ihre Eltern eine Tante im Krankenhaus besuchen, und ich legte mich aufs Sofa, um auszuruhen. In der russischen Provinz ist es üblich, sich nach dem Essen ein wenig hinzulegen. Ich fing, wie gesagt, gerade an, mich als normaler Mensch zu fühlen, da legte Sonja eine Platte der »Hanswurste von Odessa« auf. Der Name dieser Gruppe war mir kein Begriff, was Sonja fast den Verstand raubte. »Tut mir leid«, sagte ich, »ich kenne sie eben nicht.« Diese Hanswurste waren sterbenslangweilig. Trotzdem lauschte ich ihnen geduldig. Ein Tag in Odessa – na und? Er wird vorübergehen. Erst hier in Amerika habe ich die gewaltige Entfernung ermessen können, die Moskau von der russischen Provinz trennt.

»Wir könnten im Park spazierengehen«, sagte Sonja, »da steht ein Schloß aus Europa, man hat die einzelnen Steine mit dem Schiff hergebracht und es hier wiederaufgebaut.«

»Gut«, sagte ich. »Sehen wir uns das Ding an. Alles, was hier schön ist, kommt aus Europa.«

Wir gingen, und ich war friedlich und gelassen. Der Abend brach an. Schweigend spazierten wir die menschenleeren Wege entlang. Ich war ihr dankbar, daß sie schwieg, auch als wir uns auf eine Bank setzten.

Das Schloß war längst nicht so imposant wie beispielsweise das von Fra Diavolo, das ich in Italien besichtigt hatte. Es war ein langweiliges amerikanisches Schloß wie aus einem Versandhaus und kaum zu glauben, daß man es aus Europa hergebracht hatte. Das konnte nur eine Fälschung sein. Aber die Luft roch nach Wald und Meer, und man mußte sich einfach wohlfühlen. Wenn ich in meine Begleiterin auch nur noch ein ganz klein wenig verliebt gewesen wäre, dann wäre ich restlos glücklich gewesen. Zum erstenmal spürte ich einen solchen inneren Frieden. Es war, als ob ich bis jetzt durch dieses Land gehetzt wäre, ohne nach links und rechts zu schauen, und nun erst, ermattet, anhielte und dabei gewahr würde, daß die Zeit das Land schöner gemacht und geläutert hatte.

»Ich danke dir, Sonja«, sagte ich leise und aufrichtig zu ihr.

Dann fuhren wir mit dem Bus zu mir. An diesem Abend bumste ich sie voll Dankbarkeit und gab mir große Mühe mit ihr.

Nach ihrem Geburtstag, den wir zuerst in einem kleinen Restaurant im Village feierten, um dann nach Chinatown zu fahren und uns zuletzt in der Subway über politische Fragen einschließlich Che Guevara und das jüdische Problem zu zanken, sah ich sie jedoch nicht wieder. Leider konnte ich nicht einmal mein Versprechen halten, sie nach der Abtreibung in meinem Zimmer im Winslow ausruhen zu lassen; denn ich war an jenem Tag bei Rosanne.

Rosanne war soeben in mein Leben getreten, und sie markiert die nächste Etappe in meinem amerikanischen Dasein: Sie war nämlich die erste Yankeefrau, die ich gebumst habe. Ich sah Sonja nur noch ein einziges Mal, als ich von Helena zurückkam, der ich etwas, das sie brauchte, in ihre Absteige gebracht hatte. Aus dem Lift tretend, bemerkte ich meine kleine Exfreundin, die zweifellos an meiner Zimmertür gelauscht hatte und, als sie mich kommen hörte, davonhuschte, schwupp, die Treppe hinauf. Ich kam nicht einmal auf den Gedanken, ihr nachzulaufen.

In Helenas Liebesnest

Ich ging mir Helenas Liebesnest ansehen, als Jean-Pierre gerade nicht da war, und spazierte einfach so hinein. Dabei hatte ich mir oft vorgestellt, daß ich die Tür eintrete und, weiß wie ein Laken, einen Revolver in der Hand, brülle: »Du Hure!« Sie liegen natürlich gerade miteinander im Bett, ich drücke ab, und ihr Blut färbt die Decke rot. Na und? Das ist doch nichts Besonderes, nur die normale Reaktion des klassischen gehörnten Ehemanns. Aber nein, ich betrat Jean-Pierres Atelier völlig gelassen, die Tür stand offen, ich hatte keinen Revolver in der Hand, und niemand lag im Bett.

Es war für mich ein Ort des Schmerzes, hier hatte alles angefangen, hier hatte Helena mich zum erstenmal betrogen, hier hatte ein fremder Schwanz mein Selbstbewußtsein (»Ich bin allmächtig!«) gebrochen. Dieser Liebesverrat stürzte mich in ein Chaos. Ich fühlte mich so hilflos wie nie zuvor. Es ist eine furchtbare Erfahrung, ohne Waffe zu sein, vor allem im entscheidenden Moment.

Ohne Cyril wäre ich nicht reingekommen. Er wohnte in New York an mehreren Stellen zugleich, mal hier, mal dort, wie es gerade kam, denn dieser Streuner hatte keinen festen Wohnsitz. Jean-Pierre war für einen Monat nach Paris geflogen und hatte Cyril sein Atelier überlassen, vielleicht für Geld, vielleicht umsonst, egal. An einem Regentag ging ich ihn dort besuchen; zur Feier des Tages in meinem dreiteiligen Jeansanzug, ein schwarzes Tuch um den Hals und einen Schirm in der Hand. Es war der 6. Juni, der Geburtstag unseres großen Dichters Puschkin und genau fünf Jahre her, daß ich Helena kennengelernt hatte. Ich zitterte in der Vorahnung, einige schreckliche Augenblicke erleben zu müssen.

Ich rief Cyril von unten herauf, er solle sofort die Tür aufmachen, sonst würde ich ihm ein paar in die Fresse schlagen. Cyril, die Kanaille, steckte verwundert seinen struppigen Kopf aus dem Fenster. Dann kam er gemächlich wie ein Aristokrat herunter, um mir zu öffnen, denn ohne die Gunst eines Mieters zu besitzen, kommt man in ein so vornehmes Haus nicht rein. Wir nahmen den Lift und gingen in das Atelier. Es lag ganz anders, als ich es mir in meinen Rachegedanken ausgemalt hatte. Diese Tür, die ich verzweifelt, unter Tränen, hatte aufsprengen wollen, war nämlich nicht direkt vom Hausflur aus zu erreichen. Zuerst mußten wir durch eine Stahltür, die zu einem kleinen Korridor mit zwei Ateliers führte. Eines davon war Jean-Pierres Studio. Ich fühlte mich reingelegt, aufs neue gedemütigt, als ich den großen hellen Raum mit seinen kalten weißgetünchten Wänden betrat. Ein leichter Windhauch wehte die dünnen Vorhänge mehrerer Fenster zur Seite, als wollten sie auf den grauenhaften Alkoven deuten, jenen für die Liebe bestimmten Platz, den Ort meiner Qual, wo sie einen anderen liebte. Ich näherte mich ihm und hielt nach meinem eigenen Leichnam Ausschau . . .

Rechts von der Tür befand sich eine amerikanische Küche mit einer Eßecke: an der Wand ein Sofa, davor ein runder Tisch und Stühle. Das Ganze war nur durch Pfeiler vom übrigen Raum abgeteilt. Ich ging zu den Pfeilern und betrachtete sie mit pochendem Herzen. Irgendwo hier mußten Spuren von den Schnüren sein, mit denen sie den stöhnenden Hausherrn fesselte, um ihm anschließend auf den Rücken zu dreschen und ein Kautschukglied in den Arsch zu stoßen. Die kleine Närrin, diese Anfängerin auf dem Gebiet der Unzucht, hatte es mir stolz erzählt, als ich noch ihr Mann gewesen war. Nun ja, sie spürte eben das Bedürfnis, sich jemandem anzuvertrauen! Damals hatte sie gerade eine mit Federn und Glasperlen verzierte Maske gekauft, die ihr hübsches Gesicht fast vollständig bedeckte. Außerdem hatte sie ein ledernes Halsband mit glänzenden Knöpfen mitgebracht. Ich legte es mir um und schaffte kaum, es zuzumachen, obgleich ich nur Kragenweite 37 habe. Also war dieses Halsband für sie bestimmt. Sie gab auch damit an, eine Peitsche zu haben, aber sie wagte es wohl nicht, sie mit nach Haus zu bringen, den Gummischwanz übrigens auch nicht. Sie wollte unbedingt mit den Sexfilmen mithalten, die sie gesehen hatte. Schließlich war meine kleine Moskowiterin nach Amerika gekommen, um sich auszuleben. Ob es ihr wirklich Spaß machte, den Amerikanern, ihren wechselnden Liebhabern, jede Lust zu verschaffen, die sie sich wünschten? Sie gab sich bestimmt viel Mühe. Dieses provinzielle Verlangen, alle anderen zu übertreffen, die beste zu sein . . . Ich bin übrigens genauso.

Ja, da waren Spuren von Schnüren, vielleicht sogar von Ketten, nein, nur von Schnüren, kein Zweifel. Etwas Weiches und zugleich Schweres legte sich mir aufs Herz. Ich sah Helena nackt vor mir, ganz nahe bei den Pfeilern, wie bei uns zu Hause auf dem Dachboden, wenn sie sich mit Armen und Beinen zwischen die von Posten zu Pfosten gespannten Wäscheleinen hängte und ich von unten in sie einzudringen versuchte. Wir stellten genaue Berechnungen der Pendelbewegungen an, aber es klappte nicht so richtig. Es gehörte doch zuviel Technik dazu, das lenkte ab, und zuletzt ließen wir wieder auf konventionelle Weise das Bett knarren. Ich hatte all diese Raffinessen bei ihr nicht nötig, sie erregte mich auch so schon bis zum Wahnsinn, und noch heute bekomme ich einen Ständer, wenn ich mir nur ihre Stimme vorstelle. Es ist schrecklich.

Ich war in einer sonderbaren Situation, die ich seit langem herbeigesehnt und gefürchtet hatte: Ich befand mich dort, wo sie unsere Spiele mit einem anderen gespielt hatte. Ich ging von einem Gegenstand zum anderen, beroch alles, beleuchtete alles mit dem Licht der entsetzlichen Spannung in mir. Und ich wartete darauf, daß die Dinge mir antworteten. (Manchmal unterbrach ich meinen Rundgang, um etwas zu essen und zu trinken – ich trank eine Menge Wein – und um Marihuana zu rauchen, aber das ist völlig unwichtig, und ich erwähne es nur der Vollständigkeit halber.)

Die Pfeiler beschworen die traurige Erinnerung an die Samenspuren herauf, die ich in den letzten Monaten unseres gemeinsamen Lebens immer häufiger in ihren Slips gefunden hatte. Einmal war ihr schwarzes Höschen innen überall mit Spermaflecken besudelt, so daß ich keinen Zweifel mehr hatte und ihr eine Szene machte. Damals endeten meine unbeschwerten Tage und das grenzenlose Glück, das mir viereinhalb Jahre lang, seit dem Tag unserer ersten Begegnung, beschieden gewesen war.

Ich mußte an die Kiefern vor der Datscha ihrer Eltern denken, an das Mädchen mit den leicht vorstehenden Zähnen in ihrem hübschen Kleid, mein kleines Eichkätzchen. Und gleich darauf erinnerte ich mich an die geschwollenen Lippen ihres Geschlechts, als ich wie von Sinnen aus Kalifornien zurückkehrte, um zu retten, was noch zu retten war. Ich war am Abend angekommen; sie aber war erst am nächsten Morgen erschienen, hatte ein Bad genommen, und ich sah, daß ihr Rücken mit Striemen bedeckt war, es waren ganz dünne Striemen. Von einer Peitsche? Sie drehte sich um, und ich bemerkte . . .

Ich glaubte, zur Strafe ihren Kopf unter Wasser drücken zu müssen. Sie hat nie erfahren, wie nahe sie dem Tod gewesen war. Ich flehte sie an, wieder zu mir zurückzukehren, wenigstens noch ein Jahr, nur noch sechs Monate bei mir zu bleiben, bis ich es geschafft hatte. In der Badewanne sitzend, erörterte sie munter meine Unfähigkeit, das Leben zu genießen. Sie hatte eigentlich überhaupt kein Gefühl. Sie konnte nicht begreifen, daß es, milde ausgedrückt, geschmacklos war, sich ihrer Fähigkeit zu rühmen, jederzeit einen anderen Partner zu finden . . . Sie rühmte sich ihrer Erfolge, und ich saß auf den Badezimmerfliesen und betrachtete wie gebannt ihre geschwollene Möse. Man weiß ja, was das bedeutet: Es bedeutet, daß sie es die ganze Nacht hindurch getrieben hatte . . . Und wenn schon? Warum tat ich es denn nicht auch, warum tat ich nicht wenigstens so als ob . . .? Ich dachte nur: Soll sie sich ruhig herumtreiben, sich prostituieren, wenn wir bloß weiter zusammenbleiben!

Nein, ich darf mich nicht an die Tage erinnern, da ich glücklich war. Denn wenn ich mich daran erinnere, spüre ich, wie in meinem Bauch etwas zerreißt.

Ich stand bei den Regalen mit den Büchern, mit *seinen* Büchern.

Von allem etwas, nach Reihen und Verfassern geordnet: Lautréamont, André Gide, Rimbaud, alle großen Namen, alles auf französisch. Fast so, wie man bei russischen Intellektuellen die vollständige Ausgabe der »Dichterbibliothek« oder der »Weltliteratur« finden kann.

Ich habe niemals Bücher nach Reihen und Autoren gesammelt. Ich hatte meine Lieblingsbücher, die ich mir nacheinander kaufte, aber ich bin in meinem Leben so oft umgezogen, und ich habe meine Bücher, die mein einziges Kapital darstellten, so ehrlich mit meinen Ehefrauen geteilt, daß ich jetzt nur noch ungefähr dreißig Stück besitze, und ich fragte mich, ob ich die Bände in dem Regal vor mir nicht klauen sollte. Nach russischen Maßstäben wäre es eine intellektuell gerechtfertigte Tat gewesen.

Alles in allem kam ich bei der eingehenden Besichtigung des Ateliers zu dem Schluß, daß Jean-Pierre ein widerlicher Pedant war. Zunächst einmal seine Bilder, natürlich in Öl auf großformatigen Leinwänden. Im allgemeinen ein schwarzer oder sehr dunkler Hintergrund, auf dem sich zahllose Linien schnitten und gegeneinander kämpften. Buchhalterbilder: gerade Linien, Rechtecke, Quadrate. Welch harmonische Welt: Striche, rechte Winkel, kariertes Papier!

Aber es gab auch andere Bilder. Beim Bett und in der Toilette hingen Bleistiftzeichnungen: Ein kleines Mädchen, das meiner Frau ähnelte, leckte den Schwanz irgendeines Mannes. Ich zuckte die Schultern; bei mir ist das eine Geste, die Wut in Kummer verwandelt. Und bei euch?

Es gab noch andere Zeichnungen: zwei Geschlechtsorgane, ein männliches und ein weibliches, sozusagen in Wartestellung. Die Frau zog ihre Scheide mit den Fingern auseinander und war dabei, sich auf einen erigierten Schwanz zu setzen. Ich kenne mich in der Malerei ein wenig aus, und ich kann sagen, daß die Zeichnungen ziemlich dilettantisch waren; zu bemüht, ohne Stilempfinden. Da sind die Schmierereien an den Wänden öffentlicher Bedürfnisanstalten viel besser. Dort schaffen namenlose Künstler mit leichter und schneller Hand, nach den Gesetzen Papa Freuds von ihrem Unbewußten geleitet, mit allen Übertreibungen, Abstraktionen und Ausschmückungen etwas Charakteristisches. Diese Machwerke hier zeigten zwar viele Einzelheiten, aber dadurch wurden sie nicht besser. Sie rochen nach der Unterhose eines Intellektuellen, nach dem Sperma von Jean-Pierre.

Ich war ein Soldat einer in Auflösung begriffenen Armee. Die Bataillone hatten sich zurückgezogen, das Schlachtfeld lag nach unserer Niederlage verlassen da, und ich war gekommen, um es in Augenschein zu nehmen. Ich irrte zwischen den Büschen umher und versuchte, die Ursache der Katastrophe herauszufinden. Warum waren wir besiegt worden?

Ja, gemessen an unserer düsteren und armseligen Wohnung an der Lexington Avenue war dieses Atelier ein Märchenschloß, ein bezauberndes romantisches Refugium in Greenwich Village. Eines Abends um elf Uhr hatte mich Helena von irgendwoher angerufen, und ich, der ich in unserem Verschlag an meinem Arbeitstisch saß und Englisch büffelte, fragte sie: »Wann kommst du nach Hause, Liebling? Ich habe mir schon Sorgen gemacht.« – »Wir müssen noch ein paar Aufnahmen machen«, antwortete sie, im Hintergrund gedämpfte Musik.

Jetzt wußte ich, wo Jean-Pierres Plattenspieler stand, wo das Telefon war und womit er sie verführt hatte. Luxus hatte das kleine Mädchen von der Frunse-Promenade in Moskau, die Frau eines jungen Poeten und selbst eine Dichterin, nie kennengelernt. Nach einem Jahr der Tränen und Niederlagen, einem Jahr der ziellosen Wanderschaft durch Österreich und Amerika, durch wunderschöne Städte, in denen wir uns von Kartoffeln und Zwiebeln ernährt hatten und nur einmal die Woche richtig waschen konnten (sie hat in jenem Jahr mehr geweint als geduscht), durfte Helena hier in Luxus baden.

In ihren Gedichtheften – ihre Gedichte sagten mir viel mehr über ihre innere Verfassung, als sie vermuten konnte – las ich: ». . . und der schwerelose Geruch der Straßen . . .« Den Rest weiß ich nicht mehr genau, aber es ging um die Stimmung in den Straßen und Kneipen des Village, um einen Mann mit Bart (Jean-Pierre), und sie verglich die sexuelle Anziehungskraft, die er auf sie ausübte, mit der Beziehung zwischen einem erwachenden Kind und seinem Arzt, mit einer kindlichen Zuneigung . . .

Es war im Grunde nur recht und billig, daß sie versuchte, an diesem Luxus teilzuhaben, daß sie sich auf diesem Bett ausstreckte, ohne an etwas Böses zu denken, und sich beim Betrachten der gebauschten Vorhänge zu entspannen. Hierher konnte sie sich zurückziehen, von der Wohnung an der Lexington Avenue erholen und auch von mir, der ich für sie eine Welt des Elends und der Tränen verkörperte. Ich glaube, sie ist hier glücklich gewesen. So dumm bin ich nicht. Ich weiß: Etwas, das man mit der Kindheit vergleicht, kann nicht falsch und schlecht sein. Er war für sie der Arzt, der sie von ihrer Kindheit heilte, und sie ging ohne Scham zu ihm, der glatzköpfig und bärtig war, weil er für sie einen Schutz verkörperte. Er nahm sie »in seine starken Arme«, wie man so sagt. Zum Dank gab sie ihm etwas von dem ab, was vorher nur uns beiden gehört hatte.

Was für eine Rolle ich dabei spielte? Gar keine. Sie fand, sie habe das uneingeschränkte Recht, so zu handeln, wie es ihr paßte. Sie vermutete durchaus, daß ich sie hingebungsvoll liebte, sie konnte sich vorstellen, daß es mir unerträglich sein würde, sie zu verlieren, und daß ich mich vielleicht umbringen würde – aber wer war ich schon in ihren Augen? Der Gedanke, daß ich mehr Persönlichkeit haben könnte als sie, ist ihr nie gekommen. Ich war für sie ein kleiner amüsanter Ukrainer, der ihr mit seiner Affenliebe zur Last fiel. Ja, ich bin sicher, sie betrachtete die Liebe, die ich für sie empfand, als Zeichen von Schwäche, und sie verachtete mich dafür. Sie war überzeugt, ich sei vollkommen unfähig, es hier in Amerika zu irgend etwas zu bringen. Ich weiß noch, wie böse sie nach einem gemeinsamen Abend bei ihrer künftigen lesbischen Freundin Susanne geworden war, als ich ihr vorsichtig zu bedenken gegeben hatte, daß Susanne und ihr Freundeskreis total uninteressant seien. Sie hatte geschrien: »Ich will etwas vom Leben haben! Es ist mir egal, wie ungebildet sie sind! Durch sie werde ich andere Leute kennenlernen. Aber du mit deinem elitären Gehabe, du wirst in diesem miesen Loch ewig allein bleiben! Du wirst hier krepieren!«

Ich weiß noch jedes Wort, ich habe leider ein ausgezeichnetes Gedächtnis, und jetzt, während ich mit der Spitze meines Regenschirms angewidert einen Zipfel von Jean-Pierres Bettdecke anhebe und in der Hoffnung, etwas Interessantes zu entdecken, unter das Bett schaue, finde ich dort nur die Erinnerung an meine letzten Tage mit Helena wieder.

»Entschuldige bitte«, hatte ich damals zu ihr gesagt, »aber du konntest dir nur deshalb tagsüber einen Liebhaber nehmen, weil ich dich von dem Zwang befreit habe, arbeiten zu müssen. Ich bin vor allem deinetwegen zu dieser Zeitung gegangen, und du . . .«

»Na und?« sagte sie mit hysterischer Stimme, »was soll das Ganze? Daß ich frei bin, weil du es nicht bist, das wolltest du doch gerade. Und das ist auch normal.«

Ich war so weit, sie zu töten. Wenn ich die Möglichkeit gehabt hätte, einen Revolver zu kaufen, hätte ich Jean-Pierres Atelier nie betreten, dann wäre ich nie auf diesem verlassenen Schlachtfeld herumspaziert. Aber ich hatte kein Geld – und im übrigen auch keine Kraft.

Als sie sich an die neue Situation, die Freiheit, gewöhnt und ein bißchen Abstand von Jean-Pierre gewonnen hatte, begann sie, sich auch anderswo umzuschauen. Nach meinen Berechnungen geschah das einige Monate später. Für ihren Franzosen hatte sie sich alle möglichen Ablenkungen ausgedacht: Peitschen, Stricke . . . Jedenfalls ergriff sie die Initiative. Schon aus Neugier. Und ich selbst hatte ihr die Tricks beigebracht! Für sie war es eine Offenbarung gewesen: Ich peitschte ihr zum Beispiel mit einem schmalen Gürtel die Möse, und wir probierten es sogar einmal mit Gruppensex. Mit Jean-Pierre hatte sie noch weitergehen wollen. Und sie war weitergegangen. Ich merkte es.

Sie lag auf dem Bett, ruhte sich nach dem Akt aus und rauchte eine Zigarette. Sie rauchte gern zwischendurch. Manchmal blieb sie stumm und sah ins Leere, wo sie, ich weiß nicht, was, betrachtete. Ich fragte dann immer: »Liebling, was denkst du, wo bist du?« – »Wie bitte?« sagte sie. Ihre Augen waren groß, und ihr Blick verschwamm.

Für sie waren wir zweifellos alle gleich, ich, Viktor, Jean-Pierre und die anderen. Oder machte sie einen Unterschied zwischen mir, der sie vier Jahre beglückt hatte, und irgend jemandem, der sie nur ein einziges Mal bestiegen hatte, im Suff? Keine Ahnung. Wahrscheinlich machte sie einen Unterschied, aber einen, bei dem ich schlecht wegkam. Und eben das war die größte Demütigung für mich.

Irgendwie hatte sie natürlich recht. Man lernt durch vergleichen. Aber ich, der ich die subtilsten Empfindungen liebe, der die ausgeprägteste Sensibilität der Welt hat, der sich aus Liebe dreimal die Pulsadern aufschnitt, der impulsive, verrückte Kerl, der durch die Kirche, durch die Bande der Ehe mit ihr verbunden war, der sie der restlichen Welt entrissen, nachdem er sie so viele Jahre lang gesucht hatte, und der nach wie vor überzeugt war, sie sei das einzige, was er zum Leben brauche, was würde dieser Wahnsinnige tun? Was sollte aus dem Dichter werden, der ihr so viele Gedichte gewidmet, die sie nie verstanden hatte?

Für Helena war die Sache klar. Sie floh aus dem verdammten Loch an der Lexington Avenue, sie ging für immer, aber was soll dein Mann tun, du freiheitsdurstige Frau, da ihr eure Entscheidungen doch bisher immer gemeinsam getroffen habt?

»Mann und Frau haben das gleiche Recht auf Mord«, lautet der erste Paragraph des ungeschriebenen Gesetzes der Beziehungen zwischen Mann und Frau. Helena war auch Jean-Pierres überdrüssig geworden, hatte ihn aber nicht gleich verlassen, sondern mit Susanne das Verhältnis zu dritt fortgesetzt. Sie hatte sich *Flossy, Die Geschichte der O, Emmanuelle* und andere vulgäre Filme angesehen, in denen graumelierte vermögende Herren vor lauter Angeboten nicht wissen, wo sie ihren Schwanz zuerst reinstecken sollen. Ihre Villen, ihre Schlafgemächer, diese ganze überspannte Kinowelt waren meinem Mädchen zu Kopf gestiegen. Sie nahm alle diese Filme ernst und bemühte sich nach Kräften, es ihren Heldinnen gleichzutun. Sie nahm an Orgien teil, bei denen sie jeder bumsen konnte. In diesem Milieu von Fotografen und Modells, in das sie geraten war, fand sie im Handumdrehen Partner für alle erdenklichen Experimente. Zum Beispiel lernte sie dort Susanne kennen, eine frigide Frau, die ihre Lust nur im Orgasmus anderer finden konnte.

Für Experimente hatte sie von jeher eine Schwäche bewiesen, diese Helena, die eines schönen Februartages, nachdem sie Viktor, ihren ersten Mann, verlassen hatte, mit einem total verdreckten Spaniel vor meiner Tür stand. Sie war zu mir gekommen, der keine Wohnung hatte, kein Geld zum Leben – aber der sie liebte! Wie war es möglich, daß sich die Hochzeitskerze in den Kautschukschwanz verwandelte, mit dem sie Jean-Pierre fickte und vielleicht auch er sie?

Die gewundenen Kerzen des orthodoxen Vermählungsrituals . . . Wir hatten sie im Koffer nach Amerika mitgenommen. Ich schenkte sie ihr, stopfte sie ihr in den gleichen Koffer. Ich gab ihr auch die Ikone mit, die man uns zur Hochzeit geschenkt hatte. Ich hatte keine Lust, diese nunmehr sinnlosen, lächerlichen Reliquien länger vor Augen zu haben. Und ich gab ihr wortlos das Lederhalsband wieder, das ich ihr fortgenommen hatte. Ich fragte mich jetzt, wieso ich hatte glauben können, sie an mich zu binden, indem ich dieses Halsband konfiszierte. Die alberne Maske mit den Federn hatte ich schon lange vorher zerstört; zusammen mit den Bildern, die Jean-Pierre ihr geschenkt hatte.

Nochmals: Ich verstand ihr potentielles Verlangen, hier in Amerika alles auszuprobieren, was verrucht war: Marihuana, Kokain, all die Exzesse und Perversionen, die sie mit *fuck your mother* zu umschreiben pflegte – übrigens eine Redensart, die ihr so gut gefiel, daß sie sie nach jedem zweiten Satz wiederholte. Trotz all dem liebte ich sie sehr: Sie war ein typisches russisches Mädchen, das sich kopfüber in das Leben stürzt, wo es am heißesten ist, ich bin genauso. Ich liebte ihren Mut, aber ihre Dummheit liebte ich nicht. Ich verzieh ihr, daß sie ihren Mann betrogen hatte, aber ich verzieh ihr nicht, daß sie den Helden, der ich bin, betrogen hatte.

»Hure, Sadistin, Herumtreiberin – was soll's?! Wir hätten doch zusammenbleiben können!« murmelte ich, während ich in Jean-Pierres Atelier sämtliche Schubladen durchwühlte und alle Regale inspizierte. Natürlich wußte ich, daß sich das nicht gehörte, aber hatte er sich etwa an die Konventionen gehalten?

Dann nahm ich mir die Küche vor. Es gab Hunderte von kleinen Dosen mit allen möglichen Tees, Kräutern, Gewürzen, außerdem alle notwendigen Elektrogeräte. Ein kompletter Haushalt. Das bedeutet: Sie sind zivilisierte Wesen, ich dagegen . . . ich bin die personifizierte Nacktheit. Mit dreißig Jahren besitze ich nichts, und ich werde nie etwas besitzen. Ich habe niemals versucht, etwas zu besitzen. Wie lange wohnt er schon in diesem Haus? Seit zehn, seit zwölf Jahren? Ich habe nur ein Jahr lang eine Wohnung gehabt, damals in Moskau.

Mein Gott! Wie ekelhaft aufdringlich die Vergangenheit ist und wie befrachtet! Vor allem meine, dabei habe ich gar nichts Schwerwiegendes angehäuft. Und daran wird sich auch in Zukunft nichts ändern. Oder könnte es sein, daß ich eines Tages genauso viele kleine Dosen mit bunten Etiketten habe? Nein, nie, ich bin ganz sicher. Ich sammle das Immaterielle . . .

Im Grunde habe ich sie, seit wir in Amerika angekommen sind, nicht mehr interessiert. Sie wollte mich loswerden. Nicht umsonst hatte sie zu mir gesagt – am 13. Februar, am Telefon . . . ich habe leider Gottes ein ausgezeichnetes Gedächtnis –, als ich auf dem Bett lag und die feste Absicht hatte, vor Hunger zu sterben, hatte sie gesagt: »Wieso willst du sterben? Du bist doch schon eine Null!« Und ich hatte geglaubt, ich sei ein Held. Warum war ich denn plötzlich »eine Null« für sie? Weil ich nicht so ein alter lüsterner Schloßbesitzer geworden bin, wie man ihn in den Pornofilmen sieht? Wie hätte ich das in einem halben Jahr schaffen sollen? Sie hatte es so schrecklich eilig, und ich konnte nicht mithalten.

Leider ist es meine Berufung, ein Held zu sein. Ich war von jeher überzeugt, ein Held zu sein, das habe ich nie verhehlt. Als ich in Moskau lebte, schrieb ich sogar ein Buch mit dem Titel: »Ich, der Nationalheld.«

Das war in Moskau. Aber in Amerika war ich eine Null, weil ich kein Atelier besaß wie Jean-Pierre. Ich hatte nicht alle diese kleinen Dosen und alle diese kleinen Tiegel, und ich malte keine lüsternen Bilder. Logik war nicht ihre Stärke, sie bedachte nicht, daß Jean-Pierre sein Leben lang hier gewohnt hatte und ich eben erst angekommen war: ein junger Journalist, der bei den russischen Emigranten im Westen den skandalösen Ruf genoß, rot und links zu sein. So ein Blödsinn! Wer schert sich hier in Amerika, wo so viele Dalis und Warhols herumlaufen, um die Querelen unter russischen Asylanten? Kein Mensch registriert die Tatsache, daß ich einer der besten lebenden Dichter russischer Sprache bin und mein Los als verkanntes Genie qualvoll ertrage. Hier gibt es haufenweise bedeutende, weil reiche Leute, und die Literatur ist nicht mehr als ein Zeitvertreib für Lehrer. Wie, zum Teufel, hätte ich euren überfütterten Kindern in Arlington oder Bennington die russische Sprache eintrichtern können? Ich habe mich zu Hause, in der Sowjetunion, nicht kaufen lassen, wieso sollte ich mich dann hier zu einem Schleuderpreis verdingen! Und merkt euch eins: Es ist trotz allem noch immer eine viel größere Ehre, dem Sowjetischen Schriftstellerverband anzugehören, als Professor an einem eurer tausend Colleges zu sein.

Helenas Null-Mensch bewegte sich langsam von einem Gegenstand zum anderen. Er hatte bereits einige Dosen Bier geleert und mit Cyril einen oder zwei Joints geraucht; sein Universum verfinsterte sich zusehends, und seine Empfindungen stachen wie Nadeln ins Fleisch. Cyril feierte mal wieder eine seiner geliebten Telefonorgien. Er rief Gott und die Welt an und quasselte drauflos. Sein Universum war viel heller und sauberer als meines. Er wünschte sich, wie ein kleiner Junge, einen Rolls-Royce und Geld, war aber nicht imstande, etwas zu tun, um seinen Traum zu verwirklichen. Er war noch ein halbes Kind. Sein Fall hatte nichts Tragisches, seine ersten Träume würden sich mit der Zeit verflüchtigen, und er würde neue kreieren. Als ich auf meine linken Ideen zu sprechen kam, kläffte Cyril wie ein junger Hund los. Er fühlte sich verpflichtet, das hiesige System zu verteidigen, weil er überzeugt war, bereits zu denen zu gehören, die die anderen kujonieren, und nicht mehr zu denen, die sich kujonieren lassen.

Ich schlich in Jean-Pierres Arbeitszimmer. Dort standen zwei rechtwinklig aneinandergestellte Schreibtische, wie in amerikanischen Büros oder in sowjetischen Ämtern. Einige Schubladen waren verschlossen. Wenn Cyril nicht dagewesen wäre und wenn ich eine oder zwei Stunden Zeit gehabt hätte, dann hätte ich sie geöffnet; zweifellos enthielten sie die interessantesten Dinge. Aber ich mußte mich mit denen begnügen, die nicht abgeschlossen waren. Ich fand Briefe aus Paris, von einer Frau mit polnischem Namen, und unter ihnen versteckt etwas wirklich Unerhörtes: einen kleinen Umschlag mit blonden Kräuselhaaren. Es waren offensichtlich Schamhaare und fraglos Helenas Schamhaare. Ich fühlte, wie mir bei ihrem Anblick am ganzen Körper kalter Schweiß ausbrach. Um nicht tot umzufallen, rief ich mir in Erinnerung, daß sie ja nicht mehr mit ihm zusammenlebte, jedenfalls nicht mehr allein mit ihm. Man hatte mir sogar erzählt, daß er es war, der nicht mehr wollte.

In einer anderen Schublade lagen gebündelte Dias, ein Teil seiner gesammelten fotografischen Werke. Geduldig hielt ich jedes gegen das Licht, in der Hoffnung, daß eines Helena zeigte. Eine geheimnisvolle leise Stimme flüsterte mir zu: »in obszöner Stellung«. Nichts dergleichen. Ich öffnete eine kleine Schachtel, in der ich kleine dunkle Körner und, sieh mal an!, zwei dicke selbstgerollte Marihuanazigaretten fand, nicht so winzige Joints, wie man sie in der 42. Straße oder am Washington Square kaufen kann, nein, edle Riesen!

Ruckartig wandte ich mich den Regalen zu, wo seine sorgsam in Papier gewickelten Lithos lagen. Ich suchte freilich etwas ganz anderes, und endlich fand ich es: Aufnahmen von ihr. Sie war nicht knauserig gewesen, es waren teure Großformate, die sie ihrem Liebhaber geschenkt hatte, Bilder im Stil der großen Meister der Fotografie. Aber es waren selbstverständlich weder Arbeiten von Avedon noch von Francesco Scavola, sondern Imitationen. Sie zeigten Helena, mit einer glänzenden Substanz eingerieben, mit aufgelöstem Haar, in Posen, die nichts Natürliches hatten, ihr Gesicht war auf Orientalisch geschminkt.

Alle diese Aufnahmen waren schlecht und vulgär. Mein kleines Mädchen verdiente als Modell kaum ein Befriedigend. Und wie stolz sie dennoch auf ihr Gewerbe war! Sie sagte: »Ich liebe niemanden, ich interessiere mich nur noch für meinen Beruf.«

Ich betrachtete diese Aufnahmen eines weiblichen Körpers, der mir von nun an fremd sein würde, und erkannte auf ihnen das ganze amerikanische System. Ich weiß, die Fotografen hier arbeiten Dutzende von Jahren, ehe es ihnen gelingt, das System sichtbar werden zu lassen. Mein Freund Lionka Lubianitzki, von dem das *New York Times Magazine* kürzlich ein Foto auf der Umschlagseite brachte, besucht mich dann und wann abends, völlig deprimiert. Er hat es noch immer nicht geschafft.

In New York arbeiten Tausende von Fotografen und träumen

davon, so reich und berühmt zu werden wie Avedon oder Eugene Smith, aber nur wenige wissen, in welch teuflischer Anspannung Avedon arbeitet. Lionka Lubianitzki weiß es, er hat über ein Jahr mit ihm gearbeitet, für fünfundsiebzig Dollar die Woche. Alle Fotomodelle träumen davon, eine Karriere wie Veruschka oder Twiggy zu machen. Zehntausende von Mädchen sprechen morgens bei ihrer Agentur vor und gehen dann bei den Fotoateliers Klinken putzen. Eine davon heißt Helena. Ihre Chancen sind gering.

Ich betrachtete eine Aufnahme nach der anderen. Die Fotografen spielten darauf mit dem Körper des kleinen russischen Provinzmädchens wie mit einem Ball, holten abwechselnd ihre kleinen Brüste, ihre Schultern, ihre Pobacken aus dem Schatten. Ich suchte ihre Augen, und ich verstand alles. In Moskau hatte ich ein Foto von Helena gesehen, das sie im Alter von vier oder fünf Jahren zeigte. Sie steht neben ihrer Mutter, schneidet eine Grimasse und schaut woanders hin. Ihre Fotos sagen alles: Sie hat ihr Leben lang woanders hingeschaut. Warum?

Ich suchte eine Antwort, ich mußte dieses »Warum?« ausmerzen, sonst würde es mich ausmerzen. Deshalb studierte ich die Fotos, bis mir die Augen weh taten. Vielleicht, dachte ich, findest du auf ihnen einen Teil der Antwort. Aber ich entdeckte nur Lüge. Vor allem die Lüge ihrer Begabung zum Fotomodell. Das einzige wahre Element dieser Fotos war der unersättliche Lebensdurst, der, aus Helenas tiefstem Inneren kommend, in ihrem Blick glänzte, ein Durst auf alles, was auch nur entfernte Ähnlichkeit mit dem hatte, was sie unter »Leben« verstand, zum Beispiel, sich unter jemanden legen, sich fotografieren lassen, auf den Pferden anderer spazierenreiten, das Haus, das Atelier anderer bewohnen, die Gegenstände und Bücher anderer benutzen. Das war für sie schon Leben.

Und ich war aus ihrer Sicht nicht »das Leben«. Ich kam nicht von der Stelle, sie sah keine Anzeichen dafür, daß ich vorankam. Für sie war ich statisch wie ein Objekt. Sie dachte, dieses elende Loch an der Lexington Avenue, das sei ich, aber nie und nimmer sei es das Leben. Für sie bedeutete das Wort »Leben« in erster Linie das physische, das materielle Leben. Die Werte der Zivilisation, der Geschichte, der Religion, der Moral waren ihr samt und sonders scheißegal. Ich glaube, worauf sie baute, war ihr Instinkt. Er ist ein Dichter, er hat zuviel Phantasie, sagt man. Habe ich nicht gesagt, daß Helena Gedichte schrieb, verehrter Leser? Ein interessantes Faktum, nicht wahr?

Mit der Zeit schwand ihre Begeisterung für Jean-Pierre. Sein Atelier kam ihr nicht mehr vor wie ein Märchenschloß, und er war nicht mehr der nette Onkel Doktor, der sie von ihrer Kindheit heilen sollte. Eines Tages verlangte er die hundert Dollar zurück, die sie sich von ihm geliehen hatte, um nach Mailand zu fliegen. Ich finde das normal. Sie schliefen nicht mehr miteinander, also mußte sie die Restschuld begleichen.

Während ich in seinen Papieren stöberte, fand ich Kontoauszüge und Zettel mit penibel ausgerichteten Zahlenkolumnen. Daneben hatte er notiert, wofür er diese Beträge ausgegeben hatte. Schade, daß ich seine Schrift nicht lesen konnte, ich hätte vielleicht Helenas Namen gefunden. Er hatte Cyril wiederholt vorgestöhnt, Helena werde ihn noch ruinieren.

Ich ertappte mich dabei, wie ich die Summen nachrechnete, um dahinterzukommen, was die Zahlen bedeuteten. Das ist ungewöhnlich bei mir, wirklich ganz ungewöhnlich. Diese Art, jeden Dollar zu notieren, den sie an der Börse verdient haben, die pedantische Genauigkeit des Buchführens, das macht einen schlechten Eindruck auf einen Russen, vor allem auf einen Vertreter der Boheme wie mich. Dabei hat sich in mir seit einiger Zeit der Eindruck festgesetzt, daß ich gar kein Russe bin, es auch in Rußland nie so ganz gewesen bin. Unsere typischen nationalen Eigenschaften sind bei mir nur andeutungsweise vorhanden. Oft bekomme ich deswegen zu hören: »Das ist *dein* Problem.« Diese Redensart ist keineswegs unhöflich gemeint, aber sie bringt mich trotzdem in Wut. Mein Jugendfreund, der Metzger Sanja Krasnij, hatte mal irgendwo die Phrase »Es ist schließlich *dein* Leben!« aufgeschnappt, und er wiederholte sie bei jeder passenden und unpassenden Gelegenheit, denn für ihn war sie von ungeheurer philosophischer Tragweite. Aber »Es ist schließlich *dein* Leben« klingt immerhin herzlicher. Es sind Worte, die man besorgt ausspricht, wenn jemand einen freundschaftlichen Rat abgelehnt hat.

»Das ist *dein* Problem«, sagen wir, um die Probleme der anderen nicht an uns herankommen zu lassen, um eine Schranke zwischen uns und jenen zu errichten, die versuchen, uns ihre Sorgen aufzuhalsen. Ich hörte diese Worte aus Monsieur Jean-Pierres Mund, als ich in den entsetzlichen Tagen im Februar auf dem Bett lag und sterben zu müssen glaubte. Da ich wußte, daß Helena ihn fallengelassen hatte, rief ich ihn an, um ihn zu sehen und ein Glas mit ihm zu trinken. Ich hatte nichts Böses im Sinn, Gott ist mein Zeuge. Und er sagte, kaum hatte ich den Mund aufgemacht: »Das ist eure Sache, das ist Helenas und dein Problem, nicht meines.« Er sagte es nicht wütend, sondern gleichgültig. Nun, er hatte vollkommen recht. Dieser verdammte Hang zum kollektiven Leben! Ich hätte ihn nicht anrufen sollen. Was hatte ich denn mit ihm gemein?

Halt! Gab es denn nicht auch in Rußland Leute wie ihn? Ja, es gab sie. Warum also versuchen, ihm am Zeug zu flicken und auf den Liebhaber deiner Frau einzudreschen! Du willst doch nur den Schlag kompensieren, der dir zugefügt worden ist. Trotzdem, er war feige und gewitzt. Das zeigte sich später. Als er erfuhr, daß ich an der Demonstration gegen die *New York Times* teilgenommen hatte, warnte er mich freundschaftlich, man könne mir die amerikanische Staatsbürgerschaft verweigern und mich ausweisen. Dann wieder staunte er darüber, daß Helena keinerlei Rücksicht auf meine Zukunft nahm, und fand sie *crazy*. Selbstverständlich war ich in seinen Augen ebenfalls *crazy*.

Wäre ich ihm auf einer Party begegnet, hätte ich mich nicht weiter für ihn interessiert. Anders Helena. Sie hatte sich in den Kopf gesetzt, daß es wichtig sei, ihn näher kennenzulernen. Er war der typische Vertreter einer Kategorie von Menschen, die über die ganze Welt verstreut ist. Ich hatte in der Sowjetunion viele seinesgleichen kennengelernt. Sie meinen, sie seien geboren, um das Leben zu genießen, wo und wie, spielt keine große Rolle. Wenn sie »gelebt« haben, das heißt, wenn sie mit vielen Frauen geschlafen haben, sterben sie, ohne die geringste Spur von ihrer irdischen Existenz zu hinterlassen. In Charkow nannte man diese Sorte früher einmal *Bruk und Kuligin*, in Moskau nannte man sie anders. Dann und wann lief mir einer von ihnen über den Weg und wurde sogar für kurze Zeit mein Freund, aber ich hätte nicht gedacht, daß Helena sich zu ihnen hingezogen fühlen würde. In Rußland verkehrte Helena nicht mit so vulgären Leuten, sie hatte sich Limonow ausgesucht. Diese amerikanischen Parasiten mit ihren besseren Möglichkeiten, ihr Leben zu verplempern, sollten die etwa mehr Qualität haben als die Russen? Oder dachte sie mangels intimerer Kenntnisse des amerikanischen Lebens vielleicht, hier seien die Männer allesamt besser und interessanter? Ich weiß es nicht. Andererseits hätte ich sofort begriffen, wenn Helena mit einem amerikanischen Limonow durchgebrannt wäre. Aber mit dem da?

Jean-Pierre hatte Helena umsonst bekommen, wie ein Geschenk des Himmels. Jean im Glück. Ich hatte sie dem Himmel entreißen müssen . . .

Ich verließ das Arbeitszimmer. Cyril war zu dem Schluß gekommen, uns fehle, um am heutigen Tag wirklich glücklich zu sein, eine Flasche Wodka. Es war Sonntag, und mit der Methode, sich Geld zu leihen, um dann im nächsten Liquor Shop eine Flasche Schnaps zu kaufen, war nichts zu machen. Also mußten wir zu irgend jemandem hingehen. Aber zu wem? Früher in Moskau oder in Leningrad war das kein Problem. Man erblickt dort zwar keine verlockenden Neonschriftzüge von Liquor Shops, wenn man aus dem Fenster sieht, doch dafür hatte man genug Bekannte, bei denen man einfach so hineinschneien konnte, und ich finde, du kannst eher darauf verzichten, aus dem Fenster auf Schnapsläden zu schauen als auf Menschen, die dir Geld borgen und einen Wodka hinschieben.

Nach all dem, was ich getrunken und gesehen hatte, ging es mir langsam besser. Jetzt nahte der Augenblick der Ekstase. Ich befahl Cyril, meine Lieblingsplatte der Beatles, *Back in the USSR*, aufzulegen. Jean-Pierre hatte sie aber nicht in seiner Sammlung, und Cyril legte einfach eine Platte seiner Wahl auf, etwas von Vertinsky.

Ich fühlte, wie in mir das Gefühl für Rhythmus erwachte, das allen Dichtern gemeinsam ist, und ich begann eine gewisse Zugehörigkeit zu meinem Volk zu spüren. Ich fing an, vor dem

Spiegel zu tanzen. Es war ein großer Spiegel. Vielleicht hatten sie sich darin betrachtet, wenn sie nackt waren, aber dieser Gedanke dauerte nur einen Moment und verschwand sofort wieder. Die Musik verjagte ihn. Ich tanzte nach einer bizarren Choreographie. Ich tanzte vom Spiegel zur Küche hinüber, ich näherte mich Cyril, der schon wieder telefonierte, und ich tanzte um »ihre« Pfeiler herum. Ich dachte an Eliot: »Wir tanzen um die Kaktusse herum, wir fallen bei den Kaktussen in Trance, wir tanzen bis fünf Uhr morgens um die Kaktusse herum«, meine Bildung versetzte mich in euphorische Stimmung. Ich, Editschka, war als einziger auf der Welt imstande, T. S. Eliots Verse ukrainisch zu rezitieren!

Ich hüpfte, ich tanzte, und Cyril lächelte selig. Ich mag Cyril, weil er so dümmlich staunen kann. Wenn ich ihn dann und wann in Staunen versetze, tut er so, als wäre ich in jeder Hinsicht außergewöhnlich. Und was mir an ihm besonders gefällt: Obgleich er nicht schwul ist, ist er nichtsdestoweniger ein liberaler Mensch, der alles begreifen kann. Selbst wenn er nur so tut, läuft es doch auf dasselbe hinaus.

Wir tanzten beide nach der Melodie *Schwarze Augen*. Dieser rassigen Musik hatten vor Zeiten unsere Offiziere gelauscht, betrunken, unter Tränen, wenn sie fern der Heimat waren, so wie ich. Welche Trauer und welche Freude in diesen asiatischen Klängen . . . Abgesehen vom *welfare* verband mich nichts mehr mit dem Rest der Menschheit. Und das Russische in mir brach sich Bahn: »Gebt mir ein Gewehr, Freunde, o gebt mir ein Gewehr!« rief ich zu Cyrils großem Vergnügen mit verzückter Stimme.

Ich machte absichtlich ein bißchen auf *crazy*. Aber hatte ich nicht wirklich Lust gehabt, Helena umzulegen und dann ihren Leichnam zu umarmen? Hatte ich nicht meinen letzten Willen zu Papier gebracht, ehe ich versuchte, sie zu erdrosseln?

So feierte ich, Bier trinkend, Marihuana rauchend und tanzend, dort, wo sie mich betrogen hatte, den fünften Jahrestag unseres Kennenlernens. Freilich, ich benahm mich insofern wie ein solides, normales Mitglied der Gesellschaft, als ich nichts in Brand steckte, nichts zerbrach, keine Träne vergoß.

Dann kam Ruhe über mich. Die depressive Phase setzte ein. Ich warf mich aufs Bett, drückte das Gesicht auf das Laken und blieb einige Sekunden, an der Matratze schnuppernd, in dieser Stellung liegen. Vielleicht konnte ich noch ihren Duft riechen? Nein, es roch nur nach Mann. Ich drehte mich auf den Rücken und starrte über eine halbe Stunde zur Decke. Schatten huschten über sie hin, die Vorhänge bauschten sich, und die Welt schwamm in die Nacht hinaus, um das Ufer eines neuen Tages zu erreichen.

Allein mein Drang zu pinkeln zwang mich aufzustehen. Ich ging ins Bad und fuhr fort, über mich nachzudenken. Wieder betrachtete ich Jean-Pierres erbärmliche, auch über dem Klo hängende Zeichnungen. Ich warf einen Blick in die Schubladen des Toilettenschränkchens: Hunderte von Utensilien, Details seiner Existenz, die meinen Augen weh taten. Dort lagen neben der Watte auch Tampax »für die kritischen Tage der Frau«. Was für ein umsichtiger Liebhaber!

In den ersten Jahren unserer Liebe bumsten wir täglich, und wenn sie die Regel hatte, konnten wir uns nicht die vier Tage gedulden, bis sie vorbei war. Wir fingen an, uns nur so zum Spaß aneinander zu reiben, und zuletzt bumsten wir dann doch. Ich versuchte, nicht zu tief in sie einzudringen, und wir kamen fast immer beide zugleich zum Höhepunkt. Ich zog mein blutbedecktes Geschlecht aus ihr heraus und fühlte mich wie ein verwundeter Held.

Mein Blick heftete sich wieder auf das Bild dieser Frau, die ihre Möse weitete und sich auf einen Schwanz setzte. Ich hatte gerade gepinkelt, und ich tupfte mir die Eichel mit einem Kleenex ab. Mein Schwanz erbebte bei dem Kontakt mit dem Papier, er begann sich zu rühren und richtete sich auf. Beinahe unbewußt fing ich an, ihn zu streicheln. Ich malte mir aus, daß sie bestimmt auch hier gebumst hatten, denn wir hatten es immer in den Badezimmern unserer verschiedenen Behausungen getrieben.

Armer Kleiner! Ich schaffte es nicht. Er stand, die Erregung ließ nicht nach, aber es gelang mir nicht, etwas aus ihm herauszubringen. Obgleich ich solche Lust hatte, an Ort und Stelle nachzuvollziehen, was sie miteinander gemacht hatten.

Nach vierzig Minuten klingelte das Telefon, und Cyril begann munter mit einem anderen Fan nächtlicher Gespräche zu plaudern. Erschöpft steckte ich meinen Schwanz wieder in die Hose und machte sie zu. Dann ließ ich die gelbe Hölle des Badezimmers verschwinden, indem ich das Licht ausknipste. Ich schloß die Tür und ging zu meinem Zechkumpan.

»Vielleicht lädt man uns am zwölften zu einer Party ein«, sagte der junge Gesellschaftslöwe fröhlich. »Sie wollen zurückrufen. Gehen wir jetzt auf einen Kaffee in das Lokal Ecke Spring Street und West Broadway? Es sind immer ein paar nette Maler und Gammler da. Vielleicht finden wir da –«

Ich wollte von nichts und niemandem etwas wissen. Ich hatte es nicht geschafft zu ejakulieren. Ich war unglücklich, ich war todmüde und wollte nach Haus. Außerdem gab es nichts mehr zu trinken. Das Fest war zu Ende, es galt, einen ehrenvollen Rückzug anzutreten. Aber dieser Aristokrat wollte nicht allein bleiben. Er brauchte mich, um vor den jungen und weniger jungen Malerinnen in dem Lokal nicht wie ein einsamer Streuner dazustehen, sondern wie ein seriöser Mensch, der mit einem Freund gekommen ist. Der Narr, er begriff nicht, daß wir zusammen wie zwei Schwule aussehen würden und daß er nur noch mehr Schwierigkeiten haben würde, das zu kriegen, was er haben wollte.

Er fing an, mir auf die Nerven zu gehen. Ich wollte nach Haus, aber er war so wütend, daß ich ihn bis zu seiner Bar begleitete und auch noch mit hineinging. Es war schummrig wie in einer Hafenspelunke, an der Theke war kein einziger Platz frei, und eine ganze Menge Leute drängte sich im Gang. Alle wollten mit allen kommunizieren, reden, und natürlich Bekanntschaft schließen und bumsen. Es waren vielleicht Frauen da, die malten, aber mehr solche, die nicht malten, Schönheiten und Ziegen, in handgewebten Kleidern und Jeans. Cyril hatte fünf Dollar bei sich, ich nur eine Münze für die U-Bahn. Wir hätten uns natürlich an einen Tisch setzen können, aber wir wollten bloß Kaffee trinken und eine Zigarette rauchen.

»Wenn du ein intelligenter Mensch wärst, würde ich dir verraten, wo dein Freund Jean-Pierre zwei Joints versteckt hat«, sagte ich.

»Limonow, warum wühlst du in fremden Sachen herum?« maulte er.

»Ich habe ein Recht dazu«, antwortete ich. »Schließlich war er bis vor kurzem der Liebhaber meiner Frau.«

»Ich verstehe«, sagte Cyril.

Wir kamen auf die Joints zurück und beschlossen, daß jeder einen rauchen sollte, obgleich Cyril zunächst darauf bestanden hatte, Jean-Pierre einen übrig zu lassen. Aber ich drohte, dann nicht zu sagen, wo sie waren.

»Jeder kann mit seinem Joint machen, was er will, er kann ihn sogar wegwerfen oder sich in den Arsch stecken«, sagte ich.

Also gingen wir wieder ins Atelier.

In Jean-Pierres Arbeitszimmer holte ich die beiden Joints aus der Schachtel. Cyril durfte sich einen aussuchen, und ich nahm den andern. Er war unglaublich stark, ich hatte noch nie so einen geraucht. Als ich ihn nicht einmal mehr zwischen den Fingernägeln halten konnte, schleppte ich mich die sechs oder sieben Schritt zum Sofa, und sofort begann der Film abzulaufen.

Ich hörte alles, was sich im Atelier zutrug, und gleichzeitig hatte ich herrliche Träume, die alle etwas mit der Vergangenheit und nichts mit der Zukunft zu tun hatten. Ein verrücktes, verkommenes Mädchen versuchte, eine durchsichtige Schachtel zu öffnen, in der sich ein vernunftbegabtes Wesen befand. Sie war in Lumpen gehüllt, beugte sich über die Schachtel und zerrte an dem Deckel, schaffte es aber lange nicht, ihn zu öffnen. Zuletzt betätigte die Verrückte irgendeinen Mechanismus, die Schachtel sprang auf, und eine stinkende, samenähnliche Flüssigkeit lief heraus. Das Wesen darin war tot. Die Besessene knirschte vor Wut mit den Zähnen, und ich hatte große Angst.

Von fern hörte ich alles, was sich im Atelier abspielte: Cyril, der seinen Joint nur halb geraucht hatte, telefonierte und diskutierte, um herauszubekommen, ob er nun auf eine Party gehen konnte oder nicht. Er fragte, ob er mit einer schmutzigen und ungebügelten Hose erscheinen dürfe. Dann kam er zu mir und fragte, was mit mir los sei. Er zerrte an mir herum, hob mich lachend hoch und ließ mich wieder fallen. Ich schwebte irgendwo im endlosen Raum und lallte: »Phleb, der Finne, ist seit zwei Wochen tot; er vergaß den Schrei der Möwen und den Lauf der Wellen.« Verse von Eliot tanzten mir durchs Gedächtnis und verschwanden, um dem Tigergesicht meines Moskauer Freundes, des Dichters Saphir, Platz zu machen.

Erst am nächsten Morgen um acht konnte ich mich wieder so leidlich auf den Beinen halten. Cyril ließ mich Brot rösten. Der heiße Toast verbrannte mir den Rachen. Ich nahm meinen Schirm und ging.

Nachts auf den Straßen

Ich griff nach meinem Schirm und ging. Mir drehte sich noch der Kopf. Um jedoch nicht gleich in meine Zelle zurückzukehren und um vor allem die übliche Depression des dritten Tages zu vermeiden, ging ich von der Spring Street in die Sixth Avenue, nahm die Subway und fuhr zu meinem Englischkurs. Die Fürsorge hatte ihn mir spendiert.

Der Kurs fand im Community Center in der Columbus Avenue statt. Es war ein relativ neues Gebäude, aber die Fenster unseres Lehrsaals schlossen nicht mehr richtig, einige Scheiben waren zerbrochen, und die Wände waren wie von einem Brand geschwärzt, überhaupt alles war schmutzig. New York verrottete hier wie beinahe überall. Selbst das Lehrbuch, das wir im Kurs benutzten – wir, das waren zehn Frauen aus der Dominikanischen Republik, eine Kubanerin und eine Kolumbianerin, ich war der einzige Mann im Kurs –, handelte von dieser Verrottung. Es hatte, ob ihr es glaubt oder nicht, den Titel *Heute abend gibt es kein heißes Wasser*, und es ging darin um all die Unzuträglichkeiten, mit denen die Menschen fertig werden müssen, die in einem typischen New Yorker Elendsviertel leben. Sie haben kein heißes Wasser; wegen der vielen Verbrechen haben sie Angst, nach Eintritt der Dunkelheit die Wohnung zu verlassen; ein Vater von zwei kleinen Mädchen macht sich Sorgen, weil ein gewisser Bob, ein gefährliches Subjekt, der Anführer einer Bande, ins Haus gezogen ist. Der Autor läßt durchblicken, daß der Vater der beiden kleinen Mädchen gleichzeitig der Vater von diesem Bob ist. Die Bewohner des Viertels, von denen in den Texten und Übungen die Rede ist, sind merkwürdigerweise fast alle miteinander verwandt und alle böse aufeinander. Ein sehr lehrreiches Buch!

An jenem Tag kam ich etwas zu spät zum Unterricht. Die Mädchen waren schon dabei, Fragen der Lehrerin schriftlich zu beantworten. Die Lehrerin hatte einen slawischen Familiennamen: Sirota. Sie konnte oder wollte sich jedoch nicht daran erinnern, slawischer Herkunft zu sein. Mitschülerinnen unterschiedlicher Hautfarbe begrüßten mich freundlich. Ich glaube, sie waren richtig traurig, wenn ich mal nicht kam. Luce lächelte mir zu. Sie lächelte mir jedesmal zu, wobei sie den Kopf ein wenig neigte, und sie ähnelte dann – man verzeihe mir einen so sentimentalen und vielleicht bei euch im Westen schon abgegriffenen Vergleich – dem Stiel einer Rose. Luce war vollkommen weiß, eine reine Spanierin, obwohl sie ebenfalls aus der Dominikanischen Republik kam, und sie war noch ein Kind, selbst ihre überdimensionalen Ohrringe und hohen Absätze konnten daran nichts ändern. Es waren übrigens billige Ohrringe; sie wechselte sie oft, entsprechend der Farbe ihrer Bluse. Wir taten so, als wären wir ein bißchen verliebt ineinander, obgleich wir uns noch nie geküßt hatten. Wir sahen uns in den drei Stunden, die der Kurs dauerte, fast ununterbrochen an, und als ich auf eine Frage der Lehrerin zu einer Karte gehen und meinen Geburtsort zeigen sollte, sah ich, wie Luce schnell den Namen meiner Heimatstadt in ihr Heft schrieb: Charkow. Ich bin im Grunde ein verschlossener und schüchterner Mensch, und wie ich schon sagte, muß ich noch einen weiten Weg zurücklegen, um mich gänzlich von allen Hemmungen zu befreien. Luce war eine ebenso schüchterne Kindfrau. Deshalb konnten wir einander nicht so nahekommen, wie wir es gern gewollt hätten. Ich werde immer bedauern, daß wir dazu nicht imstande waren.

Fast alle Kursteilnehmerinnen hatten schon Kinder, einige sogar vier. Candide, zum Beispiel, hatte gut erzogene kleine Mädchen mit so feinen, so ätherischen Gesichtern und Körpern, daß ich, wenn sie ihre Mutter abholen kamen, immer den Eindruck hatte, sie seien Kunstwerke. Es war die Mischung mehrerer Rassen, die ein so erstaunliches Resultat hervorgebracht hatte. So stelle ich mir die Töchter Echnatons und Nofretetes vor, obwohl Candide selbst eine ganz gewöhnliche Frau mit dunkelbrauner Haut und einem einfachen, aber gutmütigen Gesicht war. Auf dem Antlitz der kleinen Mädchen lag Poesie, in ihren Haaren und in ihren Augen war der Morgen, der anbrechende Tag, eine geheimnisvolle Aura umgab sie. Ich erlaube mir noch einen Vergleich: Sie ähnelten Kaffeebohnen, sie besaßen deren würziges Aroma.

Als ich den Raum betrat, waren sie also bei einer schriftlichen Übung, und alle blickten auf. Sie hatten mich noch nie so gut gekleidet gesehen. Normalerweise ging ich in abgewetzten Blue jeans und Holzsandalen zum Kurs. Diesmal erschien der russische Junge mit bunten Lederstiefeln, einem schicken Anzug, einem Tuch um den Hals und einem Schirm in der Hand. Lebhaft diskutierten sie meine Kostümierung, auf spanisch natürlich. Ihrem Tonfall entnahm ich, daß ich ihnen gefiel, daß sie meinen Aufzug billigten.

Ich sagte der Lehrerin, ich hätte am Morgen einen beruflichen Termin gehabt, und ich begann, die Übung mitzumachen. Wir sollten das Viertel beschreiben, in dem wir wohnten. Ich schrieb, daß ich inmitten von riesigen Büroräumen wohne, den Verwaltungsgebäuden der reichsten Unternehmer der Erde. Die nächste Frage lautete, ob wir keine Angst hätten, abends aus dem Haus zu gehen. Ich brauche keine Angst zu haben, weil ich nichts besitze, schrieb ich. Als die Lehrerin meine Antwort las und die Fehler verbesserte, lachte sie, als hätte ich etwas sehr Lustiges von mir gegeben.

Die älteste Kursteilnehmerin war eine gewisse Lydia, eine Frau mit grauen Haaren. Ihre Haltung, ihre Manieren erinnerten mich an unsere Nachbarin in Charkow, nur daß ihre Haut dunkler war. Ist es nicht komisch, daß ich sie fast alle in meinen Kindheitserinnerungen wiederfand?

Neben Luce saß Rose, ein großes, mageres und kohlschwarzes Mädchen. Sie wirkte sehr ernst und selbständig; aus irgendeinem Grund hatte ich immer den Eindruck, sie sei unglücklich. Ich unterhielt mich ein paarmal mit ihr in unserem absurden Kauderwelsch. Es waren übrigens keine richtigen Gespräche, sondern Dialoge aus Fragen und Antworten, genauso wie in unserem Lehrbuch. In jeder Pause schraubte Rose ein kleine Flasche auf, die eine schwarze Flüssigkeit enthielt, ein südamerikanisches Getränk. Rose und ich galten im Kurs als Alkoholiker. Als die Lehrerin uns fragte, was wir am meisten liebten, sagte ich im Scherz: »Ich liebe Wodka«, und für Rose antwortete Luce: »Sie steht auf *drinks!*« Rose gefiel mir, aber manchmal, wenn sie so etwas wie Kaugummi kaute, erschien sie mir merkwürdig abwesend und unzugänglich.

Neben mir saß eine Schwarze mit dem märchenhaften Namen Zobeida. Als kultivierter junger Russe wußte ich natürlich, daß es der Name einer Gestalt von Voltaire war. Ich glaube nicht, daß Zobeida es auch wußte, obwohl sie eine der besten Schülerinnen im Kurs war. Wir beide mußten oft mit verteilten Rollen Streitgespräche zwischen einer Frau und ihrem Mann lesen, die einander fortwährend ich weiß nicht woran die Schuld gaben – und dann plötzlich gemeinsam überlegten, zu welcher Heißmangel sie ihre Wäsche bringen sollten. Die Ehepaare in diesem Buch waren ausnahmslos totale Nieten. Sie ließen dauernd etwas fallen, sie konnten keinen Bissen richtig zum Mund führen, ihr Kaffee lief über, ihre Tassen gingen entzwei, ihre Sandwiches fielen mit der Butterseite auf ihre neuen Kleidungsstücke. Ich möchte wissen, wie sie es schafften, überhaupt am Leben zu bleiben.

Wenn wir, Zobeida und ich, diese Gespräche zwischen zwei Schwachsinnigen vorlasen, gaben wir uns Mühe, daß es wenigstens komisch wirkte. Miss Sirota, die blond gefärbte, kurzgeschnittene Haare hatte, starb jedenfalls vor Lachen, wenn sie meine drohend ausgestoßenen Fragen des Hausherrn und die von Zobeida mit übertriebener Betonung vorgelesenen idiotischen Antworten der Ehefrau hörte. »Sie würden ein gutes Komikerpaar abgeben«, lobte uns die Lehrerin.

Zobeida war sehr groß und hatte, wie viele Schwarze, einen riesigen Hintern, der ein Eigenleben zu besitzen schien. Ihr Gesicht war recht hübsch, und sie hatte schöne schlanke Hände. Mit ihr unterhielt ich mich am häufigsten. Sie hatte einen Mann und ein Kind, das hier, in den Staaten, geboren war.

Ich sagte schon, alle hatten sie Kinder, und alle wollten sie mir ihre Lieblinge zeigen, zumindest auf Fotografien. So auch Marguerite, eine Frau mit üppigen Formen und einem Gesicht wie eine berühmte Gospelsängerin. Obwohl ich vor lauter Spitzen und Schleifchen kaum ein Gesicht erkennen konnte, beeilte ich mich, ihre Kleinen furchtbar hübsch zu finden, und Marguerite war glücklich. Ich glaube, daß sie mich mochte, denn sie lächelte mir fast ebensooft zu wie Luce. Außerdem brachte sie mir manchmal etwas zu essen mit, das sie selbst zubereitet hatte, ein Nationalgericht aus der Dominikanischen Republik: gebratenes Fleisch und geschmorte Bananen. Marguerite gab zwar allen etwas davon ab, nicht nur mir, doch ich irre mich bestimmt nicht, wenn ich behaupte, daß ich ihr gefiel, es war ganz offensichtlich. Dabei begreife ich überhaupt nicht, wie ich in jener Phase meines Lebens irgend jemandem gefallen konnte, ich hatte damals eine sehr schlechte Meinung von mir als Mann. Vielleicht waren es meine grünen Augen oder meine braungebrannte Haut oder meine mit Narben bedeckten Handgelenke, was ihnen gefiel. Bei Frauen weiß man so etwas nie genau.

Hinzu kam, ich war Russe, und auch das imponierte ihnen. Sie hatten natürlich noch nie von den Dissidenten in Rußland gehört, es wäre sinnlos gewesen, ihnen zu erklären, daß ich, wenngleich kein Jude, mit einem gefälschten Visum ausgewandert war, das man mir mit dem Einverständnis der sowjetischen Behörden aus Israel geschickt hatte. Diese Einzelheiten hätten ihnen nichts besagt. Ich war Russe, das genügte vollauf. So wie Miss Sirota es uns erklärte, lag Rußland zumindest teilweise in Europa. Und so war ich eben der, der aus Europa kam. Sie kamen aus Lateinamerika. Und wir gehörten alle zu dieser Erde.

Ich, der ich die Heimat gegen meinen Willen verlassen hatte, der ich die Freiheit suchte, das heißt, die Möglichkeit, irgendwo als Dichter anerkannt zu werden und meine Werke, die kein Mensch brauchte, gedruckt zu sehen – ich, der ich zumindest leichtsinnig gehandelt hatte, als ich eine Unfreiheit gegen die andere eintauschte, ausgerechnet ich war für sie der einzige Repräsentant der fernen Sowjetunion, vielleicht der einzige, den sie bisher zu Gesicht bekommen hatten und je zu Gesicht bekommen würden.

Gott ist mein Zeuge, daß ich mich bemühte, mein Land würdig zu vertreten. Ich spielte nicht verrückt, ich sah die Welt bei Tage nicht aus der Perspektive meiner nächtlichen Wunschträume.

Und die Mädchen aus der Karibik interessierten sich auch nicht dafür, ob man dort ungestört seine Gedichte veröffentlichen konnte, sondern für etwas ganz anderes: Ich kam aus einem Land, wo, wie ich ihnen erzählt hatte, die Ausbildung ebenso gratis war wie die medizinische Versorgung, wo der Unterschied zwischen dem Lohn eines Arbeiters (150 Rubel) und dem Gehalt eines Akademikers oder eines KGB-Kommissars (500 Rubel) nur 350 Rubel betrug. Es waren nicht jene phantastischen Summen, die in Amerika die reichen Familien von den armen trennen. Ein solches Land, meinten sie, könne kein schlechtes Land sein. Sie hatten nicht gemeinsam mit der gesamten westlichen Intelligenz den langen Weg von der Begeisterung für die Revolution und den jungen Sowjetstaat bis zur Desillusionierung zurückgelegt. Sie hatten nur Parolen gehört, denen zufolge es ein Land war, in dem die Menschen sorgenfrei lebten.

Ich versuchte erst gar nicht, ihnen die Entwicklung der letzten sechzig Jahre in meiner Heimat zu erklären, den Stalinismus, die Opfer, die Lager zu erwähnen – sie hätten mir nicht zugehört. Ihre Geschichte war ja ebenfalls voller Opfer und Greuel. Sie waren weder hochmütig noch stolz, ihre Ehemänner schrieben keine Gedichte und malten keine Bilder, sie hatten nicht das vermessene Bedürfnis, ihren Namen um jeden Preis mit dem ihres Landes zu verbinden, ja, möglichst in der ganzen Welt bekanntzumachen, und es hätte sie nicht im mindesten gestört, daß in der Sowjetunion ein Verbot etwas untersagt, das sie ohnehin nie zu tun beabsichtigten. Sie hätten dort in Ruhe und Frieden gelebt, wären ihren Josés treu gewesen, hätten Kinder zur Welt gebracht und sie zu gegebener Zeit in ihren Sonntagssachen fotografiert, das war ihr Leben. Es war, ich erkenne es an, ein normaleres Leben als meines.

Mit solchen Gedanken beschäftigt, machte ich mich nach unserem Kurs auf den Heimweg. Ich ging die Columbus Avenue hinunter, und weil die Sonne zu brennen begann, zog ich die Jacke aus. Die Frauen aus der Dominikanischen Republik beeilten sich, nach Hause zu kommen, ihre Kinder warteten auf sie. Aber Luce und Marguerite mit ihren schwarzen Augen und dem Madonnengesicht begleiteten mich noch bis zur Subway. Unterwegs bat ich sie wieder, mir einige Worte Spanisch beizubringen. Es ist eine saftigere Sprache, die mir mehr liegt als Englisch, und die Menschen spanischer Zunge liegen mir weit mehr als die in ihre steifen Kragen gezwängten Büroangestellten und die spröden Sekretärinnen, die hier Old England repräsentieren.

Mit dem Fortgang meiner kleinen, von diesem Land verdorbenen Helena erlosch in mir das Verlangen, intellektuelle weiße Frauen kennenzulernen. Denn viele Frauen, die sich emanzipiert nennen, haben sich nur von der Liebe zu ihrem Nächsten befreit, um sich auf die Liebe konzentrieren zu können, die sie für sich selbst empfinden. Es sind Monster an Gleichgültigkeit geworden. »*Mein* Brot, *mein* Fleisch, *meine* Möse, *meine* Wohnung«, denken diese Ungeheuer. Ich hasse die Zivilisation, die sich mit der mörderischsten Redewendung seit Anbeginn der Menschheit identifiziert: »Das ist *dein* Problem!« In diesem kurzen Satz, der alle Jean-Pierres, alle Susannes, alle Helenas der Welt gleichermaßen charakterisiert, liegt Rücksichtslosigkeit und Sadismus. Und ich habe Angst, daß ich keinen anderen Menschen mehr finde, für den es sich zu leben lohnt. Bis zum Grab zur Einsamkeit verdammt zu sein, das wäre die Hölle.

Ich stellte fest, daß es unter der spanischsprechenden Bevölkerung dieser unermeßlich großen Stadt viel weniger Gleichgültigkeit gibt. Warum? Einfach deshalb, weil sie erst später in diesen Schmelztiegel geworfen wurde und noch nicht so ausgebrannt ist wie der englischsprechende Teil. Aber auch diese Gruppe wird von dem Moloch »Zivilisation« bedroht. Er wird ihr den Rest geben, wenn sie nicht zuvor selbst bei dem allgemeinen Aufstand der nach Liebe dürstenden menschlichen Natur hinweggefegt wird. Ich bin der Meinung, daß die Welt keine nationalen Unterscheidungen oder von diesen oder jenen Leuten gebildeten Regierungen braucht, daß sie es nicht nötig hat, eine Bürokratie gegen die andere einzutauschen oder den Kommunismus anstelle des Kapitalismus einzusetzen. Die Welt lechzt nach der Ablösung dieser auf Menschenfeindlichkeit gegründeten Zivilisation, sie bedarf neuer Regeln des Zusammenlebens, einer wahren Gleichheit und Brüderlichkeit und nicht jener Phrasen, die die Franzosen einst in ihrer »großen« Revolution auf die Fahnen schrieben. Nach dieser verrotteten Zivilisation wird eine neue Zivilisation entstehen. In ihr wird die Spezies der Editschkas anders sein als die jetzt dahinsiechende, die Rasse der neuen Helenas wird auch anders sein, und niemand wird mehr eine Helena für Geld kaufen können, weil es nichts mehr geben wird, um sie zu bezahlen, es wird keine materiellen Vorteile zum Schaden anderer mehr geben.

Hoffnungsfroh lächelnd ging ich den Broadway entlang, wo man mir an jeder Ecke Reklamezettel für Bordelle hinhielt: »Nehmen Sie, junger Mann, gehen Sie hin und haben Sie Ihren Spaß. Für diesen Gutschein bekommen Sie eine Viertelstunde Liebe zum halben Preis.« Ich bog in die 46. Straße ein, ich klopfte an eine schwarze Tür, und Aljoschka Slawkow, ein zum katholischen Glauben konvertierter Dichter, öffnete. Er war in eine Dampfwolke gehüllt, weil man den Heißwasserhahn in der Küche seit einem Monat nicht mehr zudrehen konnte und kein Mensch ihn zu reparieren verstand. Ich betrat Aljoschkas Wohnung und stieg wie üblich über einen Haufen Plunder, bunte Hüte und Musikinstrumente. Am Boden lagen drei Matratzen, alle möglichen Kostüme und Abfälle. Aljoschka teilte sein Mauseloch mit einem Clown und einem Musiker.

Vor kurzem hatte der arme Aljoschka aus Gründen der Personaleinsparung seinen Posten als Wachmann verloren. Er mußte seinen Gummiknüppel und seine Uniform abgeben und hatte prompt wieder angefangen zu hinken. Der gutmütige, schnauzbärtige Aljoschka servierte mir Sauerkraut mit Würstchen und machte sich gleich dran, den Text zu übersetzen, den ich mitgebracht hatte, ein »Memorandum«, das die Hoffnungen und Träume derer ausdrückte, die ich als »kreative Intelligenz« bezeichnete, das waren Aljoschka und ich und noch zahlreiche Maler, Schriftsteller, Filmemacher und Bildhauer, die die Sowjetunion verlassen hatten, um sich hier frei zu entfalten, und mit denen nun kein Mensch etwas zu schaffen haben wollte.

Aljoschka übersetzte, während ich, in einem speckigen Sessel sitzend, über all das Brimborium nachdachte, das ich da anstellte. Es sind die Anstrengungen desjenigen, der sich ertränkt, um nicht zu ertrinken, sagte ich mir. Man hatte jedem von uns ein bißchen *welfare* aufgedrängt, damit wir nicht verrückt spielten, und damit hatte es sich. Jetzt geht schön spazieren, Freunde, und nutzt eure Freiheit!

Nüchterne Amerikaner, intelligente Leute wie wir, rieten uns, den Beruf zu wechseln. Aber was täten sie selbst, wenn sie in unsere prekäre Lage kämen? Ein Geschäftsmann, der auch nur die Hälfte seines Vermögens verliert, springt aus dem Fenster seines Büros im 45. Stock, statt als Tellerwäscher zu arbeiten. Hätte ich meine Persönlichkeit vernichten wollen, wäre ich in der Sowjetunion geblieben. Um mich umzubringen, hätte ich nicht hierherzukommen brauchen. Alles, was die sowjetische Regierung von mir verlangte, war ja eben das: den Beruf zu wechseln, nicht mehr zu schreiben, zu dichten.

Uns geht es zwar im Grunde nicht schlecht, dachte ich weiter, es ist nur alles in allem die unverantwortlichste, blödsinnigste Emigration, die es je gegeben hat. Gewöhnlich ist es die Angst vor Hunger, Verfolgung und Tod, die den Menschen dazu bewegt, seine Heimat für immer zu verlassen, nicht das Verlangen, schreiben und veröffentlichen zu können, was man mag. Ich, Editschka, werde meinen Vater und meine Mutter nie wiedersehen, weil ich mich für das Dichten entschieden habe. Darüber war ich mir doch wohl im klaren . . .

Es sind unsere eigenen Wortführer, die uns in den Westen getrieben haben, Menschen mit Weitblick, die dennoch keinen blassen Schimmer hatten, wie es sich in der westlichen Welt lebt. Sie haben sich zweifellos selbst getäuscht, die denkenden Köpfe des Landes, das ist peinlich. Aber uns haben sie ebenfalls getäuscht, und das ist schlimmer. Selbst die Stärksten konnten dem Rat der Intelligentsia, das Land zu verlassen, nicht widerstehen. Wie die Idioten rasten wir bei der ersten Gelegenheit, die man uns bot, in den Westen, und als wir dann sahen, was für ein Leben man uns hier bot, wären viele von uns am liebsten sofort wieder zurückgegangen – wenn sie gekonnt hätten. Doch die Sowjetregierung besteht nun mal nicht aus barmherzigen Brüdern.

Den Beruf wechseln, okay, aber kann man auch die Seele

wechseln? Wenn man von seinen Fähigkeiten überzeugt ist, kann man sich dann zwingen, hier das Leben eines einfachen Arbeiters zu führen, ohne jeden höheren Ehrgeiz, während man ringsum Ruhm, Erfolg, schnell verdientes Geld sieht? Wenn man erkannt hat, daß beide, die Sowjetunion und der Westen, vom selben System regiert werden, kann man dann eines von beiden akzeptieren? Im allgemeinen haben in den USA wie in der UdSSR nur diejenigen Erfolg, die ihren Hosenboden in jahrelanger langweiliger Arbeit auf den Drehstühlen der Regierungsbehörden abwetzen. Wir dachten, die Sowjetunion sei das Paradies der Mittelmäßigkeit, doch in Amerika wisse man Begabung zu schätzen. Welch ein Irrtum! Dort herrscht das ideologische Kalkül, hier das kommerzielle. *That's it!* grob gesagt. Aber was gehen mich die verdammten rationalen Gründe an, aus denen die Welt sich weigert, mir das zu gewähren, was mir rechtmäßig, kraft meiner Genialität, zusteht? Ein Platz in der Gesellschaft und allgemeine Wertschätzung ist hier für den Geschäftsmann, dort für den Parteikader reserviert. Für mich ist kein Platz vorgesehen.

»Wenn für mich und so viele andere kein Platz ist, dann wollen wir mit dieser Zivilisation auch nichts zu schaffen haben!«

Diesen Satz richtete ich mit lauter Stimme an Aljoschka, wohlwissend, daß er meine Meinung durchaus nicht teilte.

»Und was wollt ihr statt dessen aufbauen, du und deine Genossen von der Arbeiterpartei?« fragte er, mich idiotischerweise mit der Arbeiterpartei gleichsetzend.

»Laß uns diese Zivilisation erst mal von Grund auf zerstören, das ist schon schwer genug«, sagte ich. »Sie ein für allemal zerstören, das heißt bereits, etwas Neues aufbauen.«

»Und was wollt ihr mit der Kultur machen?« wollte Aljoschka wissen.

»Mit dieser feudalen Kultur«, sagte ich, »die den Menschen ihr arrogantes Reglement aufzwingt? Sie muß zerstört werden, sie ist gefährlich, mit all ihren Geschichten von philanthropischen Millionären, von großherzigen Politikern, die Blumen und Kinder lieben. Warum schreibt nicht einer von diesen feigen Schriftstellern, die das System verteidigen, daß die meisten Verbrechen auf die Machthaber des Systems selbst zurückzuführen sind? Wenn ein Mensch einen anderen umbringt und sein Geld nimmt, dann tut er es sicher nicht, weil ihm das Knistern der Banknoten so sehr gefällt. Er weiß vielmehr, daß diese Papierfetzen ihm jede Frau und alle Luxusartikel verschaffen, die er sich wünscht, und daß sie ihn von mühseliger körperlicher Arbeit befreien. Oder nimm einen Mann, der seine Frau tötet, weil sie ihn betrogen hat. Wenn die Sitten anders wären, wenn die Moral anders wäre und wenn alle zwischenmenschlichen Beziehungen die Liebe zum Grundsatz hätten, dann hätte er nicht töten müssen, um seine Ehre wiederherzustellen. Oder nimm die Herren in grauen Anzügen und mit Silberschläfen. Sie müssen eine Niederlage nach der anderen hinnehmen und werden bald nicht mehr die Herren der Welt sein. Oder nimm das Phänomen Mann und Frau, die nur noch zusammenleben, um finanziell weiterhin über die Runden zu kommen und ihre Ruhe zu haben – ohne Liebe, verstehst du, nur weil die Konventionen es so wollen. Warum, zum Teufel, soll man solche Konventionen schützen?«

So diskutierten wir ein wenig, ich über mein Sauerkraut und Aljoschka über das »Memorandum« gebeugt. Er sprach gut englisch und übersetzte diese Seiten sehr schnell, aber ich mußte sie trotzdem einem amerikanischen Bekannten zum Korrigieren geben. Es waren nicht sehr viele Fehler darin, doch der Dichter Aljoschka neigte dazu, Silben auszulassen. Nach der harten Arbeit wollte er sich ausruhen, und Ausruhen hieß für ihn trinken.

Ich nahm ihn mit in meinen Lieblingsladen in der 53. Straße, und wir kauften eine Flasche Jamaica, weil uns gerade mal nach Rum statt nach Wodka war. Wir waren absolut keine echten Alkoholiker, obgleich wir uns, wie ihr feststellen werdet, zuletzt sinnlos betranken. Er verlangte außerdem noch Sodawasser und zwei Zitronen. Dann gingen wir zu mir ins Hotel.

Wir setzten uns ans Fenster. Es war fünf Uhr, und die Dämmerung erhellte das Zimmer. Der Rum floß sattgelb und bekam in den billigen Gläsern, die irgendwann irgend jemand mitgebracht und stehen gelassen hatte, einen silbernen Schimmer. Aljoschka zündete eine Zigarre an, streckte sein steifes Bein aus und machte es sich bequem. Dabei zog er mit dem Stuhlbein das Elektrokabel des Kühlschranks aus dem Stecker, und die Schweinerei nahm ihren Lauf, ohne daß einer von uns es bemerkte. Nach einer halben Stunde hatte sich eine große Wasserlache gebildet, und wir mußten sie aufwischen, als wir den Rum gerade ausgetrunken hatten und aufbrechen wollten. Aljoschka hatte darauf bestanden, zur Public Library zu gehen. Dort in der Nähe konnte man die besten Joints kaufen.

Unterwegs fiel mir auf, daß Aljoschka trotz seiner Erfahrungen als russischer Dichter nicht richtig mit Joints umgehen konnte. Er riß die dünnen Zigaretten auf, mischte normalen Tabak darunter und rauchte sie so. Ich lachte ihn aus. Jetzt verstand ich, warum Marihuana keine Wirkung auf ihn hatte, worüber er ständig nörgelte, wie über eine Ungerechtigkeit.

»Diese Mischung wirkt auf dich wie Schrot auf einen Elefanten. Du mußt den Joint rauchen, wie er ist, ohne ihn zu strecken, du Idiot«, sagte ich, »du Provinztrottel aus Moskau, du dämlicher Iwan!«

In der 42. Straße, nicht weit von der Bibliothek, kauften wir bei einem Dealer zwei Joints und bei einem anderen noch einmal zwei, damit wir, falls die ersten nichts taugten, wenigstens die Aussicht hatten, daß die nächsten beiden besser waren, und dann gab es eine lange Diskussion darüber, wohin wir gehen sollten.

Er wollte mich ins Hotel Latham mitnehmen, aber das war mir in schlechter Erinnerung. Helena und ich hatten dort gewohnt, als wir in Amerika angekommen waren, und bevor wir in die Wohnung an der Lexington Avenue zogen, wo die ganze Tragödie begann. Nein, ich hatte keine Lust, meine Vergangenheit wiederzusehen. Ich hatte vielmehr Lust, so zu tun, als hätte ich erst am 4. März 1976, dem Tag, an dem ich ins Winslow zog, das Licht der Welt erblickt, als wäre vorher nichts gewesen, nur ein schwarzes Loch, mehr nicht. Aljoschka dagegen wollte genau dorthin, in die Vergangenheit, zu seinem Freund Andrej, dem langhaarigen Saxophonisten, und er zerrte mich mit.

Was sollte ich mit diesem Dickkopf machen? Ich sagte ihm, ich sei im Latham glücklich gewesen, ich hätte dort Helena geliebt, wir hätten das Bett in ein Schlachtfeld verwandelt. Wenn sie genug vom Bumsen hatte – was schon damals öfter vorkam – und lieber fernsehen wollte, drehte ich sie auf dem riesigen Bett um, es war das schönste, das größte Bett unseres Lebens, ich legte Kissen für sie zurecht, sie kniete sich hin, stützte sich auf die Hände, und sie sah fern, während ich von hinten in sie eindrang. In solchen Augenblicken hätte ich zweifellos stutzig werden müssen. Ich tat es nicht, und das war ein Fehler. Es wäre besser gewesen, ich hätte unsere Lebensweise geändert, statt abzuwarten, bis sie es tat und dadurch unsere Ehe zerstörte. Ich hätte ihre Eifersucht erregen, eine andere Frau – oder einen Mann! – ins Spiel bringen müssen, aber ich kam nicht darauf. Ich hatte auch zuviel um die Ohren: Tagsüber arbeitete ich für hundertfünfzig Dollar die Woche bei einer Zeitung, abends schrieb ich Artikel; ich hoffte noch, im Emigrantenmilieu etwas zu erreichen, und ich behielt meinen konservativen Standpunkt über das Sakrament der Ehe. Du hattest nichts begriffen, Editschka, obgleich sie schon einen Vorstoß unternommen hatte, indem sie vorsichtig anfragte: »Und was würdest du sagen, wenn . . .«, ein von wiederholten Kicheranfällen unterbrochener Vorschlag, daß sie sich von einem Knaben rammeln lassen wollte, den ich gleichzeitig in allen möglichen akrobatischen und komplizierten Stellungen bumste. Was für ein Idiot ich gewesen war, ich, der ich im Grunde nie sexuelle Hemmungen hatte! Für alles, was ich ihr erlaubt hätte, hätte sie mich noch mehr geliebt, während ich sie jetzt vielleicht für immer verloren habe. Ich hatte allerdings manchmal den Eindruck, ich könnte sie, indem ich mir eine nonchalante *Fuck-off*-Mentalität angewöhne, zurückerobern, freilich nicht als Gattin im ursprünglichen Sinn des Wortes, das war unmöglich. Es ist entschieden paradox, sah ich ein: Ich, der mehr als jeder andere die totale Veränderung, die moralische Weltrevolution anstrebt, werde selbst das erste Opfer jener neuen Art der Beziehungen zwischen Männern und Frauen, der Leidtragende eines Umsturzes sein, für den ich gekämpft habe, den ich mit herbeigeführt habe.

Aljoschka wollte, daß ich den Ort meines vergangenen Glücks wiedersähe und mit meiner jetzigen Lage vergliche. Er hielt das für eine gute Therapie, und ich ging mit. Was soll's!

Andrej wohnte natürlich im selben Stockwerk wie wir damals.

Wir mußten an unserem Zimmer 532 vorbeigehen. Andrej hatte sehr lange Haare, einen Vollbart, zerschlissene Jeans. Man sah ihm wirklich nicht an, daß er aus der Sowjetunion gekommen war, aber hätte man es denn mir angesehen? Ich glaube nicht. Dann erschien ein stämmiger Blonder aus Leningrad, ein wortkarger Poet, der Gedichte über den KGB und über Militärstiefel schrieb, sehr formalistische Gedichte. Warum, zum Teufel, war er nach Amerika gekommen? Kein Mensch wollte hier etwas von Rote-Armee-Stiefeln lesen.

Die beiden zogen Alkohol vor, Aljoschka und ich rauchten unsere Joints; sie nahmen nur einen Zug davon. Aljoschka erklärte betrübt, Marihuana mache ihn nicht high, aber er lallte schon. Ich hatte nicht zugelassen, daß er seinen Joint wieder mischte.

Als die Jungs nichts mehr zu trinken hatten, beschlossen wir, eine Flasche Wodka besorgen zu gehen. Wir gingen alle vier, und weil es schon so spät war, fanden wir erst nach geraumer Zeit einen Laden, der noch geöffnet war und Wodka hatte. In einem anderen Geschäft kauften wir Sauerkraut und eine Dose Corned beef mit vielen absonderlichen Zusätzen, die auf dem Etikett angepriesen waren. Wir kehrten ins Hotel zurück, und als wir zu Andrejs Zimmer fuhren, hatte ich ein qualvolles Wiedersehen: Die beiden Buchstaben E und H, die ich nach einer Sauferei mit dem Schlüssel in den Lack der Fahrstuhltür geritzt hatte, starrten mich an. »Verdammter Fetischist!« sagte ich zu mir selbst und biß mir auf die Lippen.

Wir tranken den Wodka ziemlich schnell aus. Andrej besaß außer seinem Saxophon noch eine Gitarre, und wir sangen ukrainische Lieder, bis Andrej Katzenjammer bekam und schlafen wollte. Der kräftige Poet kehrte in sein Zimmer zurück, und Aljoschka und ich verließen das Hotel unbefriedigt und für unseren Geschmack noch längst nicht betrunken genug.

»Eine Flasche Wodka, und diese Arschlöcher sind besoffen«, sagte Aljoschka bekümmert. »Komm, trinken wir weiter!«

Ich war einverstanden. Wir gingen Bier holen, und er zahlte. Sein Begriff von Privateigentum war nicht sehr ausgeprägt, das gefiel mir an ihm. Er konnte mit seinem steifen Bein nicht sehr lange laufen. Ich schlug ihm vor, eine Stelle zu suchen, wo wir gemütlich trinken konnten. Die dunkelste Ecke eines freien Geländes hinter einem Parkplatz schien uns der geeignete Ort zu sein. Wir setzten uns auf einen Bretterstapel und tranken unser Bier. Es war sehr friedlich: Der ferne Lärm des Broadways, die nächtliche Frische, das gute kalte Bier, eine der Glanzleistungen der amerikanischen Kultur – all das gab uns das Gefühl, daß auch wir am Leben der Welt teilnähmen. Ich hatte es mir bequem gemacht, als wäre ich zu Haus, ich besitze diese Fähigkeit nahezu überall, und auch der lahme Aljoschka war glücklich, oder er schien es wenigstens zu sein.

In diesem Augenblick kam ein Mann vom Parkplatz auf uns zu. Es war ein Schwarzer, und er ging sehr lässig. Er trug eine militärgrüne Hose. Wir wußten schon, bevor er uns fragte, was er wollte: eine Zigarette.

»Wir haben keine mehr«, sagte Aljoschka. »Aber wenn du willst, gebe ich dir Geld, dann kannst du uns welche holen.« Und er gab ihm tatsächlich einen Dollar. Aljoschka macht gern irre Dinge. Wenn er seine verrückte Tour hat, kommt es ihm nicht darauf an, einen Dollar zu verlieren, nicht einmal seinen letzten.

Der Schwarze nahm den Dollar. »Ich bin gleich wieder da, ich hol euch die Zigaretten«, und er verschwand Richtung Broadway.

»Idiot«, sagte ich zu Aljoschka, »warum hast du ihm den Dollar gegeben? Du hättest den Schein besser mir gegeben.«

»Wart's ab«, antwortete Aljoschka lachend. »Es ist ein psychologischer Test.«

»Ich weiß nicht, was ich morgen essen soll, ich kriege meinen Wohlfahrtsscheck erst in vier Tagen, und du Arschloch amüsierst dich damit, Tests zu machen und dich als Sigmund Freud aufzuspielen.«

»Du brauchst nur zu mir zu kommen, ich geb dir was zu essen«, antwortete Aljoschka.

Wir waren mitten im schönsten Streit, als der Schwarze zurückkam.

»Scheiße«, sagte ich, »ein ehrlicher Mensch!«

»Was hab ich dir gesagt?« triumphierte Aljoschka.

Der Schwarze setzte sich hin und steckte sich eine Zigarette an.

Aljoschka reichte ihm eine Dose Bier. Dann fingen sie ein Gespräch über irgendein ernsthaftes Thema an.

Ich verstand schon nichts mehr. Das Bier tat seine Wirkung. Ich warf einen Blick auf den Schwarzen: Er hatte einen Bart und war angezogen wie ein Streuner. Ich weiß nicht warum, aber er erinnerte mich an Chris. Ich bekam Lust, Kontakt mit ihm anzuknüpfen, nicht unbedingt sexuellen. Wir könnten zusammen irgendein Ding drehen. Du Idiot hast Chris verlassen, jetzt mach deinen Fehler gefälligst wieder gut, sagte ich mir.

Ich hatte damals keine Bettprobleme, denn ich bumste, so langweilig es auch war, immer noch mit Sonja. Aber dieses blöde Verhältnis paßte mir nicht. Ich wollte nicht immer nur mit Russinnen und nicht immer mit Frauen bumsen.

»Wie heißt du?« fragte ich den Typ, während ich mich zu ihm herüberbeugte.

»Er hat sich doch schon vorgestellt, als er kam. Bist du taub, oder verstehst du nicht mal so viel Englisch?« giftete Aljoschka. »Er hat gesagt, er heißt Johnny.«

Johnny lächelte verlegen. »*You are nice boy, Johnny*«, sagte ich und streichelte seine Wange. Das waren richtige Nuttenmanieren. Aljoschka wunderte sich nicht mehr darüber. Ich hatte ihm mein Abenteuer mit Chris erzählt.

»Ich habe keine Ahnung, ob er ein Penner ist oder nicht«, sagte Aljoschka. »Auf jeden Fall ist er ein merkwürdiger Bursche. Aber wenn schon, mir genügt, daß ich ein bißchen Englisch quatschen kann. Du solltest übrigens mehr reden, Limonow. Warum, zum Teufel, betrachtest du mich als deinen Dolmetscher, ich bin doch nicht deine Amme!«

»Du sprichst eben viel besser Englisch«, sagte ich. »Zehn Jahre hast du es studiert, nun bist du fein raus. Intelligenter gemacht hat es dich allerdings nicht. Dir fehlt die französische Bildung. Ich hatte in der Schule nur Französisch.«

»Du sprichst weder Englisch noch Französisch«, fauchte Aljoschka.

»Ich hab's vergessen, aber früher konnte ich es seitenweise lesen und brauchte kaum mal ein Wörterbuch aufzuschlagen.«

»Lüg doch nicht, Limonow«, sagte Aljoschka.

»I am very sorry, Johnny«, entschuldigte ich mich bei dem Schwarzen für unseren Wortwechsel.

»It is okay, it is okay«, antwortete Johnny verständnisvoll.

Dann lächelten wir eine Weile alle drei verlegen vor uns hin. Eine melancholische Stille, man roch sie förmlich. Und irgendwann muß ich meinen Kopf an Johnnys Schulter gelegt haben.

Seine Sachen strömten einen strengen Geruch aus, ich würde sagen, einen Gefängnisgeruch. Eigentlich hätte ich mich nicht so an ihn kuscheln sollen. Er hätte es mir übelnehmen können, und dann wäre es gefährlich geworden. Aber er rührte sich nicht. Entweder hatte er eine erstaunlich gute Erziehung genossen, oder er dachte, in Rußland sei das Sitte und alle Russen benähmen sich so. Ob er in seinem Leben schon viele Russen kennengelernt hatte? Plötzlich interessierte es mich brennend, wer er war und *wie* er sein könnte.

»Aljoschka, ich würde mich gern von ihm bumsen lassen.«

»Was für eine schwule Sau du doch bist, Limonow. Ich habe gedacht, es sei nur vorübergehend in dich gefahren, aber es scheint, du bist tatsächlich eine Tunte geworden«, sagte Aljoschka ironisch.

Ich nahm es nicht als Beleidigung, sondern als Scherz und ging auf seinen Ton ein: »Ja, ich bin eine schwule Sau. Ich bin auch in die Kommunistische Partei Chinas eingetreten, und ich habe Selbstmord begangen, ich habe mich aufgehängt, ich lasse mich von zwei schwarzen Nutten aushalten, sie gehen hier am Broadway anschaffen, es sind ganz reizende Mädchen, und was sonst noch . . . ach ja, ich arbeite für den KGB, ich habe den Rang eines Majors.«

Ich zählte Aljoschka damit nur die Märchen auf, die über mich verbreitet wurden. Einige davon stammten aus Moskau, Freunde hatten es mir geschrieben; die anderen waren hier entstanden. In russischen Büchern liest man, wenn von diesem oder jenem Dichter die Rede ist, oft den Satz: »Er sah sich in die Enge getrieben.« Ihr kennt diesen Ausdruck aus der Jägersprache für die Situation des gehetzten Tieres, das keinen Fluchtweg mehr hat und spürt, daß es gleich erlegt werden wird. Bei mir funktioniert das nicht. Ich gehe euch nicht in die Falle. Die typischen Emigranten, das sind die letzten Menschen, bemitleidenswerte Geschöpfe, in die Enge getrieben, zum Abschuß freigegeben.

»Also find dich damit ab, daß ich schwul bin, Aljoschka«, sagte ich, »und nimm uns mit zu dir. Du hast doch vorhin gesagt, deine Musikclowns seien nach Philadelphia gefahren.«

»Ich bin nicht sicher«, sagte Aljoschka. »Du hast doch nicht etwa vor, bei mir zu Haus mit ihm zu bumsen?«

»Bei dir zu Haus nicht, sondern in dem stinkenden Loch, das du bewohnst. Ja, ich will mit diesem Burschen zuerst auf der Matratze deines Stehgeigers bumsen, und dann will ich ausprobieren, ob es auf der Matratze des Clowns lustiger ist.«

»Meinetwegen, gehen wir«, sagte Aljoschka, »aber nur, wenn ihr nicht die Absicht habt, es anschließend mit mir zu treiben!«

»Keine Angst«, sagte ich. »Ich stehe nicht auf russische Dichter im Exil.«

»Aber vielleicht ist er gar nicht schwul?« sagte Aljoschka und sah Johnny prüfend an.

»Das wird sich gleich herausstellen.«

Ich legte Johnny die Arme um den Hals, flüsterte ihm ins Ohr: *»I want you, Johnny«*, und küßte ihn auf den Mund. Er hatte wunderbar volle Lippen, und ohne mit der Wimper zu zucken, erwiderte er meinen Kuß. Er küßte gut, tausendmal besser als ich.

»Schon geklärt«, sagte ich zu Aljoschka. »Gehen wir.«

Zu Johnny sagte ich, er solle mitkommen. Er erhob keine Einwände, und ich ging mit ihm vor. Auf dem Weg über den Parkplatz küßte ich ihn immer wieder, denn langsam begann all das zu wirken, was ich getrunken und geraucht hatte; oder, wie man bei uns zu sagen pflegt: Die Inkubationszeit war zu Ende, und die Krankheit begann offen auszubrechen. Aljoschka humpelte hinter uns her und machte Bemerkungen wie:

»Mein Gott, wie schwul du bist!« und »Wenn die Moskauer Freunde dich so sähen!«

Endlich waren wir da. Wir tasteten uns durch eine Dampfwolke, und dann blickte ich in zwei verschlafene Augenpaare. Die beiden Künstler lagen, das Gesicht zur Tür gewandt, auf ihren Matratzen und schienen entsetzt zu sein, den Limonow mit einem Schwarzen aufkreuzen zu sehen. Um ihnen den Rest zu geben, umschlang ich Johnny und küßte ihn leidenschaftlich. Die weitgereisten Künstler, beide über vierzig, waren sichtlich geschockt. So etwas hatten sie noch nicht erlebt, weder der Clown noch der Musiker.

Ich war wütend. »So eine Pleite! Hier scheint es also nicht zu gehen. Gib uns wenigstens ein Bier, dann hauen wir ab.«

Wir setzten uns, das heißt, Johnny setzte sich auf einen Stuhl, und ich setzte mich vor unserem verblüfften Publikum auf seine Knie. Das Bier gehörte dem Geiger. Aljoschka fragte ihn, ob er zwei Dosen davon nehmen könne. Dem verstörten Fiedler war alles egal. Hauptsache, er mußte nicht länger mitansehen, wie Limonow diesen Schwarzen in einem fort küßte.

Dann gingen wir, ich meine, Johnny und ich. Aljoschka legte sich schlafen. Ich schlug ihm höflicherweise vor, mit uns zu kommen, aber er antwortete: »Ihr wollt doch bumsen, und was soll ich dabei tun?« Er hatte natürlich recht, wir hatten keine Verwendung für ihn.

Johnny und ich gingen den Broadway entlang, die Eighth Avenue hinauf und schließlich durch verschiedene Straßen von der dreißigsten bis zur fünfzigsten. Ich verstehe bis heute nicht, warum er nicht gleich mit mir bumsen ging, sondern immer weiterlief, ab und zu stehenblieb, um mit verschiedenen Leuten zu reden, Dirnen und Nachtclubportiers anzusprechen, irgendwelche kleinen Transaktionen zu erledigen. Manche schoben ihm etwas in die Hand, vielleicht Geld, ich sah nur, daß diejenigen, an die er sich wandte, ein indigniertes, beinahe angewidertes Gesicht machten. Einmal wurde er sogar von einem gutaussehenden, auffällig gekleideten schwarzen Jungen, zweifellos ein Zuhälter, verächtlich zur Seite gestoßen. Mein Johnny gehört fraglos zum Abschaum dieser Erde, sagte ich mir, und du bist sein Freund.

Ein anderer wäre an meiner Stelle abgehauen, um so mehr, als sich die erste Erregung gelegt hatte. Mein Schwanz hatte sich beruhigt, und ich befand mich in einem Zustand träumerischer Versunkenheit. Ich bildete mir ein, ich müsse den Beschützer dieses zerlumpten Kerls spielen. Einmal ließ er mich allein, verschwand in einer Toreinfahrt, und ein riesiger

Schwarzer, der vor einem Bordell Ecke Eighth Avenue und 43. Straße gestanden hatte, ging auf mich los. Ich erinnere mich nicht mehr genau, was geschah, und ich begriff nicht, inwiefern ich ihm mißfiel, aber ich lauschte geduldig seinen unverständlichen Beschimpfungen. Als er auch noch auf mich einzudreschen begann, versuchte ich nur, ihn fortzuschubsen und seinen Fäusten auszuweichen. Es gelang mir nicht ganz, und er drückte mich mit der Masse seines Körpers an die Hauswand. Doch er verletzte mich nicht, ich fiel auch nicht hin . . . In letzter Minute erschien Johnny wieder auf der Bildfläche und sagte seinem Rassegenossen, er solle mich in Ruhe lassen. Dann gingen wir weiter. Warum ich Johnny keine Fragen stellte? Ich sagte bereits, daß ich nichts zu verlieren hatte, daß ich auf den Tod vorbereitet war und mich vor nichts fürchtete.

Johnny ließ mich auf unserem Streifzug noch mehrmals lange allein stehen, und ich hatte den Verdacht, daß er mich loswerden wollte. Gegen vier Uhr morgens trat er zu einer Gruppe junger Schwarzer in der 42. Straße und versuchte irgend etwas von ihnen zu bekommen. Hinter was mochte er her sein? Ich hatte mich an die Hausmauer gehockt und beobachtete die anderen traurig. Sie ließen mich nicht an ihrem Spiel teilnehmen. Ich hätte alles darum gegeben, eine schwarze Haut zu haben und von ihnen akzeptiert zu werden.

Ich erinnerte mich an mein provinzielles Charkow, meine nichtsnutzigen Freunde, unsere zu stark geschminkten Mädchen; sie waren genauso scharf, hübsch und ordinär wie die schwarzen Mädchen hier. Doch in meiner Heimatstadt fühlte ich mich wohler. Jedermann kannte Editschka Limonow. Jeder wußte, wozu er imstande war. Man wußte, daß ich gestohlene Eintrittskarten unter dem Preis verkaufte. Es waren Billetts für ein Tanzlokal, in dem eine gute Kapelle spielte, und ich teilte mir den Verdienst mit der betrügerischen Kassiererin; es war kein schlechtes Geschäft. An einem Abend verdiente ich so viel wie ein Facharbeiter in zehn Tagen. Jeder kannte auch Swetka, das Mädchen, mit dem ich ging, und man erstattete mir immer sofort Bericht, wenn man sie mit einem anderen Jungen gesehen hatte.

Dann übergab ich meine Geschäfte einem Kumpel und lief zum Konsumladen, um mir eine Flasche Rotwein zu kaufen. Ich leerte sie gleich auf der Straße und ging dann zu Swetkas Haus. Dort setzte ich mich vor die Tür und wartete. Wenn Swetka kam, gab ich ihr ein paar Ohrfeigen, und ich verprügelte auch den Kerl, der bei ihr war. Die Brüder Epkin, zwei tatarische Boxer, die im gleichen Haus wohnten und uns beide, Swetka und mich, sehr mochten, beteiligten sich an der Prügelei, und wir machten einen fürchterlichen Lärm; dann schlossen wir Frieden und schlichen alle zu Swetka hinauf. Ihre Mutter war eine Prostituierte, die sich für Literatur interessierte. Sie hatte mein poetisches Tagebuch, das ich als Siebzehnjähriger geschrieben und ihr auf Swetkas Bitte geliehen hatte, sehr eindrucksvoll gefunden. Sie förderte unsere Beziehung und sagte mir eine große Zukunft als Schriftsteller voraus.

Swetka war ein nettes Ding, hübsch, aber ein bißchen durchtrieben. Sie liebte Petticoats, die damals Mode waren, und teure Kleider. Sie war vierzehn Jahre und hatte mit zwölf ihren ersten Mann gehabt; das heißt, sie hatte sich von einem Freund ihres verstorbenen Vaters vergewaltigen lassen. Swetka war stolz darauf, so seltsam das scheinen mag, denn sie war sehr romantisch veranlagt. Sie war ziemlich groß, hatte ein auffallend kleines Gesicht, lange Beine und praktisch keinen Busen. Ich muß sagen, sie verstand es, mich verrückt zu machen. Unsere Beziehung endete sehr stürmisch: Sie wollte sich in den Fluß stürzen, und ich versuchte, sie mit Messerstichen umzubringen; ich fuhr in den Kaukasus, um von ihr loszukommen, schaffte es aber nicht. Es war alles in allem die Generalprobe für mein Verhältnis zu Helena.

Warum fiel es mir eigentlich auf einmal so schwer, mich einer Gruppe anzuschließen? Auch die Jugendlichen in unserem Charkower Tanzlokal gehörten doch verschiedenen Banden an und waren in der Mehrzahl kriminell. Ja, unser ganzer Stadtbezirk galt als Verbrecherviertel, und trotzdem fühlte ich mich da wohl und frei von Furcht. Es gab in der Nachbarschaft ganze Mietshäuser, deren erwachsene männliche Bewohner allesamt im Gefängnis saßen, und auch von der nachfolgenden Generation kam einer nach dem anderen hinter Gitter. Ich könnte die Namen von Dutzenden von Männern aufzählen, die zum Tode verurteilt wurden, und die Liste derer, die mit zehn oder fünfzehn Jahren Lager oder Kerker davonkamen, wäre natürlich noch viel länger.

Die Jungen von der 42. Straße erinnerten mich also an daheim, an meine diversen Cliquen vom Tanzlokal, an meine Freunde, die Halunken und Diebe. Diese Bezeichnungen haben für mich keineswegs eine negative Bedeutung, und im Grunde bestand die Fauna von Charkow ebensowenig vorwiegend aus bösartigen Kapitalverbrechern wie die der 42. Straße. Die meisten waren ganz normale Jugendliche, denen es einfach Spaß machte, sich so zu geben, als wären sie Berufskiller, das heißt, sie kopierten solche Typen in ihrem Auftreten und ihrer Kleidung. Das war in Charkow nicht anders als in New York.

Ich fühlte plötzlich, wie eine große Verzweiflung über mich kam. Ich wollte so gern zu dieser Gruppe von jungen Burschen und Mädchen gehören, die so angeregt miteinander palaverten. Worüber sprachen sie? Mit wem wollten sie heute bumsen, und wo würden sie, wenn sie niemanden fanden, ein Glas trinken, da sie doch bestimmt keinen Cent in der Tasche hatten, obgleich sie teure Lackschuhe trugen und große schwarze Hüte auf dem Kopf hatten?

»*Hi, Bob! Hi, Bill! Lizzy, what are you doing?*« wollte ich rufen, wagte es aber nicht. Denn so viel bekam ich mit: Sie waren auf Johnny nicht gut zu sprechen. Mein Freund Johnny, auf den ich so geduldig wartete, ödete diese jungen Leute an. Da hockte ich an der Mauer, mit meiner ausgestellten Hose, meiner cremefarbenen Jacke, die mir ausgezeichnet stand – ich hatte sie aufgeknöpft, und auf meiner nackten Brust glänzte mein Kreuz –, aber niemand sah zu mir herüber.

Ich wartete auf Johnny und fühlte in mir eine gewaltige Kraft, zu lieben und alles zu verzeihen. Ich dachte: Sicher, er ist ein Gauner und ein erbärmlicher Kerl, vielleicht gibt es hier niemanden, der mieser ist als er, denn kein Mensch will etwas mit ihm zu tun haben. Offensichtlich bettelt er alle Leute an, aber sogar er schämt sich meiner, er tut so, als kenne er mich nicht, als hätten wir nichts miteinander zu schaffen. Trotzdem muß ich auf ihn warten, ich darf diesen Penner nicht im Stich lassen.

Selbstverständlich hatte er mich nicht darum gebeten. Es war nur Einbildung, aber irgend etwas zwang mich, hier sitzen zu bleiben und nicht ins Hotel zurückzukehren. Schließlich hatte ich mich *an ihn* rangemacht. »Es ist dir wahrhaftig gelungen, jemanden aufzureißen, der noch schlechter dran ist als du, und jetzt darfst du mal den Wohltäter spielen«, sagte eine Stimme in mir. »Quatsch, er ist nicht schlechter dran als du, sein Platz in dieser Welt ist besser als deiner, denn er ist besser in diese Welt integriert als du, und er macht durchaus keinen unglücklichen Eindruck«, sagte eine andere Stimme. »Was redest du da! Du willst doch nur mit ihm bumsen. Bloß deshalb bleibst du hier sitzen«, sagte eine dritte. Und dann zankten sich die drei:

»Unsinn, er verschafft dir lediglich neue Eindrücke, du bist immerhin Schriftsteller!«

»Du klammerst dich an Johnny, weil du andere Untermenschen kennenlernen willst.«

»Nein, weil du jede Gelegenheit wahrnimmst, dich im Englischen zu üben!«

»Du Schwachkopf gefällst dir in der Rolle des barmherzigen Samariters. Du willst Johnny auf den rechten Weg führen und ihm Liebe schenken.«

Ein furchtbarer Tumult herrschte in mir. Ich fühlte mich wie bei einem Hexensabbat, und ich glaube, ich hatte Tränen in den Augen, zumindest eine furchtbare Wut im Bauch. Diese Unmenschen wollten mich nicht an ihrem Spiel, an ihrem Leben teilnehmen lassen. Ich existierte für sie überhaupt nicht.

»*Come on!*« sagte Johnny zu mir. Vielleicht hatte meine Ergebenheit ihn gerührt, jedenfalls schien er einen Entschluß gefaßt zu haben, was mich betraf. Wortlos trottete ich hinter ihm her, die Eighth Avenue entlang, über die 41., die 40., die 39. und die 38. Straße.

In der 38. Straße fühlte ich, wie mir ein Messer zwischen die Schulterblätter gedrückt wurde. Ich hatte bereits Erfahrung mit

Empfindungen dieser Art. Jemand packte mich von hinten am Arm und befahl uns weiterzugehen.

Ich ging und das Messer blieb mir im Rücken, als wäre es ein Stück von mir. Wenn er sich solche wie uns aussucht, dieser Scheißer, ist er zweifellos ein Anfänger, dachte ich und lächelte spöttisch vor mich hin. Ich hatte nur ein bißchen Kleingeld in der Tasche, nicht genug, um es durch vier zu teilen. Mein Messerheld war nämlich nicht allein, es waren mehrere, drei Schwarze und ein Weißer; vier Anfänger.

Mein Gott, erneut werde ich von Erinnerungen heimgesucht. Auch daheim in Rußland waren wir zu viert gewesen. Nachts überfielen wir Leute in den Randbezirken von Charkow, mit einer Pistole, die wir selbst gebastelt hatten. Außer der Pistole, die tatsächlich funktionierte, hatten wir noch zwei Revolver aus Holz, die ich, Millimeter um Millimeter, nach der Dienstwaffe meines Vaters geschnitzt und anschließend pechschwarz angestrichen hatte.

Wir hatten mehr Angst als unsere Opfer. Unser erstes war eine ungefähr dreißigjährige Frau mit blonden Haaren, die uns mit unseren fünfzehn bis siebzehn Jahren alt vorgekommen war. Wir hatten sie so dilettantisch, so plump überfallen, daß sie trotz ihres Schocks den Mut fand, uns ins Gewissen zu reden: »Hört mal, ihr seid ja noch Kinder. Meint ihr wirklich, daß es die Mühe lohnt?« Und der jüngste von uns, Grischka, der zugleich der aggressivste war, antwortete, vor Angst zitternd: »Halt's Maul, du alte Ziege!« Wenn sie uns vollkommen durchschaut hätte, hätte sie einfach weitergehen können, und es wäre ihr nichts geschehen.

Dann entrissen wir ihr, um einander zu beweisen, wie tapfer wir waren, unter einer Brücke ihre Handtasche; wir fanden darin sechsundzwanzig Rubel und ein paar Kopeken. Die Tasche warfen wir in den Fluß, das Geld teilten wir. Was waren wir froh, daß diese scheußliche Komödie vorbei war und, nachdem wir unsere Revolver-Imitationen unter der Brücke versteckt hatten, nach Haus gehen konnten. »Wir hätten sie vergewaltigen sollen!« sagte Grischka jetzt, wo es zu spät war. Sicher, wir hätten es tun können, aber unsere jungen Schwänze hätten bei all der Angst bestimmt Erektionsprobleme gehabt, jedenfalls meiner. Ich war und bin ein zu sensibler Mensch.

Die Typen trieben Johnny und mich auf einen Parkplatz. »*Hands up!*« sagte der älteste. Gelassen legte ich die Hände in den Nacken.

»Was soll das?« fragte der Bursche, der einen ganz vernünftigen Eindruck machte, verdattert und deutete auf meine Hände.

»Profis machen das so«, erklärte ich. »Ich hab in meiner Heimat im Knast gesessen.« Sie staunten darüber, daß ich die Hände im Nacken verschränkt hatte; die Insassen der Straflager tun das tatsächlich bei den Durchsuchungen, weil es weniger ermüdet. »Wo ist das, deine Heimat?« fragte der älteste. Vielleicht war er gar nicht älter als die anderen, aber er traf die Entscheidungen.

»Rußland«, antwortete ich.

»Und ich war hier ein paarmal im Knast«, sagte er lachend.

Er tastete meine Taschen ab, aber die Spannung war gewichen. Die Räuber hatten sich entkrampft und ich mich ebenfalls. Übrigens hatte ich außer meinem Notizbuch und meinem Zimmerschlüssel nichts bei mir. Sogar mein Kleingeld war verschwunden; anscheinend war es mir aus der Tasche gerutscht, als ich in der 42. Straße gehockt hatte.

Plötzlich ergriff der Anführer das Kreuz, das ich um den Hals trug. Das Blut wallte in mir auf. »Nur über meine Leiche!« sagte ich auf Russisch. Für mich war es das Symbol meiner Heimat und meiner Religion: ein ziemlich großes Kreuz aus Silber mit kleinen blau emaillierten Ornamenten. »*Only with my life!*« sagte ich leise, aber mit festem Blick in die Augen des andern und barg das Kreuz in meiner Faust. Da nahm der Räuber seine Hand weg.

Sie ließen uns gehen. Zwar hatten sie Johnny auch durchsucht, aber ich glaube trotzdem, daß der Überfall auf sein Konto ging. Er gehörte nicht zu den Leuten, die man überfallt oder die sich überfallen lassen. Ich wette, er hatte die Sache inszeniert. Ein paar Typen aus seiner Bekanntschaft sollten uns zum Schein überfallen . . . Er wollte herauskriegen, was ich in der Tasche hatte.

Sie nahmen mir das Kreuz nicht ab, auch nicht das Notizbuch, und sie schlugen mich nicht zusammen, aber es interessierte sie, aus welchem Hotel der Schlüssel war. Trotz des Alkohols und des Stoffs, den ich intus hatte, begriff ich, worauf sie hinauswollten. Natürlich kohlte ich ihnen was vor.

Nein, sie hatten doch mehr Erfahrung als die vier Jungen in Charkow. Sonst hätten sie nicht an die Verwendungsmöglichkeiten des Schlüssels gedacht. Es war also nicht ihr erster Überfall, aber sie waren nichtsdestoweniger Amateure. Ich kenne mich aus. Ich habe sechs Jahre lang das Handwerk eines Diebes erlernt: von fünfzehn bis einundzwanzig. Mit einundzwanzig wurde ich dann Dichter und Intellektueller.

Ich ging mit Johnny weiter. Ich war wütend auf ihn, er hatte diese Sache auf dem Gewissen, der Scheißkerl! Außerdem hatte ich Hunger, und ich sagte es ihm. Er schleifte mich erneut in dunkle Gänge und quatschte zweifelhafte Subjekte an, die ihm zuletzt irgend etwas gaben, das er sich in den Mund stopfte.

»Du geiziger Penner, *you shit!*« schrie ich ihn auf russisch und englisch an. Er lachte nur. Er hatte genau verstanden, daß auch ich etwas zu essen haben wollte. Mein furchtbares Englisch war wirklich sehr gut zu verstehen. Aber er wollte mir nichts spendieren. Jetzt hatte ich genug von ihm. Der Tag brach an; ich wollte nach Hause.

Da endlich kam er auf die Idee, sich um mich zu kümmern. Vielleicht war er vorher nicht richtig scharf auf mich gewesen, nun aber war er es plötzlich. Jedenfalls fing er an, mich zu küssen, und sein Mund schien meine Lippen und meinen ganzen Körper verschlingen zu wollen. Dafür war ich überhaupt nicht mehr scharf auf ihn.

»Du blödes Arschloch!« sagte ich und stieß ihn zurück, »laß mich in Ruhe, *fuck off*, du blöder Nigger!«

Der Mischmasch aus Russisch und Englisch amüsierte ihn. Kurz vor der Ecke 45. Straße und Broadway prügelten wir uns. Ich stieß ihm in die Rippen, er trat mir gegen das Schienbein, und zuletzt fielen wir beide auf das Trottoir, genau vor Broadway Nr. 1515. Das war das Gebäude, wo ich immer mein *welfare* abholte.

Als wir auf dem Gehsteig lagen, wälzte er sich auf mich und fing an, mich zu küssen.

»Idiot«, schrie ich, »hör auf mit dem Scheiß!«

Aber er setzte den Angriff mit seinen Lippen und seinem Bart fort. Schon waren Leute zur Arbeit unterwegs und mußten einen Bogen um uns machen. Als ich sie sah, erwachte der Schauspieler in mir, um so mehr, als mich Johnny, auf mir herumrutschend, ganz schön hochgebracht hatte, so daß ich Lust verspürte, zu bumsen und gleichzeitig die Passanten zu schockieren. Ich langte in seine Hose.

Er erschrak ein wenig. »Bist du verrückt geworden?« fragte er. »So was kann man doch nicht auf der Straße machen.«

Sieh mal an, dieser Straßenräuber genierte sich vor den Leuten! Damit reizte er mich nur noch mehr, und ich versuchte wieder, an seinen Schwanz heranzukommen. Ein paar Frauen, die es sahen, liefen kreischend davon.

»Komm mit!« Er riß mich brutal hoch und fügte hinzu: *»You crazy Russian!«* Ich folgte ihm, wortlos, ohne zu wissen, wohin. So bin ich eben: Ich kann niemandem lange böse sein.

Ich erinnere mich nicht mehr an das Haus, in das wir gingen. Ich weiß nur noch, daß es ein imposantes Gebäude mit einem *doorman* war. Johnny wies mich an, auf Zehenspitzen zu gehen, damit wir den Portier nicht weckten, und wir schlichen die Treppe hoch.

Wenn er mich mitgenommen hat, um hier einen Einbruch zu machen, werd ich ihm zeigen, was ein Profi ist, dachte ich kaltblütig. Und wenn wir beide im Knast landen, hab ich wenigstens Zeit, Englisch und Spanisch zu lernen, ich kann Beziehungen anknüpfen und werde mit allen Wassern gewaschen sein, wenn ich rauskomme.

Ich hätte gern gewußt, um wessen Wohnung es sich handelte. Völlig außer Puste stiegen wir immer höher. Es gab dort nicht nur Apartments, sondern auch Büros, wie gewisse Schilder an den Türen zeigten. Dann kamen keine Türen mehr, nur noch ein kurzer Flur zum Notausgang. Johnny zog seine schmutzige Jacke aus und legte sie auf den Boden. Mit stolzer Besitzergeste lud er mich zum Platznehmen ein, setzte sich selbst auch hin und zog sein T-Shirt aus.

»Jetzt wird gebumst«, sagte er. »Hier geht es, aber auf der Straße macht man das in Amerika nicht.«

Ich war entnervt. Ich hatte bereits überlegt, wie wir das Sicherheitsschloß aufkriegen würden, und er . . .

»Wir bumsen danach«, sagte ich. »Erst will ich einen *robbery* machen, in eine Wohnung einbrechen, ich dachte, wir seien gekommen, um einen Bruch zu machen. Warum hast du mich angelogen?«

»Ich hab dich nicht angelogen, du sagtest doch, du wolltest bumsen.«

Er zog mich an der Hand . . . Was hätte ich anderes machen sollen, verehrter Leser? Es mußte etwa sechs Uhr morgens sein. Um diese blödsinnige Zeit hatte ich es noch nie mit jemandem getrieben.

Unter seinen staubigen, schlotternden Sachen hatte Johnny einen herrlichen Körper und einen festen runden Hintern. In diesem toten Ende des Treppenhauses war es sehr warm, im Nu waren wir beide nackt, und trotz meiner Sonnenbräune wirkte meine Haut im Vergleich zu seiner schneeweiß.

Johnny war zwar kleiner als Chris, hatte aber einen viel größeren, einen riesigen Schwanz. Sein Anblick genügte, um alle Wut in mir verdampfen zu lassen. Ich übertreibe nicht, wenn ich sage, daß ich sein Glied nur mit Mühe in den Mund bekam. Er war sensibler, als ich dachte, dieser heruntergekommene schwarze Panther, und ich brauchte nicht lange zu machen. Schon nach ein paar Augenblicken überschwemmte er mich mit einer Samenflut. Was für ein unglaublicher Mechanismus, dachte ich und ließ das Riesending gegen seinen Bauch klatschen. Es ist wunderbar, was die Natur alles zustande bringt.

Johnny lag eine Weile befriedigt auf dem Fußboden. Dann setzte er mich auf seine Brust und fing an, meinen Schwanz zu küssen. Er hatte, wie ihr schon wißt, schöne dicke Lippen, und er streifte meine Eichel zart mit der Oberlippe. Das geilte mich unwahrscheinlich auf. Ich war erregt und zugleich beruhigt. Auf einmal hatte der verdammte Kerl Zeit für mich. Und er wurde nicht müde, meinen Schwanz zu lutschen. Er machte weiter, immer weiter. Sein Mund war so weich und warm, daß ich an die

Wogen tropischer Meere denken mußte. Dabei solltest du dich lieber auf eine Frau konzentrieren, befahl ich mir, sonst kommst du heute nicht mehr zum Orgasmus.

Ich rief Helena zu Hilfe, die sich bestimmt gerade von irgendeinem widerlichen Geldsack vögeln ließ, aber es nützte nichts. Also kehrte ich zurück in die Wirklichkeit und genoß das, was Johnny mit mir anstellte. Es ist ganz normal, ganz natürlich, in einem fremden Hausflur früh um sechs in Manhattan den Schwanz in den Mund eines Negers zu stecken, redete ich mir ein. Doch für einen Orgasmus reichte auch das nicht. Da erinnerte ich mich an ein Foto, das eine halbverblühte Schönheit zeigte, die allein vor sich hin masturbierte. Johnny möge mir verzeihen, aber mit ihrer offenen Möse vor Augen, ihrem schlecht lackierten Fingernagel, der ihren Kitzler reizte, und ihrem bis zu den hohen Schnürstiefeln heruntergezogenen winzigen Slip – mit dieser Vision vor Augen kam es mir.

Ich kann niemandem erklären, warum mich ausgerechnet die Vorstellung von einer sich selbstbefriedigenden Vierzigerin zum Höhepunkt brachte, zumal Johnny es besser machte als jede Frau, besser als jeder andere Mensch. Seit er meinen Schwanz im Mund hatte, erfüllte mich ein Gefühl des inneren Friedens, und ich war restlos glücklich. Nie zuvor hatte jemand meinen Schwanz so liebevoll behandelt, mich so zärtlich an sich gedrückt, mir Hintern und Wangen so sanft gestreichelt wie er.

Chris hatte ein ernstes Naturell, Johnny ein fröhliches. Die ganze übrige Zeit, die wir noch in dem Treppenhaus verbrachten, ungefähr eine Stunde, rollten wir lachend und schnaufend am Boden hin und her. *»I am a lord and this is my castle«*, sagte Johnny strahlend und zeigte auf unser Liebesversteck, und ich versuchte ihn zu übertrumpfen: *»I am a lord too. My house is all streets of New York.«* Dann küßten und rangelten die beiden jungen Lords wieder miteinander.

Schließlich war es höchste Zeit, daß wir uns davonmachten. Von unten war Türenschlagen zu hören. Der Tag begann; man hätte uns erwischen können. Wir verabredeten uns für den nächsten Morgen im Coffee shop Ecke 45. Straße und Eighth Avenue. Ich zog mich an und ging als erster. Johnny war noch nackt und preßte mich noch einmal zu einem Abschiedskuß an sich. Dann nahm ich den Lift zum Erdgeschoß. Der *elevator* füllte sich mit *gentlemen* in feinen Anzügen, die nicht früh genug zu ihrem *business* kommen konnten. Sie warfen mißtrauische Blicke auf meine fleckige cremefarbene Jacke und meine zerrauften Haare.

Als ich das Winslow erreichte, zeigte die Uhr am IBM-Wolkenkratzer halb acht. Das letzte, was ich vor dem Einschlafen bewußt wahrnahm, war der Geruch von Johnnys Samen.

Die Schizo-Rosanne

Rosanne war die erste Amerikanerin, mit der ich schlief. Es war ein Ereignis von symbolischer, zukunftsträchtiger Bedeutung, deshalb hatte ich den 4. Juli dafür ausersehen, den zweihundertsten Jahrestag der amerikanischen Unabhängigkeit. Und wieder war Cyril mit im Spiel, immer dieser Cyril! Er hatte erklärt, daß er es satt habe, für Alka und mich den Dolmetscher zu machen. Wir wollten gerade zur Redaktion von *Village Voice*, um denen unseren »Offenen Brief an den Chefredakteur der *New York Times*« zu präsentieren. Es war ein Artikel, den wir nach der Demonstration gegen dieses Blatt geschrieben hatten, aus Empörung darüber, daß sie von keinem Menschen beachtet worden war.

Cyril maulte: »Immer ich! Warum geht ihr nicht allein hin?«

»Hör zu, Cyril«, sagte ich, »es ist eine wichtige und heikle Sache, und es wäre idiotisch, wenn wir dort mit unserem beschissenen Englisch loslegten. Es würde alles kaputtmachen.«

»Aber ich kann nicht«, sagte Cyril, »ich habe zu tun. Nehmt jemand anderen mit.«

»Und wen?«

»Nun, zum Beispiel Rosanne. Erinnerst du dich, ich habe sie dir bei der Ausstellung in der russischen Galerie gezeigt: eine etwas überspannte Person, gut dreißig Jahre alt.«

»Meinetwegen«, antwortete ich. »Dann ruf sie an und bitte sie, uns zur *Village Voice* zu begleiten!«

»Nein«, sagte Cyril, »ich habe Angst vor ihr. Ich glaube, sie will mit mir schlafen. Es ist besser, wenn du sie selbst anrufst, ich geb dir ihre Nummer.«

»Na gut«, stöhnte ich. »Alles muß man selber machen!«

Am nächsten Tag gelang es mir, das Mädchen zu erreichen, und sie lud mich für denselben Abend zu sich ein. Außer ihr waren noch Freunde von ihr da, ein arbeitsloser Geschichtsprofessor und seine Frau. Strahlend, mit federnden Schritten betrat ich das Zimmer, ich brauchte Bekannte, ganz gleich, was für welche, und ich wollte einen guten Eindruck erwecken. Sie hatte eine fabelhafte Penthousewohnung im obersten Stock eines Gebäudes. Alle Fenster des Wohnzimmers gingen auf den Hudson, und ein großer Teil der Dachterrasse gehörte ihr. Außerdem gab es noch ein Arbeitszimmer und ein Schlafzimmer. Die Wohnung hatte etwas herrlich Luftiges, etwas von einer geräumigen Segelbootskajüte; alles war hell und weiß, und die ständige Brise vom Fluß herauf ließ die ganze Einrichtung federleicht erscheinen. Das einzig Schwere war Rosanne.

Zwei oder drei Tage später gingen wir zur *Village Voice*, um den Brief abzugeben, den sie auf ihre Weise redigiert hatte, indem sie unseren Agitatoren-Jargon etwas auf amerikanisch frisierte. Alka und ich hatten ihre Änderungen stillschweigend akzeptiert. Ich hatte ihr angemerkt, wie sehr es sie nervte, nachdenken und etwas tippen zu müssen, aber sie hatte sich zusammengerissen. Der Brief war ja auch nur knapp eine Seite lang, und am Ende war sie sehr stolz auf ihr Werk. Während ich ihr versonnenes Lächeln beobachtete, ein merkwürdig jenseitiges Lächeln, ein bißchen degeneriert, obgleich ihre Gesichtszüge ganz hübsch waren, wurde mir klar, daß dieser Gesichtsausdruck ein psychologisches Trauma offenbarte – genauer gesagt: Ich konstatierte, daß Rosanne »schizo« war.

Die Bedeutung dieses Wortes hat für mich eine lange Geschichte. Sie reicht bis zu meiner Frau Anna zurück, die halbwegs geisteskrank war, und zu unseren Freunden in der Maler- und Literatenboheme von Charkow. Seit damals fasziniert mich alles, was anormal und morbide ist.

Ich bin vom Kult des Wahnsinns geprägt worden, kann man sagen. *Schizo*, die Abkürzung von »schizophren«, war unsere Bezeichnung für alle Leute, die wir originell fanden. Sie galt als Kompliment, als das schmeichelhafteste Adjektiv, das man für ein menschliches Wesen gebrauchen konnte. Jemandem zu sagen, er sei normal, war dagegen eine Beleidigung. Wer noch nie in einer Nervenklinik gelegen hatte, war nicht würdig, als vollwertiger Mensch behandelt zu werden. Ein Selbstmordversuch, als ich praktisch noch ein Kind war: Das galt als Empfehlung für meine Aufnahme in diese Clique.

Viele meiner Freunde von Charkow und später in Moskau bezogen eine Rente, deren Höhe sich nach dem richtete, was man in der UdSSR »Kategorien« nennt. Eine Schizophrenie erster Kategorie war das beste, was einem passieren konnte. Um sie zu erreichen, ließen sich mehrere Bekannte auf ein sehr gefährliches Spiel ein. Der Dichter Arkadi Bessedin beispielsweise nahm sich dabei aus Versehen auf scheußliche Weise das Leben. Der Dichter Widschenko erhängte sich. Wir waren sehr stolz auf uns. Es gab in unserer Stadt ein paar hundert von unserer Sorte. Wir wollten ums Verrecken nichts mit den gewöhnlichen Leuten zu tun haben; sie waren sterbenslangweilig, ja, die gewöhnlichen Leute verbreiteten buchstäblich einen Leichenhausgestank – übrigens den gleichen, den ich jetzt an manchen Amerikanern wahrnehme.

Ich begriff, daß Rosanne eine der unseren war. Sie war es jedoch, ohne es zu wissen und zu wollen. Sie hätte sehr gut zur ersten Kategorie gehören können, aber es kam noch etwas Ungewöhnliches hinzu. Sie war Jüdin, ihre Eltern hatten Deutschland in der Nazizeit verlassen. Schon als kleines Mädchen hatte Rosanne davon geträumt, Pianistin zu werden, und mit dreizehn spielte sie bereits wie eine Meisterin. Doch das Leben in Amerika, die amerikanische Provinz und die High School, wo man sie verprügelte, weil sie Jüdin war, brachten sie dazu, gegen ihre Ausbildung zur Künstlerin, gegen ihr Klavier und ihre Mutter, eine Geigerin, zu rebellieren. Sie fing an, sich ihrer europäisch-jüdischen Erziehung zu schämen, sie hörte auf, Klavier zu üben, und schlug einen anderen Weg ein: Sie lernte Russisch, studierte Slawistik und beteiligte sich am Kampf gegen den Vietnamkrieg, und all das in ihrer Zeit als Musiklehrerin an einem College in New York. Dann wurde sie durch ein bestimmtes Ereignis zur Schizophrenen erster Kategorie: Sie wurde gefeuert.

»Ich bin beinahe eine Russin«, sagte sie manchmal. Aber das stimmte nicht. Ein Russe kann aus fast jedem Grund schizo werden, nur nicht durch eine Kündigung. Sie aber war nur dadurch schizo geworden. Sie bekam eine nervöse Depression, die fast zwei Jahre dauerte. Als ich sie kennenlernte, ging es ihr zwar besser, sie hatte jedoch weiterhin Tiefs. Sie wollte die Person bloßstellen, die sie, ihrer Ansicht nach, zu Unrecht entlassen hatte, aber die *New York Times* lehnte den Artikel, den sie deswegen geschrieben hatte, natürlich ab, und das machte sie noch mehr schizo. Immerhin: Was die *New York Times* anging, waren wir einer Meinung, und das verband uns.

Der 4. Juli war eine Woche nach unserem Besuch bei der *Village Voice*. Ich ging fast jeden Abend zu ihr, um ukrainische Texte, die sie zu ihrer Doktorarbeit brauchte, für sie ins Russische zu übersetzen. Sie machte danach die Übersetzung ins Englische. Da sie Unmengen von Antidepressiva nahm, war sie dauernd angeschlagen und mußte immer wieder Pausen einlegen.

Schon am ersten Abend unserer Zusammenarbeit waren wir uns nähergekommen. Es fing damit an, daß wir uns nebeneinander aufs Sofa setzten, wo wir uns zunächst nur leicht berührten, dann behutsam streichelten und zuletzt in den Armen lagen.

Anschließend wollte sie über unsere »Beziehung« diskutieren und die Frage klären, ob wir nun miteinander schlafen sollten oder nicht.

»Ich glaube, es ist besser, wenn wir Freunde bleiben«, sagte sie, sich aus meinen Armen lösend.

»Hör zu«, sagte ich, »was soll das Gerede? Es hat doch keinen Sinn, die Dinge noch komplizierter zu machen. Wechseln wir das Thema!«

Sie hatte am 5. Juli Geburtstag und beschloß, am Vorabend eine Party zu geben. »Ich habe schon lange niemanden mehr eingeladen, weil ich kein Geld habe. Aber ich werde meine Freunde einfach bitten, etwas mitzubringen, Wein, Wodka und Fleisch für Schaschlik.«

Am 3. Juli gingen wir zusammen das Notwendigste einkaufen. Sie hatte so ein loses, langes Gewand an, wie es viele amerikanische Frauen tragen, wenn sie in der Nähe Besorgungen machen. Es war ein heißer, sonniger Tag, wir kauften Getränke, und der Verkäufer hielt mich, weil ich ganz in Weiß war, für einen russischen Matrosen von einem der Schiffe, die zur Zweihundertjahrfeier gekommen waren und im Hudson ankerten. Der Puertorikaner, der Rosanne schon lange kannte, suchte Obst für sie aus und stritt sich scherzhaft mit ihr. Ich glaube, sie hatten zum gleichen Zeitpunkt aufgehört zu rauchen, und sie hatte wieder damit angefangen, vielleicht auch er, jedenfalls etwas in der Richtung. Mein Gott, wie wunderbar vertraut man mit dem Kaufmann an der Ecke sein konnte!

Auf einmal fand ich diese Gegend sehr angenehm, diese heile Welt von Kunden und Händlern, die sich seit Dutzenden von Jahren kannten. Ich beneidete Rosanne ein wenig. Auf dem Rückweg grüßten wir Nachbarn, und ich war froh, daß ich so braungebrannt war, so gesund aussah in meinem aufgeknöpften Hemd, das emaillierte Silberkreuz auf der Brust, zwei hellgrüne Augen im Kopf. Ich dankte ihr im stillen, daß sie mich in ihre Welt mitgenommen hatte, wenn auch nur zum Tütentragen. Ich kannte die Gegend von meinen Streifzügen her, doch noch nie war sie mir so vertraut vorgekommen. Zum erstenmal war ich nicht einfach nur ein Passant.

Aus Dankbarkeit machte ich ihre Terrasse sauber, was schwierig genug war, denn der Kunstgrasbelag starrte vor Dreck; ich schnitt das Fleisch für das Schaschlik, ich putzte die Fenster und verabschiedete mich ziemlich spät von ihr, nachdem wir als letztes kitschige Lampions in grellen Farben an die Fenster gehängt hatten. Beinahe hätten wir auch noch miteinander geschlafen. Ich hielt mich jedoch zurück, weil ich sie unbedingt am 4. Juli das erstemal bumsen wollte. Sie war ganz wild darauf, die Ärmste; sie stöhnte, als ich sie zum Abschied umarmte. Ich versprach ihr, daß wir es morgen, am 4. Juli, zur Feier des Tages tun würden. Wie sie mir später gestand, war sie für Berührungen sehr empfänglich, während Zungenküsse so gut wie keine Wirkung auf sie hatten. In dieser Hinsicht ähnelten wir uns; meine Lippen sind der unempfindlichste Teil meines Körpers.

Was für ein Tohuwabohu das am nächsten Tag war! Die Einladung galt für ein Uhr mittags, doch weil ich die amerikanischen Gepflogenheiten kannte, ging ich erst um zwei hin, mit einem Dutzend roter Rosen, über die sie sich riesig freute. Es waren bereits viele Leute da, unter ihnen einige Russen: der schriftstellernde Lehrer, der mich mit der Trotzkistin Carol bekannt gemacht hatte, und seine Frau Mascha; der Fotograf Sjewa, der seine Kamera mitgebracht hatte, um die russischen Schiffe zu fotografieren, die unten vorbeifuhren.

Nachdem ich schnell ein paar Gläser Wein geleert hatte, fing ich an, zusammen mit einem Bärtigen namens Karl die Schaschlikspieße vorzubereiten. Karl hatte einen großen Tiegel mit Fleisch nach griechischer Art mitgebracht, in Olivenöl geschmort. Wir schnitten Tomaten, Paprikaschoten und Zwiebeln und spießten alles auf die Stäbe.

Rosanne schob einen dicken Kerl in Shorts vor sich her in unsere Richtung. »Ihm gehört das Hotel, in dem du wohnst«, erklärte die Unglückselige. Mir fiel ein, was sie über ihn erzählt hatte: »Außer dem schrecklichen Winslow hat er noch fünfundvierzig andere Häuser in Manhattan und ist vielfacher Millionär. Im zweiten Stock deines Hotels, seines Hotels, hat er eine Anwaltskanzlei, aber es heißt, daß er diesen Beruf nicht mehr ausübt. Warum sollte er auch . . .«

Der Typ in Shorts verschwand wieder in der Menge. »Elefant«, zischte ich hinter ihm her. Vielleicht hatte Rosanne mit diesem Dickhäuter gepimpert, aber es störte mich nicht besonders. Ich liebte Rosanne ja nicht.

Ich liebte Rosanne nicht, das wußte ich sofort, als ich sie bei ihren hysterischen Ausbrüchen beobachtete. Vor allem aber liebte ich sie nicht, weil sie mich nicht liebte . . . Ich wußte, daß ich jemanden brauchte, egal, ob Mann oder Frau, der nicht nur mit mir bumsen wollte, und ich ertappte mich dabei, wie ich Männer und Frauen mit demselben Interesse musterte. Es war ein seltsames Gefühl: Ich saß auf Rosannes tiefem Kunstledersofa zwischen ihren Gästen eingekeilt und suchte nach jemandem.

Es gab niemanden.

Es gab jede Menge ausgekochte intellektuelle Amerikanerinnen, aber sie gefielen mir so wenig wie ich ihnen. Sie schienen alles zu wissen, alles genossen zu haben, nur nicht das Glück. Wenn ich im Blick einer von ihnen die Spur eines Protests entdeckt hätte, eines Protests oder eines Schmerzes, wäre ich zu ihr gegangen, aber ich sah nichts dergleichen. Das eine stand fest: Sogar Rosanne mit ihrem breiten gelblichen Gesicht war reizvoller als sie. Und was die amerikanischen Männer in der Runde betraf, allesamt stämmig und kerngesund, die unausbleibliche Folge generationenlanger guter Ernährung, so konnte ich ihnen leider ebensowenig abgewinnen wir ihren Weibern.

Ich langweilte mich und ging auf die Terrasse, um ein paar Worte mit den anderen Russen zu wechseln. Ich hatte eine Flasche Wodka mitgenommen, ich habe gern Wodka in Griffweite. Gott sei Dank waren viele Leute da, und Rosanne konnte ihre jüdisch-deutsch-amerikanischen Gesetze nicht anwenden, das heißt, sie konnte den Alkoholausschank nicht überwachen und jemandem verbieten, sich der Flasche zu bemächtigen, was ich nicht ausstehen kann und was mich schon immer verletzt hat.

Ich stellte die Flasche neben den Tiegel mit dem Schaschlik und fing an, die Fleischspieße zu verteilen. Ich, der Koch, aß selbstverständlich als erster und trank dazu meinen Wodka, als plötzlich . . .

Plötzlich brachte Rosanne eine Frau zu mir. Ich sage euch gleich, daß ich sie das erstemal sah – und das letzte. Es war eine Chinesin, ihr Vater war Chinese, und ihre Mutter, wie ich später erfuhr, Russin. Ihre Haut hatte eine ungewöhnliche Farbe, das fiel mir als erstes auf, und ich sah, daß sie schön war. Sie ähnelte einer »Lotosblüte«, wie es in der klassischen chinesischen Dichtung heißt, von der ich vieles in russischen Übersetzungen gelesen hatte. Ein sanftes orientalisches Lächeln umspielte ihre Lippen, sie war unbeschwert und charmant, zugänglich für alles und jedermann, mich inbegriffen. »Meine beste Freundin«, sagte Rosanne, »sie war früher meine Zimmergenossin.«

Die Zimmergenossin lächelte so süß, daß ich sie am liebsten in die Arme genommen und geküßt hätte. Wie gern hätte ich sie an mich gedrückt und mich auf der Stelle mit ihr hingelegt, um sie zu streicheln – was ich erst etwa eine Stunde später tat. Ich reagiere immer sehr direkt, was mich oft in ein falsches Licht bringt.

Die hinreißende Chinesin warf mich einfach um. Ich benahm mich den restlichen Abend und bis zum nächsten Morgen völlig irrational und ließ mich total von meinem Unbewußten leiten, das bei mir, wie meine zahlreichen Selbstanalysen bewiesen haben, immer gleichzeitig mit dem Bewußtsein tätig ist. Rosanne entführte die Chinesin wieder, um sie anderen Gästen vorzustellen, aber ich wußte, was ich zu tun hatte. Mit anderen Worten: Ich war völlig durcheinander: »Sie ist hier! Sie ist gekommen! Ich habe SIE gefunden«, jauchzte ich innerlich und trank vor Freude in kürzester Zeit eine halbe Flasche Wodka aus. Was dann passierte, mußte ich mir später von Rosanne erzählen lassen. Ich werde also nur das wiedergeben, was sie berichtet hat. Ich selbst erinnere mich bloß, daß ich nach jenem Abend, der mich in seinen Schlund hinabgerissen hatte, schweißgebadet in Rosannes Schlafzimmer aufwachte.

»Wie spät ist es?«

»Es ist noch dunkel«, antwortete sie.

»Wo sind die anderen?« fragte ich.

»Sie sind längst gegangen. Du erinnerst dich natürlich an nichts mehr, weil du so betrunken warst. Wir haben dich unter die Dusche gestellt, Karl hat versucht, dich nüchtern zu machen, ich glaube, du hast fast drei Stunden in der Duschkabine gesessen, aber es hat nichts genützt. Wie konntest du dich nur derart betrinken? Ich habe mich deinetwegen geschämt, ich habe sogar geheult deswegen. Auch deine Freunde, der Schriftsteller und seine Frau Mascha, waren stockbesoffen. Als wir dich zur Dusche schleiften, hat Mascha gerufen: ›Rührt ihn nicht an, er ist ein großer russischer Dichter! Ihr seid allesamt nicht soviel wert wie das Schwarze unter seinem Fingernagel! Laßt ihn in Ruhe, sage ich euch!‹ Sie muß noch betrunkener gewesen sein als du«, schloß Rosanne wütend.

Mir fiel ein, daß es der 4. Juli war und daß ich Rosanne und mir selbst versprochen hatte, sie an diesem Feiertag zu bumsen. Ich hatte entsetzliche Kopfschmerzen, ich hatte keine Ahnung, wo die letzten paar Stunden meines Lebens geblieben waren, es war nicht mal ein schwarzes Loch da, aber eines wußte ich: Ich mußte mit ihr schlafen, sonst würde ich jede Achtung vor mir selbst verlieren.

»Los, gehen wir zu Bett«, sagte ich zu ihr, »ich bin unheimlich scharf auf dich.«

Das war natürlich gelogen. Vorher und danach war ich geil auf sie, aber in jenem Augenblick war ich viel zu betrunken und müde. Doch versprochen ist versprochen.

Nachdem ich ihren – übrigens gar nicht vorhandenen – Widerstand gebrochen hatte, zog ich sie unendlich behutsam aus und fing an, sie zu küssen und zu streicheln. Ich muß zugeben, daß sie für ihr Alter noch einen sehr schönen, prallen Busen hatte. Dagegen waren der Hals und das Kinn, Partien, die ich besonders gern liebkose, nicht mehr ganz taufrisch. Man merkte daran, daß der Herbst ihres Körpers schon begonnen hatte.

Dann nahm ich meinen Schwanz, der mir nach der vorangegangenen Wodkaorgie nicht so recht gehorchen wollte, und fuhr ihr damit über die weiche, reife, saftige Möse. Ich meine es ehrlich, wenn ich so viele Adjektive für sie gebrauche. Als sie noch heißer und größer geworden war, steckte ich meinen Schwanz in die warme, feuchte Höhle, wobei mir wieder zu Bewußtsein kam, daß dieser Ort wohl immer eine mystische Bedeutung für mich haben wird. Ihr seht daraus, daß mein Gehirn und meine Phantasie in jenem Moment weit besser funktionierten als mein armes Glied.

Ich war nicht genügend erregt, doch diese erfahrene Möse einer auf einmal scheinbar ganz normalen Frau über dreißig protestierte nicht, sondern tröstete mich vielmehr. »Wir alle müssen uns mit dem Sterben abfinden. Bleib hier, wo es warm und friedlich ist, solange du willst.« So sprach die Möse zu mir, und ich nahm ihre Einladung an. Was Rosanne sagte, war schon weniger nett. Wenn sie es wenigstens auf englisch gesagt hätte, aber nein, sie brachte es auf russisch heraus, und wahrscheinlich waren es die gleichen Worte, die sie zu allen Iwans gesagt hatte, mit denen sie auf ihren verschiedenen Rußland-Trips schlief.

»So schaffst du es nie!« sagte sie im Rhythmus meiner Stöße. »Du bist nervös, du willst es erzwingen, das hat keinen Zweck. Nicht so hastig, wir haben Zeit!«

Ich hätte ihr am liebsten eine geknallt, aber sie hätte nicht verstanden, warum. Ich konnte ihr doch nicht erklären, daß ihr Russisch mit amerikanischem Akzent eine katastrophale Wirkung auf meine Blutzirkulation hatte, daß meine Phantasie mir statt der

Intimsphäre des Bettes den Mief eines unordentlichen Übersetzungsbüros vorgaukelte. Bei der letzten Silbe krampfte sich eine unsichtbare eisige Hand um meinen Schwanz, der sofort erschrokken den Kopf einzog und erschlaffte; die schöne Eichel, die sonst mein ganzer Stolz war, wollte nicht mehr . . .

Ich rutschte ächzend ans Fußende, spreizte Rosannes Beine und steckte meine heiße Zunge in ihre noch heißere Scheide. Wie ihr Körper diese Lust genoß! Er begann zu zittern und raunte mir dankbar zu: »Du verstehst dein Handwerk, Liebling!« Wollüstig lauschte ich den fast unhörbaren Schluchzern, was mir immer wieder Vergnügen bereitet, und wartete auf eine Offenbarung.

Wo blieb, verdammt noch mal, die Antwort auf meine hundertmal gestellte Frage, warum nicht auch ich glücklich sein konnte, so glücklich, wie ich es in den vergangen vier Jahren gewohnt war – allerdings mit Helena, mit niemand anderem. Es ist wahrlich kein Trost, sich vorzuhalten, daß, nach der Statistik, die meisten Menschen auf dieser Welt ohne Glück leben und für ein verlorenes Glück nie mehr einen Ersatz gefunden haben. Kaum anzunehmen, sagte ich mir, daß ausgerechnet du eine neue Helena finden wirst. Rosanne ist es jedenfalls nicht.

Obwohl mir all das durch den Kopf ging, hörte ich nicht auf, wenigstens sie für eine kurze Weile glücklich zu machen. Um den Radius der Lust zu erweitern, liebkoste ich mit Zunge und Händen die verborgenen, seidigen Partien in der Umgebung ihrer Möse, bis das Ziel erreicht und mein halbes Gesicht von ihrem Liebessaft benetzt war.

Wißt ihr, welch ein gewaltiger Unterschied es ist, eine Frau zu befriedigen, die man liebt, oder eine, die man nicht liebt? Ja, ja, ihre Möse war wunderbar, überhaupt alles war noch ganz gut an ihr; die Beine waren vielleicht sogar noch besser geformt als die von Helena. Gewiß, Rosanne hatte viele Vorzüge, und dennoch . . . Ich *machte* Liebe mit ihr, ich liebte sie nicht.

Manchmal glaube ich, die wahre Liebe ist so etwas wie eine sexuelle Perversion, eine seltene Anomalie, die in den Lehrbüchern der Psychologie zusammen mit dem Sadismus und dem Masochismus beschrieben werden sollte. Ich komme mir mit meiner Perversion so allein vor. Gibt es denn wirklich nur einen

Menschen von meiner Sorte? Ich muß einen zweiten wie mich finden, koste es, was es wolle.

Wir schliefen in ihrem gelben Bettzeug ein, aber wir schliefen schlecht. Wißt ihr, wann sie aufwachte? Ihr ratet es nicht. Um sechs Uhr früh! Es war zum Verrücktwerden. Sie wachte miserabel gelaunt auf, riß mich mit lauter Stimme aus dem Schlaf und sprang aus dem Bett.

»Weißt du eigentlich, was du gestern gemacht hast?« fragte sie.

»Ich erinnere mich an nichts mehr«, sagte ich und wickelte mich in das gelbe, mit roten Blumen verzierte Laken. Ich dachte, sie spielte auf meine Liebesbemühungen an und brachte vorsichtshalber meinen Schwanz in Sicherheit. Später, nahm ich mir vor, würde ich ihr meinen schönen Körper noch einmal unter besseren Voraussetzungen präsentieren.

»Du erinnerst dich nicht daran, daß du Lilia geküßt hast?« sagte sie mit umflorter Stimme.

Die kleine Chinesin hieß also Lilia. Und sie ähnelte wirklich einer Lilie. Im Nu war ich hellwach. »Ich habe Lilia geküßt!« rief ich entgeistert. »Das kann nicht wahr sein! Wie schade, daß ich dabei so besoffen war. Ich hoffe, sie hat es nicht gemerkt. Es ist furchtbar, es ist eine Krankheit, sage ich dir. In unserer Familie gab es mehrere Alkoholiker; ein Onkel von mir fiel betrunken unter einen Zug und wurde überfahren. Ich hab es dir nie gesagt, aber jetzt muß ich es dir gestehen: Weißt du, noch kann ich mich einigermaßen zügeln, aber es ist angeboren, und manchmal habe ich einfach nicht die Kraft, dagegen anzukämpfen.«

Die Feierlichkeit dieses Augenblicks der Wahrheit und die Bedeutung dieses Geständnisses, das ich ihr soeben gemacht hatte, veranlaßten mich dazu, mich aufzusetzen.

Meine unverschämte Lüge tat die beabsichtigte Wirkung. Sie sah mich mitleidig an, seufzte und sagte: »Ja, ich habe mir inzwischen schon gedacht, daß aus uns beiden nichts wird, weil irgend etwas bei dir nicht stimmt, aber anfangs glaubte ich, du seist noch einigermaßen vernünftig und wolltest dich nur dafür rächen, daß ich mich nicht genug um dich gekümmert habe. Ich hab wohl gesehen, daß du dich langweilst, aber es waren zu viele Leute da, der eine wollte Salz haben, der andere Pfeffer, wie man so sagt. Ich war zum Schluß völlig erschöpft. Und dann passierte das mit Lilia. Sie mußte einfach gehen, so peinlich war ihr die Szene. Alle haben gesehen, wie du sie unvermittelt an dich zogst und küßtest, ein besoffener Russe, und das war nicht gut. Warum müßt ihr Russen bloß immer so viel trinken? In der einen Ecke lag ein stockbesoffener russischer Dichter, in der anderen ein stockbesoffener russischer Schriftsteller.«

»Ich hab dir doch schon erklärt, warum ich betrunken war«, sagte ich traurig. »Ich habe oft nicht die Kraft, gegen meine Krankheit anzukämpfen. Verzeih mir, Rosanne!«

»Und ich dachte, du hättest nur deshalb getrunken, weil ich mich nicht genug um dich gekümmert habe«, wiederholte Rosanne, als habe sie noch immer nicht begriffen.

Ich schlief schon wieder halb, aber denkt ihr, sie ließ mich schlafen? Im Gegenteil. Sie ließ mich nicht schlafen. Ihre angeborene deutsche Ordnungsliebe zwang sie, die Wohnung sauberzumachen. Und da ich nun einmal da war, mußte sie mich dabei einspannen. Ich staunte schließlich über ihre Begabung, mich und alle Welt einzuspannen. Sooft ich mich später von ihr verabschiedete, nachdem wir miteinander geschlafen hatten oder nicht, vergaß sie nie, mir den Müllbeutel mitzugeben, damit ich ihn in die Mülltonne des Hauses warf – sogar um zwei Uhr morgens. Wenn ich mich bei ihr auf der Terrasse in die Sonne legen wollte, um braun zu werden, fand sie immer etwas für mich zu tun, zum Beispiel mußte ich ihr helfen, Blumen zu pflanzen. Und alles hielt sie für unaufschiebbar.

Statt sich an jenem ersten Morgen zu sagen: Laß ihn erst mal ausschlafen, und wenn er wieder fit ist, holen wir die vermasselte Sache von heute nacht nach, mußte ich mich, vor Müdigkeit taumelnd, mit bohrenden Kopfschmerzen und halbblind ins Wohnzimmer schleppen.

Später nahmen wir wie zwei erschöpfte Fliegen unter der Markise der Terrasse ein Frühstück ein. Von der Party waren nur winzige Reste übriggeblieben, ein paar Tomaten und Zwiebelringe. Ich trank Wein dazu und bekam von der Sonne noch schlimmere Kopfschmerzen. Oder kam es von dem verdammten Wein? Es war kalifornischer Chablis aus einer Anderthalbliterflasche, ein scheußliches Zeug. Ein Beaujolais wäre mir lieber gewesen. Ich sah, daß Rosanne noch vier oder fünf Flaschen davon liegen hatte, warum mußte ich also dieses schauderhafte Gesöff trinken?

»Was willst du?« kreischte sie los, als ich sie höflich an den Beaujolais-Vorrat erinnerte. »Ist dieser Wein etwa schlecht, den du da trinkst? Was verstehst du denn davon?«

Ich konnte kaum an mich halten. Am liebsten hätte ich zurückgeschrien: »Ja, er ist schlecht, er ist ungenießbar, er schmeckt wie Pisse, dieser Wein! Gib mir gefälligst den anderen, den französischen! Ich kenne mich einigermaßen aus mit Wein. Außerdem kaufst du ihn sowieso nicht selbst, du bekommst ihn immer geschenkt, rück ihn also gefälligst raus!«

Ich habe nichts dergleichen gesagt, meine Eltern haben mich gut erzogen. Mein Vater war Parteimitglied und politischer Instrukteur beim NKWD, und meine Mutter hatte mich immer wieder gebeten: »Editschka, sag nie jemandem, was dein Vater macht. Du mußt Mitleid haben mit den Menschen, stoße sie nicht vor den Kopf und wirf niemandem seine Schwäche vor. Wenn jemand schwach ist, hat er ohnehin genug Probleme!«

Du bist hier in einem fremden Land, hab Geduld, hier herrschen andere Sitten und Gebräuche, wiederholte ich mir bekümmert, während ich zusah, wie der Wein in meinem Glas mit jedem Schluck mehr zur Neige ging. Gott sei Dank hatte ich genug Zeit gehabt, um mein Glas zweimal zu leeren, während Rosanne telefonierte. Ich hörte, wie sie irgend jemandem am anderen Ende der Leitung von ihrer Party erzählte, auf der nur die Russen besoffen gewesen seien. Ich begriff, daß wir verschiedenen Welten angehörten, aber konnte ich was dafür?

Nach dem Frühstück vermochte ich mich nicht auf den Beinen zu halten. Das bedeutet, ich war nicht in der Lage, den Fußboden zu schrubben; ich wollte auf den Hudson sehen, mir die frische Brise ins Gesicht wehen lassen und, beide Beine bequem auf den Tisch dieser hellen Luxuswohnung gelegt, friedlich einschlafen. Wenn ich wieder aufwachte, sollte Rosanne so sein, wie Helena früher gewesen war.

Nichts zu machen, an Schlaf war nicht zu denken. Meine

Gastgeberin bekam eine Schizokrise, an deren Ende sie mich mit Tränen in den Augen vor die Wahl stellte, ihre Wohnung sauberzumachen oder abzuhauen. Ich hatte keine Lust, mich mit ihr zu streiten, und außerdem hatte ich Schuldgefühle, weil ich ausgerechnet am zweihundertsten Jahrestag der amerikanischen Unabhängigkeit eine Schau in russischer Unkultur abgezogen hatte. Ja, das hatte ich getan, ich gebe es zu. Dessen bin ich schuldig zu sprechen, ich gestehe es, Euer Ehren, aber ich bin nichtsdestoweniger ein unglücklicher Mensch, ohne Frau und ein gemütliches Zuhause. Versetzen Sie sich doch mal in meine Lage!

Ich schrubbte ihren Fußboden, ich schob den Staubsauger durch ihren geräumigen Flur, den hellsten auf der ganzen Welt, durch das Schlafzimmer und durch die anderen Räume. Ich machte alles sauber und ruinierte dabei meine Gesundheit. Zum letztenmal in meinem Leben überwand ich mich zu solcher Dreckarbeit, und es war der schlimmste Katermorgen, den ich jemals hatte. Ohne jenen abscheulichen Wein, den ich während Rosannes endlosen Telefonaten hinunterkippte, hätte ich es nicht ertragen; ich wäre umgefallen. Als ich fertig war, wurde ich mir dankbar bewußt, daß es jenseits meiner eigenen Kräfte noch andere Energien geben müsse.

Ich verstand freilich nicht, weshalb sie die ganze Zeit, statt sich am Hausputz zu beteiligen, wenn sie nicht am Telefon hockte, mit irgendeinem Gegenstand in der Hand ziellos auf und ab lief. Warum mußte der arme, vom Alkohol total geschwächte Wohlfahrtsempfänger ihre Wohnung ganz allein putzen? Wir kannten uns doch kaum sechs Tage. Vielleicht fand sie, ich müsse mein Versagen in der Nacht mit noch härterer Arbeit büßen. Dabei hatte ich ihr nicht einmal gesagt, daß ich sie nicht liebe, ich hatte es nicht fertiggebracht, ihr das so direkt zu sagen.

Kurz darauf kamen Nachbarn, die zwei Stockwerke unter ihr wohnten, um sie zu besuchen; die Frau war irgendeine Mischung aus Jüdin und Hindu, ich kann es nicht genau sagen. »Auch sie leiden unter der russischen Krankheit, der Trunksucht«, flüsterte Rosanne mir zu. Wir setzten uns auf die Terrasse, und sie fragte die Besucher, ob sie Würstchen essen wollten. Erst nach einer Weile fragte sie mich, ob ich auch welche haben wolle. Ich sagte ja, gern. »Zwei oder drei?« fragte sie streng. Sie sagte nicht vier oder fünf. Ich hätte antworten können, steck sie dir unten rein, aber das Fleisch ist schwach, ich hatte Hunger, ich konnte mich nicht bezwingen und sagte: »Mindestens drei.«

»Wenn ihr wüßtet, was er alles ich sich hineinstopft«, jammerte Rosanne, als müsse sie mich seit Jahren durchfüttern. Fortan aß der stolze und empfindliche Editschka nichts mehr bei ihr. Ich behauptete einfach, keinen Hunger zu haben. Außerdem wäre ich von dem, was sie mir freiwillig gegeben hätte, ohnehin nie satt geworden. Daß ich drei Würstchen verlangt hatte, war ihr wie der Gipfel der Völlerei vorgekommen. Ich hörte also auf, bei ihr zu essen, und sie bot mir nie wieder etwas an.

Durch Rosanne lernte ich gewisse Eigenheiten der westlichen Frau kennen. Man kann nicht sagen, daß ich sie richtig studierte, doch am Anfang dachte ich, wenn ich Konzessionen machte, würde sie mir letzten Endes doch ein bißchen gefallen. Die Illusion dauerte jedoch nur sehr kurze Zeit. Sie war eben schizo, eine ausgesprochen praktisch denkende und anspruchsvolle »Schizo«.

Eines Abends las sie endlich mein Buch *Ich, der Nationalheld.* Das englische Manuskript enthielt nur Auszüge aus der russischen Version, und man konnte es schnell durchlesen. Sie hatte das Exemplar schon ein paar Tage im Haus und sich doch noch nicht die Zeit genommen, mein Werk zu lesen. Diese Unterlassung enthielt das ganze Geheimnis dieser Frau: Sie brauchte mich ebenso wie die anderen nur insofern, als ich ihr, Rosanne, zu irgendeinem Zweck von Nutzen war (saubermachen, Russisch üben, bumsen). Sie hatte mir, das heißt, meinem Buch, nicht einmal einen winzigen Teil ihrer Zeit opfern wollen, nicht dreißig oder vierzig Minuten. Ist es möglich, daß sie sich nicht dafür interessierte, was der Russe (oder der Japaner, der Chinese, der Hindu) schrieb, der sie gerade befriedigte?

Etwa zehn Tage nach dem 4. Juli, an dem ich sie zum erstenmal gebumst hatte, hörte ich fürs erste auf damit. Ich blieb neben ihr liegen, während sie einzuschlafen versuchte, nachdem sie ihre Pillen geschluckt hatte. Plötzlich mußte ich an einen Bekannten denken, der mir erzählt hatte, eine amerikanische Freundin habe ihn nach dem Beischlaf vor die Tür gesetzt, weil sie nicht mit einem anderen Menschen zusammen in einem Bett schlafen könne. Vögeln mache ihr Spaß, aber der Schlaf müsse ungestört sein.

Eingedenk dieser Geschichte (und aus Achtung vor der Freiheit des einzelnen – ich war ja nicht mehr in der UdSSR!) fragte ich Rosanne, ob sie lieber allein schlafen wolle. Wenn ja, würde ich trotz der vorgerückten Stunde in mein Hotel fahren. Ich hatte einen Hintergedanken dabei. Ich wollte morgens nicht mehr mit ihr zusammen aufstehen. Ich haßte es, um sechs Uhr aufzustehen, ich haßte ihre hysterische Morgenlaune.

Aber dieses eine Mal war sie der Situation gewachsen: Ja, sie sei es nicht gewohnt, mit jemandem im selben Bett die ganze Nacht zu verbringen, sie habe ihr Leben lang allein geschlafen, eben deshalb solle ich bleiben, es sei auch schon spät, ich würde endlos lange auf die U-Bahn warten müssen . . .

Ich hatte wirklich Mitleid mit Rosanne. Immer so allein gelebt zu haben, von einem Fickverhältnis zum nächsten, nie das Glück gekannt zu haben, mitten in der Nacht den Atem eines anderen Tieres an der Schulter zu spüren! Selbst als Helena und ich nicht mehr miteinander bumsten, kam es manchmal vor, daß sie mich im Schlaf umarmte, und ich, der ich wachlag, atmete die ganze Nacht möglichst lautlos und rührte mich nicht, weil ich fürchtete, sie würde dann ihre kleine Hand fortziehen. Tränen liefen mir über die Wangen. Arme *crazy* Rosanne. Ich verstand sie so gut, und ich blieb – aus Mitleid mit uns.

Ich hörte trotzdem auf, sie zu vögeln. Ich weiß nicht, wie sie meinen Entschluß aufnahm, jedenfalls rief sie mich weiterhin an und war wohl der Ansicht, ich sei nach wie vor ihr Freund. Außerdem ließ sie mich glauben, sie sei der einzige Mensch auf der Welt, der mich brauche, und dafür war ich ihr dankbar. Sie rief mich sogar mehrmals an, als es mir wirklich schlechtging, und nur eine Verrückte konnte mich da brauchen. Sie sagte mir übrigens zum Trost, sie sei selbst auch Paranoikerin. An die Wand ihres Arbeitszimmers hatte sie folgenden Satz von Bakunin geheftet: »Ich werde solange eine *unmögliche Person* bleiben, bis es keine *möglichen Personen* mehr gibt.«

Das verband uns nun wieder: Ich war – und bin – mindestens ebenso *unmöglich*. Schon in meiner Heimat, in dem Land, wo Bakunin das Licht der Welt erblickt hatte, war ich unmöglich, und hier ist meine Unmöglichkeit, mich in das System zu integrieren, noch offenkundiger geworden und hat noch bösartigere Formen angenommen.

Eines Tages erwartete Rosanne Gäste. Sie bat mich, ein bißchen später zu erscheinen und so zu tun, als käme ich zufällig vorbei. Als ich die Wohnung betrat, saßen sie alle auf der Terrasse. Jo, ihr neuer Liebhaber, war da, dann noch sein Freund, ein aufgeblasener Fotograf, dessen Frau und ein Deutscher, den Rosanne, die perfekt deutsch sprach, weil es die Sprache ihrer Kindheit war, auf der Straße kennengelernt hatte.

Jo war ein junger Mann, der nicht sehr intelligent aussah, mit einem roten Hemd. Er redete sehr schnell und merkwürdig abgehackt. Ich dachte, der hat bestimmt schon mal im Knast gesessen, ich sehe genau die Spuren, die das Gefängnis auf seinem Körper und in seiner Seele hinterlassen hat. Diese Spuren waren mir zum erstenmal in der Sowjetunion aufgefallen, an Daniel, ihr kennt ihn sicher vom Prozeß gegen Daniel und Sinjawski. Ich hatte Gelegenheit, Daniel zu beobachten, als er betrunken war. Er hatte fünf Jahre im Gefängnis gesessen, und beim Trinken begann er, einem betrunkenen Sträfling zu ähneln. Nicht, weil er sich schlecht benahm, nein, er beleidigte niemanden und trat keinem Menschen zu nahe, aber sein Gesicht, sein Auftreten, seine Gesten, alle Bewegungen seines Körpers waren eben die eines betrunkenen Häftlings. Auch Jo erinnerte mich an einen betrunkenen Häftling. Mein Eindruck erwies sich als richtig: Einige Tage darauf rief Rosanne mich an und sagte mir, Jo habe wegen Drogenhandels gesessen. Ich war sehr stolz auf meine Menschenkenntnis, obgleich sie nur darauf beruht, daß auf der ganzen Welt dieselben Gesetze herrschen. Weil ich bereits dreißig Jahre alt war, kannte ich diese Gesetze eben.

Ich hatte nichts dagegen, daß Rosanne mit Jo schlief, im Gegenteil. Es ist doch gut, daß einer sie vögelt, oder? Aber sie wollte nicht über das Wochenende mit ihm verreisen. »Da würde ich Angstzustände bekommen«, sagte sie. Sie fürchtete sich fortwährend vor Angstzuständen. Furcht vor der Angst – daher rührten alle ihre Probleme.

Ich versuchte durchaus nicht, mich in den Elfenbeinturm des Dichters zurückzuziehen, ich lauschte dem Gespräch sehr aufmerksam, aber ich langweilte mich, denn es war zu deutlich, daß sie jedes Reizthema mieden. Sie lachten ohne ersichtlichen Grund auf, erzählten sich Anekdoten und übten sich in Wortspielen. Ich könnte nicht mit Sicherheit sagen, ob es nur an den Amerikanern lag, ich meine, ob es die Amerikaner waren, die mich nicht interessierten, oder ob es schon die Menschen im allgemeinen waren; ich fürchte, es war die ganze Spezies Mensch, die Editschka nicht mehr interessierte. Sie hatte es geschafft, mich mit ihrem *small talk* zur Verzweiflung zu treiben.

Hätte ich noch die Gewißheit gehabt, daß Rosanne mich brauchte, daß ich sie retten, sie verwandeln könnte, wäre ich fernerhin für sie dagewesen. Schließlich ist es mir gleich, ob ich mich ihr oder irgendeinem anderen Menschen in die Arme werfe, wenn ich ihm dadurch nützlich sein kann, es muß nur total sein, rückhaltlos. Aber ich konnte nichts mehr für sie tun. Wir entfremdeten uns einander immer mehr, wie alle Individuen, die sich nur dann und wann zwischen zwei Laken begegnet sind. Ich nahm nicht viel von ihr mit: nur die leichte Brise des Hudson, die Lichter von New Jersey und das Stück von Debussy, das sie mir auf dem Flügel vorgespielt hatte.

Ich mache Money

Morgens wurde ich manchmal durch einen Anruf von einem gewissen John geweckt. »Komm sofort runter, Ed«, sagte er. »Es gibt Arbeit.« In zwei Minuten war ich zur Stelle.

Ich war durchaus nicht abgeneigt, Geld zu verdienen. Auf jeden Fall sagte ich nicht nein, wenn man mir Arbeit anbot. Es geschah aber nur selten, und es war immer derselbe, für den ich was tun sollte: John. Er war sozusagen mein Gelegenheitsarbeitgeber und, soweit ich weiß, der einzige Repräsentant der renommierten Firma *Beautiful Moving*.

In Wirklichkeit hieß John, übrigens so alt wie ich, Iwan. Als Seemann war er einst in japanischen Gewässern von einem sowjetischen Fischkutter gesprungen. Japanische Fischer retteten ihn bei heftigem Sturm mit einem Schlauchboot. Von Japan aus ging Iwan dann in die Vereinigten Staaten und wurde John.

Mit seiner leichten Stupsnase, ansonsten aber groß und gut gewachsen, kam er mir immer wie eine Figur aus einem Roman von Jack London vor. Er sprach nur englisch, wenn auch mit einem schrecklichen Akzent und jedes zweite Wort verstümmelnd, aber doch englisch. Ich kenne diesen Typ »Mann aus dem Volk«, der absolut kein Russe mehr sein will, der seine Heimat, seine Landsleute und seine Sprache verachtet. Mein Jugendfreund Pawel war bis auf einige individuelle Details vom gleichen Schlag, nur hatte er weniger Glück im Leben als John. Dafür, kann man sagen, war sein Los außergewöhnlicher.

Darf ich eben mal vom Thema »John« abschweifen und etwas von diesem Pawel erzählen? Ich denke, was ihm widerfuhr, ist symptomatisch.

Ich habe keine Ahnung, wo Pawel Schemetow, der Arbeitersohn aus einem Vorort von Charkow, seinen Frankreichfimmel her hatte. Wie er mir mal erzählte, hatte er in den vier Jahren, die er als Matrose in der sowjetischen Flotte diente, perfekt französisch gelernt. Als ich ihn kennenlernte, konnte er bereits ohne Mühe vom Marseiller Argot zum Pariser Jargon oder zum bretonischen Patois überwechseln. Die französischen Touristen, die manchmal auf der Reise in den Süden durch Charkow kamen und die wir auf Pawels Initiative anquatschten, um im Metropolitengarten mit ihnen Wodka zu trinken, hielten ihn für einen Repatriierten. (Falls ihr das nicht wißt: Es gab einmal viele Leute, die aus dem Exil freiwillig in die UdSSR zurückkehrten!)

Pawel war in Frankreich und alles Französische regelrecht vernarrt. Er kannte alle ihre Schlagersänger; seine Favoriten waren Charles Aznavour und Jacques Brel. Von Aznavour hatte Pawel ein riesiges Porträt gemalt, in teuren Ölfarben; es nahm fast eine ganze Wand ein. Ich weiß noch, daß er uns eines Tages in einem dunklen und schmutzigen Hauseingang der Sumskaja-Straße, der Hauptstraße von Charkow, das Lied *Amsterdam* vorsang. Er war stolz darauf, wie gut er Jacques Brel imitieren konnte. Zwar hatte er nicht so viel Talent und Technik wie Brel, aber bestimmt ebensoviel französisches Nationalbewußtsein.

Pawel wußte die Namen aller Pariser Straßen, Passagen und Sackgassen auswendig. Ich glaube, er hätte mit geschlossenen Augen in Paris spazierengehen können, ohne sich zu verlaufen. Namen wie »Place Pigalle«, »Café Blanche«, »Etoile«, »Montmartre« waren für ihn Sphärenklänge. Seine Frankomanie kam uns allen krankhaft vor. Stellt euch vor, er weigerte sich, mit seinen Bekannten russisch zu reden, und beteiligte sich im Bus und in der Straßenbahn an keiner Unterhaltung, die in seiner Muttersprache geführt wurde. *»Nje ponimaju«*, sagte er barsch. Mit einem Wort: Er verachtete uns wegen unserer Unkenntnis der französischen Sprache.

Er arbeitete damals ziemlich schwer in einer Gerberei und hielt es dort fast zwei Jahre lang aus. Warum? Weil er sich schöne

Sachen kaufen wollte, die er *haute couture* nannte. Irgendwo in den Gassen des jüdischen Viertels trieb er einen alten Schuhmacher auf, der den Mut hatte, hochhackige Stiefel für ihn zu machen, solche, wie die Beatles sie trugen. Ich vergaß zu sagen, daß Pawel auch die Beatles liebte. Mit Hilfe der Nichte meiner Frau Anna nähte ich ihm einen dreiteiligen Nadelstreifenanzug und mehrere Hosen, die sehr lang und weit sein mußten. Er fand es schick, daß sie ihm um die Beine schlotterten und auf den Boden stießen. Wir lachten darüber.

Pawel war so französisiert, daß sogar sein Aussehen, ich meine sein Gesicht, bald nichts Russisches mehr hatte, sondern irgendwie französisch wirkte. Man hätte meinen können, er stamme aus einer bretonischen Kleinstadt. In einem Geographiebuch sah ich Typen aus der Gegend, die meinem unglücklichen Freund verblüffend ähnelten, und mir schwante nichts Gutes.

Sein Schicksal war denn auch tragisch. Er war zu früh Westler geworden. Damals konnte man noch nicht aus der UdSSR ausreisen, die Juden durften noch nicht ins Land ihrer Väter heimkehren, und man schob die aufsässigen Elemente noch nicht über die Grenze ab. Es war zu früh, doch Pawel war schon reisefertig. Er wünschte sich sehnlichst, dieses Land, das er haßte, zu verlassen und in das Paradies seiner Träume, nach Frankreich, zu gehen. Ich weiß, daß er mindestens dreimal versuchte, die Sowjetunion zu verlassen.

Der erste Versuch wurde kaum bemerkt. Nachdem er in der Gerberei gekündigt hatte, trieb sich Pawel, der ein bißchen Geld auf die hohe Kante gelegt hatte, viel in der Stadt herum, hockte in den Cafés und den wenigen Luxusrestaurants von Charkow. In einem lernte er das »kleine Kaninchen« kennen, ein molliges, recht hübsches Mädchen, das in der ganzen Stadt als Prostituierte bekannt war; er heiratete sie und zog zu ihr. Ihre Mutter machte krumme Geschäfte, indem sie, die sowjetischen Gesetze umgehend und gewisse Polizisten schmierend, Überschußwaren in einer Stadt aufkaufte und in einer anderen wieder verkaufte. Sie beteiligte ihren Schwiegersohn an ihrem Unternehmen als Einkäufer. Einmal schickte sie ihn nach Armenien. Dort erfuhr er, ein hoher Funktionär lasse Defätisten und Dissidenten gegen astronomische Summen über die türkische Grenze entwischen. Zu diesem Zweck stellte der Mann die Leute pro forma für den Bau einer Straße ein, die ein Stück über türkisches Staatsgebiet führte. Pawel hatte kein Glück. Unmittelbar nachdem er das Schmiergeld gezahlt hatte, wurde der Funktionär verhaftet.

Der zweite Versuch war vielleicht der aussichtsreichste. Pawel hielt wie besessen nach einem Loch im Eisernen Vorhang Ausschau. Er besuchte mich in Moskau, sagte tagelang kein Wort und starrte nur abwesend vor sich hin. Abends traf er sich mit Gestalten, von denen eine zweifelhafter war als die andere. Dann reiste er wieder ab.

Ich hörte später, er sei nach Noworossijsk gefahren und habe dort die Matrosen eines französischen Schiffes überreden können, ihn an Bord zu verstecken und aus der UdSSR zu schmuggeln. Aber auch diese Unternehmung stand unter keinem guten Stern. In der Mannschaft war jemand, der, um sich etwas nebenbeizuverdienen, für den sowjetischen Zoll arbeitete. Auf seine Meldung hin wurde das Schiff in Batumi, dem letzten sowjetischen Schwarzmeerhafen vor der Türkei, zurückgehalten und durchsucht. Als man Pawel aus seinem Versteck zerrte, war er gerade dabei, Karikaturen von hohen sowjetischen Machthabern zu zeichnen. Es gab einen Prozeß, bei dem er zum Glück – wenn man so sagen kann – für geisteskrank erklärt wurde.

Möglicherweise war er es tatsächlich. Ich bezweifle jedoch, daß er es von Geburt an war. Ein Jahr lang wurde er in einer psychiatrischen Klinik behandelt, dann kehrte er nach Charkow zurück. Man konnte ihn täglich auf einer Bank beim Schewtschenko-Denkmal sehen, wo er auf seine Tochter Fabienne aufpaßte, die dort spielte. Er sprach mit keinem Menschen mehr, weder französisch noch russisch. Dann verschwand er plötzlich von der Bildfläche. Niemand wußte, wo er war und was er trieb, bis zu dem Tag, an dem die Nervenheilanstalt von Charkow einen Brief von einer psychiatrischen Klinik in den Karpaten bekam, in dem um Pawel Schemetows Akte gebeten wurde. Der arme Teufel war festgenommen worden, als er die Grenze zwischen der Sowjetunion und Polen überschreiten wollte.

Ich habe nie wieder von ihm gehört, aber eines dämmert mir jetzt: Wißt ihr, was seinen Wahn ausgelöst hat und worin sein

Irrtum bestand? Kurz bevor er sich zur Marine meldete, war Pawel schon einmal verheiratet gewesen. Bei der Hochzeit wurde, wie üblich, so lange getrunken, bis nichts Trinkbares mehr da war. Da schickte ihn die ihm Angetraute Bier holen. Als Pawel zurückkam – offenbar eher, als man vermutet hatte –, fand er seine Frau beim Bumsen mit seinem besten Freund . . . Kann es was Schlimmeres geben? Ich denke mir, daß er in jenem Augenblick begann, die Gemeinheit der Menschen als ein russisches Symptom zu betrachten. Er konnte oder wollte sich nicht vorstellen, daß Gemeinheit überall existiert. Wie hätte er auch wissen sollen, daß es weder an den Russen noch am kommunistischen Regime lag? Er hatte es doch nie von außen gesehen. Er kannte ja das wahre Frankreich gar nicht. Er verfiel dem Wahn, im Westen sei alles anders, alles besser als bei uns . . .

Nun aber zurück zu John. John war längst nicht so kultiviert wie Pawel. Pawel war ein halber Intellektueller gewesen. Er hatte Frankreich als die Heimat der Kunst, als eine Art Garten Eden betrachtet. Johns Motive waren sachlicher: Er war nach Amerika gegangen, um Money zu machen, Millionär zu werden. Und ich bin überzeugt, daß er es schaffen wird. Ich weiß nicht, wem die Firma *Beautiful Moving* wirklich gehörte. Jedenfalls kümmerte John sich allein um alles. Er war Fahrer, Möbelträger und Geschäftsführer in einer Person. Manchmal stellte er seine arbeitslosen Landsleute als Packer an.

Wir machten Umzüge. Es kam vor, daß Leute nur von einem Stadtteil ins andere zogen, das war langweilig für uns. Doch manchmal zogen sie in einen anderen Bundesstaat, nach Pennsylvania zum Beispiel oder nach Massachusetts. Die langen Fahrten waren am interessantesten. So lernte ich eine Reihe kleiner Städte in fünf oder sechs Staaten an der Ostküste, hauptsächlich in Neuengland kennen. Meistens schwiegen wir unterwegs und betrachteten nur die Landschaft. Gelegentlich aber fing der maulfaule John unvermittelt an, mir etwas über sein Leben auf dem Fischkutter zu erzählen.

Morgens war er immer stumm wie ein Karpfen. Wenn ich in das Fahrerhaus kletterte und neben ihm Platz nahm, gönnte er mir nur ein kurzes *Hi!* und redete danach stundenlang kein Wort mehr. Ich gewöhnte mich daran und sagte ebenfalls keinen Ton. Im Grunde mochte ich ihn. Inmitten all dieser ständig greinenden, rückgratlosen Intellektuellen stellte dieser einfache, fleißige Mann eine angenehme Ausnahme dar – und blieb ein echter Russe, obgleich er so tat, als wolle er nichts mehr von seinem Vaterland wissen. Für mich war er ein typischer Iwan, genau wie ich, und er war es gerade deswegen, weil er es nicht sein wollte.

Wie ich eben sagte, war er ein solider Bursche. Er trank nicht, er rauchte nicht, er war sparsam, wohnte in einem miesen Viertel und teilte seine Wohnung mit jemandem. Er fuhr seinen Lkw gut, verstand was von Motoren, und ich beneidete ihn ein bißchen – obgleich ich dazu eigentlich keinen Anlaß hatte, weil ich alles in allem ebenfalls ein solider Bursche bin. Ich weiß nicht, ob John Beziehungen zu Frauen hatte. Man erzählte, daß er mit der Frau schliefe, die ihm die Möbeltransporter vermietete. Vielleicht waren der sich nie zeigende Speditionsinhaber und diese Frau sogar eine Person. Ich hätte mich bei John erkundigen können, aber ich wollte nicht neugierig erscheinen. Vielleicht hätte er mich nicht mehr mitgenommen, und ich brauchte die vier Dollar pro Stunde, die ich dafür bekam, daß ich tonnenschwere Möbel -zig Treppen raufschleppte. Ich fand es ganz lehrreich, in verschiedene Wohnungen zu kommen und die Gegenstände dort zu betrachten. Sie verrieten einem eine Menge über ihre Besitzer.

Bestimmt war ich Johns bester Möbelpacker. Ich kann das beurteilen, denn ich kannte die anderen: zum Beispiel den Dissidenten Juri Fein, einen Mann von fünfundvierzig Jahren, der sich für berühmt hielt, weil er die Schwester der ersten Frau unseres Alexander Solschenizyn geheiratet hatte, aber es nutzte ihm nicht viel, auch er mußte Möbel tragen; dann war da noch Shneiderson, der in Häftlingskleidung nach Israel geflogen worden war und jetzt von *welfare* lebte. Ich sagte anfangs, daß er es war, der mich eines Morgens, als ich schon halb tot war und nicht mehr verstand, um was es ging, zum Welfare Center zerrte. Er sorgte dafür, daß sie mir wegen meiner *emergency situation* noch am selben Tag einen Scheck gaben.

Ich weiß noch, wie die Beamten die Augen aufrissen, als der

dicke, sabbernde, zerlumpte Shneiderson auf mich zeigte, der ich bleich und mit zerzausten Haaren – ich sah wirklich aus wie ein Dorftrottel – neben ihm stand, und wie er ihnen erklärte, ich sei in einer *emergency situation*, in einem furchtbaren Zustand, weil mich meine Frau verlassen habe. Für sie war es zweifellos eine komische Vorstellung, daß jemand nicht mehr fähig war zu arbeiten, zu essen, für sich selbst zu sorgen, nur weil seine Frau ihm davongelaufen war. Das begriffen diese Bürohengste einfach nicht. Glücklicherweise sahen sie immerhin ein, daß leidenschaftliche Liebe bei Russen vorkommen könne und man ihnen dann, wenn sie vor Liebeskummer nicht mehr imstande seien, sich ihren Lebensunterhalt zu verdienen, *welfare* bewilligen müsse.

Vielleicht argumentierten sie so. Vielleicht lag im Welfare Center, wie viele Russen behaupten, aber auch eine geheime Anweisung der US-Regierung vor, alle Dissidenten zu unterstützen, um das amerikanische System, das allen Bürgern Glück und Zufriedenheit verspricht, nicht vor der übrigen Welt zu diskreditieren. Ich finde, man sollte die Emigranten gleich nach der Landung auf dem Flughafen zum Welfare Center bringen. Sie glauben, sie seien aus dem Arbeiterparadies in das Nichtstuerparadies entkommen, und sehen nicht ein, warum sie hier arbeiten sollen. Das muß man doch verstehen.

Ja, aber nun wieder zu John. Das Lustige war, daß wir alle, möbeltragende Intellektuelle, Dichter und Dissidenten, unter der Fuchtel eines einfachen Fischers standen. Es stellte sich heraus, daß er mit dem Leben in der Neuen Welt viel leichter zurechtkam als wir. Er hatte nicht nur einen Job, er widmete sich mit viel Hingabe seinem *business*. Es lohnte sich zuzusehen, wie er die Wohnungen betrat, seine Inventarlisten ausfüllte und sie den Kunden zum Unterschreiben reichte. Er erledigte all das mit wichtiger Miene, die Klammern seiner Schreibunterlage wirkten wie blankgeputzt, und die Aktenmappe, in der er seine Papiere verstaute, glich der eines Generaldirektors. Wir hielten uns mit unseren Karren für schwere Möbelstücke, unseren Gurten und Decken immer ein paar Schritte hinter John und warteten, daß er uns ein Zeichen gab, mit dem Einpacken anzufangen.

War das nicht unfaßbar idiotisch: meine Beteiligung an diesen Transporten von Klamotten anderer Leute, mit diesem Juri Fein an meiner Seite, der vor Staunen über die Amerikaner und ihr Organisationstalent den Mund nicht mehr zubekam? Er sah sogar in der elenden Bowery und ihren heruntergekommenen Bewohnern das Resultat eines genialen Einfalls, den man in Washington hatte, um alle Armen, alle Alkoholiker, alle Junkies an einem Ort zu konzentrieren, damit sie niemand stört und man ihnen leichter helfen könne. Mit solchen Leuten zusammenzuarbeiten war wirklich eine Zumutung, aber die zweihundertachtundsiebzig Dollar Wohlfahrt genügten mir nun einmal nicht.

Zugegeben, ich brauchte dieses Geld nur für schicke Kleidung, das ist mein einziger schwacher Punkt. Der Erwerb aller anderen Dinge hat mich schon immer angewidert, und diese Umzüge, der Anblick eines mörderisch schweren Sofas, von Schränken und Tausenden von blödsinnigen Nippes entfernte mich noch weiter von der Welt der Dinge. Nach dem Tod des Besitzers bleibt dieses ganze Gerümpel doch zurück, sagte ich mir, während ich den Schrank von irgendeinem Johnson in die vierte Etage eines Hauses ohne Fahrstuhl wuchtete. Zum Teufel mit diesem alten Scheißkram. So was schaff ich mir nie an! schwor ich. Leider konnte ich jedoch nicht dem Verlangen widerstehen, flotte Sachen zu besitzen. War der Preis ausgehandelt, hatte die Lady unterschrieben, dann registrierte vom nächsten Augenblick an ein unsichtbarer Zähler in meinem Gehirn die Cents, die ich verdiente. Wie ein Automat setzte ich mich in Bewegung.

Unsere Firma berechnete sehr moderate Preise, und ein großer Teil der Kundschaft bestand aus Emigranten, denn wir warben nicht nur in amerikanischen Zeitungen, sondern auch in *The Russian Cause*. Die Emigranten wohnten meist in ärmlichen Vierteln und besaßen nicht viel. Oft verfrachteten wir vor Einsamkeit durchgedrehte Witwen mit ihrem erbärmlichen bißchen Hausrat nur bis ins nächste Altersheim.

Vor allem beim Ein- und Auspacken einer Bibliothek russischer Bücher hatte ich immer ein merkwürdiges Gefühl. Hier in Amerika rechnet man einfach nicht damit, viele russische Bücher auf einem Haufen zu sehen. Wenn ich die dunkelgrün gebundenen gesammelten Werke von Tschechow, Leskow und anderen Schriftstellern trug, die den verschlafenen russischen Tag feierten, dachte ich voller Zorn an gewisse russische Literaturproduzenten, die weitgehend für meine Entwicklung verantwortlich sind: zum Beispiel an den todlangweiligen Tschechow und seine ewigen Studenten und Dämchen, die nicht wissen, was sie mit sich anfangen sollen und seitenlang wie Schneeflocken dahinschmelzen. Und die viel zu zahlreichen, zu kleinen kyrillischen Buchstaben widerten mich an. Viel lieber transportierte ich amerikanische Bücher mit hellen Einbänden, die ich außerdem Gott sei Dank nicht lesen konnte.

Vor einiger Zeit machten wir einen Umzug in einem Haus in Queens, bei einem amerikanischen Ehepaar. Die beiden hatten beschlossen, sich zu trennen, jeder zog in seine eigene Wohnung.

»Warum trennen die sich?« fragte ich John naiv.

»Was weiß ich«, antwortete er. »Ich verdiene mein Geld. Alles andere interessiert mich nicht.«

John interessierte es nicht, aber Editschka. Unsere beiden Klienten waren ziemlich klein und sahen aus wie jemand von nebenan, typisch durchschnittlich amerikanisch. Beide hatten ein T-Shirt an, er trug abgeschnittene Jeans und hatte behaarte, etwas krumme Beine, sie trug lange Jeans und hatte einen leicht wabbeligen Hintern. Er hatte selbstverständlich einen Schnurrbart, und sie steckte sich eine Zigarette nach der anderen an. Sie hießen Susy und Peter. Auf einem Karton stand *kitchen Peter* und auf einem anderen *kitchen Susy*: daneben *shoes Peter* und *shoes Susy*. Alles teilten sie miteinander – um sich zu trennen. Sie hatten ihre Sachen nicht eingepackt, sondern einfach in Kartons geworfen, und als wir sie die Treppe hinunterbrachten, wäre beinahe alles herausgefallen. Und wenn schon! Es wäre nichts Wertvolles in die Brüche gegangen. Abgesehen von einem alten Lehnstuhl, einer Kommode und zwei kleinen Schränken besaßen sie nichts von Belang.

Susys Sachen brachten wir in eine Wohnung in der 86. Straße, wo es einen Fahrstuhl gab. Sie bekam beide Fahrräder und einige von den Kartons, aus denen Flaschenhälse herausschauten. Peter hatte sich den Fernseher, den alten Lehnstuhl und Backsteine genommen, die sicherlich als Stützen für Bücherbretter dienen sollten. Ich beobachtete den Mann wie ein strenger Richter und versuchte, ein paar untypische Merkmale an ihm zu entdecken, fand jedoch keine.

Wir machten seinen Umzug, als es fast schon dunkel war. Er kündigte an, daß er uns nur für sechs Arbeitsstunden bezahlen könne, da er völlig pleite sei, und wir verlangsamten unser Tempo immer mehr. Aber nicht nur deswegen. Wir waren ziemlich erschöpft, denn wir hatten all diese kleinen Kartons und die Scheißmöbel durch vier Stockwerke getragen. Zu allem Unglück hatte ich den Boden eines Schrankes bei einer ungeschickten Bewegung eingedrückt; aber Peter schien es noch nicht bemerkt zu haben.

Seine neue Wohnung lag in der 106. Straße West, in einer miesen Gegend also. Ich hatte an jenem Tag vierzehn Stunden geschuftet, morgens schon den Umzug eines Griechen mitgemacht; meine Beine gaben unter mir nach, und als wir, John und ich, den letzten Gegenstand, einen *air conditioner*, hinaufbrachten, verließen mich meine Kräfte, und das Gerät, das ich hochstemmen wollte, fiel mir auf den Kopf.

»Verdammt, was ist mir dir los?« fragte John.

»Ich muß ein bißchen ausruhen«, antwortete ich. »Nicht, daß es mir zuviel wird. Ich hab nur gestern eine Menge getrunken«, fügte ich hinzu. Aufgeschreckt durch den Krach, den wir machten, trat eine Mieterin aus dem dritten Stock ins Treppenhaus.

»*What has happened?*« fragte sie neugierig.

»Nichts«, erwiderte John gleichgültig, »dieser Junge arbeitet nun schon vierzehn Stunden, er ist fix und fertig.«

Ich schämte mich, daß ich wie ein Schwächling zusammengesackt war. »Das macht nichts, du bist noch nicht daran gewöhnt. Deine Muskeln sind noch zu schwach. In einem Jahr macht es dir nichts mehr aus«, prophezeite John.

Ich schämte mich trotzdem vor dem Fischer. Zum erstenmal ließ Gott mich die Grenzen meiner Kräfte spüren. Übrigens gelang ihm das später nicht mehr, ich wurde stark wie ein Ochse.

John gefiel mir. Das Blöde an ihm war, daß er etwas gegen Neger hatte. »Schwarze Rasse«, sagte er immer, wenn er von ihnen sprach. Wenn wir über Land fuhren, versuchte er als erstes herauszufinden, ob es da draußen viele »von der schwarzen Rasse« gab. Das größte Kompliment, das John einem Ort machen konnte, lautete: »Hier ist die schwarze Rasse nicht vertreten.«

John liebte den Bundesstaat Maine, »weil dort keine Neger sind und auch Luft und Wasser nicht so verschmutzt«. John setzte also die Neger mit Schmutz gleich. Was soll man dazu sagen, daß gerade die Arbeiter sich so gern als Rassisten aufspielen? Mit den Rassenkrawallen von Boston hatten die Kapitalisten nichts zu schaffen. Es waren die Herren Arbeiter, die nicht wollten, daß ihre Kinder zusammen mit schwarzen Kindern zur Schule gingen!

»Eines Tages fuhr ich den New Jersey Turnpike entlang«, erzählte John, »und sah plötzlich vor mir einen Wagen, der auf dem Kopf stand, mit Negern darin. Sie stöhnten und schrien, aber ich fuhr weiter. Im Rückspiegel sah ich dann, daß Amerikaner angelaufen kamen und die schwarze Rasse aus dem Wagen zogen.«

»Was für ein ekelhafter Rassist du bist!« sagte ich empört.

Er wurde nicht wütend, im Gegenteil, er lachte. Das Wort »Rassist« mag eine Beleidigung für liberale amerikanische Professoren sein, nicht aber für einen Fischer aus den Ebenen Weißrußlands.

Auf dem Rückweg nahmen wir oft die Lenox Avenue durch Harlem. John fuhr sehr langsam, um die vielen Menschen mustern zu können, und sagte immer wieder: »*Monkeys, monkeys*«, vor sich hin, »alles Affen«. Er zeigte schadenfroh mit dem Finger auf einen Kerl, der betrunken war oder zuviel gehascht hatte und, die Arme schwenkend, den Gehsteig entlangtorkelte. Es wäre vergebliche Mühe gewesen, ihn von seiner Meinung abzubringen. Er hatte nun mal eine Schwäche für solide Wohlanständigkeit. Wir fuhren im selben Lastwagen, ich war ihm sympathisch, ich mochte seine Kraft, seine Einfachheit und Verschmitztheit, aber es war nicht ausgeschlossen, daß schwierige Zeiten uns eines Tages in verschiedene Lager treiben und wir gegeneinander kämpfen würden. Verzeih mir schon im voraus für den Fall, daß ich dir eines Tages . . ., dachte ich.

In der Nähe vom Winslow gab er mir meinen Tageslohn, und

nach einem leichten Nicken seines Kopfes mit dem amerikanisch kurzen Bürstenschnitt stemmte er seinen hanfbesohlten Südstaatenschuh aufs Gaspedal und verschwand.

Trotz unserer unterschiedlichen Meinung von der »schwarzen Rasse« hatte John viel für mich übrig, merkwürdig viel. Oft lud er mich ein, ihn nach Feierabend zu besuchen, »um zu relaxen«, und wenn er mich anrief, sprach er zuerst zwar englisch, wechselte dann aber »weil du es bist«, gnädig zum Russischen über. Eines Tages kam er mit Lionja, dem ehemaligen Gulag-Insassen, in dessen Wagen bei mir vorgefahren. Es war schon Nachmittag, aber sie wollten unbedingt noch an den Strand. Lionja fuhr miserabel, aber schließlich erreichten wir doch den menschenleeren Strand von Coney Island. Ich hatte wie schon in meiner Kindheit, meiner Herumtreibermentalität entsprechend, nichts zum Baden mitgenommen, John dagegen war mit allem ausgerüstet. Er hatte ein Badelaken mitgebracht, das er sorgfältig auf dem Sand ausbreitete, ein Transistorradio, das er sofort einschaltete, einen wunderschönen Volleyball, der ihn, wie er sagte, »fünfundzwanzig *bucks*« gekostet hatte, und ein Lehrbuch der englischen Sprache für Fortgeschrittene. Nach dem Baden streckte er sich genüßlich auf dem Badetuch aus, nahm einen Bleistift und fing an, englische Übungen zu machen.

Auch der magere, gebeugt gehende Lionja Kossogor hatte nichts mitgenommen. Für ihn galt noch immer die Gulag-Devise: Es ist sinnlos, sich mit Dingen zu belasten, die einem doch abgenommen werden. Lionja und ich legten uns in den Sand. Zuerst benutzte ich den Volleyball als Kopfkissen, aber da ich fürchtete, John würde mir vorwerfen, ich mache das Leder mit meinen nassen Haaren fleckig, ersetzte ich den Ball durch meine Sandalen. Wir blieben recht lange so liegen, die Sonne glänzte, der Abend brach an, und es wurde kühler; ich hatte mir neuerdings angewöhnt zu schweigen; lange Gespräche irritierten mich. John war in dieser Hinsicht der ideale Partner.

»*Come on, Ed*!« sagte John plötzlich und klappte sein Buch zu. Er nahm den Ball und entfernte sich ein wenig von der Stelle, wo wir lagen. Volleyballspielen macht Spaß, dachte ich, aber eine meiner verflixten Kontaktlinsen könnte herausfallen, wenn ich zu abrupte Bewegungen mache. Ich wollte jedoch nicht vor meinem Chef kneifen. Ich sagte ihm nur, es sei mindestens zwei Jahre her, seit ich das letztemal Volleyball gespielt hatte. John spielte auch nicht gerade meisterhaft. Lionja schaute uns versonnen zu und fing an, russische Lieder zu singen.

Sooft ich hinter dem Ball her rennen mußte, kam es mir vor, als liefe ich meiner Kindheit nach, und wenn ich den Ball erreicht hatte, glaubte ich, auch meine Kindheit wiedergefunden zu haben: den Strand von Charkow, meine nichtsnutzigen dunkelbraun gebrannten Freunde, die sehr sportlich taten, und magere kleine Mädchen, die im allgemeinen sehr schlecht spielten, deren Anwesenheit jedoch die Knaben dazu animierte, beim Werfen Pirouetten zu drehen und akrobatische Kunststücke zu machen. Gewiß, die Akteure jener russischen Szene waren viel jünger gewesen, und die Hintergrundkulissen ganz anders, aber der Hauptunterschied lag darin, daß die Stimmung damals nicht so melancholisch war. Ja, uns hüllte, am Strand von Coney Island, Melancholie ein, Lionja und mich sowieso, doch auch John, obgleich er vor Leben strotzte. Heimweh ist es wohl nicht – oder warum eigentlich nicht? fragte ich mich. Könnt ihr das verstehen, Sportsfreunde, daß man beim Ballspielen melancholisch wird? Kennt ihr diese Melancholie, die einen dazu bringt, eine Maschinenpistole zu nehmen und einfach in die Menge zu ballern? Ich hätte es nicht getan, aber ich weiß, daß es solche trüben Stimmungen schnell vertreibt.

Ich spürte so deutlich wie nie zuvor, daß mir ein Ziel fehlte, das ich energisch verfolgen und auch erreichen konnte. Alles, was dieses Land mir anzubieten hatte, paßte mir nicht. Warum denn nicht, verdammt noch mal? Es paßte doch John, der genug Geld verdiente, und es genügte Lionja, der, dem Gulag entronnen, nur noch Wünsche hatte, die leicht zu befriedigen waren. Warum nicht mir? Nun, ihr kennt mich ja. Mit meinem extremen Bedürfnis nach Liebe ging es mir eben schlechter als den anderen. Nur eine große Idee hätte meinem Leben wieder einen Sinn geben können. Nur mit so einer Idee im Kopf hätte es mir Freude gemacht, in einem schönen Wagen zu fahren, einen Freund an mich zu drücken, durchs Gras zu gehen, mich auf die Stufen einer Kirche zu setzen – nur wenn ich jede einzelne Stunde meines Lebens einer großen Idee, einer großen Tat hätte weihen können. Alles andere mußte unweigerlich auf Melancholie und Resignation hinauslaufen.

Ich schmiß den Volleyball hin und ging ins Wasser; ich teilte die Wogen des Atlantiks und überlegte dabei, ob es nicht vielleicht meine Berufung sein könnte, der Welt die Liebe wiederzugeben. Während die letzten Strahlen der untergehenden Sonne über mir glänzten, machte ich Pläne zur Wiederherstellung der guten alten Zeit meiner Jugend. Gedankenvoll verließ ich das Wasser und ging den Strand entlang. Meine sympathischen, so wunderbar unbedarften Freunde lagen im Sand, aber ich hatte keine Lust, zu ihnen zu gehen, und lenkte meine Schritte in die entgegengesetzte Richtung, wo ich andere Körper und andere Gesichter sah. Ein alter Mann erwies dem roten Sonnenball gymnastische Reverenzen. Er wußte ganz offensichtlich, wohin er seine Gebete zu richten hatte.

Ich sah auf das Meer hinaus und hoffte auf ein Zeichen, das nur mir gelten konnte, doch es zeigte sich nichts.

Dabei fällt mir ein, daß mich John ein anderes Mal, weiß Gott, warum, zur Besichtigung eines amerikanischen U-Bootes mitgenommen hatte. Das Ungetüm lag in einer Art Bassin und sah noch ziemlich einsatzfähig aus, bis auf zwei große Löcher im Rumpf und die Treppen für Besucher. Wir besichtigten das Unterseeboot eine gute Stunde lang und hörten uns die Erläuterungen eines alten, humorvollen Seebären an, der alle kleinen Mädchen *Missy* nannte und fortwährend behauptete, daß die Luft in diesem schwimmenden Sarg ausgesprochen gut sei. In Wirklichkeit war sie so schlecht, daß man sie am besten gar nicht einatmete.

John nervte mich damit, daß er sich für alles interessierte. Er kroch halb in die Maschinen hinein, er faßte alles an, was ölverschmiert aussah, und er machte hinter unserer Gruppe die Luken zu, damit wir nicht von der nächsten Gruppe gestört wurden. Ich konnte diesem Unterseeboot nichts abgewinnen und hätte lieber die Anatomie besichtigt, um mir anzusehen, wie Leichen aufgeschnitten werden.

Nach der Besichtigung des U-Bootes fuhr John woanders mit mir hin, ohne das Ziel zu nennen. Da ihm solche Überraschungen Spaß machten, fragte ich nicht weiter, sondern begnügte mich damit, auf den Weg zu achten, um das Ziel zu erraten. Da, ich hatte es! Es war der Bauernhof von den Tolstois. Er fuhr aber rechts am Hof vorbei, lavierte zwischen schrottreifen Wagen hindurch, und wir erreichten eine unansehnliche Baracke, in die wir hineingingen.

»Das ist Ed«, stellte John mich einem Mann mit grauen Schläfen vor. »Und das hier ist John. Er nennt sich genau wie ich.«

»Manche Leute nennen mich John«, korrigierte ihn der Mann, »andere sagen noch immer Wanjetschka zu mir.«

Dieser Mann, ein Bulgare, der in einer Kunststoffabrik arbeitete, gefiel mir nicht nur wegen dieser Worte, sondern wegen seiner ganzen Haltung. Ich beschloß, ihn Wanjetschka zu nennen wegen der sanften Güte, die er ausstrahlte. Seine Wohnung war winzig; im Schlafzimmer schlief die kleine Tochter. Ich fühlte plötzlich, wie sich Angst in mir regte, und ihr werdet gleich verstehen, warum.

John hatte ein uraltes Tonbandgerät mitgebracht, das zuerst einen schnarrenden Ton von sich gab. Nachdem er es richtig eingestellt hatte, fing eine Amerikanerin an zu singen. Wanjetschka machte sich über das Tonbandgerät lustig. John rechtfertigte sich damit, daß er es gekauft habe, um englisch zu lernen, und fügte hinzu: »Wartet nur ab, gleich geht's los.« Was soll ich euch sagen: Nach diesem Showgirl hatte John einen alten Russen aufgenommen, einen gewissen Kusmitsch. »Sing, was du willst, Kusmitsch«, sagte Johns Stimme. John hatte in einem Sessel Platz genommen und weinte fast vor Rührung und Vorfreude. Als Kusmitsch prompt *Einst war ich ein Kutscher* anstimmte, stand ich auf und ging leise hinaus.

Ich konnte diese russischen Lieder nicht mehr ertragen, in denen von Geliebten die Rede ist, die tot im Schnee gefunden werden. Damals genügte schon der Blick in das englisch-russische Wörterbuch, um mich in einen panikartigen Zustand zu versetzen. Worte wie »Geliebte«, »leidenschaftlich«, »koitieren« zu lesen, war für mich eine wahre Qual. Ich bekam Zuckungen, wenn ich sie las. Und bei russischen Liedern erst recht.

Draußen rauschten die Wipfel, die Dämmerung senkte sich über Klein-Rußland. Ich ging zu unserem Kombi, drückte die Stirn an die gelbe Karosserie und versuchte, mich zu beruhigen. Der klagende Gesang des alten Kusmitsch war noch immer zu hören. Warum mußte es so kommen? dachte ich. Welche Macht hat Helena eigentlich dazu getrieben, so gefühllos zu handeln? Wir hätten weiterhin gemeinsam durchs Leben gehen können, ein Abenteurer und eine Dirne, aber gemeinsam. Schlaf, mit wem du willst, wenn du nur meine Seele nicht betrügst. Das wäre doch eine gute Lösung gewesen.

Ich beruhigte mich ziemlich schnell. Es war ja bereits Ende des Sommers, nicht mehr Mai. Als ich ins Haus zurückging, hörte der Alte gerade auf zu singen, und ein kleines Mädchen, das eben aufgewacht war, kam aus dem Nebenraum. Es war Wanjetschkas Tochter Katinka, noch nicht mal zwei Jahre alt. Sie begann, zwischen uns hin und her zu wuseln, meine Beine zu tätscheln, und sie lächelte mich dabei strahlend an. Ich merkte, daß ich nur noch auf Katinka achtgab und mich das Gespräch von John und Wanjetschka nicht mehr interessierte. Sie redeten von den Gebrauchtwagen, mit denen der Bulgare handelte. Aufgrund ihres Zustands waren sie ziemlich billig. John schien auf einen noch ganz passablen Luxusschlitten scharf zu sein. Er sollte nur zweihundertsechzig Dollar kosten. Ich weiß nicht mehr, warum er die Kiste dann doch nicht kaufte, denn ich beschloß, Katinka auf den Schoß zu nehmen.

Ich verstand nichts von Kindern, spürte nur, daß dieser kleine Wurm beschäftigt werden wollte. Ich hatte einen alten Strohhut auf, der John gehörte. Ich nahm ihn ab und setzte ihn wieder auf, um ein Lächeln auf das Gesicht des Püppchens zu zaubern. Das kleine Mädchen, das der Natur, den Blättern und dem Gras aufgrund seines Alters noch näher war als den Menschen, begriff sofort. Es legte seine winzige Hand auf meine Brust und fing an, mich zu streicheln. Seine kleine Pfote war ganz warm, und ich spürte, wie mein Körper von einem animalischen Behagen durchrieselt wurde, das ich nicht mehr gefühlt hatte, seitdem ich das letztemal mit Helena in den Armen eingeschlafen war.

Plötzlich verstand ich nicht mehr, warum ich Kinder nie sehr gemocht hatte. Jetzt war ich froh, ein Kind auf den Knien zu haben. Natürlich wußte ich Idiot nicht, was ich tun sollte, außer die Kleine vorsichtig am Rücken festzuhalten und Grimassen zu schneiden, die drollig sein sollten. Ich hatte keine Begabung dafür. Ich habe nie ein Kind gehabt. Wenn ich jetzt eine Katinka hätte, wie stark würde ich mich fühlen, was für ein Lebenselixier wäre sie für mich! dachte ich. Ich würde sie nicht auf die Schule schicken, ich halte nichts von euren Schulen. Ich würde sie anziehen wie eine Königin, nur die teuersten Sachen, ich würde ihr einen Hund kaufen . . .

Ich hätte das Kind nicht so lange auf meinen Knien behalten sollen. Es fiel ihnen allmählich auf, und das paßte mir nicht. Für John war ich ein Mensch ohne Grundsätze und Hoffnung, bestenfalls ein brauchbarer Möbelpacker, den er zu seinem Chefpacker zu machen gedachte, um selbst mehr Zeit für seine geschäftlichen Obliegenheiten zu haben. Nicht umsonst führte er ein so spartanisches Leben, ohne Zigaretten, ohne Alkohol, ohne Frauen; er fand, es bringe mehr, sich nur um seine Arbeit zu kümmern. So war er, mein Gönner John, und er würde tatsächlich einmal alles besitzen, was er sich wünschte – wenn auch nicht für lange, denn unsere Epoche steht, wie ihr wißt, kurz vor ihrem Ende.

Ich setzte Katinka vorsichtig auf den Fußboden und ging mit mir ins Gericht. John hatte recht. Man muß vernünftig denken, sonst verkommt man. Bei Rosanne hörte ich Leute über das Buch *Vom Leben nach dem Tode* sprechen: Selbstmord sei keine Lösung, sagten sie, man leidet danach genauso wie vorher; die Toten haben im Jenseits die gleichen Empfindungen wie die Lebenden. Mit dem, was ich momentan empfinde, möchte ich aber auf keinen Fall in die Ewigkeit gehen. Deshalb muß ich überleben.

Ich verabschiedete mich höflich vom Hausherrn und sagte zu Katinka: »*Good bye, baby*!« Dann kletterte ich auf meinen Beifahrersitz, und wir fuhren in die Nacht hinaus. Das Weekend war vorbei, die Leute fuhren vom Land nach Haus, und wir brauchten bis Manhattan ziemlich lange.

»Schau dir den Wagen vor uns an«, sagte John, als wir gerade über die Washington Bridge rollten. »Er kostet zwanzigtausend. Mein Fahrzeug dient dazu, Geld zu verdienen, und seines dient dazu, es zu verschwenden. Bestimmt sitzt irgendein Mistkerl darin, der es zu einem Vermögen gebracht hat, indem er seine Untergebenen ausbeutet oder sogar Drogen dealt. Insofern bist du besser als er, du sitzt hier in meinem Wagen und hast keinen Cent, also dir auch nichts vorzuwerfen.«

John sagte es ehrlich wütend, und ich dachte, daß er doch nicht so simpel sei, wie ich geglaubt hatte. Und nicht so zufrieden. Er schuftet wie ein Pferd, er mutet sich zuviel zu, er hat für sein Alter schon eine ganze Menge Falten im Gesicht. Vielleicht habe ich mich geirrt, was die Barrikaden betrifft, vielleicht stehen wir doch auf derselben Seite? Aus seinen Worten klang so etwas wie Haß auf die Besitzenden. Vielleicht hatte er doch nicht mit Wanjetschka um den Preis für einen alten Luxusschlitten gefeilscht?

»Was für ein Wagen ist das denn da vor uns?« fragte ich.

»Ein Mercedes«, sagte John verächtlich. »Nur was für diese Scheißkapitalisten.«

Meine Freundin New York

Ich bin ein Mann der Straße. Ich habe entschieden wenig Freunde unter den Menschen, dafür aber viele unter den Straßen. Sie sehen mich zu jeder Tages- und Nachtzeit, diese Straßen, und oft setze ich mich auf ihre Bürgersteige, mein Schatten zeichnet sich auf ihren Häuserwänden ab, und ich lehne mich gern an ihre Laternen. Ich glaube, sie lieben mich, weil ich sie liebe, und ich schenke ihnen mehr Aufmerksamkeit als jeder andere in New York. Die Stadtverwaltung sollte mir dafür ein Denkmal errichten oder wenigstens eine Tafel für mich anbringen lassen mit der Aufschrift: »Für Edward Limonow, den größten Fußgänger New Yorks – sein dankbares Manhattan!«

Im allgemeinen nehme ich kein Verkehrsmittel, sondern gehe zu Fuß. Ich habe keine Lust, auch nur fünfzig Cents von meinen zweihundertachtundsiebzig Dollar im Monat auszugeben, um irgendwohin zu kommen. Einmal lief ich an einem einzigen Tag dreihundertfünfzig Häuserblocks weit. Warum? Einfach so. Ich habe bei meinen Streifzügen nie ein bestimmtes Ziel, immer nur ein ungefähres. Ich gehe zum Beispiel ein Heft in einem bestimmten Format kaufen. Wenn sie es beim einen Woolworth nicht haben und auch nicht beim zweiten oder bei Alexander's, klappere ich ein Geschäft nach dem andern ab. Andere Formate akzeptiere ich nicht.

Ich flaniere für mein Leben gern. Ohne Übertreibung: Ich bin sicher, ich gehe mehr zu Fuß als jeder andere in New York. Vielleicht gibt es irgendeinen Penner, der mehr läuft, aber das ist unwahrscheinlich. Ich habe sie lange genug studiert; sie rühren sich nicht gern vom Fleck und liegen lieber irgendwo herum und wühlen in ihrem Bündel.

Besonders im März und April bin ich viel gelaufen, es waren meine schlimmsten Monate. Morgens hatte ich oft Krämpfe in den Beinmuskeln, und bei jedem Schritt durchzuckte mich ein heftiger Schlag; ich mußte mindestens eine halbe Stunde laufen, bis die Schmerzen weggingen. Sicher wäre es besser gewesen, Schuhe mit niedrigeren Absätzen zu tragen, aber niemals hätte ich eine solche Konzession gemacht. Ich trug und trage ausschließlich Schuhe mit hohen Absätzen, und wenn ich tot bin, soll man mich mit rasanten hochhackigen Schuhen in den Sarg legen – falls ich überhaupt einen bekomme.

Ich durchstreifte die verschiedenen Viertel New Yorks in der Hoffnung, Bekanntschaften zu machen. Manchmal wurde dieses Bedürfnis so stark, daß ich wie besessen einem imaginären Treffpunkt zustrebte, um als erster dort zu sein und dem anderen dadurch zu beweisen, wie sehr mir an seiner Bekanntschaft gelegen war. Doch der andere kam nicht. Wenn ich jemals ein Ziel hatte auf meinen Spaziergängen, dann war es immer nur dieses: irgend jemand kennenzulernen. Als ganz kleiner Junge, es ist schon so lange her, daß ich mich kaum noch daran erinnere, trabte ich genauso durch meine Heimatstadt Charkow und wartete darauf, jemandem zu begegnen, der mich an die Hand nahm und in ein anderes Leben entführte. Wen hoffte ich zu treffen? Einen Mann? Eine Frau? Es war mir nicht klar, aber ich wartete, wartete voll Ungeduld. Wie viele verlorene Tage, wie viele traurige einsame Wege am Abend zurück nach Haus, wie viele quälende Gedanken vor dem Einschlafen, bis ich dann eines Tages Anna begegnete, die mir half, aus dem verträumten Jungen, der ich damals war, einen Dichter zu machen.

Genauso erwartungsvoll läufst du jetzt wieder umher, sagte ich mir. Ich möchte wissen, wie mein Dichterleben weitergehen soll, ob überhaupt oder nicht. Daß es einmal mit schönen Illusionen begonnen hat, daran ist nicht zu rütteln. Schon in Rußland verwandelte ich mein Leben in eine Legende. Heute bin ich zwar frei, aber noch nicht frei von Illusionen. Ich laufe durch diese beängstigend leere Riesenstadt, fliehe vor ihr und vor mir selbst durch ihre Straßen, immer auf der Suche nach einer Begegnung, die der Ausgangspunkt für einen neuen Anfang sein könnte.

Von Kierkegaard hatte ich gelernt, daß nur ein verzweifelter Mensch das Leben wirklich zu schätzen weiß. Er ist zugleich der glücklichste und der unglücklichste aller Menschen. Ich wußte es sehr wohl zu schätzen, dieses Leben, und wie! In jeder Straße beobachtete ich es und sah mir dabei die Leute genau an. Ist es *der* da, der auf mich wartet? Ist *sie* vielleicht für mich bestimmt? Es ist töricht, auf diese Weise zu hoffen, aber ich hoffte dennoch, ich rannte immer wieder hinaus auf die Straßen meiner Riesenstadt, ich sage »meiner«, weil ich hier lebte und hier nach Leben Ausschau hielt. Dann ging ich zurück in mein Hotel, warf mich auf mein Bett, und nur der Zorn und der Hunger gaben mir die Kraft, mich um acht Uhr wieder aufzurappeln und, die ganze Welt verfluchend, fortzufahren zu leben.

Was suchte ich eigentlich? Vielleicht die Brüderlichkeit rauhbeiniger revolutionärer Terroristen, die meiner Seele Frieden schenken würden, vielleicht eine religiöse Sekte, die Liebe predigt, egal zu wem, Hauptsache Liebe?

Es schien sie nicht zu geben, diese Terroristen oder Prediger einer Editschka gemäßen Liebe. Ich suchte sie nun schon ein halbes Jahr, und ich ahnte, daß ich noch weiß Gott wie lange würde suchen müssen.

Ich nahm fast nie etwas mit, ich wollte im entscheidenden Augenblick die Hände frei haben. Ich kannte sämtliche Stammgäste der Straßen von New York. Ich wußte, wo sie zu finden waren und wo sie sich hinlegten, um zu schlafen: auf die Steinplatten der Vorhalle zu der Kirche Ecke Third Avenue und 3. Straße oder vor die Drehtür der Bank Ecke Lexington Avenue und 60. Straße. Einige Penner zogen es vor, auf den Eingangsstufen der Carnegie Hall zu schlafen, weil sie dort der Kunst näher waren. Ich beobachtete den schmutzigsten, struppigsten und dicksten Penner von Manhattan. Tagsüber residierte er gewöhnlich auf einer Bank im Central Park. Einmal überraschte ich ihn beim Lesen, und wißt ihr, was er las? *The Russian Cause*, die Zeitung, bei der ich einmal gearbeitet hatte. Er hielt sie sogar richtig herum! Vielleicht war er Russe? Obwohl er fortwährend lächelte, wagte ich nicht, ihn anzusprechen. Penner, Russe und das Lächeln eines Schwachsinnigen – nein danke, das war selbst für einen Editschka zuviel. Ich kannte auch alle Blinden New Yorks. In der Fifth Avenue, gegenüber der St. Patrick's Cathedral, stand ein Blinder, der mir jedesmal, wenn ich an ihm vorbeikam, freundlich guten Tag sagte. Was soll man davon halten?

Ich kannte den italienischen Trommler, der vor der Carnegie Hall seine Trommel rührte. Ich konnte die Gesichter der Typen unterscheiden, die im Central Park, bei der Public Library und auf dem Washington Square Joints verkauften. Ich wußte, wo man im Notfall pinkeln konnte: In Chinatown, genauer, in der Canal Street, brauchte man nur in ein x-beliebiges Haus zu treten, die Treppe in den ersten Stock hochzugehen. Dort konnte man seine Notdurft auf einem der stinkenden Etagenklos verrichten.

Was ich alles sah und wußte, hätte für zehn normale New Yorker ein Leben lang gereicht. Das schönste Schaufenster New Yorks schien mir das von Henry Bendel in der 57. Straße zu sein. Es war besonders raffiniert und subtil dekoriert: mit einer Schar von jungen Mädchen, offensichtlich Lesbierinnen, die kleine Gruppen bildeten und reizvolle Posen einnahmen. Ich hätte am liebsten die Scheibe eingeschlagen, um sie alle zu bumsen. Gern sah ich zu, wie drei Jünglinge die Kleidungsstücke der Girls wechselten. Sie taten es stets nachts, und sie änderten bei der Gelegenheit auch die zweideutigen Stellungen der Lesbierinnen. Einmal lagen sie in Haufen von Dollarnoten, als seien es Herbstblätter, und ein paar Tage später flüsterten sie sich zu dritt oder viert intime Geheimnisse ins Ohr.

Ich hatte eine mysteriöse Beziehung zu den Schaufensterpuppen. Wenn ich die mageren Geschöpfe in klassischer Nacktheit oder halb bekleidet in der fahlen nächtlichen Beleuchtung sah, reizten sie mich weit mehr als lebende Frauen. Ich betrachtete die Puppen mit inbrünstiger Neugier, vielleicht mit derselben Neugier, die mich als Schüler dazu trieb, unter dem Pult einen Spiegel anzubringen, um den Schlüpfer unserer Französischlehrerin zu sehen. Ich weiß noch, wie entsetzt ich war, als ich eines Tages, unter dem Pult versteckt, etwas Dunkles und viele Haare sah, denn sie trug im Hochsommer keinen Slip. Jetzt aber malte ich mir voll Lust und Grauen aus, wie ich den Puppen diese Röcke, diese

Stoffbahnen und alles übrige vom Leibe reiße, um festzustellen, ob sie nicht doch eine richtige kleine Möse haben.

Außer meinem abnormen Verlangen, unbedingt jemanden kennenzulernen, hatten meine Streifzüge durch New York noch zwei andere Gründe: erstens das Bedürfnis, die Diktatur meines Schwanzes – er ließ mir keine Ruhe und war immerfort halb erigiert – wenigstens für ein paar Stunden zu vergessen, und zweitens der Wunsch, mein Englisch zu vervollkommnen. Diese beiden Gründe führten übrigens manchmal dazu, daß ich in einen scheußlichen Halbschlaf fiel, in einen lethargischen Zustand, in dem ich beklemmende Sexualvisionen hatte: Ich habe meine frisch gewaschene weiße Hose bis zu den Knien hochgekrempelt und bin in meine unvermeidlichen Holzsandalen geschlüpft; ich habe mein einziges Sommerhemd ausgezogen, ein weißes Hemd mit blauen Karos, und spaziere im heißen August mit freiem Oberkörper die Second Avenue entlang. Ich gehe natürlich auf der sonnigen Seite, das tue ich immer, wie groß die Hitze auch sein mag, und deshalb bin ich so braungebrannt. Nachdem ich die 53. Straße überquert habe, zieht es mich magnetisch nach links. Dort ist ein wahnsinnig aufregender Weinladen, in dem es eine überdimensionale Flasche französischen Champagner gibt, die mir bis zur Taille reicht und ungefähr 175 Dollar kostet. Wenn ich einmal genug Geld habe, werde ich sie kaufen und Helena schenken. Sie liebt Champagner, und eine so große Flasche würde sie vor Freude verrückt machen. Sie wird glücklich sein, und ich auch. Ich gehe weiter in Richtung Downtown, und manchmal lächeln die Passanten über mich, weil ich im Gehen versuche, so zu tun, als bete ich.

Ich sagte mir aber nur ein Gebet an mich selbst auf, das ich in einem verzweifelten Augenblick verfaßt hatte, in dem mir plötzlich bewußt wurde, daß ich den Menschen wohl doch zu sehr grollte. Es hatte etwas Litaneiartiges und ging so:

Mein Herz, sei ohne Zorn.
Meine Träume sind zerstoben,
Doch mein Herz sei ohne Zorn.

Ihr glaubt vielleicht, die Leute in eurer Umgebung bemerkten den

Zorn gar nicht, den ihr in euch tragt? Ihr irrt euch, sie spüren ihn sehr wohl. Wenn ich zum Beispiel mal nicht zornig war, lächelte man mir zu und fragte mich nach dem Weg, in der Annahme, ich wäre hier zu Hause. Und ich konnte fast immer Bescheid geben. »Vielen Dank, *have a nice day*!« rief mir ein lustiger Lateinamerikaner aus seiner Klapperkiste nach, der zur First Avenue wollte. Ein alter Mann mit weißem Schnurrbart, der in einem Lieferwagen saß, starrte wie gebannt auf das orthodoxe, mit blauem Email inkrustierte Kreuz auf meiner Brust. Vielleicht war er ein Ukrainer; ich ging nämlich gerade durch ihr Viertel. Ich blieb an allen Hydranten stehen, die aufgedreht waren, ich machte mein Gesicht und meinen Oberkörper naß und setzte meinen Weg fort, ohne mich abzutrocknen.

Manchmal, wenn ich den Broadway entlangging, gewöhnlich nachts, trat jemand auf mich zu und bat um Geld. Ich hatte natürlich keins. Jeder andere konnte in New York bestimmt leichter Geld auftreiben als ich. Ich blieb aber immer höflich stehen, erklärte, daß ich selbst kein Geld habe, daß ich von *welfare* lebe, damit er wußte, daß ich auf derselben Stufe stehe wie er, wenn nicht noch tiefer. Dann waren sie so zufrieden, als hätten sie von mir doch Geld erhalten.

Ich verbrachte oft ganze Tage am Washington Square; ich legte mich an den Brunnen, hielt, wenn das Wasser lief, die Füße hinein und konzentrierte mich philosophisch auf meine Umgebung. Aus dem Brunnen stieg ein kräftiger kalter Strahl in die Höhe, und die Kinder warfen unablässig verschiedene Gegenstände, Bierdosen und Cocadosen oder Taschentücher, in Richtung Fontäne. Wenn sie gut gezielt hatten, wurden die Dinge emporgeschleudert. Manche Kinder setzten sich sogar auf den Wasserstrahl, um von ihm hochgestemmt zu werden. Aber es klappte natürlich nie; entweder waren sie zu schwer, oder sie setzten sich nicht richtig darauf. Ein kleiner Junge hatte herausbekommen, wie man den Strahl in jede beliebige Richtung lenken konnte, nämlich, indem man einen Fuß auf die Öffnung preßte, aus der das Wasser schoß. Auf diese Weise vertrieb er einmal alle Leute, die sich am Brunnen befanden, bis auf eine dicke Schwarze und mich. Die Frau blieb lange liegen, aber dann, nachdem der Knirps sie schon mit unverschämt viel Wasser bespritzt hatte, ergriff auch sie die Flucht. Mit mir hatte er es schwerer, Typen wie mich wird man nicht so schnell los. Er wußte ja nicht, daß ich schon als Kind gelernt hatte, Kälte und Nässe und Hunger zu ertragen wie ein Fakir. Ich war bis auf die Haut durchnäßt und blieb trotzdem liegen. Erst als er mir das Wasser ins Gesicht, in den Mund und in die Nase spritzte, hielt ich es nicht mehr aus; ich bekam keine Luft mehr und mußte den Platz wechseln. Die Zuschauer, Spaziergänger, Studenten, Gitarrespieler und Junkies, applaudierten uns beiden begeistert. Mein Besieger rannte davon.

Später zerrte ein paranoider oder dämlicher Hund seine Besitzerin in den Brunnen und versuchte eine halbe Stunde lang, den Wasserstrahl zu beißen, den er für seinen schlimmsten Feind zu halten schien. Der Strahl hob ihn halb hoch und peitschte seine Schnauze; der Hund keuchte und würgte, ohne aufzugeben; fast wäre er vor lauter Fanatismus erstickt, der Arme. Seine Besitzerin, eine distinguierte Dame, die ins Wasser gefallen war, ohne recht zu begreifen, was geschah, blieb einfach drin liegen. Sicherlich passierte ihr das zum erstenmal im Leben. Unter dem triefenden Stoff ihres Kleides zeichneten sich ihr Slip und ihr Büstenhalter ab, die den zeitlosen, unerotischen sowjetischen Modellen ähnelten.

In der Tat, die konservativen Bewohner dieser beiden Länder ähneln sich sehr. Der Washington Square wird in den Führern von New York als große Sehenswürdigkeit gerühmt, und manchmal kamen richtige Hinterwäldler-Yankees, um ihn zu besichtigen. Wir echten Greenwich Villagers fanden sie sehr drollig und mokierten uns lachend über sie. In ihren schlecht geschnittenen, sackähnlichen Provinzfummeln wirkten sie so komisch und mitleiderregend wie jene braven Sowjetbürger, die bei der größten Hitze in staubigen und schlotternden Anzügen vor dem Lenin-Mausoleum anstehen.

Manchmal hörte ich zusammen mit anderen Schöngeistern einem Dichter zu. Ich hätte leicht herausbekommen können, wie er hieß, aber ich fragte nicht. Er war nicht sehr groß, trug ein schwarzes Hemd, weite, ebenfalls schwarze Satinhosen und Sandalen, er hatte einen Bart, eine Halbglatze, und er saß auf einem der Steine am Brunnen und las Gedichte vor. Der Stein, den er bevorzugte, spielte in meiner Biographie bereits eine dramatische Rolle. Es war der Stein, auf dem ich saß, als meine Freunde Irina und Katschaturian die Wunde versorgten, die ich mir bei dem Versuch, die Pulsadern aufzuschneiden, beigebracht hatte. Es war Anfang März, die Wunde eiterte und schmerzte; Ira und Katsch trugen Jod auf und umwickelten die Hand neu. Der ganze Washington Square verfolgte die Prozedur mit großem Interesse.

Es war also mehr der Stein als der Beruf, der mich mit dem Dichter verband. Er stellte einen Beutel neben sich auf die Erde, wie ihn die alten Russinnen in den fünfziger Jahren benutzten, wenn sie einkaufen gingen, einen ordinären schwarzen Wachstuchbeutel. Dann wühlte er lange darin herum, zog schließlich ein paar Blätter Papier heraus und fing an vorzulesen. Er las sehr ausdrucksvoll, wenn auch mit heiserer Stimme, und gestikulierte dabei vehement herum. Manche Zuhörer schenkten ihm so viel Aufmerksamkeit, daß sie ihr Transistorradio leiser stellten. Er las zehn bis fünfzehn Gedichte vor und legte von Zeit zu Zeit eine Pause ein, um aus einer kleinen Flasche Wein oder so was zu trinken und herumzufragen, ob jemand mit ihm diskutieren wolle. Wer etwas zu fragen hatte, dem bot er zum Dank einen Schluck aus seiner Flasche an. Ich fragte nichts, aber der Square kam mir jedesmal sehr leer vor, wenn der Dichter wieder gegangen war.

Es passierte, daß ich von Mädchen gestört wurde, die mein schöner gebräunter Körper anlockte und die mir gleichzeitig gefielen und Angst machten, weshalb ich solchen Annäherungsversuchen lieber auswich – obwohl ich mir doch geschworen hatte, jede Gelegenheit zu ergreifen, um Bekanntschaften zu schließen. Ich stand abrupt auf und ging woanders hin, legte mich zum Beispiel irgendwo ins Gras, hinter den Büschen, aber fast immer in die Sonne, ich mied den Schatten. Wegen ihrer sonnenfarbenen Mönchskutten mochte ich die Rama-Krischna-Gruppe mit ihren Tänzern gern. Ich wußte, welcher am besten tanzte und welcher am schlechtesten; ich kannte den, der das Tamburin schlug, und den, der den Glockenstab schwang. Einmal erwog ich ernsthaft, mich ihrer Gemeinschaft anzuschließen. Letzten Endes erinnerten mich diese Leute doch zu sehr an mein heimatliches Asien. Ich blieb also faul im Gras liegen, weil sie ja nur Imitatoren waren, und begnügte mich damit, geschlossenen Auges ihrem monotonen Singsang und den bimmelnden Glöckchen zuzuhören: *Hari Krischna, Hari Krischna! Krischna, Krischna, Hari Hari*!

Wenn ich das eine Stunde lang geduldig ertragen hatte, beschloß ich, den Platz zu wechseln, und setzte mich auf eine Bank. Eine junge, blonde, mit verwaschenen Fetzen aus der Zeit Botticellis angetane Mutter bat mich einmal, auf ihr Baby aufzupassen, das in einem Kinderwagen lag und genauso altjüngferlich angezogen war wie die Mutter. Wenn sie doch bloß nicht wiederkäme, wünschte ich mir und betrachtete interessiert das Kind. Ich würde eine Zeitlang warten und dann das Kleine ins Winslow mitnehmen. Das wäre *die* Lösung: Ich hätte ein Wesen, das ich lieben könnte, für das ich sorgen und arbeiten müßte. Und mindestens fünfzehn Jahre würde dieser Mensch bei mir bleiben; denn man läßt die Eltern ja erst fallen, wenn man halbwegs erwachsen ist.

Wie alle meine Träume wurde auch jener von der harten Wirklichkeit unterbrochen: Die Mutter kam mit dem Vater zurück. Er war ein Jesustyp mit zerschlissener Jacke und Schuhen ohne Socken. Ich kannte ihn, er pflegte den Passanten Joints anzubieten. Die glückliche Familie bedankte sich bei mir. Ich wehrte ab: »Aber ich bitte Sie, ich habe es gern gemacht.« Blöd nur, daß ihr wiedergekommen seid.

Die Familie entfernte sich, und ich fragte mich, warum ich Helena kein Kind gemacht hatte. Sie wäre wohl trotzdem abgehauen, aber mir wäre wenigstens das Kind geblieben; Frauen wie sie nehmen ihre Kinder nicht mit, wenn sie gehen. Resultat: Ich hätte jetzt ein kleines Kind, es wäre vielleicht so hübsch wie Helena – und ich sehe ja auch nicht übel aus. Du Idiot, du könntest jetzt hier mit einem kleinen Stück von Helena, egal, ob Mädchen oder Junge, sitzen ...

Plötzlich zeichnete sich ein Plan in meinem Kopf ab: Nun mal langsam, Editschka! Noch sind die technischen Voraussetzungen, ihn auszuführen, nicht gegeben, aber später, vielleicht in einem Jahr, werde ich Bekannte haben, möglicherweise sogar Freunde, mit deren Hilfe sich ein einsames Haus auf dem Land finden läßt, eines mit allen notwendigen Einrichtungen, und dorthin werde ich Helena entführen. Ich werde einen Arzt auftreiben – nein, ich werde es selbst schaffen, die Spirale herauszunehmen, die Helena trägt und die ihr erlaubt, sich rund um die Uhr vögeln zu lassen, ohne ein Kind zu kriegen. Dann werde ich Helena vorschriftsmäßig begatten und sie anschließend neun Monate in mein Blockhaus einsperren, bis sie niederkommt.

Ich könnte ihren Liebhabern vorflunkern, sie sei verreist, um ihre Schwester in Europa zu besuchen. Ich wäre kein begabter Dichter, wenn mir nicht eine überzeugende Lüge einfiele. Natürlich wird Helena anfangs wütend sein, ein bißchen heulen, mir Szenen machen, aber sie wird sich auch wieder beruhigen. Mir schwindelt bei der Vorstellung eines solchen Glücks. Ich werde sie jeden Tag vögeln, und sie wird nichts anderes zu tun haben, als mich zu lieben.

Mein Schwanz wurde bei dieser wunderbaren Zukunftsvision ganz steif, und mein Gewissen blieb rein. Was wollt ihr? Man wird sich doch noch mit seiner Frau in die Einsamkeit zurückziehen dürfen! Wir sind ja noch nicht geschieden. Ich werde es tun, ich werde es tun, wiederholte ich mir ohne Unterlaß. Und sollen sie mich ruhig verurteilen, wenn sie mich erwischen: Die Liebe hat immer recht. Ich werde es nicht zulassen, daß Amerika mir meine Helena für alle Zeit raubt. Ich habe mich nur vorübergehend scheinbar damit abgefunden, aber einst wird kommen der Tag . . .

Dann wachte ich wieder auf. Ich versteckte meine Idee in einer Ecke meines Schädels und ging zu einer Gruppe, aus der von einem trommelähnlichen Instrument begleitete Gitarrenklänge und rauhe Stimmen aufstiegen. Jungen saßen unter einem Baum, ihre Köpfe berührten einander, so dichtgedrängt saßen sie, und sangen ein rhythmisches Lied. Ich verstand kein Wort von dem, was sie sangen, einige von ihnen waren tätowiert und hatten schwarze und goldfarbene Zähne. So was hatte ich schon in Moskau gesehen, nur wußte ich noch nicht, daß die Jugend der ganzen Welt den gleichen Eingebungen folgt. Sicher, es gibt in Amerika einige Unterschiede, die Tätowierungen zum Beispiel sind mehrfarbig, und manche der Jungen sind schwarz. Dennoch erkannte ich in ihnen viele meiner Freunde in Charkow wieder. Der Bursche mit den gefleckten Zähnen hatte Ähnlichkeit mit Jurka Bembal, der 1962 wegen Vergewaltigung einer Minderjährigen erschossen wurde.

Schon am Tag meiner Ankunft in New York war ich durch SoHo* geschlendert und hatte versucht, alles mit Gleichmut zu betrachten: die Fahrräder aus Holz, die Schreibmaschinen aus Holz, die Einkaufstüten aus Holz und den Strauch aus Holz, dessen kleine Blätter vom Wind bewegt wurden, sowie ein gewaltiges Fischskelett. Selbst der Künstler, ein kleiner Japaner mit vorspringenden Wangenknochen, einem zerknitterten Gesicht und durchscheinenden Ohren, wirkte wie aus Holz geschnitzt. Ich war ja in Moskau mit gut hundert Künstlern befreundet. Ich staunte also nicht über die Fotomontagen, die man vor einer Hausfassade angebracht hatte, mit Längs- und Querschnitten von Wohnhöhlen. Ich staunte nicht über die bunten Farbbeutel in der Galerie Castelli: Rauschenberg hatte seine Salonperiode begonnen. Seine im Museum of Modern Art in der 53. Straße ausgestellten Frühwerke waren mir weit lieber: Planen, Eisen, alte Autoreifen – sie drückten einen echten Protest aus. Jetzt galt Rauschenberg als etablierter Meister, seine Arbeiten kosteten unwahrscheinliche Summen und waren – obgleich er es selbst nicht wahrhaben wollte – doch nur die Produkte eines fashionablen »dekorativen« Künstlers. Amerika entschärft seine Künstler anders als Rußland.

Im April oder bereits im März hatte ich Lust, in SoHo zu wohnen. Ich ging jeden Tag dorthin, ich wollte dort in einem kleinen Haus wohnen, nur noch Bier trinken statt Wodka und Wein, mit meinen Nachbarn tratschen, Leute kennenzulernen. Es wäre schön gewesen, aber die Mieten waren zu hoch, und ich konnte meinen Traum nicht verwirklichen. Gott sei Dank, denn ich hatte bald gar keine Lust mehr, in SoHo zu wohnen. Ich hatte begriffen, daß die Kunst und die Künstler mich nicht mehr befriedigen können; was mich in einer bestimmten Zeit glücklich gemacht hatte, dieses unbeschwerte Bohemeleben, hatte für mich

*Galerienviertel um die *So*uth of *Ho*uston Street.

endgültig seine Faszination eingebüßt. Das sind doch alles Egoisten, dachte ich, wenn ich die »Künstler« von SoHo betrachtete. Sie suchen den Erfolg in der Gesellschaft, sie sind Zyniker und geben sich damit zufrieden, nichts weiter als ein Teil dieser kaputten Zivilisation zu sein. Wenn sie jung sind, protestieren sie mit ihrer Kunst, sobald sie aber merken, daß ihre Kunst sie nicht auch kommerziell befriedigt, werden sie veritable Stützen des Systems.

Eben das geschah mit Dali. Er war einmal ein genialer Maler. Heute bringt er nur noch Dekorationsstücke für die Salons seiner alternden versnobten Kundschaft zustande. In einem dieser Salons habe ich ihn kennengelernt. Die Glickermans hatten uns, Helena und mich, mitgenommen.

Dali saß mit seinem Sekretär und einem Girl in einer Ecke. Der kleine alte glatzköpfige Mann mit einer scheußlichen Haut sagte auf russisch einen treuherzigen Spruch auf, den bei uns zu Hause die Kinder sagen, wenn sie einen Marienkäfer in der Hand halten. Helena bezog den hübschen Käfer auf sich und war von Dali sofort begeistert. Warum er sie allerdings Justine nannte, verstand mein kleines Mädchen von der Frunse-Promenade freilich nicht. Der große Literaturkenner Editschka erklärte ihr, daß Justine die mannstolle Heldin eines Romans des Marquis de Sade sei. Dali nannte sie auch »kleines Skelett« und ließ sich unsere Telefonnummer geben. Er versprach, am nächsten Tag anzurufen.

Helena wartete den ganzen Tag auf Dalis Anruf, und obgleich sie krank wurde, hätte sie sich, wie sie sagte, mit ihm getroffen, selbst wenn es sie das Leben gekostet hätte. Sie nahm pausenlos Medikamente ein, als wollte sie lieber sterben als ohne Dali leben. Natürlich rief der alte Farbenkleckser nicht an. Deshalb durfte ich die Ärmste an jenem Abend wegen ihrer verstopften Nase und ihrer Verzweiflung länger bumsen als sonst, obwohl es bereits die Zeit der fremden Spermaflecken in ihren Slips war.

In SoHo fürchtete ich mich nur vor einer Straße, vor der Spring Street, wo *er* wohnte, er, der erste Seitensprung meiner Frau. Ich brauchte nur das Straßenschild »Spring Street« zu sehen, und mein Blick verschwamm, ich verspürte Brechreiz. Wenn ich mich dieser Street näherte, versuchte ich einfach, das Schild zu übersehen, es kam jedoch vor, daß ich die Augen nicht rechtzeitig schloß, und dann schnitt mir der Name in die Pupillen. Das passierte auch, wenn ich in der U-Bahn saß und der Name dieser Haltestelle plötzlich aus dem Dunkel auftauchte, mindestens fünfzehnfach, und hinter meinem Wagen herraste . . . Helena hatte ihren Jean-Pierre offenbar verlassen, aber der schreckliche Name Spring Street wird mich verfolgen bis ins Grab. Bevor ich ihn zum erstenmal hörte, wußte ich nicht, was eine Niederlage ist. So etwas hatte es bis dahin nicht gegeben für mich.

Manchmal hatte ich genug vom Washington Square, wo die Menschen nichts tun, und von SoHo, das sich so stumm dahinzieht. Ich besuchte immer öfter den Central Park, der nur ein paar Schritte von meinem Hotel entfernt war. Gewöhnlich ging ich bis zur 67. oder 68. Straße und betrat den Park durch den Spielgarten für Kinder. Ich spazierte einen gewundenen Pfad entlang, der auf den Hügel führte, ich zog mich aus und legte mich auf die Steine, um mich zu sonnen. Diese Stelle hieß in meinem privaten Atlas »Kinderberg«. Ich streckte mich dort aus und betrachtete den Himmel und die Terrassen der Luxushäuser in der Fifth Avenue, hinter deren Brüstungen man blühende Sträucher sah, und ich versuchte, mir das Leben dort oben auszumalen.

Wenn ich keine Lust mehr hatte, mich noch länger mit ihnen zu beschäftigen, knöpfte ich meine weiße Hose wieder zu und ging zur Statue von Alice im Wunderland. Alice, die Glückliche, war nie allein. Irgend jemand kletterte und fummelte immer an ihr herum. Es kam vor, daß ich vier Stunden so sitzen blieb, und manchmal spürte ich das absonderliche Verlangen in mir aufsteigen, wieder ein Kind zu werden, einer von diesen völlig normalen kleinen amerikanischen Jungen mit den sommersprossigen Gesichtern zu sein, die mit ihren Skateboards mutig die vier oder fünf Stufen hinunterfuhren, die Alice umgaben. Einer, der mir besonders gefiel, sah zwar aus wie ein Mädchen, war aber ein richtiger Schlingel, viel mutiger noch als seine Kameraden, gegen die er sich oft zur Wehr setzen mußte, der nette kleine Kerl.

Auch ich war mal ein netter kleiner Kerl, und meine Kameraden zogen mich immerzu auf, sie verstanden nicht, warum ich anders war als sie. Der kleine Mann dort neben Alice gehörte ebenfalls zu einer anderen Rasse, und er versuchte natürlich, diesen Fehler durch besondere Dreistigkeit wettzumachen. Auch ich zeigte in seinem Alter verzweifelten Mut. Um eine Wette zu gewinnen, klaute ich einmal einer alten Frau, die auf der Straße Gebäck verkaufte, eine Dose mit Keksen und lief damit vor aller Augen in die Büsche des Parks. Auf diese Weise versuchte ich, das Manko auszugleichen, daß ich wie ein Mädchen aussah.

Es gibt in meinem Leben doch etwas Gutes: Beständigkeit. Ich habe festgestellt, daß ich die Legenden meiner Kindheit nie Lügen gestraft habe. Alle Kinder sind Extremisten. Ich bin ein Extremist geblieben, ich bin nicht erwachsen geworden, ich bin immer noch ein Heranwachsender, ich habe mich nicht verkauft, ich habe meine Seele nicht verpfändet, und deshalb – nebenbei gesagt – muß ich so schwer büßen. Dieser Gedanke tröstete mich: Ich habe die Prinzessin, der ich eines Tages zu begegnen hoffte, nie verraten.

Ich verließ Alice, und das Lächeln der Cheshire-Katze verflüchtigte sich in der Luft. Der rote Faulpelz Editschka stieg auf den Hügel und sang dabei ein russisches Lied aus dem Bürgerkrieg:

Die Rote Armee ist stärker . . .
Nimm, Rotarmist, das Gewehr
In die schwielige Faust.
Denn wir alle müssen ohne Zaudern
In den letzten Kampf ziehen!

Wie ich so vor mich hin singend im Sturmschritt den Hügel erstürmte, wünschte ich mir gar nichts mehr, es sei denn eine Kugel im Kopf, denn ich hatte nur noch die eine Angst: nicht als Held zu sterben.

Am Parktor nahm New York mich wieder an die Hand. Ich stürzte mich in die Hitze dieses Sommers, der sich dem Ende näherte, und meine Stadt führte mich vorbei an den Eingängen zu ihren Geschäften, vorbei an den Bussen und den Schlünden der U-Bahn bis zum Schaufenster des nächsten Liquor Shops. »Denn wir alle müssen ohne Zaudern in den letzten Kampf ziehen!«

Wiedersehen mit Helena

Ihr fragt euch sicher, was aus Helena wurde, während ich es mit jungen Negern trieb, mit der Revolutionärin Carol konspirierte, Rosanne beschimpfte und New York unsicher machte. Also wie war das nun mit Helena? Traf sie ihren Exgatten manchmal im Dschungel der Riesenstadt, prallten sie unversehens irgendwo aufeinander und beschnupperten sich dann wie zwei Tiere, die sich zu kennen glaubten?

Ja, es kam vor, daß wir uns trafen. Es ergab sich, daß wir uns von Zeit zu Zeit sahen, um Bücher und andere Dinge auszutauschen. Es waren ganz normale Beziehungen, wie sie sich nach der Trennung zwischen Mann und Frau so zu ergeben pflegen. Schon seit April hatten wir wieder Kontakt, geruhten aber erst im August, vernünftig miteinander zu reden und die Vergangenheit heraufzubeschwören – in jenem Monat, der sich stets beruhigend, friedenspendend über die hektische und ausgepowerte Stadt legt und sie in seiner Umarmung auf den wirbeligen Herbst und den bleiernen Winter vorbereitet. Der Regen fiel ganz sacht, um seine Wirkung auf mich auszuprobieren. Aber die gesamte Natur hatte wohl schon den Eindruck gewonnen, daß ich ihren Schlägen widerstand, obgleich ich wie alle Russen den Wechsel der Jahreszeiten sehr empfindlich registriere und Regen mich immer traurig stimmt. »Er ist nicht unterzukriegen«, stellte die Natur fest und ließ die Sonne wieder scheinen.

An jenem Augusttag war das Wetter grau und garstig. Ich hatte am Broadway 1515 meinen *Welfare*-Scheck abgeholt und war zur Bank in der Eighth Avenue gegangen, um ihn einzulösen; anschließend ging ich in die 14. Straße und kaufte mir nach langem Zögern zwei Slips, einen blauen und einen gelben; es sind die ukrainischen Nationalfarben. Ich hatte Lust, mir Erdbeeren zu kaufen, aber ich wollte keine neunundneunzig Cents für ein Körbchen ausgeben, deshalb kaufte ich mir nur ein Fruchteis und kehrte zum Hotel zurück.

Kaum im Zimmer, rief Alexander an, mein Kampfgenosse Alka, um mir mitzuteilen, daß es einen Hurrikan geben werde.

Ich antwortete: »Es wird nicht nur einen Hurrikan geben, sondern ein Erdbeben mit Überschwemmungen auf der ganzen Welt und einer Feuersbrunst, die sechs Bundesstaaten Neuenglands einschließlich New York zerstören wird.«

»Nein«, meinte Alka, »es wird leider nur einen Hurrikan geben.« Auch Alka wollte natürlich unbedingt, daß die Welt zerstört wurde.

Dann kam ein Anruf von Helena.

»Ich bleibe heute zu Haus«, sagte sie, »du kannst dein Buch abholen.«

Als Buch bezeichnete sie mein Werk *Ich, der Nationalheld*, ein Manuskript, das vor etwa zwei Jahren aus dem Russischen ins Englische übersetzt, aber noch nicht veröffentlicht worden war. Sie hatte den *Nationalheld* haben wollen, um ihn ihrem neuen Liebhaber George, einem »Finanzier«, wie sie sagte, zu lesen zu geben. Der Finanzier machte Börsentransaktionen und war ihrer Meinung nach Millionär. Wenn es stimmte, was sie sagte, hatte er eine Villa in Southampton, wo noch viele andere Millionäre wohnen. Und sie taten dort nichts anderes als haschen, koksen, saufen, Orgien veranstalten und vögeln, was Helena natürlich sehr gefiel.

Was aber hatte mein *Nationalheld* dort zu suchen? Ich glaube, sie wollte vor ihrem Finanzier damit angeben, mit einem so intelligenten und begabten Mann wie dem Verfasser dieses Romans verheiratet gewesen zu sein. Wenn der Gatte ein Genie war, mußte das auch auf seine Frau abgefärbt haben. Dem Finanzier hingegen waren die literarischen Werke von Helenas Verflossenem so egal wie Helenas Bildung, und ich kann es ihm nicht einmal verdenken, daß er lieber Helena bumste, als meine Werke las. Im übrigen gehen die Leute, die es hier zu etwas gebracht haben oder bringen wollen, sehr ökonomisch mit ihrer Zeit um und lassen sich nicht von Nebensachen ablenken. Die Literatur interessiert sie ungefähr so sehr wie ein Fick durchs Schlüsselloch. Der Finanzier hatte mein Manuskript nach drei Wochen noch nicht gelesen, obwohl man höchstens vierzig Minuten dafür braucht.

Ich ging, mein Buch abzuholen. Seit ihrer Rückkehr aus Italien wohnte Helena als Untermieterin in Sascha Jigulins Atelier; dort hatte ich auch die kleinbürgerliche Jüdin kennengelernt, ihr erinnert euch. Und der analphabetische Finanzier hatte Helena versprochen, ihre Miete zu zahlen.

Wenn ich zu ihr ging, war ich jedesmal furchtbar nervös, ich konnte nichts dagegen machen. Ich hatte genausoviel Angst wie als kleiner Junge vor einer Klassenarbeit. An jenem Tag trug ich ein kariertes Hemd, Jeans, eine dazu passende Jacke, weiße Socken, sehr schicke Schuhe, die ich auf einer Mülltonne am Straßenrand gefunden hatte, und ein schwarzes Halstuch.

Helena trug ein bodenlanges weißes Sommerkleid und ein rotes Band um Stirn und Hals; sie war wirklich schön, dieses Biest. Verratet mir bitte das eine: Wie sollte ich schwacher Mensch die Vorstellung ertragen, daß sie sich von einem anderen bumsen ließ? Um gar nicht erst in Versuchung zu kommen, mir das auszumalen, sagte ich schnell: »Soll ich Wein holen?« Und sobald sie geantwortet hatte: »Ja bitte, wenn du möchtest«, lief ich los zum Laden.

Ich glaube, der Wein war gut. Im allgemeinen trinke ich jedes Mistzeug, aber wenn sie die Dame spielte, paßte ich mich ihr an. Wir tranken also teuren Wein. Kaum saßen wir am Tisch einander gegenüber, da erschien Jigulin mit seinem Vater, der aus Israel zurückgekehrt war, und gleich redeten wir über gemeinsame Freunde, die sich für das Gelobte Land entschieden hatten, vor allem über Starski: In Moskau war er ein wohlhabender und berühmter Maler gewesen, ein beispielhafter Vertreter der Jeunesse dorée, die ihn zu ihrem Idol erkoren hatte. Helena und er verkehrten im selben Milieu, Helenas Exgatte Viktor war mit ihm befreundet. Helena hatte sich sogar in Starski verknallt und, wie sie mir später gestand, davon geträumt, es mit ihm zu treiben. Er hatte sich aber nicht entscheiden können, und dann war ich brutal in ihr Leben getreten, bis sie mich – ebenfalls brutal – wieder daraus vertrieb.

Helena wollte wissen, was aus Starski geworden sei.

»Es geht ihm schlecht«, antwortete der alte Jigulin, »manchmal glaube ich, er wird sich noch umbringen. Er hat keine Arbeit, seine Bilder verkaufen sich schlecht, er mußte sogar sein Auto verkaufen.«

»Wenn Lew, der Autos so sehr liebt, seinen Wagen verkaufen mußte, kann man sich leicht vorstellen, wie er dort lebt«, antwortete Helena. »Warum geht er nicht woanders hin?«

»Er kommt vielleicht hierher, jedenfalls hatte er die Absicht, nach Amerika zu gehen. Das Leben in Israel ist nichts für ihn«, fuhr der alte Jigulin fort. »Die Leute gehen dort um elf Uhr zu Bett, während Lew dann gerade erst anfängt zu leben, du erinnerst dich doch, Helena!«

»Natürlich. Hier wird es ihm besser gefallen«, sagte Helena.

Ich glaubte nicht richtig zu hören: »Mein Gott, jetzt wo du deine Fesseln gesprengt hast, kriegst du plötzlich wieder Lust, dich von diesem heruntergekommenen Künstler Starski vögeln zu lassen?« Flammender Zorn kam über mich. Aber er legte sich sofort wieder.

Du kannst nichts dagegen tun, sagte ich mir, sie ist ein freier Mensch und hat das Recht, mit Starski zu schlafen. Du bist hier nicht im Kloster von Nowo-Dewitschi. Die Zeiten haben sich geändert. Hast du überhaupt die leiseste Gewißheit, daß sie nicht auch mit dem jungen Jigulin pimpert? Sie wohnen im selben Atelier, ihre Betten sind keine zehn Schritte voneinander entfernt – bestimmt nur, um den Schein zu wahren.

Meine Ohnmacht verursachte ein Gefühl von Übelkeit im Magen. Finde dich damit ab, wie sie lebt, versuchte ich mir einzureden. Du kannst ihr nicht einmal Ratschläge erteilen, sie würde sie schon deswegen nicht annehmen, weil sie von dir kommen, ihrem Exmann, das darfst du nicht vergessen. Du bist die Vergangenheit, und die Vergangenheit kann der Gegenwart keine Ratschläge erteilen, haben wir gelernt. Und außerdem steht es jedem frei, sich sein Leben auf seine ganz individuelle Weise zu versauen, und Leute wie Helena und ich haben eine besondere Begabung, es zu tun.

Dabei hat sie durchaus menschliche Qualitäten. Ich weiß noch, wie sie bei ihrem ersten Besuch in Charkow, der auch der letzte war, beim Anblick meiner ersten Frau Anna mit ihren grauen Haaren vor Rührung einen mit Brillanten besetzten Ring vom Finger gezogen und ihr geschenkt hatte. Anna, ebenfalls eine recht exaltierte Person, die unter angeborenem Wahnsinn litt, nicht von ungefähr malte sie so beängstigende Bilder in grellen Farben, also, Anna hatte sich vor ihr auf die Knie geworfen und ihr die Hand geküßt.

Ich hatte jene Szene wieder vor Augen und merkte, wie mein Zorn schwand. Vielleicht lohnt es sich, nur für solche Augenblicke zu leben. Aus diesem Grund hasse ich nichts so sehr wie Geiz, und deshalb konnte ich Rosanne nicht ausstehen. Helena war ein kleines Miststück, sogar ein ausgemachtes Luder, aber zu herrlich großen Gesten imstande. Ja! Ich bin stolz auf sie – per Distanz, was bleibt mir anderes übrig . . .

Die Jigulins gingen hinauf zu dem verrückten Zelenski, der einen Stock höher wohnte. Ich blieb allein mit Helena; sie war ausnahmsweise milde gestimmt, beschimpfte mich nicht, sondern fing an, von ihrem letzten Wochenende in Southampton zu erzählen.

»Es war auch die Tochter eines Millionärs da, du mußt ihn kennen«, und sie nannte einen Familiennamen. Wie sollte jemand, der von der Wohlfahrt lebt, ein arbeitsloser Möbelpacker, den Familiennamen der Tochter eines Millionärs kennen? »Dieses Mädchen«, fuhr Helena fort, »erschien mit einem sehr attraktiven jungen Mann, man sagte mir später, er sei ein Gigolo, ein Mann, den sie sich als *boy friend* gekauft habe, damit er ihr gefällig sei.« Helena balancierte auf einem hohen Schemel und hielt die lange Zigarettenspitze aus schwarzem Lack, die sie aus Italien mitgebracht hat, weit von sich weg. »Dieser Junge scharwenzelte also die ganze Zeit um mich herum, und der Millionärstochter war das gar nicht recht. Sie hatte ein T-Shirt an und schmutzige Jeans . . .«

Ich bekam Mitleid mit der armen Millionärstochter, die sicher nicht hübsch war; ich reimte mir immer eine Menge Blödsinn zusammen, wenn ich ihren Geschichten zuhören mußte.

»Sonntag regnete es dann in Strömen, ich zog meinen Regenmantel an und ging allein am Strand spazieren, es war herrlich.«

Auch ich war am Morgen desselben Sonntags in den Regen hinausgegangen, welch merkwürdiges Zusammentreffen. Ich marschierte den Strand entlang bis zur U-Bahnstation Coney Island. Keine Menschenseele war in der Nähe. Ich krempelte mir die Hose bis zu den Knien hoch, damit mir das nasse Leinen nicht bei jedem Schritt um die Beine klatschte, und lief durch die Brandung. Im Sand lagen von Möwen ausgepickte Krebse, Muschelschalen und von Menschen liegengelassene Gegenstände, die das Meer sich angeeignet hatte. Es regnete. In mir klang eine traurige Melodie, vielleicht war es der Gedanke, daß auf dieser Welt nichts von Belang ist, daß alles Absurdität und Fäulnis ist, ein Kommen und Gehen grauer Wellen, und daß ich mich nur durch die Fähigkeit zur Liebe von der toten Landschaft ringsherum unterschied . . .

Mit wenigen Worten, ohne poetische Ausschmückungen erzählte ich Helena, daß ich an jenem Sonntag ebenfalls am Strand spazierengegangen sei, am gleichen Ozean, zur gleichen Zeit und allein wie sie.

»Ach«, sagte sie nur. Dieser Zufall hatte keine tiefere Bedeutung für sie.

Dann gingen wir Farbe für ihre Haare kaufen. Sie zog alte graue Jeans an, die wir einst gemeinsam gekauft hatten. Sie hatte sich übrigens seit unserer Trennung nur wenige Sachen angeschafft. Entweder zeichneten sich ihre Liebhaber nicht durch Großzügigkeit aus, oder sie verstand es nicht, sie Geld ausspucken zu lassen, oder aber sie schlief tatsächlich nur aus Lust am Bumsen mit ihnen, was weiß ich.

Sie nahm einen Regenschirm, und wir gingen los wie in den guten alten Zeiten. Es regnete in Strömen, aber ich war bester Laune; denn ich ging an ihrer Seite. Unsere Regenschirme stießen mehrmals gegeneinander. In der Boutique in der Madison Avenue gafften uns alle an: ein Jeansboy und ein ziemlich nachlässig gekleidetes kleines Mädchen waren hereingekommen, ein typisches junges Liebespaar. Helena kaufte nicht nur das Haarfärbemittel, sie stellte sich noch eine halbe Stunde lang eine neue Schminkgarnitur zusammen, und ich ergötzte mich daran, ihr zuzuschauen. Endlich hatte Gott mir eine Gnade gewährt. Dann wollte sie noch Seife und Badesalze oder so etwas Ähnliches haben. Sie fragte mich, ob ich genug Geld bei mir hätte. Ich sagte: »Ja, natürlich, ich hab welches.«

»Gib mir einen Zehner, ich geb ihn dir später wieder.«

Ich antwortete, sie brauche mir nichts wiederzugeben, ich sei gerade flüssig. Ich hatte einige Tage hintereinander für John gearbeitet und noch ein paar Dollar übrig.

Schon immer hatte ich ihr gern beim Einkaufen zugesehen, und sie hatte früher immer genau gewußt, was sie brauchte. Aber seitdem sie in Amerika war, war das arme Mädchen ständig pleite. Während ich ihr zusah, dachte ich, wie gut es doch sei, daß ich es nicht geschafft hatte, sie zu erdrosseln, daß sie noch lebt und es warm und trocken hat, das ist schließlich das wichtigste. Die Tatsache, daß ein Mann nach dem anderen seinen Schwanz in ihre Möse steckte, schmerzte mich, aber sie mochte das nun einmal. Ihr meint, es bereite mir Vergnügen, den alles verzeihenden Christus zu spielen? Scheiße, ich mache euch nichts vor, ich leide darunter, sogar sehr, aber ich wiederhole mir jeden Tag: »Limonow, du mußt Helena so betrachten, wie Christus Maria Magdalena und alle Sünderinnen betrachtete, nein, noch mehr: Vergib ihr nicht nur ihre früheren, sondern auch ihre jetzigen und ihre künftigen Sünden und Eskapaden. Was soll's, sie ist nun mal so. Wenn du sie liebst, diese hagere Kreatur in ausgewaschenen Jeans, die von einem Parfüm zum anderen wechselt, nervös die Flakons auf- und zumacht und wie eine Süchtige daran schnuppert, wenn du sie liebst, dann wisse, daß Liebe über persönliche Kränkungen erhaben ist. Diese Frau ist unvernünftig, ja, sogar niederträchtig. Aber du, der du ein vernunftbegabtes, gutmütiges Wesen bist, verachtest sie nicht. Misch dich nicht in ihr Leben ein, denn sie mag das nicht, aber sei zur Stelle und steh ihr bei, wenn sie deine Hilfe braucht. Verlang nicht, daß sie als Gegenleistung für das, was du für sie tun könntest, zu dir zurückkehrt. Liebe braucht weder Dankbarkeit noch persönliche Befriedigung, denn sie ist sich selbst genug.«

Das wiederholte ich mir in der Parfümerie in der Madison Avenue ein Dutzend Mal. Später gelang es mir selbstverständlich nicht mehr, diese heroische Haltung einzunehmen, aber zwischen zwei Anfällen von Wut und Abscheu bemühte ich mich wenigstens darum.

Wir gingen anschließend in das Atelier zurück, das ständig in Zwielicht getaucht war; wenn es heller gewesen wäre, hätte Jigulin viel mehr als dreihundert Dollar im Monat bezahlen müssen. Das Leben in diesem dunklen Atelier hatte für Helena nichts Verlockendes. Wenn man es mit dem herrlichen Haus der Modellagentur Zoly vergleicht, in dem Helena zuvor ein Zimmer hatte, kann man sagen, daß Helena sich verschlechterte, als sie in Jigulins Atelier zog. Was hatte sie Mr. Zoly verweigert, warum hatte er ihr gekündigt? Ich weiß es nicht. Helena erklärte sich seine Verärgerung mit ihrer Abreise von Mailand. Sie war vor der Modenschau, an der sie hätte teilnehmen sollen, einfach abgehauen. Die Reise nach Mailand hatte ihrer Karriere also kein bißchen genützt, im Gegenteil. Zoly hielt sie fortan für unzuverlässig. Ihre glänzende Zukunft als Modell war passé, bevor sie begonnen hatte. Helenas Kolleginnen vertrauten mir an, Zoly habe diese exzentrische Russin unbedingt loswerden wollen und eigens deswegen nach Mailand geschickt. Als sie zurückkam, sagte man ihr, das Zimmer werde gebraucht.

Jetzt bewohnte sie also einen Teil von Jigulins Atelier. Ihr Bett bestand aus einer Art Matratze, die auf dem Fußboden lag, darüber eines der Laken, die sie noch in Moskau eigenhändig genäht und mit unserem Monogram versehen hatte. Ich mußte den Kopf abwenden, als mein Blick auf diesen Zeugen zahlloser Liebesfreuden mit ihr fiel. Sie ist keine Fetischistin, deshalb macht es ihr nichts aus, das Tuch weiter zu benutzen, aber ich bin, wie Sie schon bemerkt haben werden, ein exzessiver Fetischist. Ich muß die Dinge der Vergangenheit wegwerfen, damit ihre Gegenwart mir nicht die Tränen in die Augen treibt.

Jigulins Atelier war übrigens ein richtiges Fetisch-Museum: Hier standen mein Arbeitstisch und ein Sessel aus unserer

Wohnung an der Lexington Avenue. Helena hatte beides gekauft, nachdem ich angefangen hatte, bei der Zeitung zu arbeiten. Und hier schlich auch die Katze herum, das spitzohrige Ungeheuer, das immer noch so gefräßig und dumm war wie früher. Das ganze Atelier schien von starken Kraftlinien durchzogen zu sein; alles rieb sich aneinander, alles knisterte wie elektrisiert und implodierte um mich herum. Aber das war wohl nur mein persönlicher Eindruck, und Helena empfand das ganz anders, für sie atmete der Raum Ruhe und Geborgenheit. Es ist wirklich Wahnsinn. Wir neigen alle dazu, die anderen mit uns zu vergleichen, und später entdecken wir, daß niemand dem anderen gleicht. Ich habe Helena mit mir verglichen, und ich bin dafür bestraft worden; die von der Sonne geröteten Narben an meinem linken Handgelenk werden mich für dein Rest meiner Tage daran erinnern, wie töricht dieser Vergleich war.

Wir hatten Hunger. Sie holte Thunfisch-Sandwiches aus dem Kühlschrank. Lust zu kochen hatte sie nie. Früher machte ich das Essen und deckte den Tisch. Damals war ich noch der Sekretär meiner angebeteten Dichterin, ich tippte ihre Gedichte ab, ich nähte und flickte ihre Kleidungsstücke, ich war ihr Mädchen für alles. »Du Idiot«, werdet ihr nun sagen, »du hast deine Frau verwöhnt, mach jetzt keinem Vorwürfe außer dir selbst.«

Nein, ich habe meine Frau nicht verwöhnt, sie war schon bei Viktor so gewesen, bei ihrem gutsituierten ersten Mann, der doppelt so alt war wie sie und den sie mit siebzehn geheiratet hatte. Als sie mit ihm zusammenlebte, war es genauso: Viktor kochte, er fuhr den Mercedes (als ihr Privatchauffeur), er brachte das Geld nach Haus, während Helena Sergejewna in einem mit Straußenfedern besetzten Gewand ihr Hündchen spazierenführte und eines Tages mit ihrem weißen Spaniel das ärmliche, aber sonnendurchflutete Zimmer des Dichters Limonow betrat. Ich entkleidete das Geschöpf, und nachdem wir eine oder zwei Flaschen Krimsekt getrunken hatten (der arme Poet, der ich war, trank im Land des Gulag nur Krimsekt!), liebten wir uns, liebten uns so, wie ihr es euch nicht mal in euren kühnsten Träumen vorstellen könnt. Der Spaniel, die kleine Dosja, sah uns eifersüchtig zu und kläffte indigniert . . .

Nein, ich will mich nicht von den Erinnerungen übermannen lassen. Jetzt sind wir in Amerika, und die Tageslosung heißt: »Erobert New York!«, genau wie früher, als ich Komsomolzenführer war.

Wir verschlangen die Thunfisch-Sandwiches. Genauer gesagt: Helena verschlang sie. Magere junge Leute haben einen gewaltigen Appetit. Für mich blieb gerade noch ein Happen. »Wie wär's, wenn wir irgendwo essen gingen?« fragte ich. Sie antwortete: »Ja, gehen wir ins italienische Restaurant nebenan, ich ruf Carlos an.« Warum sie deswegen Carlos anrufen mußte, kapierte ich nicht, aber ich wandte nichts ein. Ich hätte Hunderte von Carlos' hingenommen, um die Freude zu haben, wieder einmal mit ihr in einem Restaurant zu essen. Vielleicht hatte sie Angst davor, mit mir allein auszugehen.

Das kleine Mädchen, das zu erdrosseln ich nicht geschafft hatte, rief also Carlos an. Er war meiner Ansicht nach ein ziemlich suspekter Typ, furchtbar durchschnittlich, völlig uninteressant; ich hatte ihn einmal bei Jigulin angetroffen. Dieser Bursche tat nichts, aber er stank vor Geld, wie Helena sagte. Woher hatte er es? Von seinen Eltern! Gegen diese Ordnung wird die Weltrevolution kämpfen. Den Arbeitern und Dichtern, den Geschirrspülern und den Möbelpackern soll es nicht schlechter gehen als reichen Tagedieben wie Carlos.

Sie zog sich nicht um, sondern behielt ihre Jeans und ihren schwarzen Pullover an, puderte sich nur ein bißchen und wand sich wieder ihr rotes Band um Stirn und Hals. Zum »Pronto« waren es nur ein paar Schritte. Wir setzten uns rechts vom Eingang an einen Tisch für vier Personen und bestellten Rotwein. Carlos war Gott sei Dank noch nicht da.

»Ach, ich hab ganz vergessen, dich etwas zu fragen«, sagte sie ein bißchen verlegen, »es ist ein ziemlich teures Restaurant. Hast du genug Geld bei dir?«

»Ja«, sagte ich, »keine Angst.« In der Tat hatte ich hundertfünfzig Dollar bei mir, und ich war sicher, daß ich sie am Ende dieses Tages nicht mehr bei mir haben würde.

Dann kam ihr langweiliger Galan, dieses wandelnde Scheckbuch. Leute, die es geschafft haben, dem Leben ein bißchen Geld abzugewinnen, kann man notfalls noch respektieren, aber nicht solche Typen, die von ihren Eltern schmarotzen. Er hatte kurzgeschnittene Haare und war streng konservativ gekleidet. Er setzte sich neben Helena und hielt die ganze Zeit die Hand meines kleinen Lieblings. Es war für mich alles andere als angenehm, wie ihr euch vorstellen könnt, aber was sollte ich machen? *Take it easy, baby, take it easy* – einen kurzen Moment sah ich Chris vor mir. Wenn Carlos gerade nicht Helenas Hand tätschelte, faßte er sie um die Schultern. Offensichtlich hat sie ihn noch nicht rangelassen, oder sie hat ihn einmal rangelassen und dann nicht wieder, dachte ich ungewöhnlich kaltblütig, während ich diese Frau betrachtete, mit der ich nach dem Ritual des Zaren in einer von unzähligen Kerzen beleuchteten Kirche für immer vereint worden war. »Böse Menschen werden versuchen, euch voneinander zu trennen«, hatte der Pope in seiner Predigt gesagt.

Dieser böse Mensch Carlos nahm also ihre Hand. Ich hätte keine Sekunde gezögert, ihn niederzuschlagen. Zum Schutz solcher Kanaillen wurden jedoch Gesetze erlassen, die dazu dienen, ihr wertloses Leben zu erhalten und ihre dubiosen Rechte zu wahren, damit Leute wie ich nicht ohne zu zögern zur Selbstjustiz schreiten. Ich saß ihnen wütend vis-à-vis und war trotz meines unglücklichen Loses doch viel besser dran als sie. Denn wurzelte nicht all mein Unglück in Wahrheit in meinen Vorzügen? Ich konnte lieben, ich verstand zu lieben, ich liebte wirklich. Er dagegen ließ sich gleichgültig vom Strom des Lebens dahintreiben wie ein Korken, er hatte nichts als einen Schwanz, und indem er ihre Hand ergriff, meldete er seinen Anspruch auf ihre Möse an.

Sie sagten sich nichts Wesentliches. Aus Höflichkeit stellte ich Carlos ein paar Fragen und bemühte mich, am Gespräch teilzunehmen. Mein Ziel war indessen, sie voneinander abzulenken. Wir tranken mehrere Flaschen Wein zum Essen, am meisten Helena und ich, dann zahlte ich, und wir gingen in den Playboy Club in der 59. Straße. Es war ganz nahe bei mir, und ich hätte das Winslow mit Pantoffeln verlassen können, um in einer anderen Welt zu sein. Carlos hatte natürlich einen Mitgliedsausweis für den Club, denn er war ja ein Playboy, wie er im Buche steht. Am

Eingang stand ein Bunny, und Carlos hielt ihr lässig seine Karte hin. Alle Bunnies trugen winzige Trikots und Fellohren. Helena und Carlos führten mich durch alle Stockwerke des Clubs, wie um dem kleinen Jungen aus der Provinz ein berühmtes Nachtlokal vorzuführen. In jedem Stock war eine Bar oder ein Restaurant, allesamt in schummriges Halbdunkel getaucht, aber mit unterschiedlichem Dekor und dazu passenden Livreen für das Personal. Während ich bei leiser Musik aus einem riesigen Glas Wodka trank, dachte ich an den Unterschied zwischen den Gästen an diesem Ort und den Pennern unter der Brooklyn Bridge, die eine ganze Woche lang meine Kameraden gewesen waren, und fing an zu lachen. Nicht dort unter der Brücke, sondern hier versammelte sich der Abschaum der Zivilisation. Wie können sie hier bloß rumsitzen, ohne zu befürchten, daß eines Tages gewaltige Wogen aus Harlem, aus der South Bronx, aus dem puertorikanischen Manhattan-West, aus Brooklyn und von der Lower East Side über diesen Garten der Lüste branden werden, in dem man unentwegt feiert, ißt und trinkt, in Musik schwelgt, wo menschliche Häschen mit ihrem halbnackten Popo wackeln und wo Helena sich produziert, für alle erreichbar. Kein ländliches, idyllisches Amerika wird etwas retten können, alles wird geschehen wegen New York, meiner funkelnden, brennenden Stadt Babylon.

Wir hatten unweit der Tanzfläche Platz genommen, ich trank noch meinen ersten Wodka, als Helena mich ganz unvermittelt zum Tanzen aufforderte. Sie tanzt wunderbar, mein kleiner *nuttiger Engel*; dieser Kosename fiel mir eines Abends für sie ein, als ich beschwipst war, als ich noch ihr angebeteter Gatte war, und die Bezeichnung hatte ihr gefallen: nuttiger Engel.

Zuerst tanzten noch andere Paare und einige von diesen komischen Bunnies. Dann waren wir plötzlich, ich weiß nicht warum, allein auf der Tanzfläche, die Lichter entflammten und erloschen in blitzschneller Folge, wir waren uns nahe, und ich gaukelte mir vor, daß sich nichts geändert habe, daß es weder Blut noch Tränen gegeben habe und daß wir nach dem Tanzen nach Haus gehen und uns gemeinsam schlafen legen würden.

Nichts da. Wir blieben nicht lange, Carlos schleppte uns zu Leuten, die er kannte, um Pornofilme zu sehen. Der Hausherr mußte über fünfzig sein, er hatte Ähnlichkeit mit Tossik, einem schmierigen Geschäftsmann aus unserem, Helenas und meinem, Bekanntenkreis, der damals in Tiflis lebte. Seine Frau war sehr jung, viel zu jung für ihn.

Bei der Vorführung der Pornofilme, in denen vulgäre Hausfrauen frohgemut den Samen eines pickligen Jämmerlings schluckten, saß mein kleiner Liebling hinter mir mit Carlos in *einem* Sessel, und ich nehme an, er versuchte dauernd, sie zu befummeln oder zu küssen. Nach ihrem geräuschvollen Getue zu urteilen, war Helena meine Anwesenheit peinlich, und sie zierte sich anstandshalber noch ein bißchen vor ihrem Freier. Ich hatte ihr das beigebracht, der Schönen Helena, der schönsten Frau von Moskau, also ganz Rußlands. Meiner Natalja Gontscharowa*.

Nach dem Pornozeug kam Helena zu mir und sagte, wie um sich zu rechtfertigen: »Carlos wollte wissen, was für ein Gesicht ich mache und wie ich auf solche Filme reagiere. Und du, wie geht es dir?« fragte sie und fuhr mir plötzlich mit einer Hand durch die Haare.

Wie es mir ging? Stellt euch einen Gangster in Freiheit vor, der es gewohnt ist, einfach und unzweideutig zu reagieren: Ich hatte Lust, alle niederzuschlagen und mit ihr in der Nacht zu verschwinden. Was aber tat ich? Ich nahm Rücksicht auf ihren krankhaften Wunsch, daß wir getrennte Wege gingen.

Carlos rief ein Taxi, weil es regnete. Während wir unter dem Vordach des Hauses warteten, sagte sie, ich hätte, was die Kleidung betreffe, meinen Stil gefunden. Sie fände mich gar nicht so übel. Ich dankte ihr für den Abend und dafür, daß sie mir den Playboy Club gezeigt hatte.

»Warst du schon mal im ›Infinitive‹, das ist eine Disco?« fragte sie.

»Nein«, sagte ich. »Noch nie.«

»Ich nehm dich mal mit, ich habe einen Mitgliedsausweis. Genauer gesagt, ist es Georges Ausweis, aber das spielt keine Rolle.«

Carlos bekam schließlich ein Taxi. Helena verlangte, daß wir sie zuerst nach Haus brächten. Als wir bei ihr angekommen waren,

* Die Frau des Dichters Alexander Puschkin.

gab sie mir, ehe sie ausstieg, einen Kuß auf den Mund. Im Vestibül vom Winslow betrachtete ich mich in einem Spiegel und sah, daß ich voller Lippenstift war. Ich wischte ihn ab, aber dann bereute ich es.

Kurz danach trafen wir uns wieder, und das war, als wir uns plötzlich einander so merkwürdig nahe fühlten. Wir küßten und preßten uns aneinander, sie war zärtlich und sprach kaum ein Wort. Es war auf einer Jacht, zusammen mit einer ganzen Clique: Jigulin war mit einem eleganten Mädchen da, dann noch Zelenski, dieser Stockfisch, und wir beiden Exgatten.

Die Jacht fuhr in zuerst seichtem Wasser, aber dann steuerte der Besitzer, ein gewisser Red, der auch die Party organisiert hatte, seine Nußschale aufs Meer hinaus, warf mitten auf hoher See Anker, und wir fingen alle an, zu haschen und zu trinken. Warum? Das konnte mir kein Mensch sagen.

Fühlte ich mich denn wohl dabei? Anfangs nicht so sehr. Zum Glück war unter den Anwesenden niemand, der mit Helena flirtete. Mark und Paul, die beiden Schwulen, waren ein altes Paar und hegten nur brüderliche Gefühle für sie. Sie trug wieder dieselben Jeans, diesmal mit einer violetten Bluse, erzählte anzügliche Geschichten, gab uns nacheinander einen Wattebausch, der nach Äther roch, hielt uns eigenhändig sekundenlang die Nasenlöcher zu und zwang uns dann, tief einzuatmen. Schon beim Kontakt ihrer Finger mit meiner Nase wäre ich fast in Ohnmacht gefallen. Alles in allem war sie doch ein fabelhafter Kumpel, die Seele unserer kleinen Gesellschaft. Sie ging etwas schwankend, wirkte dabei sehr drollig, und ich war, wie ich schon sagte, froh, daß kein Mann unter uns war, der vor meinen Augen einen Annäherungsversuch bei ihr machte. Ich hätte Red, diesen Typ unbestimmbaren Geschlechts, küssen können, der weder auf Männer noch auf Frauen stand und offenbar Experte für Revolutionen war. Zuerst redete Helena nicht viel mit mir, aber dann, als ich gesenkten Hauptes ins Wasser starrte, kam sie zu mir.

»Weißt du, dieses Boot erinnert mich an das Schiff auf der Moskwa, mit der Jazzband; wir haben gesoffen wie die Löcher, wir haben uns gestritten, und im Morgengrauen sind wir durch die

Luke an Deck gestiegen. Erinnerst du dich?« Es war das erstemal, daß sie auf unsere gemeinsame Vergangenheit anspielte.

Über das, was anschließend geschah, hat sich Nebel und Rauch gelegt. Ich hatte zuviel getrunken und in einem fort an jenem Zeug geschnüffelt, das sie alle Anwesenden inhalieren ließ. Mir ist sogar der Augenblick nicht mehr gegenwärtig, in dem sie mich küßte, ich weiß nicht, wie lange er dauerte, und ich kann mir bis heute nicht verzeihen, daß ich damals so besoffen war. Ich war nicht imstande, jenes wunderbare Erlebnis bewußt auszukosten, ich erinnere mich nur noch, daß es sehr zärtlich und friedlich war. Ich glaube, ich saß, und Helena stand, und ich liebkoste ihre kleinen Brüste durch ihre Bluse. Dann trennte uns das Schicksal in Gestalt Jigulins, wir wurden in verschiedene Autos verfrachtet und kehrten ohne einander nach Haus zurück. Ich erinnere mich an die unendliche Trauer, die mich in jenem Moment erfaßte.

Danach rief ich sie selbstverständlich an und versuchte, wieder das zu empfinden, was ich verdrängt hatte. In der Hoffnung auf ein weiteres Zusammentreffen mit ihr kaufte ich mir neue Schuhe und träumte davon, mir beim nächstenmal eine Nelke ins Knopfloch meines weißen Anzugs zu stecken. Sie war aber jedesmal zu *busy*, um sich mit mir treffen zu können, und ich dachte nach all diesen Martern, es sei besser so, denn ich dürfe nicht hoffen, sonst würde mein Leben wieder zur Hölle, wogegen es im Augenblick immerhin nur eine Vorhölle war.

Einige Zeit danach rief sie an, das heißt, ich weiß nicht mehr genau, ob sie diejenige war, die anrief, vielleicht war ich es auch, und außerdem weiß ich nicht, ob ich unsere nächsten Begegnungen jetzt in der richtigen zeitlichen Reihenfolge heraufbeschwöre. Nein, ich glaube, ich habe angerufen; sie war krank und lag mutterseelenallein auf ihrer Matratze in Jigulins armseligem Atelier. Er war in Montreal, und sie hatte Hunger. Ich kaufte ihr etwas zu essen, ich weiß nicht mehr, was, ich nahm Bücher mit, um die sie mich gar nicht gebeten hatte, die jedoch Erinnerungen in mir wachriefen, von denen ich mich befreien wollte. Deshalb brachte ich sie ihr.

Die Tür zum Hausflur stand offen. »Warum machst du die Tür nicht zu?« fragte ich sie.

»Ach!« Sie machte eine unbestimmte schlappe Handbewegung und setzte sich auf.

Sie hatte einen Pyjama aus Jersey an, der ihre Formen betonte, ich schmierte ihr Sandwiches, und sie fing sofort an, über die schlechte Qualität des Brotes zu nörgeln. Nach dem Essen prahlte sie damit, daß ihr einer ihrer Liebhaber fünf Millionen angeboten habe, falls sie zu ihm zöge. »Als ich ihn kennenlernte, war er arm«, erklärte Helena. »Ich sagte ihm, mit einem Typ, der keinen Cent in der Tasche hat, will ich nichts zu tun haben. Er ging irgendwohin, und jetzt ist er auf einmal zurückgekommen und hat mir fünf Millionen angeboten, er hat das Geld mit Kokainhandel verdient.«

Die Kurtisane, der fünf Millionen angeboten worden waren, war kraftlos in ihrer Schlafnische zusammengesunken, das Bettzeug war schmutzig, der Kühlschrank leer, nicht einmal angeschlossen, das ganze Atelier unaufgeräumt und scheußlich dunkel, und aus einem mir unbekannten Grunde kannte Helena außer mir offenbar keinen Menschen, der ihr etwas zu essen gebracht hätte.

»Ich habe abgelehnt!« fuhr sie fort, sich vor mir aufzuspielen.

»Aber warum? Du wolltest doch schon immer viel Geld haben.«

»Er soll sich zum Teufel scheren, bei ihm muß man pausenlos fixen und koksen, er hat eine eiserne Gesundheit und ich nicht, ich habe keine Lust, in zwei oder drei Jahren wie eine alte Vettel auszusehen. Außerdem kann er jeden Augenblick hochgehen, und all sein Geld ist futsch. Ich habe auch keine Lust, mit ihm aus New York wegzugehen, ich mag ihn einfach nicht genug, verstehst du? Er hat mit Kokain Geld verdient wie unser Freund Schurik mit seinen Orangen und Kräutern. Das waren zwar keine Drogen, aber auch verbotene Waren. Schurik fuhr von Charkow nach Baku, wo er das Zeug kaufte. Dann flog er nach Moskau, um alles zu Schwarzmarktpreisen viel teurer zu verkaufen. Anschließend kam er nach Charkow zurück und gab sein Geld einer Nutte. Sie hieß Wika und war nicht übel. Sie hatte Talent. Sie schrieb Gedichte. Kein Wunder, daß sie anfing zu trinken. Sie muß jetzt ziemlich alt sein.«

Die Parallele zwischen Wika und Helena war unschwer zu erkennen. Helena freilich sah sie nicht.

Als ich Helena das letztemal sah, fiel ich in eine schreckliche Depression. Es war allein mein Mißgeschick, sie hatte nichts damit zu tun, sie benahm sich wie immer und tat nichts, was bei mir normalerweise hätte eine Depression auslösen können.

Sie rief mich eines Morgens an und fragte mit ganz leiser Stimme (sie hatte ohnehin eine ziemlich leise Stimme, und wenn sie erschöpft war, wurde es noch schlimmer): »Möchtest du meine Modeschau sehen? Sie ist heute nachmittag um drei.«

Ich antwortete: »Sicher, Lena, sehr gern.«

»Ich geb dir die Adresse«, sagte sie. »In der Seventh Avenue zwischen der 26. und der 27. Straße, im Fashion Institute, zweiter Stock.«

Ich ging hin und war ebenfalls nervös. Für diese Gelegenheit hatte ich mir ein neues Eau de Cologne gekauft und meinen schönsten Anzug, den weißen, angezogen, dazu das schwarze Spitzenhemd. Ich hängte mein Kreuz höher, indem ich die Kette kürzte, so daß es am Halsansatz anlag. Der Bus fuhr entsetzlich langsam, und ich hatte furchtbare Angst, zu spät zu kommen.

Ich kam nicht zu spät, und ich fand gleich den richtigen Raum in dem riesigen Gebäude. Weil in den ersten Reihen alles besetzt war, setzte ich mich hinten hin und wartete. Auf der Bühne hatte man einen Garten nachgebildet, einen Platz mit Bäumen oder einen Park, jedenfalls war das Grün recht bizarr und dilettantisch arrangiert, und auch die Beleuchtung war sehr merkwürdig. Techniker und Fotografen eilten über die Bühne. Ich wartete beklommen.

Endlich erklang eine sonore, sehr sonderbare Musik. Vielleicht kam sie mir aber nur deshalb seltsam vor, weil ich seit einer Ewigkeit nicht mehr im Theater oder in einem Konzert gewesen war. Die Mannequins traten auf die Bühne, erstarrten kurz in verschiedenen Posen, schauten sich dann frech um und fingen an, sich um die eigene Achse zu drehen. Anscheinend bemühten sie sich, junge Mädchen im Frühling heraufzubeschwören. Kleine Fohlen, Ballettgirls, Mannequins – auf den ersten Blick ähneln sie sich alle, und erst später, als ich die Augen zusammenkniff, schaffte ich es einigermaßen, ein paar von ihnen auseinanderzuhalten. Diese mageren, von allen möglichen Drogen vergifteten

Kinder weiblichen Geschlechts, denen man bestimmte symbolische Rollen zugewiesen hatte, marschierten im Rhythmus der Musik auf der Bühne herum, trippelten bis zur Rampe, drehten sich um, lächelten oder schmollten das Publikum an oder setzten eine lasterhafte Miene auf, um sich trippelnd wieder zu entfernen. Mein Herz krampfte sich zusammen. Besonderes Mitleid hatte ich mit denjenigen, deren Haare kurzgeschnitten waren. Dadurch wirkten ihre schmalen Gesichter wie die von kleinen Mädchen, die kaum von einer schweren Krankheit genesen waren. Mein Gott, wenn man sich vorstellt, daß erwachsene Männer wie wild hinter diesen Kindern her sind und sich nichts Schöneres vorstellen können, als den Schwanz in ihren Leib zu bohren!

Dann war Helena an der Reihe. Sie war sichtlich aufgeregt und zappelte viel herum. Ich erinnere mich nicht mehr an das erste Kleid, das sie vorführte, weil sie unter ihrem großen Hut nicht sofort zu erkennen war, und als ich endlich sah, daß sie es war, verschwand sie schon wieder in den Kulissen. Ihr zweites Modell, eine mauvefarbene Création, die man nicht als Kleid bezeichnen konnte, entlockte dem Publikum Beifall. Oder applaudierten sie Helenas funkelnden, herausfordernden Blicken?

Alles in allem aber kam sie nicht so gut an wie die anderen Mädchen. Es bereitet mir keine Genugtuung, wenn ich sage, daß sie sich zu oft drehte, daß ihre Bewegungen zu fahrig und unkoordiniert waren. Unter ihren Kolleginnen waren einige erstklassige Profis, die sich mit mechanischer Präzision bewegten, ihre Gesten waren kalkuliert und abgezirkelt, ihre Kleider warfen nicht eine Falte zuviel, sie bewiesen mit jeder Bewegung untrügliches Stilempfinden. Sie machten nur sparsame Gesten, wandten im richtigen Augenblick mit Grazie den Kopf und zogen gleichzeitig die Augenbrauen hoch. Bei ihnen wirkte alles exakter als bei Helena. Natürlich war und blieb sie für mich viel reizvoller als die anderen Mannequins und das restliche Corps de ballet. Aber sie war kein Profi, das sah man mit einem Blick.

Urteilen Sie selbst: Sie erscheint in einem weißen Leinenkostüm mit angesetzter Kapuze und mit weißen Stiefeln, Sie wissen schon, in einem kleinen Kostüm von der Art, wie es eine junge, nicht berufstätige Frau anziehen könnte, um nach einem

Platzregen in Connecticut ihr Landhaus zu verlassen und Pilze zu suchen. Sie kommt also in diesem Kostümchen auf die Bühne und führt im Rhythmus der Musik einen Tanz auf, bei dem sie, in gebückter Haltung, mit abgewandtem Gesicht, so tut, als sammle sie Pilze ein oder, falls man in Amerika keine Pilze sammelt, Beeren. Sie macht das nicht schlecht, und einige Leute klatschen. Dann tritt Helena an die Rampe, damit die Leute sie aus nächster Nähe sehen können, und fängt völlig unvermittelt an, sich mit zuckenden, nicht aufeinander abgestimmten Bewegungen herumzudrehen, so schnell, daß wir, die Zuschauer, nicht die Zeit haben, ihr Gesicht zu sehen. Ist das überhaupt Helena? Man hat kaum einen Eindruck von ihr gewonnen, da verschwindet sie schon wieder! Sie hat ihren Kopf keinen Augenblick lang stillgehalten, sie hat es nicht verstanden, sich auf uns einwirken zu lassen. Nein, sie ist kein Profi. Der zögernd einsetzende Beifall verebbt sofort wieder.

Zum Schluß gab es eine Parade mit Luftballons, Musik, Lärm, Bändern, Konfetti. Jetzt war sie in ihrem Element, die Zirkusfaxen machten ihr sichtlich Spaß. Sie verhedderte sich in den Luftballonschnüren, schwenkte ihren Hut, und es war alles in allem ganz gut. Doch ich war nicht mit ihr zufrieden, ich wollte, daß sie die beste sei.

Ich lief ein bißchen im Saal hin und her und ging dann hinaus, um auf sie zu warten. Die meisten Mannequins, die von ihren Liebhabern oder Freunden erwartet wurden oder allein weggingen und übrigens alle den gleichen erschöpften, mißmutigen Eindruck machten, waren schon fort, als endlich Helena kam. Sie hatte einen weißen Hut auf und trug ein schlichtes kastanienbraunes Kostüm mit passender Bluse; ich schaute genau hin und stellte fest, daß es nicht mehr ganz neu war; auch die kastanienbraunen Schuhe hatten ihre besten Tage hinter sich. Ich ging ihr entgegen und gab ihr einen Kuß. Ja, der schüchterne Verehrer entschloß sich, der angebeteten Diva einen Kuß zu geben. Er beglückwünschte sie und bemerkte dabei, daß die Schminke auf ihren Wangen bereits abblätterte.

»Ich fand es sehr gut«, sagte ich, »aber du warst zu schnell. Man hätte denken können, du wolltest noch die nächste U-Bahn erwischen.« Sonst sagte ich nichts, weil ich ihr nicht weh tun wollte.

»Ich verstehe nicht, wo George bleibt«, sagte Helena und sah sich nervös um. »Er hat doch zugeschaut, wo ist er denn bloß geblieben?«

Sie war sehr nervös, sie hatte keine Verwendung für Editschka, den treuen Hund, der, selbst wenn er am Verbluten gewesen wäre, zu ihr gelaufen wäre, falls sie ihn gerufen hätte. Sie brauchte George, der nicht da war. Editschka war ein großmütiger Kavalier, er erinnerte Helena nicht daran, daß sie behauptet hatte, sie liebe niemanden und bevorzuge keinen. Von Freunden hatte Editschka erfahren, daß George sie schon am letzten Wochenende versetzt, daß Helena bei ihm Binden gefunden hatte, die nicht von ihr stammten, und daß er ihr vor einiger Zeit einen Pelzmantel habe kaufen wollen, jetzt nur noch einen Mantel aus Stoff. Und bisher habe er noch kein einziges Mal die Miete für ihren Anteil an Jigulins Atelier gezahlt, obwohl er ihr dies angeblich versprochen hatte. Dieser zynische und knickerige Kerl mit seinem Hinkebein spielte mit ihr wie der Kater mit der Maus.

Editschka, verständnisvoll wie stets, sagte mit aufmunternder Stimme: »Vielleicht ist er in der Halle, wollen wir mal nachschauen?«

Selbstverständlich war auch im Foyer kein George zu erblicken. Sie weinte nicht, vielleicht konnte sie schon gar nicht mehr weinen. Das letztemal sah ich sie weinen, nachdem ich versucht hatte, sie zu erdrosseln.

Ich schlug vor, ihre Darbietung nach russischer Art zu begießen, und lud auch die anderen Mädchen ein, mitzugehen, auf meine Rechnung natürlich. Dann entschuldigte ich mich vor ihren Kolleginnen, weil ich Helena keine Blumen mitgebracht hatte. Ich hätte keine Zeit mehr gehabt, welche zu kaufen, sonst wäre ich zu spät gekommen, und außerdem hatte ich gedacht, es könnte möglicherweise provinziell aussehen, einen Strauß zu überreichen.

Schließlich gingen wir beide allein in eine Bar. Wir tranken Wodka, und Helena erläuterte mir ihren total verrückten Plan, sich für ihr nächstes Rendezvous in Stoffbahnen einzuhüllen.

»Und du wirst mich zunähen.« Es sollte wie eine zweite Haut wirken. Ich bin auch nicht gerade der ausgeglichenste aller Menschen, aber für mich war ihr Vorschlag nichts als eine typisch dekadente Idee, die ihr das Leben im Westen eingegeben hatte. Zweifellos handelte es sich nur um den spontanen Einfall eines kindlichen Gemüts, der zu nichts führen würde, aber ich erklärte mich einverstanden, weil ich einfach Angst hatte, Helena in Rage zu bringen.

»Gut, ich zeig dir gleich die Stoffe, sie sind im Atelier«, sagte sie. »Du kannst mir helfen, mich darin einzuwickeln, ich muß heute abend mit George ins Theater, und ich habe meine alten Fummel einfach satt.«

»Hör zu, ich mache dir einen noch viel besseren Vorschlag: Ich gebe dir Geld, und du kaufst dir ein Kleid«, sagte ich.

»Ja, aber . . .« wehrte sie mit unsicherer Stimme ab.

»Nichts da, Lena, wir sind alte Freunde, und wenn du erst mal ein berühmtes Mannequin bist, kannst du mir was Schönes schenken.«

»Wieviel hast du denn bei dir?« fragte sie nun interessiert.

»Gut hundert Dollar.«

Sie überlegte kurz.

»Trink aus«, sagte sie dann, »wir schauen mal, was es bei Bloomingdale gibt.«

Sie selbst trank den Wodka schon im Stehen aus und in einem Zug. Im gleichen Augenblick brachte man uns einen kleinen Teller mit Cocktailwürstchen und Salzcrackers. Offensichtlich hatten wir uns in eine bessere Bar verirrt. Sie probierte ein Würstchen und behielt den Stick, auf den es aufgespießt war, frech zwischen den Lippen. Ich gab dem Kellner ein so großes Trinkgeld, daß er vor Befriedigung strahlte und sich verbeugte.

Wir nahmen ein Taxi und brauchten sehr lange, denn es war Stoßzeit. Zu Fuß wären wir schneller dort gewesen; Helena, ungeduldig wie ein Weltstar, wollte alle hundert Meter aussteigen, und ich mußte sie festhalten.

»Nein, ich kauf mir lieber Schuhe«, sagte sie, als wir aus dem Taxi stiegen, »irgend etwas werde ich schon zustande bringen mit diesen Stoffen, aber ich habe keine Schuhe.«

Ich sagte, es sei ihre Sache, doch ich persönlich würde ihr raten, etwas Auffallendes und Großes zu kaufen, damit man meine Kleine in der Menge auch sieht.

Bei Bloomingdale nahmen wir die Rolltreppe, und Helena stürzte sich in ihre Lieblingsbeschäftigung. Sie kannte sich dort wirklich aus. Ich bedauerte, daß ich keine Million Dollar bei mir hatte. Sie hätte es verstanden, das ganze Geld auszugeben. In der Wäscheabteilung ließ sie sich Slips mit Spitzen und Blümchen zeigen. »Wie findest du den?« fragte sie mich alle paar Augenblicke. »Ich weiß nicht. Mir wird seit einiger Zeit jedesmal übel, wenn ich weibliche Unterwäsche sehe«, antwortete ich wahrheitsgemäß. Sie ignorierte mein Geständnis. Editschkas Probleme gingen sie nichts an. Wir kauften einen Haufen Reizwäsche für sie und fuhren dann zum Atelier zurück.

Dort angekommen, ging sie sofort ins Badezimmer, um sich auszuziehen. Sie kam in einer durchsichtigen Strumpfhose zurück, ohne Slip darunter. Mannequins tragen bei Modenschauen keinen Slip, weil er sich auf dem Gesäß abzeichnen könnte. Ihre Brüste waren nackt, und das kleine buschige Dreieck ihres Venushügels grinste Editschka durch die Strumpfhose höhnisch an.

Ich glaube nicht, daß sie mich absichtlich leiden ließ, sie dachte sich gewiß gar nichts dabei, sie war es gewohnt, in dieser Aufmachung zwischen Fotografen und Technikern herumzulaufen, und sie kam nicht auf die Idee, daß es angebracht sein könnte, auf Editschka und seine Gefühle Rücksicht zu nehmen. Mein Exgatte wird doch nicht nervös werden, wenn er mich nackt sieht – und wenn, dann soll er sich zum Teufel scheren!

Ich erinnerte mich an die Worte, die sie mir im Februar durch das Telefon an den Kopf geworfen hatte: »Du bist eine Null!« Mein Herz, sei ohne Zorn! sagte ich mir vor, um mich zu beruhigen. Denk an Jesus angesichts der sündigen Maria Magdalena . . . Das half.

Und dann ging mir auf einmal ein Licht auf: Sie weiß eben nicht, was sie mit uns anfangen soll, mit den Georges, den Editschkas, den Jean-Pierres . . . Uns zum Vögeln benutzen, uns Geld abknöpfen, uns in teure Restaurants locken, das meint sie, sei alles, was man mit uns machen kann. Sie ist harmlos wie ein Kind; sie weiß gar nicht, wozu wir sonst noch nütze sein könnten. Denn kein Mensch hat es ihr je beigebracht. Sie glaubt, uns einen Gefallen zu erweisen, indem sie uns ausnützt. Im übrigen sind wir ihr eher lästig. Wir stören sie in ihren Träumen. Sie träumte, als sie mit mir zusammenlebte, und sie träumt auch jetzt. Mit wem sie zusammenlebt, spielt keine Rolle. Diese Erkenntnis jagte mir einen Schauer über den Rücken.

Das ist es: Sie weiß nicht, was Liebe ist. Sie weiß nicht, daß man jemanden lieben kann, ihn vermissen, ihn retten, ihn aus dem Gefängnis holen oder von einer Krankheit heilen, seine Haare streicheln, ihm ein Tuch um den Hals binden oder ihm, wie in der Bibel, die Füße waschen und sie mit den Haaren trocknen kann. Niemand hat ihr je etwas über dieses Geschenk Gottes, die Liebe, gesagt. Die Bücher, die sie las, haben ihr nichts davon verraten. Nur der animalische Trieb ist ihr geläufig, und sie glaubt, es gebe gar nichts anderes. Deshalb war so viel Angst in all dem, was sie in ihre Hefte schrieb, deshalb sah und sieht sie die Welt in einem so düsteren Licht. Aber sie ist noch jung. Vielleicht wird sie eines Tages das Glück haben, jemanden lieben zu können. Ich beneide den Menschen, dem dann die erste Liebe dieses unglücklichen Geschöpfs gelten wird. Sie wird ihm viel schenken, weil sie vieles in sich angesammelt haben muß. Oder sollte da nichts sein, nichts, was sie zu verschenken hätte?

Ich überließ mich meinen Gedanken, während sie fortfuhr, sich hin und her zu drehen, bis plötzlich Jigulin eintrat.

»Editschka hat mir Sachen gekauft«, sagte Helena.

»Kaufst du mir auch was?« wollte Jigulin wissen.

»Lena, du bist verabredet, und du hast mir versprochen, vorher noch einen Drink mit mir zu nehmen«, sagte ich, ohne auf Jigulin zu achten.

»Wir haben genug Zeit«, sagte sie, »ich dusche jetzt, und dann gehen wir.«

Sie duschte, und danach fingen wir an, sie in ihren Stoff zu hüllen. Sie war ebenso nackt wie vorhin, ich wickelte mit bebenden Händen eine lila Stoffbahn um sie herum und anschließend ein durchscheinendes gelbes und schwarzes Gewebe. Es war ein

Blödsinn, sie wußte es auch, aber sie sagte, wir würden es nur nicht richtig anstellen. Natürlich nicht. Wie sollten wir auch. Wir sind ja keine Hindus!

Sie beschloß, ein pinkfarbenes Kleid anzuziehen, und ich mußte ihr schnell den Saum umnähen. Ich tat es, was blieb mir anderes übrig? Ich kann alles, das ist ja das Entsetzliche. Dann gingen wir, nachdem sie Jigulin noch befohlen hatte, ihr den hinkenden Finanzier in die Bar unten im Haus hinterherzuschicken. Ich hatte nicht nur die weiße Jacke meines Anzugs aufgeknöpft, sondern auch das schwarze Spitzenhemd. Helena in Rosa hielt eine lange Zigarettenspitze zwischen den Lippen. Man hätte uns für reiche Leute halten können, für ein Jet-set-Paar: Der Playboy Limonow und die schöne Helena, die der erfolgreiche Autor sich kürzlich zugelegt hat, auf dem Weg in eine Nobelbar.

Sie bestellte sich einen Kognak, ich mir Whisky von der Marke J&B. Wir erregten Aufsehen, und ich hatte bereits begonnen, mich in meine Rolle einzuleben. Daß es mir nicht vollständig gelang, war Helenas Schuld. Unverwandt schaute sie aus dem Fenster. Plötzlich sprang sie auf, rannte hinaus und kam mit einem Kerl mit Schnurrbart und tausend Runzeln im Gesicht wieder. Ich hatte einige Sekunden lang einen gelben Schleier vor Augen. Sie stellte uns einander vor. Mein Gegenüber hieß George. Der Leser wird es sich gedacht haben.

»Komm«, sagte sie zu ihm, »wir müssen los!«

Der japanische Barkeeper hatte die Szene beobachtet und alles begriffen. Es war, als bohre man mir ein Messer ins Herz, und ich weiß nicht warum, aber in jenem Augenblick zerbrach alles, alles!

Wie hättet ihr euch denn gefühlt, in jener Bar in der 58. Straße, wenn ein alter Geldsack euch gerade die große Liebe eures Lebens entführt hat, und ihr allein auf eurem Barschemel hockt, einen J&B trinkt und seht, wie der Barkeeper grinsend das Gesicht verzieht? Verdammte Scheiße! All mein Haß auf diese Welt, der Haß des talentierten Dichters und mutigen Nationalhelden Editschka Limonow, dieses kleinen moschusproduzierenden Tieres, ein bitterer Haß, gemischt mit Angst, keinen Ausweg zu finden, war in jenem Moment aus meinem Blick zu lesen.

Vergeßt nicht, in welchem Milieu ich aufgewachsen bin. Es ist ein Milieu, in dem Liebe und Blut zusammengehören, in dem das Wort »betrügen« gleich vor dem Wort »Messer« steht. Ich saß auf meinem Barhocker und dachte, daß alle meine Kameraden, meine Freunde, die für kriminelle Delikte in den Gulag-Lagern vegetierten, aber auch die Ganoven und Diebe von Charkow mich in diesem Augenblick für einen jämmerlichen Waschlappen halten mußten. »Sie haben es vor deinem Angesicht gewagt, und du Feigling hast dem Kerl nicht ein Messer in die Seite gerannt. Jeder, der Lust hat, kann sie vögeln, und du Arschloch läßt es dir gefallen, daß man deine Seele beschmutzt, du dämlicher Intellektueller!«

So redeten meine Kumpels, so grausam und direkt, aber ihr Ton war genau der richtige. Sie hatten recht. Nach ihrem Gesetz, das auch das meine ist, hätte ich sie töten müssen, wenn ich sie liebte. Und ich liebte sie.

Eine halbe Stunde später betrat Cyril die Bar. Jigulin hatte ihm gesagt, daß ich mit Helena dort sei. Cyril erzählte mir später: »Du hast dreingeschaut, als hätte man deinen Lieblingssohn mit dem Kopf nach unten in einen Bach gehalten.« Cyril spricht gern in extremen Bildern. Meistens hinken seine Vergleiche; diesmal war er zutreffend.

Als er hereinkam, trank ich gerade meinen sechsten oder siebten J&B, und ich bestellte für ihn ebenfalls einen, vielleicht war es auch White Label, ich weiß es nicht mehr. Ich kann mich überhaupt kaum noch daran erinnern, was von da an geschah. Nach Cyrils Darstellung sind wir in verschiedene Lokale gegangen, dann bin ich auf dem Heimweg auf ein Denkmal geklettert und von oben heruntergesprungen. Ich habe laut geprahlt, es sei mein Denkmal, errichtet für meine Verdienste als Mafiaboß und Kosakenführer.

Er verbrachte die Nacht bei mir im Hotel, und am Morgen kriegten wir einen Höllenkrach. Als ich meine Kontaktlinsen suchte, stellte ich fest, daß sie nicht mehr da waren. Aber was soll's! Zum Teufel mit diesen Dingern, ich scheiße auf die hundertzwanzig Dollar, die sie gekostet haben. Ich habe schon viel

Wichtigeres verloren . . . Cyril ergriff die Gelegenheit, mir lautstark Vorwürfe zu machen.

»Das hast du nun davon«, sagte er mit boshafter Freude. »Du hast dich vor Autos geworfen, du hast deine Schuhe ausgezogen und bist barfuß weitergegangen . . .«

Er stand genau neben mir, während ich im Bett lag und das Gesicht zur Wand gedreht hatte. Wenn ich um acht Uhr morgens gestört werde, kommt mir die Welt noch viel mehr wie ein Misthaufen vor als sonst.

»Laß mich in Frieden«, sagte ich schwach. »Was willst du von einem kranken alten Mann?«

Er schrie: »Wenn du es nicht tust, werde ich dieser Hure den Hals umdrehen. Warum bringt sie dich um dein ganzes Geld, sie braucht es doch nur von den Kerlen zu verlangen, die sie bläst! Du kaufst ihr auch noch Slips, du Idiot! George und Jean-Pierre, Jigulin und noch ein paar andere vögeln sie, wenn sie gerade keine Bessere haben. Jean hat mich angerufen und mir genau beschrieben, wie er es mit ihr getrieben hat – und du . . .?«

Ich sprang auf und schmiß ihn hinaus. Er ging, und ich versank in einen ohnmachtähnlichen Zustand, aus dem ich nur erwachte, um etwas Wasser zu trinken, dann legte ich mich wieder hin und dachte ständig an Helena und an die Tatsache, daß ich, so wie ich war, nichts auf dieser Erde verloren hatte.

Ich blieb bis Mittag liegen und duschte dann in der Absicht, in die Eighth Avenue zu gehen und mir eine Dirne zu schnappen. Wenn man nicht sterben kann, muß man wohl oder übel leben. Okay, ich wußte sogar genau, welches Mädchen ich in der Eighth Avenue auflesen würde, als plötzlich das Telefon klingelte. Das geschah gerade in dem Augenblick, in dem ich einen Zehndollarschein in die linke und einen zweiten in die rechte Hosentasche steckte: eine alte Vorsichtsmaßnahme von mir. Ich wollte die Prostituierte nach dem Bumsen in eine Bar einladen, ich hatte das Bedürfnis, mit jemandem zu trinken.

Das Telefon klingelte, und aus der Muschel drang die Stimme meiner Angebeteten. Sie wollte, daß ich so schnell wie möglich zu ihr kam, um ihr wieder beim Nähen und Anziehen von irgend etwas Verrücktem zu helfen. Ich mußte hingehen; sie befahl es.

Die Prostituierte mußte warten. Editschkas Schwanz mußte warten. Sein Selbstmord wurde aufgeschoben. Ich mußte mich dringend um Helenas Garderobe kümmern, die nackte Helena in durchsichtige Gewebe hüllen. Ich nahm eine angebrochene Flasche Whisky und eilte zu der Dame meines Herzens.

Es war ihr inzwischen in den Sinn gekommen, nochmals mit mir zu Bloomingdale zu gehen. Sie wollte Garn, Gürtel, Nadeln, Reißverschlüsse und andere Kleinigkeiten kaufen. Ich begleitete sie und kaufte ihr die Fellpantoffeln, die ihr gefielen, dann noch einen Slip und ein paar andere Dinge. Als wir das Kaufhaus verließen, hatte ich keinen einzigen Cent mehr in der Tasche, und sie hatte ihre letzten zwanzig Dollar ebenfalls ausgegeben. Um den letzten Slip zu bezahlen, hatten wir unser ganzes Kleingeld zusammenkratzen müssen. Es war ein roter Slip. Das Straßenmädchen, an das ich gedacht hatte, würde sich einen anderen Freier suchen müssen, ich war blank. Wenn ihr jetzt aber glaubt, daß ich irgend etwas bereute, so irrt ihr euch. Ich bin sehr flexibel, was meine Sehnsüchte betrifft. Das kleine Mädchen war glücklich mit seinem Slip. Das genügte mir.

Jigulin und sein Gast, den wir im Atelier trafen, fanden den Slip nicht gut. Sie waren einfache Menschen, was verstanden sie schon von raffinierten, winzigen roten Slips! Helena konnte nur mit mir darüber sprechen, mit mir allein. Nach einigen doppelten Whiskys hatte ich keine Lust mehr, zuzuschneiden oder zu nähen. Trotzdem – obgleich mir große Schweißtropfen die Stirn herunterliefen und ich mich sauschlecht fühlte, machte ich mich ans Werk. Ich räumte alle Sachen vom Tisch, breitete den Stoff aus und fing an zu überlegen. Ich hatte große Lust, mich irgendwo hinzuhauen und zu pennen, ich wäre sofort friedlich eingeschlummert und hätte traumlos geschlafen, zum Beispiel auf Helenas Matratze. Aber ich hatte nicht den Mut, sie um Erlaubnis zu fragen. Dabei hätte sie wahrscheinlich gar nichts dagegen gehabt. Ich würde mich ja damit zufriedengegeben haben, allein zu schlafen.

Ich pusselte mit dem Stoff herum, sie telefonierte stundenlang in dem Teil des Ateliers, der von Jigulin bewohnt wurde, und langsam begann ich mich zu ärgern. Sie hätte zumindest aus Höflichkeit bei mir bleiben können, während ich arbeitete. Statt dessen setzte sie ihren roten Hut auf und verabschiedete sich. »Ich muß arbeiten«, sagte sie. Was brachte ihre Arbeit eigentlich ein? Sie hatte doch nie einen einzigen Cent.

Sie ging, Jigulin war damit beschäftigt, Glühbirnen auszuwechseln, und Editschka war froh, nicht mehr überwacht zu werden. Er ließ den Stoff fallen, schaute sich nur kurz um und fand sogleich, was er suchte. Er nahm ein schwarzes Heft von dem Regal, auf dem ihre Bücher standen, schlug es auf und erkannte Helenas Handschrift. Editschka hatte ihr solche Hefte seinerzeit selbst gekauft. Dieses war noch fast leer, sie hatte erst wenig hineingeschrieben. Editschka versteckte das Heft unter seiner Jacke, schritt an Jigulin vorbei und schloß sich ins Badezimmer ein; er setzte sich auf den Rand der Wanne und begann klopfenden Herzens zu lesen.

Ich las aus allen Zeilen Hektik . . . Hektik, das ist ein Wort, das ich sehr bezeichnend finde und das besonders Helenas Wesen sehr gut charakterisiert. Da standen unzusammenhängende Sätze, von denen einige für mich bestimmt zu sein schienen: »Warum liebt man mich?«, »Was sind das für Kräfte, die mich antreiben?« Dann war abrupt von Gras die Rede, von Bäumen, einige Bemerkungen über George – »George lebte, George schwamm«, na ja, er tat wohl auch noch ein paar andere Dinge.

Hektik, Hektik, Hektik . . . Sie schrieb viel schlechter als früher, keine Verse mehr, sondern nur noch hingeworfene Satzfetzen ohne Anfang und Ende, deren roter Faden allein ihr Selbstmitleid war. Sie schrieb über die Tage in Mailand, als sie kein Geld hatte, um das Hotel zu bezahlen, was bei ihr Todesgedanken auslöste und noch mehr verworrenes Zeug – die Ausflüsse einer kaputten Seele.

Plötzlich fiel mein Blick jedoch auf diesen Abschnitt: »In deinen Augen bin ich schuldig, Editschka. Mein armer kleiner Junge. Und Gott strafe mich dafür. Als Kind las ich einmal ein Märchen, in dem folgende Worte standen: Du bist allezeit für die verantwortlich, die du unter dein Joch gezwungen hast . . .«

Als ich das las, war ich aus Mitgefühl mit meinem kleinen Mädchen zu Tränen gerührt. Mein armes Kind, du bist so unglücklich, weil du nicht weißt, daß es die Liebe gibt. Aber habe ich dir das jemals vorgeworfen? Die widerwärtige kalte Welt ist schuld daran, du nicht.

Jigulin wollte ins Bad. Ich mußte die Lektüre abbrechen. Was hatte die so verantwortungsbewußte, die Moral unserer russischen Märchen beherzigende Helena dennoch veranlaßt, den armen kleinen Jungen, der ich bin, zu töten? Der instinktive Drang, mehrere Männer zu haben? Ich griff wieder zu ihrem verrückten Stoff und schnitt eine Hose für sie zu, dann nahm ich den ganzen Kram und kehrte in mein Hotel zurück.

Eine meiner letzten Begegnungen mit Helena glich einer Szene aus einem sentimentalen Trauerspiel. Ich rief sie an, und sie sagte mit Grabesstimme: »Komm, aber mach schnell!« Ich sollte bei ihr vorbeikommen, um den Rest ihrer verrückten Stoffe abzuholen. Als ich eintraf, war sie in Tränen aufgelöst und mußte sich sehr zusammennehmen, um überhaupt sprechen zu können. Sie saß auf ihrem Bett und betrachtete alte Fotografien, die ihr Vater ihr soeben aus Moskau geschickt hatte. Sie hatte ihre enge schwarze Hose an und dieselbe rote Bluse, die sie im Februar getragen hatte, als sie eines Morgens selbstsicher und frech heimgekommen war, nachdem sie eine Nacht außer Haus verbracht hatte, nur um mir vorzuwerfen, ich wüßte das Leben nicht zu genießen. Jetzt, ein halbes Jahr später, schluchzte sie in derselben Bluse vor sich hin. Aus Weltekel. Mir kam plötzlich ein poetischer Gedanke: »Sie hatte nicht einmal genug Zeit, diese Bluse zu verschleißen.« Sie achtete natürlich nicht auf solche Symptome. Nur ich, der aufmerksame Beobachter, der detailsüchtige junge Dichter, der sich in einem fort über seine eigenen poetischen Anwandlungen wundert, nur ich erinnere mich an jenen Fetzen, an die Geschichte dieser Bluse.

»Möchtest du die Fotos sehen?« fragte sie.

»Ja, aber wein bitte nicht, oder hast du einen Grund zum Weinen?«

»Hier gibt es doch tausend Gründe dafür«, schluchzte sie, »alles ist so ekelhaft hier. Arbeit, Arbeit, immer nur Arbeit. Wenn ich hier geboren wäre, hätte ich es leichter. Ich bin eine Frau, ich bin nun mal kein Mann. Ich bin müde und kaputt!«

Ich dachte an die Tatsache, daß ich nach den physischen Merkmalen, verdammt noch mal, wirklich ein Mann war, und keine Frau würde jemals so viel Leid ertragen können wie ich. Wie ihr bereits wißt, erstreckte sich ein Teil meiner Verachtung für die Frauen bereits auch auf Helena. Nichtsdestoweniger bedauerte ich sie, ich sah in ihr nicht das erfolglose Mannequin, nicht die Gefallene, die sie in Wahrheit war. Ich sah in ihr immer noch das lustige und doch geheimnisvolle kleine russische Mädchen, dessen nur ein einziger Mensch auf Erden würdig war: Editschka.

George und auch Jean-Pierre – obgleich kleiner als George – mochten Helena, dem *Russian model*, ebenbürtig sein. Aber dem kleinen Mädchen mit Zopf und weißen Strümpfen, das in seinem Garten steht, als Hintergrund eine Opernkulisse für eine Hirtenszene – Birken, Büsche und an der Seite eine Holzhütte –, dem konnte nur einer das Wasser reichen, nur Editschka. Das Mädchen aus dem Volk hatte, wie so viele in Rußland und hier bestimmt auch, von einem Prinzen geträumt. Doch als der Prinz Editschka sich unerlaubterweise in ihre Träume stahl und sie in das Chaos entführte, als er dem kleinen Mädchen zuflüsterte, er sei gar kein Prinz, denn Prinzen wohnen nicht in finsteren Löchern an der Lexington Avenue und arbeiten nicht für ein paar Dollar bei einer Emigrantenzeitung, raunte das Chaos der Kleinen zu: »Er ist nicht der richtige!« Das Chaos mag die Liebe nun mal nicht. Editschka wird fortgejagt, und die Kleine amüsiert sich mit dem chaotischen George und einer ganzen Kompanie anderer Galane. Das dachte ich so, während ich die Fotos betrachtete: morbide Reflexionen, die nichts Ermutigendes hatten.

»Nimm mir bitte keins von den Fotos weg«, sagte Helena unter Tränen und hielt mir den nächsten Packen hin.

»Warum eigentlich nicht?« antwortete ich. »Du wirst sie ja doch verbummeln. Aber hab keine Angst, *ich* werd sie dir nicht wegnehmen.«

Sie war inzwischen aufgestanden und suchte etwas. Plötzlich schluchzte sie erneut los. »Scheiße«, sagte sie, »warum wohne ich bloß in dieser elenden Absteige? Wo ist mein Tagebuch? Man hat es mir geklaut. Hier wird mir noch alles geklaut werden.«

Immer noch weinend, fing sie an, das Geschirr zu spülen. Ich trat neben sie und legte ihr die Hand auf die Schulter. »Beruhige dich«, sagte ich. Sie schüttelte meine Hand ab. Bestimmt dachte sie, es mache mir Spaß, sie weinen zu sehen.

»Hör auf zu weinen«, sagte ich und wußte nicht, was ich sonst sagen sollte, außer: »Es wird schon alles gutgehen.«

»Ja, ja, du sagst immer, daß alles gutgehen wird!« sagte sie wütend und weinte weiter.

Es gab eine Zeit, da ich sie zu beruhigen wußte, wenn sie wütend war oder weinte. Es gab ein Mittel – aber das konnte ich nicht mehr anwenden. Also sagte ich nur: »Möchtest du nach unten gehen, in die Bar? Wir trinken etwas, das wird dich entspannen, und du wirst dich besser fühlen.«

»Ich kann nicht«, sagte sie, »George wird mich jede Minute abholen, wir müssen zu einem berühmten Designer.« Sie nannte den Namen. Jigulin, dieser Mistkerl, sagte: »Du könntest ja mitgehen. Aber du wirst dort niemanden zum Bumsen haben, George wird Helena nehmen, und für dich ist keine Frau da!«

»Wir wollen nicht bumsen, wir wollen Aufnahmen machen, es ist Arbeit, nichts weiter!« Es war beinahe komisch, aber sie schluchzte, weil ihr Arbeit bevorstand!

Das Telefon klingelte. Es war George. Ich hörte, wie sie ihm von Zeit zu Zeit antwortete: »Das ist ja furchtbar, das ist ja furchtbar!«

Sie hatte noch Mitleid mit diesem miesen Burschen, der nicht merkte, wie sehr sie darunter litt, daß sie keine eigene Wohnung hatte, daß sie in dieser Dreckbude leben mußte. Er war Millionär, er hätte ihr eine kleine Wohnung mieten können. Für ihn wäre es dasselbe gewesen, als hätte ich einen Cent auf die Straße geworfen. »Er ist zynisch und hochintelligent«, hatte Jigulin über ihn gesagt, »und damit kommt er aus.«

»Das glaubt *er*, der hochintelligente, zynische Millionär«, hatte ich geantwortet. »Aber ich sage dir was: Ohne Güte ist der Mensch nicht mehr wert als ein Haufen Scheiße.«

Helena fror, sie schlief auf einer Matratze am Boden, sie war in miserabler Verfassung, sie besaß nicht einmal einen Mantel, und er, der hinkende Krösus, sagte nichts, tat nichts.

Zehn Minuten später keuchte er die Treppe herauf. Wir begrüßten uns kühl; Helena setzte eine Kappe auf und ging, die

Augen noch feucht und rot. Ich rauchte eine letzte Zigarette, dann nahm ich die mauvefarbenen und violetten Stoffe, die durch den Plastikbeutel, in dem sie lagen, wie ein Regenbogen schimmerten, und im Weggehen dachte ich an den Unverstand, der diese Welt regiert: Denjenigen, der einen liebt, stößt man weg, und voll Ungeduld wartet man auf jemanden, der einen nicht liebt.

Im Hotel lag eine telefonische Nachricht für mich: »Sie sollen Carol anrufen.«

Im Fahrstuhl lächelte ich in den Spiegel. Ihr werdet euch noch wundern! Eines Tages werde ich so weit sein, daß ich mit all diesen Georges reden kann. Aber unter anderen Bedingungen.

Es ist Zeit

Ich sitze im bleichen Licht der Oktobersonne auf meinem Balkon, auf einem wackligen Stuhl, und blättere in einer alten Illustrierten vom Sommer. Ich habe sie in einer Mülltonne gefunden und ins Hotel mitgenommen, um englisch zu üben.

Da habe ich nun die Leute vor mir, die sich auf dieser Welt beispielhaft verhalten haben, die Klassenbesten, die Musterschüler. Das sind also die Leute, die es zu Wohlstand gebracht haben. Er, der mit seinem fetten Hintern auf dem Rand seines azurblau flimmernden Swimmingpools hockt, hat neben sich ein Glas Campari. Sie, mager, mit perfekt geschminktem, ein bißchen pferdeähnlichem Gesicht, hat ein Glas Campari in der Hand.

Dazu folgender Text:

»Sie verbringen einen genußreichen Tag am Swimmingpool. Es ist heiß, Sie wollen sich gerade Ihren gewohnten Drink mixen. Aber dann bekommen Sie Lust auf etwas anderes, etwas ganz Besonderes: auf Campari mit Orangensaft!«

Ich habe noch nie einen heißen Tag an einem Swimmingpool verbracht. Ja, ich gestehe, daß ich noch nie in einem Swimmingpool gebadet habe. Gestern verbrachte ich einen scheußlich kalten Morgen im Welfare Center in der 14. Straße. Vor den geschlossenen Türen des Gebäudes standen auf beiden Seiten vor Kälte schlotternde Fürsorgeempfänger Schlange. Diese Jungen achten nicht viel auf ihr Äußeres. Einige haben sich seit mehreren Tagen nicht mehr rasiert, andere tragen schmuddelige Jacken und Sachen, die ihnen nicht passen; manche haben sichtlich einen Kater von gestern, ein paar sind schon morgens betrunken. Ein Junge, der zuviel gehascht oder gerade gefixt hat, läßt dauernd seine Papiere fallen. Ich habe ihm mehrmals geholfen, sie wieder einzusammeln, aber nach einer halben Stunde ließ er sich dann selbst auf die Erde fallen. Da habe ich es aufgegeben. Die Leute, die auf ihrem Weg zur Arbeit vorbeilaufen, weichen unserer Gruppe aus, weil es ihnen so vorkommt, als ob wir sie aggressiv und provozierend ansehen. Dabei stehen wir nur stumm da, warten und frieren. Nach einer Stunde läßt man uns hinein. Da wir allesamt blöd sind, müssen wir erst einmal zeigen, daß wir unsere Papiere zur Hand haben. Am Eingang steht ein Aufseher, der sie prüft und uns in die neuen Schlangen einreiht.

»Weg vom Schalter!« schnauzt der Polizist und scheucht uns hinter die Barriere zurück.

Für unsere weißen Papiere bekommen wir rote Zettel mit Nummern. Ich habe Nummer 19. Es ist keine Zahl, die mir Glück bringt, aber sie berechtigt mich immerhin, mich hinter meinen Kameraden in der Schlange als neunzehnter in den Lift zu schieben. Natürlich drängeln sie von hinten, um noch mit hineinzukommen. Wer weiß, was mit denen passiert, die zurückbleiben?

Die Besucher, die den Fahrstuhl ohne Nummer betreten dürfen, drücken sich entsetzt an die Kabinenwände, um nicht mit uns in Berührung zu kommen, und sie zucken unter unseren Witzen und Beschimpfungen zusammen. Es erinnert mich an die Stimmung, die unter den neuen Rekruten der Roten Armee herrschte. Auch sie hatten das Gefühl, von nun an außerhalb der Gesellschaft zu stehen.

Der Lift bringt uns zu einem riesigen Saal. Wir werfen unsere kleinen Zettel in einen Korb neben der Schranke und setzen uns hin. Dieser Raum ähnelt einer weiten Ebene, nur die Tische und die Stühle darin unterscheiden ihn von einer Steppe. Alle Wände sind mit der undefinierbaren Verwaltungsfarbe gestrichen. Und der Geruch ist der einer Kaserne, eines Straflagers, eines Bahnhofs, irgendeines Ortes, wo arme Seelen versammelt sind.

Neben mir sitzt ein schwarzer Junge, nach seinem weißen Stirnband, seiner Frisur und seiner Kleidung zu urteilen zweifellos ein Schwuler. Wir mustern uns kurz und wenden dann den

Blick ab. *Dafür* sind wir nicht hier, wir müssen darauf achten, ob man uns aufruft. Hin und wieder erscheinen Sachbearbeiter und brüllen in die weite Ebene Namen hinaus, die man kaum verstehen kann. Nein, das Welfare Center ist nicht der rechte Ort, um Beziehungen anzuknüpfen.

Wir müssen lange warten. Die Leute werden unruhig. Ein gewisser Mr. Acosta, ein kleiner Mann mit mexikanischem Schnurrbart, einem dünnen Mantel und einem ärmlichen Strohhut, fragt mit lauter Stimme, warum er nicht endlich aufgerufen werde, während Leute, die lange nach ihm gekommen sind, bereits an den Tischen sitzen und mit den Sachbearbeitern sprechen. Er wirkt komisch, sieht aber nicht so aus, als sei mit ihm gut Kirschen essen. Wenn ich Regisseur wäre, würde ich ihn als Schauspieler engagieren.

Ein gepflegter junger Schwarzer aus Trinidad erzählt einem Mädchen, das ein verhärmtes Gesicht und eine heisere Stimme hat, sein Leben. Das Mädchen sieht aus, als habe es so viel durchgemacht, daß es sich vor nichts mehr fürchtet; dabei scheint es ein schlichtes und gütiges Geschöpf zu sein. Als der junge Mann aus Trinidad hinausgegangen ist, versucht es, auf einen aufgeregten dicken Kerl im Overall einzureden. Wie aufgeschlossen dieses Mädchen seiner Umwelt gegenübersteht! Ich habe Zeit, mir eine bestimmte Meinung über alle Anwesenden zu machen, und ich möchte einfach, daß sich dieses magere, abgekämpfte Wesen in schwarzer Jacke, Jeans und hochhackigen Schuhen irgendwo ausruhen kann.

Die Kleine dort hinten, die mit der Brille, habe ich vorher schon mal gesehen; zum Zeichen des Wiedererkennens nickt sie sogar. Dann ist noch ein anderes Mädchen da, groß, gepflegt, in einem Jeansanzug, ziemlich häßlich, aber ihre Häßlichkeit verleiht ihr einen exotischen Reiz. Offenbar ist es zum erstenmal hier. Es ist nervös, schlenkert mit den Beinen herum, und da es vor mir sitzt, muß es sich umdrehen, um mich zu fixieren. Ich bemühe mich, die Kleine gelassen zu betrachten. Ich möchte ihr nichts vormachen und nicht mit ihr flirten, ich bin heute nicht sehr mutig. Während sie meine Hose mustert, deren Naht in meine Schenkelansätze schneidet, und meinen knappen Blouson, begreift sie allmählich, daß ich ein schräger Vogel bin, und schenkt mir nicht mehr so viel Beachtung.

Wenn es in meiner Macht gestanden hätte, ich hätte ihnen allen geholfen. Wenn ich jedes Mädchen zu diesem Zweck hätte streicheln müssen oder bumsen oder bei mir wohnen lassen, hätte ich es getan. Auch den kleinen Jungen mit dem Verband, auch Mr. Acosta, diesen braven Mann. Und den, der mehrere Amulette um den Hals trägt. Und den Fixer. Wir hätten eine Ranch gekauft, und es wäre genug Platz für uns alle gewesen. Auch für Carol. Auch für Chris. Ich hätte selbst Rosanne aufgenommen, ich habe ihr Unrecht getan.

Ich verbrachte sechs Stunden im Welfare Center . . . statt am Swimmingpool. Es wäre schön, wenn ich es schaffte und eines Tages in einem Swimmingpool baden könnte! Ja, eines langen, heißen Tages werde ich es tun. Und ich werde dann auch Campari mit Orangensaft trinken, das schwöre ich.

Ich lege meine Zeitschrift hin und schaue nach unten. Den ganzen Sommer hindurch haben sie ringsumher Häuser abgebrochen, es war ein ohrenbetäubender Lärm. Jetzt stehen keine Häuser mehr da, es gibt nur noch einen schuttbedeckten Platz. Es ist Herbst. Es ist Zeit, daß ich mich aufmache, irgendwohin. Meine Tage im Winslow sind gezählt. Es ist Zeit.

Ihr denkt vielleicht, ich sehnte mich nie nach der Knechtschaft des Reichtums. Ihr irrt euch. Ich sehne mich manchmal nach ihr. Ich sehne mich nach einem weißen Haus unter Bäumen, nach einer zahlreichen Familie mit einer Großmutter, einem Großvater, einem Vater, einer Mutter, einer Frau und Kindern. Ich sehne mich nach der Arbeit, die mir zwar die Zeit raubt und die Seele kaputtmacht, aber dafür hätte ich ein schönes Haus mit einer Blumenwiese, mehrere Autos, eine kleine saubere und strahlende Amerikanerin zum Weib und einen Sohn im Footballdreß, mit Sommersprossen und Marmelade im Gesicht.

Wozu träumen? Es hat keinen Sinn. Das Schicksal läßt sich nicht zwingen, ich bin meinen Weg schon zu weit gegangen Nie wird eine Familie sich am Abend um meinen Tisch setzen, und nie werde ich, ein erfolgreicher Anwalt, ihnen erzählen, was für einen schweren Tag ich hatte oder wie kompliziert, aber interessant die Operation war, die mir, einem bekannten Chirurgen, heute gelungen ist.

Ich bin ein Verdammter mit *welfare*. Und »es ist Zeit« heißt für mich nur, es ist Zeit, meine Kohlsuppe zu essen. Ich muß mir *meine* Existenz ins Gedächtnis zurückrufen. Wenn ich mich nicht meiner annehme, wer dann? Der unbarmherzige Wind des Chaos hat meine Familie auseinandergetrieben. Aber auch ich habe immer noch Eltern, in einer fernen kleinen grünen Stadt in der Ukraine. Mama schreibt in ihren Briefen immer von der Natur: wann die Pflaumenbäume geblüht haben, und was für eine gute Aprikosenmarmelade sie aus den Früchten der Bäume macht, die sie zusammen mit meinem Vater vor dem Haus einst gepflanzt hat. »Es war Deine Lieblingsmarmelade, mein Sohn, und jetzt ist niemand mehr da, der sie ißt.«

Von meinen Freundinnen und Ehefrauen habe ich bestimmte Gewohnheiten übernommen, die ich nicht ablegen möchte. Morgens, zum Beispiel, trinke ich echten Kaffee und rauche dazu eine Zigarette. Ich lebe – was will ich noch mehr?!

Das Leben an sich ist ein nicht genug durchdachter Prozeß. Deshalb habe ich immer nach Höherem gestrebt. Ich wollte lieben um jeden Preis. Mit mir selbst habe ich mich immer gelangweilt. Jetzt sehe ich ein, daß ich auf eine ganz absurde Art geliebt habe: Ich wollte, daß meine Liebe erwidert wird. Aber es ist ungehörig, eine Gegenleistung zu verlangen.

Nachdem ich alles verloren habe, aber ohne irgend etwas freiwillig hergegeben zu haben, sitze ich wieder auf meinem Balkon und schaue nach unten. Es gibt nichts zu sehen, aber ich schaue trotzdem hin. Was sollte ich anderes tun? Vor mir liegt eine Menge Zeit.

Was wird aus mir werden? Morgen, übermorgen, in einem Jahr?

New York ist groß, seine Straßen sind lang, es hat unzählige Häuser und Wohnungen. Wen werde ich kennenlernen? Ich habe keine Ahnung. Es ist alles noch offen. Vielleicht werde ich mit einer Gruppe bewaffneter Extremisten verrückt spielen, mit Typen, die genauso dran sind wie ich, und ich werde bei einer

Flugzeugentführung oder einem Banküberfall draufgehen. Vielleicht werde ich mich auch den Palästinensern anschließen, wenn sie mich haben wollen, oder meine Dienste Oberst Khadafi anbieten. Oder ich werde meinen Kopf für etwas anderes, für irgendein anderes Volk hinhalten.

Ich bin zu allem bereit, Leute. Ich bin willens, etwas zu leisten, eine ruhmreiche Tat zu vollbringen. Oder zu sterben. Aber was rede ich da in der Gegenwart! Ich habe mich doch schon dreißig Jahre lang darum bemüht. Und ich werde es schaffen!

Tränen der Angst laufen mir aus den Augen, und es ist immer noch dieselbe Angst wie zu Hause, nur daß es jetzt die Madison Avenue ist, die da unten verschwimmt.

»Ich mache euch alle zur Sau, ihr Scheißer, ihr Hunde!« sage ich und wische mir mit der Faust die Tränen ab. Vielleicht ärgern mich auch nur die Wände, die rings um mich aufragen. Was weiß ich.

»Eines Tages werde ich es euch zeigen, ihr Hunde, ihr Scheißer! *Fuck off*!«